AF307589

C. S. Harris, auch bekannt als Candice Proctor und C. S. Graham, ist die USA-TODAY-Bestsellerautorin von mehr als zwei Dutzend Romanen, darunter die historische Krimi-Bestsellerserie rund um Sebastian St. Cyr. Als ehemalige Akademikerin mit einem Doktortitel in europäischer Geschichte hat Candice einen Großteil ihres Lebens im Ausland verbracht und in Spanien, Griechenland, England, Frankreich, Jordanien und Australien gelebt. Heute wohnt sie zusammen mit ihrem Ehemann, dem pensionierten Armeeoffizier Steven Harris, in New Orleans, Louisiana.

DIE
RACHE
AUF DER
BLOODY BRIDGE

Ein Sebastian St. Cyr Krimi

C.S. HARRIS

Deutsche Erstausgabe Mai 2024

Copyright © 2024 dp Verlag, ein Imprint der
dp DIGITAL PUBLISHERS GmbH
Made in Stuttgart with ♥
Alle Rechte vorbehalten

Die Rache auf der Bloody Bridge

ISBN 978-3-98998-276-5
E-Book-ISBN 978-3-98778-248-0

Dieses Werk wurde vermittelt durch die Literarische Agentur
Thomas Schlück GmbH, 30161 Hannover.

Übersetzt von: Angelika Lauriel
Covergestaltung: Buchgewand
Umschlaggestaltung: ARTC.ore Design
Unter Verwendung von Abbildungen von
stock.adobe.com: © rodjulian
shutterstock.com: © tkemot
Korrektorat: Dorothee Scheuch
Satz: dp DIGITAL PUBLISHERS GmbH
Druck und Bindung: Books on Demand GmbH, Norderstedt

Für meine eigene Tante Henrietta:
Henrietta Wegmann Ecuyer
1909 bis 2005
Eine wundervolle und inspirierende Lady

Lass die Toten ihre Toten begraben.
(Lukas 9,60)

Kapitel 1

Sonntag, 21. März 1813

Die Brücke wurde Bloody Bridge genannt.

Sie lag am Ende einer langen, gewundenen Straße, die vom Sloane Square mit seinen beruhigend flackernden Öllampen weit wegführte, noch hinter die letzten baufälligen Cottages am äußersten Rand der Felder, die im Mondlicht schwarz aussahen. Die schmale Backsteinbrücke war an beiden Seiten von einem hohen Steingeländer begrenzt, und sie war abgetreten und baufällig vom Alter. Das Moos, das sich im tiefen und kühlen Schatten der am Bachufer stehenden Ulmen gebildet hatte, machte die Backsteine dort glitschig.

Cian O'Neal mied diesen Ort möglichst sogar bei Tage. Es war Mollys Idee gewesen, hierher zu kommen, denn am anderen Ende der Brücke stand ein verlassener Schuppen mit einem warmen, weichen Heuboden, der junge Liebende in Not verlockte. Aber als der Wind jetzt in die Ulmen am Bach fuhr und das entfernte, jammernde Jaulen eines Hundes herantrug, spürte Cian, wie das pulsierende Drängen, das ihn hierher getrieben hatte, verebbte.

»Is vielleicht doch keine so gute Idee, Molly«, sagte er und verlangsamte den Schritt. »Der Schuppen, mein ich.«

Sie drehte sich zu ihm um und sah ihn aus ihren dunklen Augen im rundlichen, fröhlichen Gesicht an. »Was ist los, Cian?« Sie drängte ihren warmen, weichen Körper an seinen und redete mit heiserer Stimme weiter: »Überlegst du dir's noch mal?«

»Ne, es is nur ...«

Der Wind frischte auf und ließ irgendwo in der Nacht einen Laden klappern. Er zuckte zusammen.

Zu seiner Beschämung sah er, wie ein Leuchten über ihr Gesicht glitt, dann lachte sie glockenhell auf. »Du hast ja Angst.«

»Nein, hab ich nich«, sagte er, auch wenn beide wussten, dass es gelogen war. Er war ein großer Bursche, wurde nächsten Monat achtzehn und war stark und gesund. Aber jetzt gerade fühlte er sich wie ein kleiner Angsthase, der sich von den alten irischen Märchen vom Dullahan ins Bockshorn jagen ließ.

Sie griff mit beiden Händen nach seiner, ging rückwärts über die Straße Richtung Brücke und zog ihn mit sich. »Na, dann komm«, sagte sie. »Soll ich als Erste rüber gehen?«

Am frühen Abend hatte es geregnet, ein kurzer, heftiger Schauer, und die tropfenden Blätter der Bäume hatten die Straße matschig und rutschig gemacht. Er spürte im Nacken ein eisiges Prickeln und versuchte, an die süße Wärme des Heubodens und die Art, wie Mollys weicher und williger Körper sich unter ihm anfühlen würde, vorzustellen.

Sie waren schon nahe genug an der Brücke, dass Cian sie ganz gut erkennen konnte – ein einzelner Bogen in tieferem Schwarz vor der aufgewühlten Dunkelheit des Nachthimmels. Aber etwas stimmte nicht. Eine

Gänsehaut jagte ihm kribbelnd über den Kopf, und der Atem stockte ihm, als die Silhouette eines Männerkopfs vor ihnen auftauchte.

»Was ist denn?«, fragte Molly, deren Lachen erlosch, als sie herumwirbelte und Cian anfing zu schreien.

Kapitel 2

Montag, 22. März 1813,
vor dem Morgengrauen

Das Kindlein lag in einer Wiege beim Kamin zusammengerollt auf der Seite, die Lippen im Schlaf leicht geöffnet und gleichmäßig atmend. Es hatte ein Fäustchen unter das Kinn geklemmt, und im Licht des Feuers sah die durchscheinende Haut seiner geschlossenen Lider so zart und verletzlich aus, dass sein Vater, der neben ihm stand, ganz besorgt wurde. Eines Tages würde dieser Säugling Viscount Devlin und dann, nach angemessener Zeit, Earl of Hendon werden. Aber einstweilen war er einfach der ehrenwerte Simon St Cyr, knapp sieben Wochen alt. Und er hatte keine Ahnung, dass er in Wirklichkeit auf keinen der Titel mehr Anrecht besaß als sein Vater Sebastian St Cyr, der derzeitige Viscount Devlin.

Devlin legte eine Hand an die Kaminumrandung. Er atmete stoßweise und gepresst, und trotz der kühlen Luft glänzte Schweiß auf seiner nackten Haut. Erinnerungen, die er bei Tageslicht gewöhnlich weit von sich schob, hatten ihn aus dem Schlaf hochgejagt. Aber die Bilder, die ihn heimsuchten, konnte er in den stillen Stunden der Nacht nicht vertreiben – Visionen von flackerndem Feuer, von einem sich in Qualen windenden, hilflosen Körper einer Frau, und von weichem braunem Haar, das an wächserner Kinderhaut flatterte.

Die Vergangenheit lässt uns nie los, dachte er. Wir tragen sie unser ganzes Leben mit uns herum, als geisterhafte Last aus bittersüßer Nostalgie, in die Schuld und Reue verwoben sind. Sie legt sich uns auf die Seele und raunt uns in den tiefsten Stunden der Nacht Dinge zu. Nur die allerkleinsten Kinder sind wirklich unschuldig, weil ihr Gewissen noch ungetrübt ist und sie ihre Tage der Qual noch vor sich haben.

Er erschauerte und bückte sich, um Kohle nachzulegen. Er tat es vorsichtig, um das schlafende Kind und seine Mutter nicht aufzuwecken.

Als Sebastian klein gewesen war, war es üblich gewesen, dass Kinder der Aristokratie und des Landadels zu einer Amme gegeben wurden und oft erst im Alter von zwei Jahren wieder zur Familie zurückkehrten. Aber es setzte sich derzeit immer mehr durch, dass sogar Herzoginnen ihren Nachwuchs selbst stillten, und Hero, die Mutter des Kindes und seit acht Monaten Sebastians Frau, hatte die Einstellung einer Amme vehement abgelehnt.

Sein Blick wanderte zu dem Bett mit dem dunkelblauen Betthimmel aus Seide, in dem sie schlief. Ihr dichtes Haar hatte sich auf dem Kissen ausgebreitet. Erneut spürte er eine namenlose, unheilvolle Sorge um seine Frau und sein Kind. Er schob sie auf seine Träume, die noch immer zu flüstern schienen, und auf eine Angst, die aus einer Schuld erwuchs, die nie gesühnt werden konnte.

In der Stille der Nacht erklangen plötzlich Hufgeklapper und das Rumpeln von Kutschrädern auf dem Pflaster aus Granitsteinen. Sebastian hob den Kopf und
spannte den Körper an, als die Kutsche abrupt anhielt
und schnelle, schwere Schritte eines Mannes die Eingangsstufen heraufstürmten. Er hörte von unten die
Glocke läuten und darauf einen schroffen, fragenden
Ruf seines Majordomus Morey.

»Eine Nachricht für Lord Devlin«, antwortete der unbekannte Besucher mit drängender Stimme, in der Entsetzten zu liegen schien. »Von Sir Henry, Bow Street!«

Sebastian zog sich den Morgenrock über und
schlüpfte leise aus dem Zimmer.

Kapitel 3

Der Kopf war am Ende einer der niedrigen Backsteinmauern, die die Brücke säumten, abgelegt worden, das blicklose Antlitz seitwärts gedreht, als solle es jeden beobachten, der unaufmerksam genug war, sich zu nähern. Es war der Kopf eines Mannes mit dichtem dunklem ergrauendem Haar, schweren Augenbrauen und einer langen, vorspringenden Nase.

»Grässliche Arbeit ist das«, sagte der vierschrötige Wachtmeister, dessen Kiefernfackel, die er im tosenden Wind in die Höhe hielt, zischte und spuckte.

Sir Henry Lovejoy, der jüngste der drei Untersuchungsrichter auf Lebenszeit der Bow-Street-Behörde, beobachtete, wie das goldene Licht über die Züge des erstarrten, glotzenden Gesichts tanzte, und spürte, wie sich sein Magen regte.

Die Nacht war außergewöhnlich kalt und sternenlos. Die flackernden Fackeln der am Ufer des Bachs ausschwärmenden Wachtmeister erfüllten die Luft mit dem Geruch nach brennendem Pech. Natürlich mussten die Polizisten am nächsten Morgen eine gründlichere Suche durchführen; das hier war nur der Anfang.

Selbst bei Tage war dieser zerfurchte, matschige Weg nur wenig befahren, denn hinter dem Flüsschen, das von der schmalen, einbogigen Brücke überspannt wurde, lag The Five Fields, ein ausgedehntes Gebiet mit

Gärtnereien und Baumschulen. Sie waren jetzt allesamt von einer unheimlichen Schwärze eingehüllt, die vollends undurchdringlich wirkte.

Lovejoy zog die Schultern gegen die Kälte vor und ging dorthin, wo der kräftige, stattliche Körper des unglückseligen Gentlemans ausgestreckt auf dem grasüberwachsenen Bogen der Brücke lag. Seine ursprünglich sauber geknotete Krawatte war in Unordnung und dunkel befleckt, das rohe, verstümmelte Fleisch seines Halses war zu grauenhaft, um es genauer zu inspizieren. Er war in Lovejoys Alter, in den Fünfzigern. Das hätte ihn nicht weiter stören sollen, aber aus einem Grund, den er nicht weiter hinterfragte, tat es das durchaus. Er sog rasch den Atem ein, roch die faulige, nach Kupfer riechende Luft und suchte nach seinem Schnäuztuch. »Sie sind sicher, dass das Stanley Preston ist, vielmehr war?«

»Ich fürchte ja, Sir«, antwortete der Constable. Der stämmige junge Mann mit vorstehenden Augen überragte den kleinen und dünnen Lovejoy. »Molly, die Schankmaid vom *Rose and Crown*, hat den, ähm, Kopf wiedererkannt, Sir. Und ich habe in seiner Tasche seine Visitenkarten gefunden.«

Lovejoy drückte sich das gefaltete Stofftuch an die Lippen. Ein derart grausamer Mord würde unter allen Umständen für Aufruhr sorgen. Aber wenn das Opfer der Vetter von Lord Sidmouth war, einem früheren Premierminister, der inzwischen als Minister des Inneren diente, dann hatten die Auswirkungen Folgen, die in der Tat schwerwiegend sein konnten. Der örtliche Magistrat hatte sogleich nach der Bow Street schicken lassen und sich dann gänzlich von der Untersuchung zurückgezogen.

Der Lärm einer schnell heranfahrenden Kutsche lenkte Lovejoys Aufmerksamkeit von dem blutüberströmten Leichnam zu ihren Füßen weg. Er sah einen schlanken Zweispänner, der von einem Gespann edler Brauner gezogen wurde und von der Sloane Street über den nördlichen Rand des Platzes fuhr, woraufhin er in den schmalen Weg zur Brücke einbog.

Der Fahrer, ein großer, schlanker Gentleman, trug einen Herrenmantel mit Schulterumhang und einen eleganten Kastorhut. Bei Lovejoys Anblick zog er die Zügel an, und der halbwüchsige Bursche, auch als *Tiger* bezeichnet, der sich auf dem Bock auf der Rückseite der Kutsche festgeklammert hatte, sprang herunter und lief zu den Köpfen der Pferde. »Lass sie am besten auf und ab gehen, Tom«, sagte Devlin und sprang leichtfüßig vom hohen Kutschbock. »Das ist ein scheußlicher Wind.«

»Aye, Meister«, sagte der Junge.

»Mylord«, sagte Lovejoy und ging dankbar auf ihn zu. »Meine Entschuldigung, dass ich mitten in einer solch gräulichen Nacht nach Euch habe rufen lassen. Aber ich fürchte, dieser Fall ist besorgniserregend. Äußerst besorgniserregend.«

»Sir Henry«, sagte Devlin. Dann wanderte sein Blick weiter in Lovejoys Rücken zu dem abgetrennten Kopf am Brückenende, und er stieß die Luft aus. »Großer Gott.«

Der Viscount war etwa fünfundzwanzig Jahre jünger als Lovejoy und mindestens einen Fuß größer; sein Haar war fast so dunkel wie das von einem Mann des fahrenden Volkes. Seine fremdartigen, bernsteinfarbenen Augen schimmerten im Fackellicht in einem katzenartigen Gelb, als die beiden Männer sich umdrehten, um zu dem Bach zu gehen. »Haben Sie schon etwas herausgefunden?«, fragte er.

»Nichts außer der Identität des Opfers.«

Als die beiden Männer sich zum ersten Mal begegnet waren, war Devlin des Mordes bezichtigt und Lovejoy fest entschlossen gewesen, ihn einem Gerichtsprozess zuzuführen. In den zwei Jahren seither hatte sich das, was als gegenseitiger Respekt begonnen hatte, zu einer ungewöhnlichen Freundschaft entwickelt. Lovejoy hatte in Devlin einen unerwarteten Komplizen mit einer brennenden Leidenschaft für Gerechtigkeit gefunden, einen brillanten Geist mit der seltenen Gabe, Morde aufzuklären. Aber der junge Viscount besaß darüber hinaus etwas, das kein Untersuchungsrichter oder Wachtmeister der Bow Street je zu erreichen hoffte, nämlich ein angeborenes Begreifen und Kenntnis der anspruchsvollen Welt der Gentleman's Clubs und der Bälle der feinen Gesellschaft. Der Kopf, der nun diese gottverlassene Brücke am Rand von Hans Town und Chelsea zierte, gehörte zu der Sorte Mann, die solche feinen Orte frequentierte.

»Wart Ihr mit Mr Preston bekannt, Mylord?«, fragte Lovejoy als Devlin stehenblieb und die blutleeren Züge des toten Mannes betrachtete. Der Wind fuhr in das ergrauende Haar und ließ den Mann für einen gruseligen Augenblick beinahe lebendig aussehen.

»Nur entfernt.«

Prestons feiner Kastorhut lag mit der Krempe nach oben auf dem Fuß des Brückenpfeilers; Devlin beugte sich vor, um ihn aufzuheben, und mit nachdenklicher Miene befühlte er die Krone und die Krempe.

Lovejoy sagte: »Ich fürchte, dass die Bow Street sowohl vonseiten des Palastes als auch aus Westminster unter enormen Druck geraten wird, diesen Fall aufzuklären. Und zwar schnell.«

Devlin sah ihn an. Sie wussten beide, wie solcher Druck zu einer voreiligen Verhaftung und Verurteilung eines Unschuldigen führen konnte. »Sie bitten mich um Hilfe?«

»Ja, Mylord, das tue ich.«

Ängstlich wartete Lovejoy auf die Antwort. Aber der Viscount blickte nur über die im Dunkeln liegenden Felder hinweg, seine Miene blieb ausdruckslos.

Lovejoy wusste, dass Devlins eigener, fast fatal endender Zusammenstoß mit der unglücklichen Arbeitsweise des britischen Rechtssystems viel mit seiner Leidenschaft zu tun hatte, für Mordopfer nach Gerechtigkeit zu streben. Aber der Magistrat hatte immer schon den Verdacht gehegt, dass mehr dahinter steckte. Dem Viscount war etwas zugestoßen – ein düsterer, aber unbekannter Zwischenfall in seiner Vergangenheit, der ihn dazu getrieben hatte, sein Offizierspatent zu veräußern und einen Weg der Selbstzerstörung einzuschlagen, von der er erst kürzlich angefangen hatte, sich zu erholen.

Der Wind frischte noch stärker auf, bewegte die Äste der Ulmen am Bachlauf und ließ ein zerrissenes Theaterplakat über das schäbige Backsteinpflaster der Brücke flattern. Devlin sagte: »Die Krone und die Oberseite der Krempe von Prestons Hut sind nass, aber die Unterseite nicht. Und da sein Haar ebenfalls trocken aussieht, würde ich sagen, dass er im Regen spazieren gegangen ist und getötet wurde, nachdem es aufgehört hatte zu regnen. Um wie viel Uhr war das?«

»Gegen halb zehn«, sagte Lovejoy uns stieß einen erleichterten Seufzer aus.

Kapitel 4

Sebastian drehte sich zu Prestons Leiche um. Der kopflose Körper lag auf dem Rücken, die Arme ausgestreckt, ein Bein leicht angewinkelt, und das nasse Gras war dunkel von seinem Blut. Sebastian hatte in seinen sechs Jahren im Militärdienst oft derartige Anblicke gesehen – und schlimmere. Trotzdem war er gegen ein solches Gemetzel nicht abgestumpft. Er zögerte nur einen winzigen Augenblick, dann ging er neben dem Leichnam in die Hocke.

»Wer hat ihn gefunden?«, fragte er und stützte sich mit einem Unterarm auf dem Knie ab.

»Eine Schankmaid und ein Stalljunge vom *Rose and Crown*«, antwortete Lovejoy. »Kurz nach elf. Das Barmädchen – Molly Watson heißt sie, glaube ich – hat den Magistraten der Gemeinde alarmiert.«

Sebastian drehte sich um und betrachtete die leere Straße. »Was hat sie denn um diese späte Stunde hier zu schaffen gehabt?«

»Ich habe selbst nicht mit ihr gesprochen. Sir Thomas – der örtliche Magistrat – sagte ihr, sie könne nach Hause gehen, bevor ich eingetroffen bin. Aber soweit ich es verstanden habe, hatte sie wohl keine plausible Erklärung.« Lovejoys Stimme wurde ganz gepresst vor Missbilligung. »Sir Thomas meinte, ihr Ziel wäre wohl der Heuschober in dem Stall dort drüben gewesen.«

Sebastian musste den Kopf senken, um sein Lächeln zu verstecken. Als strammer Reformist lebte Lovejoy nach einem strengen Moralkodex und war deshalb leicht aus der Fassung zu bringen, wenn Menschen einen viel freieren Lebensstil bevorzugten als er selbst.

»War sein Herrenmantel schon so geöffnet, als er gefunden wurde?«, fragte Sebastian. Er sah Prestons Taschenuhr auf dem Boden neben seiner Hüfte liegen; sie war noch an der goldenen Kette befestigt.

»Einer der Wachtmeister sagte, dass er die Taschen des Mannes nach seinen Karten durchsucht hat. Ich nehme an, dabei hat er den Mantel geöffnet.«

Sebastian zog sich einen Handschuh aus und berührte die blutgetränkte Weste. Er zog die nasse und klebrige Hand wieder zurück. »Er ist noch ein bisschen warm«, sagte er und wischte sich die Hand mit seinem Taschentuch ab. »Wissen Sie, wann er zuletzt gesehen wurde?«

»Laut seiner Dienerschaft ist er gegen neun Uhr ausgegangen. Sein Haust ist nicht weit weg von hier – gleich hinter Hans Place. Man sagte mir, er war Witwer mit zwei erwachsenen Kindern, einem Sohn in Jamaika und einer unverheirateten Tochter. Unglücklicherweise hat die Tochter den Abend mit Freundinnen verbracht und hatte keine Kenntnis der Pläne ihres Vaters für die vergangenen Stunden.«

Sebastian ließ den Blick über die dunklen, grasbewachsenen Ufer des Bachlaufs schweifen. »Ich frage mich, was zum Teufel er hier wollte. Ich bezweifle irgendwie, dass er auf der Suche nach einem warmen Heuboden war.«

»Das nehme ich doch nicht an, Sir«, sagte Sir Henry und räusperte sich peinlich berührt.

Sebastian erhob sich wieder. »Schicken Sie die Leiche zu Gibson?«, fragte er. Paul Gibson, der einbeinige irische Wundarzt mit einer gefährlichen Opiumsucht, konnte die Geheimnisse eines toten Körpers besser enträtseln als jeder andere in England.

Sir Henry nickte. »Ich bezweifle, dass er uns mehr als das Offensichtliche zu berichten hat, aber ich schätze, wir sollten ihn den Leichnam begutachten lassen.«

Sebastian wandte den Blick erneut auf den Kopf auf der Brücke. Die Blutlache um ihn herum war in der Kälte geronnen. »Weshalb hat man ihm den Kopf abgeschnitten?«, sagte er halb zu sich selbst. »Und dann auf der Brücke drapiert?« Einst war es üblich gewesen, die Köpfe von Verrätern auf Piken auf der London Bridge aufzuspießen. Dieser barbarische Brauch war allerdings vor hundertfünfzig Jahren aufgegeben worden.

»Vielleicht zur Warnung?«, schlug Sir Henry vor.

»Für wen?«

Der Magistrat schüttelte den Kopf. »Das vermag ich mir nicht vorzustellen.«

»Es ist mächtiger Hass – oder Zorn – nötig, damit ein Mann sich dazu hinreißen lässt, den Körper eines Mitmenschen zu verstümmeln.«

»Zorn oder ein verwirrter Geist«, sagte Sir Henry.

»Richtig.«

Sebastian ging zum alten Backsteinfundament der Brücke. Er hatte keine Fackel dabei, brauchte allerdings auch keine, da er eine fast tierhaft scharfe Seh- und Hörfähigkeit besaß, die es ihm ermöglichte, sehr weit und auch im Dunkeln zu sehen und Geräusche wahrzunehmen, die den meisten seiner Mitmenschen verborgen blieben, wie er erfahren hatte.

»Was ist das?«, fragte Sir Henry, als Sebastian zum Ufer hinunterschlitterte, sich bückte und einen Gegenstand aufhob, der vielleicht einen halben Meter lang und zehn Zentimeter breit, aber sehr dünn war.

»Es scheint eine Art altes Metallband zu sein«, sagte Sebastian und drehte es in seinen Händen. »Wahrscheinlich aus Blei. Es ist an beiden Enden frisch bearbeitet worden, und da ist eine Inschrift. Sie lautet ...« Er brach ab.

»Wie? Wie lautet sie?«

Er sah auf. »Sie lautet ›King Charles, 1648‹.«

»Grundgütiger«, flüsterte Sir Henry.

Jeder britische Schuljunge kannte die Geschichte von King Charles I, Enkel von Mary, Königin von Schottland. Er war von Oliver Cromwell und seinen puritanischen Kohorten am 30. Januar 1649 verurteilt und enthauptet worden. Nur, weil im traditionellen Kalender das neue Jahr am 25. März begann statt am ersten Januar, hatten die Chronisten der damaligen Zeit das Datum der Hinrichtung für das Jahr 1648 verzeichnet.

»Vielleicht hat es mit dem Mord gar nichts zu tun«, sagte Sir Henry. »Wer weiß, wie lange es schon hier liegt?«

»Die Oberfläche ist trocken, also muss es fallen gelassen worden sein, nachdem der Regen aufgehört hat.«

»Aber was könnte ein Mann wie Stanley Preston denn nur mit Charles I zu tun haben?«

»Abgesehen von der Todesart, meinen Sie?«, fragte Sebastian.

Der Untersuchungsrichter kniff die Lippen so fest zusammen, dass die Haut neben seinen Nasenflügeln ganz weiß wurde. »Das ist das eine.«

Irgendwo in der Ferne setzte Glockengeläut ein, dann erklang eine zweite Kirchenglocke. Der Nebel zog kalt und klamm vom Fluss herauf. Sebastian sah, wie Sir Henry die Straße entlang zum Sloane Square blickte, wo die Lichter der Öllaternen zu einem dumpfen Schimmer verkümmerten.

»Es ist eine beängstigende Vorstellung, dass derjenige, der das hier getan hat, noch irgendwo da draußen ist«, sagte der Magistrat. »Und mitten unter uns lebt.«

Und er könnte es wieder tun.

Das sprachen weder Sir Henry noch Sebastian laut aus. Aber die Worte waren da, und der kalte, kräftige Wind trug sie davon.

Kapitel 5

Der Geruch von frischem Blut hatte die Pferde verängstigt, sodass Sebastian alle Hände voll zu tun hatte, als er seinen Zweispänner heimwärts lenkte.

»War das echt 'n Kopf auf der Brücke?«, fragte Tom, als sie in die Sloane Street einbogen. »Von 'nem Mann?«

»Ja.«

Der *Tiger* stieß aufgeregt den Atem aus. »Boah! Eklig.«

Der kleine, schmalgesichtige Bursche war seit nunmehr zwei Jahren bei Sebastian. Nicht einmal Tom selbst kannte sein richtiges Alter und seinen Nachnamen. Er hatte allein auf der Straße gelebt, als er versucht hatte, Sebastian um seine Geldbörse zu erleichtern – und zu guter Letzt dessen Leben gerettet hatte.

Und zwar mehr als ein Mal.

Sebastian sagte: »Er gehört – oder ich sollte wohl sagen, gehörte – zu einem gewissen Mr Stanley Preston.«

Tom schien den Klang in Sebastians Stimme genau wahrzunehmen, denn er sagte: »Ihr habt wohl nich viel für den Kerl übrig gehabt?«

»Tatsächlich habe ich ihn kaum gekannt. Allerdings muss ich gestehen, dass ich mit Männern, deren Wohlstand aus Zuckerplantagen auf den Westindischen Inseln stammt, so meine Schwierigkeiten habe.«

»Weil die Zucker anbauen?«

»Weil ihre Plantagen nicht von Pächtern, sondern von Sklaven bearbeitet werden. Hauptsächlich von Afrikanern, aber sie setzen auch deportierte irische und schottische Rebellen ein.«

Sie fuhren schweigend weiter, bis sie an der Zollstelle des Hyde Parks vorbei waren und durch die ruhigen, regennassen Straßen Mayfairs rollten. Dann sagte Tom plötzlich: »Wenn Ihr den nich leiden mochtet, warum stört's Euch dann, dass ihn einer gekillt hat?«

»Weil selbst diejenigen, die Plantagen auf den Westindischen Inseln besitzen, es nicht verdient haben, brutal ermordet zu werden. Abgesehen davon finde ich die Vorstellung, meine Heimatstadt mit jemandem zu teilen, der herumspaziert und seinen Feinden einfach den Kopf abschneidet, etwas beunruhigend.«

»Beun-was?«

»Beunruhigend. Es macht mir ein ... ungutes Gefühl.«

»Schätze, es war'n Franzmann«, sagte Tom, der Fremden allgemein und Franzosen im Besonderen ein großes Misstrauen entgegenbrachte. »Die schneiden den Leuten doch immer die Köpfe ab.«

»Das ist eine interessante These, die sicherlich Betrachtung verdient.« Sebastian hielt vor der Eingangstreppe seines Stadthauses in der Brook Street an. Die Öllampen, die an beiden Seiten der Tür weit oben angebracht waren, warfen goldene Lichtpfützen auf das nasse Pflaster, aber das Haus selbst lag dunkel und ruhig da, da die Bewohner noch schliefen. »Kümmer dich um die Pferde, dann geh ins Bett und bleib dort. Es ist fast Morgengrauen.«

Tom huschte voran, um die Zügel zu nehmen, als Sebastian leichtfüßig auf das Pflaster sprang. »Werdet Ihr ausschlafen?«

»Nein.«

»Na, dann rechnet ma nich damit, dass ich das mache«, sagte Tom und schob mürrisch das Kinn vor.

Sebastian schnaubte. Toms Begriff von Gehorsam war noch immer etwas wacklig.

Er beobachtete Tom, der zu den Stallungen fuhr, und drehte sich dann um, um ins Haus zu gehen. Als er sich im Ankleidezimmer entkleidete, bewegte er sich leise, bevor er neben Hero ins Bett kroch. Er wollte sie nicht wecken. Aber das Bedürfnis, ihren warmen, lebendigen Körper an seinem zu spüren, war zu groß. Vorsichtig schob er einen Arm um ihre Taille und schmiegte seine Brust an ihren Rücken.

Sie schob die Hand auf seine, und in der Dunkelheit sah er ein Lächeln auf ihren Lippen, als sie sich leicht drehte, sodass sie ihn über die Schulter anschauen konnte. »Du warst lang weg«, sagte sie. »War es so schlimm, wie Sir Henrys Nachricht vermuten lässt?«

»Schlimmer.« Er schmiegte das Gesicht in ihr dunkles, duftendes Haar. »Schlaf weiter.«

»Kannst du denn schlafen?«

»In einer Weile.«

»Ich kann dir helfen«, sagte sie heiser und streichelte mit der Hand über seine nackte Hüfte. Ihm blieb der Atem stehen, als sie sich in seinen Armen umdrehte und seinen Mund mit den Lippen bedeckte.

***

Als er am nächsten Morgen herunterkam, traf er Hero im Flur. Sie trug eine jagdgrüne Pelisse und einen Samthut mit drei Federn. Sie zog gerade ein Paar rehlederne Handschuhe an, dann sah sie auf und entdeckte ihn.

»Na, guten Morgen«, sagte sie mit einem herzlichen Lächeln in den Augenwinkeln. »Ich habe nicht erwartet, dich so früh zu sehen.«

»Es ist nicht mehr früh.«

Sie drehte sich zum Spiegel über der Konsole, um ihren Hut zu richten. »Wenn man fast die ganze Nacht auf war, schon.«

Sie war eine ungewöhnlich große Frau, fast so groß wie Sebastian, mit dichtem mittelbraunem Haar und grauen Augen, in denen eine fast beängstigende Intelligenz funkelte. Ihr Aussehen würde man eher als attraktiv denn hübsch bezeichnen, da sie ein ausgeprägtes Kinn, einen großen Mund und eine gebogene Nase besaß, die sie von ihrem Vater, Lord Jarvis, geerbt hatte. Der war ein entfernter Vetter von King George und stand als die eigentliche Macht hinter der zerbrechlichen Regentschaft des Prinzen von Wales. Vor einiger Zeit hatte Jarvis versucht, Sebastian ermorden zu lassen – und zweifelsohne würde er das wieder tun, wenn es seinen Zwecken diente.

»Hast du wieder eine Befragung?«, fragte er, während er beobachtete, wie sie den Hut schräg auf den Kopf setzte. »Worum geht es dieses Mal? Müllmänner? Kaminfeger? Blumenmädchen?«

»Marktleute.«

»Aha.«

Sie schrieb eine Serie von Artikeln über Londons arme Arbeiterklasse, die sie am Ende in einem Buch zusammenführen wollte. Es war ein Vorhaben, das ihren Vater anekelte, einerseits, weil er ihre Tätigkeit für eine Frau als unpassend ansah, andererseits weil dem Projekt ein Hauch von Radikalismus anhaftete, den er verabscheute. Allerdings hatte Hero sich von den Erwartungen und Vorurteilen ihres Vaters noch nie einengen lassen.

Sie sagte: »Der Mord an Stanley Preston steht in allen Zeitungen. Ist er tatsächlichen enthauptet worden?«

»Ja.«

Sie drehte sich langsam wieder zu ihm um und betrachtete ihn ruhig mit großen Augen.

Er sagte: »Hast du einen Augenblick Zeit? Ich würde dir gern etwas zeigen.«

»Sicher.« Sie legte die Pelisse ab und folgte ihm in die Bibliothek, wo er das altertümliche Metallband auf seinem Schreibtisch hatte liegen lassen.

»Das hier habe ich in der Nähe von Prestons Leichnam gefunden.« Er gab ihr den Bleistreifen und beschrieb ihr knapp die Szenerie an der Brücke.

»König Charles, 1648«, las sie und sah zu ihm auf. »Ich verstehe nicht; was ist das?«

»Ich könnte falsch liegen, aber solche Metallbänder habe ich schon gesehen; um alte Särge befestigt.«

»Du willst sicher nicht andeuten, dass das hier vom Sarg von Charles I stammt?«

»Ich weiß es nicht. Aber es ist doch verräterisch, dass die Inschrift ›King Charles‹ lautet, und nicht ›Charles I‹, und 1648 anstatt 1649. Wo genau ist Charles I bestattet worden? Mir ist aufgefallen, dass ich das gar nicht weiß.«

»Das weiß niemand. Nach der Hinrichtung war die Rede davon, dass er in Westminster Abbey beerdigt werden sollte. Aber Cromwell hat das nicht erlaubt, also haben die Männer des Königs ihn bei Nacht weggebracht und heimlich bestattet. Es gibt widersprüchliche Berichte darüber, was sie mit ihm gemacht haben sollen. Ich habe schon Vermutungen gehört, er wäre in der St George's Chapel in Windsor Castle bestattet. Aber keiner weiß es mit Gewissheit.« Sie runzelte die Stirn. »Welchem politischen Lager hat Preston angehört?«

»Es würde mich sehr wundern, wenn er eine Nostalgie für die Stuarts hegte, falls du das denkst.«

Sie fuhr mit den Fingerspitzen die Gravur nach. Ihre Züge waren gefasst und nachdenklich. »Ist es dir recht, wenn ich das Jarvis zeige?«, fragte sie und griff wieder nach ihrer Pelisse.

»Er wird es nicht schätzen, dass ich dich erneut in eine Mordermittlung hineinziehe.«

»Keine Sorge«, sagte sie, als ihr Sebastian die Pelisse abnahm und ihr damit half. »Ich bezweifle ernstlich, dass seine Abneigung gegen dich noch größer werden könnte als sie bereits ist.«

Er musste lachen. Dann drehte er sie zu sich um, ließ die Hände auf ihren Schultern liegen und schwieg.

»Was?«, fragte sie und sah ihn an.

»Nur dass … Wer auch immer Preston ermordet hat, war entweder so zornig, dass er am Rande des Wahnsinns war, oder er ist tatsächlich geisteskrank. Und ich weiß nicht, welche der beiden Möglichkeiten ihn gefährlicher macht.«

»Wahnsinn ist immer angsteinflößend, wahrscheinlich, weil er einfach nicht nachvollziehbar ist. Aber ich glaube, dass ich dennoch mehr einen Mann fürchte, der brutal, aber geistig gesund ist. Denn der ist zu durchtriebener, kalter Berechnung fähig.«

»Weil er klug ist?«

»Ja, und weil die Wahrscheinlichkeit, dass er Fehler macht, geringer ist.«

Kapitel 6

Sebastian ließ seinen Zweispänner vorfahren. Als er aus dem Haus trat, führte Tom die Grauen die Brook Street hinunter und herauf. In den frühen Morgenstunden hatte es wieder geregnet, sodass das Pflaster nass war. Dunkle, schwere Wolken hingen tief über den unzähligen Dächern und den rauchenden Schornsteinen der Stadt. Der Atem der Pferde stieg weiß in die Kälte auf.

»Wenn du einschläfst und von deinem Bock fällst«, sagte Sebastian und griff nach den Zügeln, »dann halte ich nicht an, um dich aufzuheben.«

Aber Tom lachte nur und kletterte nach hinten auf seinen Platz.

***

Sie fuhren Richtung Süden, um den Rand des Hyde Parks herum, in dem dünne Nebelwölkchen noch zwischen den Bäumen hingen und die fernen Büsche wie verwischte Schatten aussahen.

Vor nicht allzu langer Zeit waren Knightsbridge und Hans Town verschlafene, nette Dörfer gewesen, die etwas außerhalb der weitläufigen Stadt London gelegen hatten. Inzwischen säumten hübsche, drei- bis fünfgeschossige Reihenhäuser – plus Keller- und Dachgeschossen – weite Plätze und eine breite Durchgangsstraße namens Sloane Street, die sich von Knightsbridge bis zu Chelsea und der Themse hinunter zog. Das Viertel war bei wohlhabenden Juristen, Ärzten und Bankiers beliebt. Es gab auch einige angesehene Unterkunftshäuser, Werkstätten und mehrere bescheidene, aber gemütliche Gebäude für Kaufleute.

Da Sebastian die trauernde Tochter von Preston nicht so früh am Morgen stören wollte, ging er zunächst zum *Rose and Crown*. Die gut geführte Gaststätte war Ende des achtzehnten Jahrhunderts aus Backstein erbaut worden. Ein frisch geweißelter Bogen führte in einen gut besuchten Hinterhof und zu einem Gastraum, der nach Schinken, Holzfeuer und kräftigem Ale roch. Ein vollbusiges, dunkelhaariges Mädchen von vielleicht sechzehn Jahren mit dunklen Augen wischte die Tische ab, als Sebastian eintrat.

»Sind Sie Molly?«, fragte er.

Sie drehte sich um, und ein Lächeln ließ ihr hübsches Gesicht aufstrahlen, als sie ihn offen vom Scheitel bis zur Sohle musterte. »Bin ich. Und Ihr?«

»Devlin. Ich würde gern ein paar Fragen zu gestern Abend stellen.«

Das Lächeln erlosch, und sie verschwand hinter dem glänzenden Eichentresen, der sich an einer Wand entlang erstreckte. »Warum wolln Ihr das wissen? Ihr seht nich wie 'n Kadi aus.«

»Bin ich auch nicht.« Er legte eine Münze auf den Tresen. Das Metall klackerte leise auf dem glänzenden Holz. »Ich hörte, dass Sie Mr Preston gestern Abend erkannt haben. War er oft hier zu Gast?«

Ihre Hand fuhr vor, und das Geld verschwand. »Manchmal. Ich glaube, am liebsten war ihm das *Monster*.«

»*Monster*?«

Sie ruckte mit dem Kopf in westlicher Richtung. »Gleich hinter der Sloane Street.« Sie kräuselte ihre Stupsnase. »Das ist so'n alter Laden, dass man ein paar Stufen runter gehen muss, um durch den Eingang zu kommen.«

Sebastian ließ den Blick durch den Schankraum mit seinen hübschen, runden Tischen, den gradlehnigen Stühlen und der glänzenden Vertäfelung wandern. »War Mr Preston gestern Abend hier?«

»Nö. Hab ihn seit vierzehn Tagen nich mehr gesehn.«

»Wenn er hierher kam, was hat er da getrunken?«

»Meistens Ale. Aber der war kein Säufer, falls Ihr das frage wolle. Meistens ist er nur auf 'n Bierchen hergekommen und kurz darauf wieder gegangen.«

Sebastian wandte den Blick wieder auf ihr hübsches, ausdrucksvolles Gesicht. »Ich hörte, dass Sie dem Magistraten erzählt haben, was Sie auf der Brücke gefunden haben. Aber es war noch jemand bei Ihnen, nicht wahr? Jemand von den Stallungen?«

»Cian O'Neal.« Ihre Stimme troff vor Verachtung. »Hat nur einen Blick auf den Kopf dort oben geworfen und sofort angefangen zu schreien, als wollte er nie wieder aufhören. Dann sach ich zu ihm, dass wir Sir Thomas rufen müssen, und er fängt an, am ganzen Körper zu zittern. Seine Augen sind so groß geworden, dass ich schon dachte, gleich springen die ihm aus dem Kopf. Ich also nach sei'm Arm gegriffen, aber er reißt sich los und haut ab. Hat nich mal zurückgeguckt.«

»Haben Sie sonst noch jemanden in der Nähe der Brücke gesehen?«

Sie starrte ihn an. »Was meine Ihr? Dass dort *zwei* Köpfe warn?«

»Ich habe mich gefragt, ob Sie vielleicht jemanden haben weglaufen sehen, als Sie die Straße entlanggegangen sind?«

»Nein. Ich weiß noch, wie ich Cian ausgelacht habe, weil es so dunkel und still war, dass er schon Schiss hatte, bevor wir den Kopf gesehen haben.«

»Können Sie sich vorstellen, aus welchem Grund Mr Preston um die Uhrzeit abends an der Brücke gewesen sein könnte?«

Ihre Augen weiteten sich etwas. »Da drüber hab ich nich nachgedacht ... Tja, nö. Tatsächlich vermeiden die meisten Leute von hier die Blutige Brücke, wenn's dunkel wird.«

»Die Blutige Brücke?«

»So wird sie genannt, wisse Ihr.«

»Nein, das wusste ich noch nicht.«

Sie schniefte, fast so geringschätzig ob seiner Unwissenheit wie wegen der Angst des armen Cian O'Neal. »Man sagt, die wird von den Leuten heimgesucht, die über die Jahre dort gestorben sind.«

»Aber Sie hatten keine Angst hinzugehen«, sagte Sebastian.

Sie zuckte die Achseln. »Ist der kürzeste Weg nach Five Fields, oder?«

»Und weshalb wollten Sie am Abend nach Five Fields?«

Sie lächelte spitzbübisch und zog mit einem wissenden Blick die Augenbrauen hoch. »Mit Cian werd ich da jedenfalls nich mehr hingehen, das is mal klar.«

»Wie haben Sie über Mr Preston gedacht?«

Sie zuckte die Schultern. »Der hat mir nie Ärger gemacht, wie manche andere, falls Ihr das meine.«

»Haben Sie irgendwelche Vermutungen gehört, was ihm zugestoßen sein könnte?«

»Die meisten Leute sagen, es waren Straßendiebe. Pff, das zeigt ja, wie viel sie wissen.«

»Warum sind Sie so sicher, dass es keine Straßendiebe waren?«

Sie reckte das Kinn. »Hab doch seine Taschenuhr gesehn, ne? Hing an der Kette, als hätte er gerade nach der Uhrzeit geguckt. Welcher Straßenräuber würde denn 'nen Kerl 'nen Kopf kleiner machen und dann die Uhr offen da liegen lassen?«

»Mr Prestons Herrenmantel war also schon aufgeknöpft, als Sie ihn gefunden haben?«

Sie runzelte die Stirn. »Hm, ich glaub schon, muss ja. Hab gar nich drüber nachgedacht, aber ja, schätze schon.«

***

Sebastian fragte in den Stallungen nach Cian O'Neal, doch der war an diesem Morgen nicht zur Arbeit erschienen. Schließlich machte er den Burschen in einem baufälligen Cottage am Ende der Wilderness Row ausfindig, wo er mit seiner verwitweten Mutter und fünf kleinen Geschwistern lebte.

Auf Sebastians Pochen öffnete die Mutter des Jungen die Tür, eine spindeldürre, abgehärmte Frau mit graumelierten Haaren, die aussah wie sechzig, aber wohl nicht einmal vierzig Jahre alt war, nach dem heulenden Kleinkind in ihren Armen zu urteilen.

»Bitte entschuldigt, me Lord«, sagte sie und knickste, als Sebastian erklärte, wer er war und weshalb er gekommen war, »aber ich fürchte, aus Cian werdet Ihr nicht viel Sinnvolles herausbekommen. Er hat die ganze Nacht kein Auge zugetan, sondern nur zitternd in der Ecke neben dem Feuer gesessen. Vorhin ist ein Wachtmeister von der Bow Street vorbeigekommen und hat versucht, mit ihm zu sprechen, aber der arme Bub hat nur Unsinn davon geredet, er hätte den Dullahan gesehen.«

Vom Dullahan hatte Sebastian schon gehört. In der irischen Folklore wurde er als schwarz gekleideter Reitersmann beschrieben, der mit dem eigenen Kopf in der Hand einen schwarzen, feuerspuckenden Hengst ritt. Die Legende besagte, dass immer, wenn der Dullahan irgendwo anhielt, ein Mann, eine Frau oder ein Kind starb.

Sebastian sagte: »Ich würde gern versuchen, mit ihm zu sprechen.«

Er sah an der Art, wie die Frau besorgt das Gesicht verzog, dass sie es ihm am liebsten versagt hätte. Aber sie gehörte einer Klasse an, deren Mitglieder von Geburt an damit aufgewachsen waren, den Bessergestellten zu gehorchen.

Sie knickste und ließ ihn eintreten.

Das Cottage war sauber, aber armselig mit einem niedrigen Gebälk, einem gefegten Lehmboden und einem wurmstichigen, alten Tisch, zu dem Bänke gehörten, die aussahen, als wären sie aus Holzresten zusammengezimmert, die jemand auf der Straße gesammelt hatte. Das Cottage bestand aus einem einzigen Raum, in dem eine Matratze in einem Alkoven halb verdeckt hinter einem rissigen Vorhang lag und eine befestigte, grob gezimmerte Leiter zum Dachboden hinaufführte.

Cian O'Neal saß auf einem niedrigen, dreibeinigen Hocker vor dem Feuer, die Schultern vorgebeugt und die Hände zwischen die Knie geklemmt. Er war ein gutaussehender Bursche von siebzehn oder achtzehn Jahren, groß, muskulös und auffallend attraktiv, mit hellblauen Augen und goldblondem Haar, das sich weich an seinen schmalen Wangen lockte. Er starrte unbeirrt ins Feuer, als ob er die Ankunft von Devlin gar nicht bemerkte. Aber als seine Mutter ihn an der Schulter berührte, ruckte er herum und sah sie aus großen, ängstlichen Augen an.

»Da ist ein Lord, der mit dir sprechen will, Cian«, sagte sie sanft. »Über letzten Abend.«

Der Blick des Jungen glitt von ihr zu Sebastian. Ein Zucken huschte über sein Gesicht, und seine Brust hob und senkte sich sichtbar bei seinen schnellen, starken Atemzügen.

Sebastian sagte: »Ich möchte nur wissen, ob Sie irgendetwas gesehen oder gehört haben, das uns helfen könnte herauszufinden, was letzte Nacht passiert ist.«

Der Junge öffnete den Mund, und in seiner verkrampften Kehle rasselte die Luft, als er tief einatmete und dann einen grellen, angstvollen Schrei ausstieß.

Sebastian drückte der armen Frau eine Münze in die Hand und ging wieder.

Kapitel 7

»Ihr wollt nicht ernstlich andeuten, dass ich auf irgendeine Weise wissen könnte, wer Stanley getötet hat, oder weshalb? Großer Gott!«

Henry Addington, First Viscount Sidmouth und Home Secretary des Vereinigten Königreiches von Großbritannien und Irland stand mit geballten Fäusten da und starrte den großen Mann an, der gelassen in einem gepolsterten Ohrensessel neben dem leeren Kamin seiner Räumlichkeiten in Carlton House saß.

Charles Lord Jarvis spielte an dem Griff eines diamantenbesetzten Monokels herum, das er seit Kurzem an einem Band um den Hals zu tragen pflegte. »Wollt Ihr mir weismachen, dass es nicht so ist?«

»Natürlich nicht!«

Jarvis schürzte die Lippen. Er war ein ungewöhnlich hochgewachsener Mann, sowohl in Größe wie in Breite beeindruckend, sein Gesicht war fleischig, die Lippen voll und unerwartet sinnlich, und die gebogene Nase, die er seiner Tochter Hero vererbt hatte, verlieh seinem Antlitz einen brutalen Zug. Addington mochte der Innenminister sein, während Jarvis keinen offiziellen Titel trug, dennoch war er der bei Weitem mächtigere Mann. Seine Vorrangstellung verdankte er nicht seiner – entfernten – Verwandtschaft mit dem König, sondern seinem brillanten Kopf und den vollkommen skrupellosen Methoden, die er willens war anzuwenden, wenn es um die Wahrung der Macht und des Prestiges der Monarchie im Innern sowie der Interessen Britanniens im Äußern ging. Jarvis war der einzige Grund, weshalb der Prinzregent noch nicht das gleiche Schicksal hatte erleiden müssen wie die königlichen Häupter auf der anderen Seite des Kanals, und die meisten Menschen wussten das.

Jarvis hob das Monokel an ein Auge und betrachtete den Minister des Inneren hindurch. »Ihr wollt mir weismachen, dass dieser Mord nichts mit Euch zu tun hat?«

»Nichts.«

»Der Mann war Euer Vetter.«

Eine schwache, verräterische Röte erschien auf den Wangenknochen des Home Secretarys. »Wir standen uns nicht ... nahe.«

»Und sein Tod hat keinerlei Bezug zu irgendwelchen Staatsangelegenheiten?«

»Nein.«

Jarvis ließ das Monokel fallen. »Und da seid Ihr ganz sicher?«

»Ja!«

Jarvis erhob sich. »Das erleichtert mich. Solltet Ihr jedoch entdecken, dass Ihr Euch irrt, werdet Ihr mich unverzüglich benachrichtigen?«

Sidmouth spannte den Kiefer an. Er war Mitte fünfzig, sein dunkles Haar ergraute und um die Mitte herum war er füllig geworden. Die Haut seiner Hände und im Gesicht war so weich und blass wie die einer verwöhnten Adeligen. Aber er besaß das Kinn eines

Metzgers und Preisboxers, stark, mächtig und aggressiv. »Aber sicher«, sagte er.

»Gut. Das wäre alles.«

Sidmouth verbeugte sich höflich und verließ das Zimmer.

Augenblicks darauf erschien der große, dunkelhaarige ehemalige Husarenmajor auf der Türschwelle, der im Vorzimmer gewartet hatte. Sein Name war Peter Archer, und er war einer von mehreren ehemaligen Offizieren in Jarvis' Diensten.

»Sidmouth verbirgt etwas«, sagte Jarvis. »Ich will wissen, was.«

Der Major verzog die Lippen zu einem angedeuteten Lächeln und verbeugte sich. »Jawohl, Mylord.«

Kapitel 8

In der Hoffnung, dass Paul Gibson bei der Obduktion von Prestons Leiche bereits Fortschritte gemacht habe, lenkte Sebastian seine Pferde zum Tower of London, an dessen Fuß der Ire eine kleine Praxis im Schatten der rußgeschwärzten Mauern der grimmigen mittelalterlichen Feste unterhielt.

Die Freundschaft zwischen Sebastian und dem früheren Regimentsarzt ging fast zwanzig Jahre zurück, bis zu jenen Tagen, als beide Männer die Farben des Königs getragen und von Italien über die Westindischen Inseln bis hin zur iberischen Halbinsel in den Kriegen des Monarchen gekämpft hatten. Dann hatte eine Kanonenkugel Gibson den unteren Teil des linken Beins weggeschossen und einen schmerzgeplagten Verwundeten mit einer immer schlimmer werdenden Opiumsucht aus ihm gemacht. Schließlich hatte er die Armee verlassen und war nach London gegangen, wo er seine Zeit zwischen seiner Praxis und Lesungen in den städtischen Hospitälern aufteilte. Er wusste mehr über den menschlichen Körper als alle, denen Sebastian je begegnet war. Teilweise verdankte er sein Wissen einer Folge illegitimer Sektionen, die er an Leichen durchführte, welche Totenausgräber ihm von den Friedhöfen der Gegend besorgten.

Bis zu diesem Januar hatte Gibson allein gelebt. Inzwischen teilte er das alte, kleine Steinhaus neben seiner

Praxis jedoch mit Alexi Sauvage, einer schönen und geheimnisvollen, unkonventionellen Französin, die auf ihre Weise ebenso beschädigt war wie Gibson.

Um keine Begegnung mit ihr zu riskieren, schritt Sebastian durch den schmalen Durchgang, der an Gibsons Haus vorbei zu dem ungepflegten Garten dahinter führte. Der überwucherte Garten, stummer Zeuge der Geheimnisse, die darin vergraben waren, erstreckte sich bis zu einer hohen Steinmauer, an der das Nebengebäude hing, das nur aus einem Raum bestand. Darin führte Gibson sowohl die ihm von Rechts wegen übertragenen Autopsien durch als auch seine heimlichen Leichensektionen. Durch die offene Tür hörte Sebastian den Iren leise vor sich hin singen. »*Ghile Mear 'sa seal faoi chumha, 'S Éire go léir faoi chlócaibh dubha ...*«

Der enthauptete, nackte Körper von Stanley Preston lag auf dem hohen Granittisch in der Raummitte. Als Sebastians Schatten darauf fiel, unterbrach sich Gibson und blickte auf. »Ah, da bist du ja, mein Freund«, sagte er in übertrieben starkem Akzent. »Dachte schon, dass ich dich bald zu Gesicht bekäme.«

Er war nur wenige Jahre älter als Sebastian, aber die chronischen Schmerzen hatten sein dunkles Haar an den Schläfen bereits mit Grau durchzogen und tiefe Falten in sein Gesicht gezeichnet. Seine Opiumsucht war auch nicht sehr hilfreich, obgleich Sebastian bemerkte, dass er weniger ausgemergelt wirkte als früher.

Sebastian blieb auf der Türschwelle stehen und ließ den Blick durch den kalten Raum wandern, bis er Prestons Kopf in einer Emailleschüssel entdeckte, die auf einem langen Regalbrett stand. In den vergangenen zwölf Stunden schien das Gesicht eingesunken zu sein und hatte eine wächserne, gräuliche Farbe angenommen.

Sebastian schluckte und wandte den Blick erneut auf den Leichnam. Weit oben an der Brust des Mannes war deutlich ein kleiner violetter Schlitz zu sehen.

»Wurde er erstochen?«, fragte Sebastian. »Wieso um alles in der Welt habe ich das nicht gesehen?«

»Wahrscheinlich weil er durch die Enthauptung so von Blut überströmt war. Außerdem wurde er in den Rücken gestoßen. Was du hier siehst, ist die Stelle, an der die Klinge auf der anderen Seite wieder ausgetreten ist. Wenn auch nur wenig, würde ich sagen. Seine Weste wurde kaum angeritzt. Wenn du mir hilfst, ihn umzudrehen, zeige ich es dir.«

»Schon gut. Ich verlasse mich auf dein Wort.«

Gibson grinste.

»Also ist er daran gestorben?«, fragte Sebastian.

»Wäre er wahrscheinlich, ja. Aber nicht sofort. Ich vermute, er ist gestürzt, als er niedergestochen wurde, und sein Mörder hat ihm vollends den Garaus gemacht, indem er ihm die Kehle aufgeschlitzt hat.« Gibson hielt inne. »Dabei hat der Täter sich offenbar ein bisschen mitreißen lassen und hat ihm gleich den ganzen Kopf abgeschnitten.«

»Womit? Hast du eine Vorstellung?«

»Ich tippe auf einen Stockdegen; die Stichwunde im Rücken hat die richtige Größe. Ich würde sagen, der Mörder hat ihm den Degen in den Rücken gestoßen, bis er vorne wieder herauskam, dann hat er dieselbe Waffe benutzt, um ihm die Kehle aufzuschlitzen, indem er von oben nach unten durchgezogen hat, als der arme

Mann auf dem Boden lag. Vielleicht wollte er ihm nicht den Kopf abschlagen, sondern nur sichergehen, dass Preston tot ist.«

»Warum hat er dann den Kopf aufgehoben und auf der Brücke zur Schau gestellt?«

»Ach. Davon hat mir niemand etwas gesagt.«

Sebastian betrachtete das zerfetzte, geschundene Fleisch am Hals des Toten. Er selbst hatte mehr Köpfe, als er in Erinnerung behalten mochte, vom Rücken eines Pferdes mit einem schweren Kavallerieschwert von den Rümpfen geschlagen. Aber einem Mann, der auf dem Boden lag, mit einem schmalen Degen den Kopf abzutrennen, musste sehr viel schwieriger sein. »Wie leicht ist es, auf diese Weise einen Kopf abzutrennen?«

»Offenbar gar nicht leicht. Der Täter hat mindestens ein Dutzend Schläge gebraucht, vielleicht auch mehr.«

»Zauberhaft.« Sebastian drehte sich um und blickte auf den Garten. Die Wolkendecke des nächtlichen Sturms zeigte endlich erste blaue Lücken, aber das schwache Sonnenlicht fiel nur spärlich durch. Eine Frau trat aus dem Haus und blieb kurz auf der Hintertreppe stehen. Sie war klein und zierlich, und sie hatte das rote Lockenhaar und die blasse Haut, die man öfter in Schottland als in Frankreich zu sehen bekam. Als ihre Blicke sich begegneten, sah er, wie sich ihre Nasenflügel weiteten und ihr Mund zu seinem dünnen Strich wurde. Sie hob einen Korb und eine Handschaufel auf und ging zu einer Stelle an der Rückwand des Hauses, an der jemand ein kleines Beet mit Erbsen und Vergissmeinnicht angelegt hatte, wie er jetzt erkannte.

Sebastian sagte: »Weiß Madame Sauvage, dass du die letzten paar Jahre diesen Garten mit den Überbleibseln deiner Sektionen bepflanzt hast?«

»Aye, das habe ich ihr gesagt. Sie meinte, das ist noch mehr Grund, ihn in Ordnung zu bringen.«

Sebastian lehnte sich mit der Schulter an den Türrahmen und beobachtete sie. Er kannte nur einen Teil ihrer Geschichte. Sie war in den Tagen vor der Revolution in Paris geboren worden und hatte in Italien Medizin studiert. Aber da England Ärztinnen keine Lizenz erteilte, durfte sie in London nur als Hebamme praktizieren. Wie Gibson war sie Anfang dreißig und hatte nach eigenem Bekunden bereits zwei Ehemänner und zwei Liebhaber überlebt.

Einer der Verstorbenen war durch Sebastians Hand verschieden.

Gibson fragte: »Und wie geht es dem jungen Master Simon St Cyr?«

»Er ist ein Engel, bis es sechs Uhr abends schlägt. Dann fängt er punktum an zu schreien wie am Spieß und lässt sich vor Mitternacht nicht beruhigen.«

»Hat er Koliken? Das geht bald vorbei.«

»Das hoffe ich wirklich sehr.«

Der Chirurg lächelte und humpelte zu ihm. Gibsons Blick blieb wie der von Sebastian auf der Frau haften, die jetzt die reichhaltige, schwarze Erde in der Nähe des Hauses bearbeitete.

Seufzend sagte er: »Ich habe Alexi ein dutzend Mal gefragt, ob sie mich heiratet, aber sie will nichts davon hören.«

»Sagt sie auch, warum nicht?«

»Sie sagt, dass all ihre Männer gestorben sind.«

Ihre Liebhaber auch, dachte Sebastian, sprach es aber nicht aus.

Er drehte sich um und betrachtete das schmale, von Schmerzen gezeichnete Gesicht seines Freundes. »Sie sagte, sie könnte etwas tun, das dir gegen die Phantomschmerzen deines verlorenen Beines helfen kann.« Gegen die Schmerzen und gegen die Opiumsucht. »Hat sie es versucht?«

»Sie versucht es immer weiter, aber mir kommt es närrisch vor. Wie sollte eine Kiste mit Spiegeln denn etwas Gutes bewirken?«

»Es ist den Versuch wert, oder etwa nicht?«

Der Ire schüttelte einfach den Kopf und wandte sich wieder seiner Arbeit zu. »Ich werde es dich wissen lassen, wenn ich noch etwas herausfinde.«

Sebastian nickte und stieß sich vom Türrahmen ab.

Aber als er den schmalen Pfad zum Gatter entlangging, war er sich der still beobachtenden Blicke von Alexi Sauvage bewusst.

***

Es kam Sebastian oft so vor, als gleiche der Versuch, einen Mord aufzuklären, in gewisser Weise dem Bemühen, in dichtem Nebel eine Gestalt ausfindig zu machen. Zuerst nahm man nur etwas Schemenhaftes, Substanzloses wahr, und daraus bildete sich dann, je näher man kam, der oder die Ermordete. Und erst durch die Augen der Menschen, die das Opfer gekannt, geliebt oder auch gehasst hatten, konnte Sebastian nach und nach die Einzelheiten erkennen.

Zu diesem Zeitpunkt wusste Sebastian wortwörtlich nicht mehr über Stanley Preston, als dass er Vetter des Ministers des Inneren war, Witwer und Vater zweier Kinder, der in Jamaika eine Plantage besaß und nicht die Angewohnheit hatte, der jungen Schankmaid im örtlichen Pub zu Leibe zu rücken. Bevor Sebastian der trauernden Tochter des Toten gegenübertrat, hatte er das Bedürfnis, mehr zu erfahren. Deshalb galt seine nächste Aufwartung Henrietta, der Dowager Countess of Claiborne, in deren Haus.

Die Duchess, eine der Grandes Dames der besseren Gesellschaft, pflegte seit Langem ein nie ruhendes Interesse am Privatleben und der Abstammung aller Angehörigen der oberen Zehntausend. Da sie überdies über ein ehrfurchtgebietendes Erinnerungsvermögen verfügte und noch dazu kaum eine Einzelheit als zu trivial betrachtete, um sie für immer im Gedächtnis zu bewahren, konnte er sich in ganz London niemanden vorstellen, der ihm besser sagen könnte, was er über Mr Stanley Preston erfahren sollte.

Henrietta, geborene Lady St Cyr und die ältere Schwester des derzeitigen Earl of Hendon, war aller Welt als Sebastians Tante bekannt, obgleich sie eine der wenigen Menschen war, die wussten, dass die Verwandtschaft nur auf dem Papier bestand. Sie wohnte allein mit einer Armee an Dienstboten in einem riesigen Stadthaus in der Park Lane in Mayfair. Eigentlich gehörte das Haus ihrem Sohn, dem derzeitigen Duke of Claiborne, der an einer deutlich bescheideneren Adresse in der Half Moon Street wohnte. Der freundliche, etwas willensschwache Gentleman mittleren Alters war der Dowager Duchess nicht gewachsen, die die feste Absicht hatte, in dem Haus, in das sie vor gut fünfundfünfzig Jahren als Braut eingezogen war, einst zu sterben. Sie war eine stolze, neugierige Frau von schneller Auffassungsgabe, außerdem arrogant, vorurteilsbehaftet, eigensinnig und klug, und als solche einer von Sebastians liebsten Menschen.

Er traf sie im Kleinen Salon in ihrem gemütlichen Sessel neben dem Kamin an, einen exquisiten Kaschmirschal um die Schultern drapiert und ein kleines, blau eingebundenes Buch in den Händen.

»Großer Himmel, Tante Henrietta«, sagte Sebastian und beugte sich hinunter, um die mit Rouge und Puder bestäubte Wange seiner Tante zu küssen. »Erwische ich dich etwa beim Lesen eines Romans?«

Anstatt das Buch beiseitezulegen, schob sie einen Finger als Lesezeichen zwischen die Seiten. »Ich habe ihn mir gekauft, um zu sehen, weshalb darum so ein Aufhebens gemacht wird – denn er hat den Adel im Sturm erobert, musst du wissen. Aber ich muss zugeben, dass ich ihn als überraschend unterhaltsam empfinde.«

Sebastian stellte sich vor den Kamin. »Wer hat das Buch denn geschrieben?«

»Das weiß niemand. Das ist ein Teil des Erfolgs. Sehr delikat. Es wird nur ›der Autorin von *Sense and Sensibility*‹ zugeschrieben. Und keiner hat bisher herausgefunden, wer sie ist.«

Er streckte die Hand aus und griff nach einem der anderen beiden Bücher, die auf dem Beistelltischchen lagen, und las die Titel. »*Pride and Prejudice.* Wer es auch sein mag, hat offensichtlich eine Schwäche für Alliterationen.«

»Außerdem hat sie einen vernichtenden schwarzen Humor. Hör dir das an.« Sie öffnete das Buch. »Sie waren wirklich sehr feine Damen ... besaßen ein Vermögen von zwanzigtausend Pfund, hatten die Angewohnheit, mehr auszugeben, als sie sollten, und sich mit Menschen zu umgeben, die Rang und Namen hatten; weshalb sie in jeder Hinsicht das Recht hatten, von sich selbst nur das Beste und von den anderen das Schlechteste zu denken. Sie stammten von einer angesehenen Familie im Norden Englands ab, ein Umstand, der tiefer in ihrer Erinnerung verwurzelt war als die Tatsache, dass das Vermögen ihres Bruders und ihr eigenes durch Handel erworben worden war.«

»Vernichtend, in der Tat. Ob du dich wohl lang genug von dieser erfreulichen Erzählung lösen kannst, um mir zu sagen, was du über Mr Stanley Preston weißt?«

»Stanley Preston?«, wiederholte sie und sah zu ihm auf. »Weshalb das denn?«

»Hast du nicht die Zeitungen gelesen?«

»Nein. Ich habe in diesem Buch gelesen. Warum? Was ist ihm zugestoßen?«

»Jemand hat ihm den Kopf abgeschnitten.«

»Grundgütiger. Wie furchtbar unbeholfen.«

»Oh ja, furchtbar. Was weißt du über ihn?«

Sie legte das Buch aufgeschlagen hin, mit dem Rücken nach oben; Sebastian bemerkte allerdings, dass sie es noch ein oder zwei Mal widerstrebend ansah, bevor sie sich ihm wieder zuwandte. »Nun, dann schauen wir mal. Es ist eine alte Familie; er stammt von den Prestons aus Devonshire ab, musst du wissen. Allerdings ist sein Familienzweig noch jünger und recht unbedeutend.«

»Aber sein Vetter ist Lord Sidmouth.«

Sie wedelte missbilligend mit der Hand; offensichtlich beeindruckten sie die Vorfahren des Home Secretarys nicht sehr. »Ja, aber Sidmouth ist selbst erst kürzlich in den Adelsstand erhoben worden. Sein Vater war ein einfacher Arzt.«

»Wie hat Preston dann seinen Wohlstand erworben?«

»Sein Vater hat die Tochter eines Handelsmanns geheiratet. Die Frau war schrecklich vulgär, fürchte ich, aber eine reiche Erbin. Preston Senior investierte ihr Erbe in Ländereien auf den Westindischen Inseln und hat sich damit selbst ein ansehnliches Vermögen erarbeitet, worauf er seinen eigenen Sohn, Stanley, mit der Tochter eines verarmten Barons verheiraten konnte.«

»Nun ja, Wohlstand, der durch Handelsbeziehungen entstanden ist, wird als etwas Schlechtes und Beschämendes empfunden, das nur durch die Investition in Land magisch weggewischt werden kann – und das gilt auch, wenn das Land von Sklaven bearbeitet wird?«

Sie sah ihn stirnrunzelnd an. »Also wirklich, Sebastian, es ist ja nicht so, als wäre er in den Sklavenhandel verwickelt. Auf den Westindischen Inseln ist Sklavenarbeit vollends legal. Die Franzosen haben versucht, sie abzuschaffen, und nun sieh dir an, was mit ihnen passiert ist. Ein einziges Blutbad!«

»Das stimmt«, sagte Sebastian. »Wie hieß die Tochter dieses Barons, die verstorben ist, wenn ich es richtig verstanden habe?«

»Mhm. Mary Pierce. Eine bezaubernde junge Frau. Zu guter Letzt war die Ehe überraschend glücklich; Preston hat sie wahrhaftig vergöttert. Aber sie ist im Kindbett gestorben. Ich habe mich oft gefragt, warum er nicht wieder geheiratet hat. Er ist für sein Alter immer noch sehr ansehnlich und flott.«

»Nein, jetzt nicht mehr.«

»Sei nicht vulgär, Devlin.«

Er lachte leise auf. »Erzähl mir etwas über seine Tochter. Wie heißt sie?«

»Anne. Sie muss jetzt Anfang zwanzig sein. Ich fürchte, sie ist noch immer unverheiratet und ernstlich in Gefahr, als Mauerblümchen zu enden. Was nicht wirklich überraschend ist.«

»Warum? Ist sie hässlich?«

»Oh, als sie noch jung war, war sie sicherlich hübsch genug. Aber Preston ist nie in die höchsten Kreise aufgestiegen, und Anne neigt dazu, sehr schweigsam zu sein – und ehrlich gesagt auch etwas eigen.«

»Eigen? Inwiefern?«

»Sagen wir, sie ist ihrem Vater ähnlicher als ihrer Mutter. Und da war es natürlich nicht sehr hilfreich, dass der Anteil ihrer Mutter so klein ist.«

»Ich hatte den Eindruck, dass Prestons Vermögen in Jamaika beträchtlich ist.«

»Das stimmt. Aber das wird alles an den Sohn übergehen.«

»Ich vermute, Preston war ein Tory?«

»Ich hoffe es doch. Obschon ich glaube, dass er im Gegensatz zu Sidmouth nicht allzu sehr an Staatsangelegenheiten interessiert war. Er hat seiner Sammelleidenschaft gefrönt.«

»Sammelleidenschaft? Was hat er gesammelt?«

»Kuriositäten aller Art, hauptsächlich Antiquitäten. Er hat sich besonders für Gegenstände interessiert, die einst berühmten Persönlichkeiten gehörten. Ich hörte, er besitzt eine Kugel, die man Lord Nelson nach der Schlacht von Trafalgar aus dem Leichnam genommen hat, ein Schnäuztuch, das irgendein widerwärtiger Mensch in das Blut von Louis XVI getaucht hat, nachdem dieser guillotiniert worden war ... solcherlei Dinge. Er besitzt sogar Köpfe.«

Sebastian, der sich gerade bückte, um mehr Kohle aufs Feuer zu werfen, hielt in der Bewegung inne. »Köpfe? Welche Köpfe denn?«

»Na, solche von historischer Bedeutung.«

»Du meinst, Köpfe von *Menschen*?«

»Mhm. Ich hörte, er besitzt Oliver Cromwell, unter anderem. Aber frag mich nicht, wen sonst noch, denn ich habe sie nie gesehen. Es heißt, er bewahrt sie in Glassärgen auf, und ...« Sie unterbrach sich. »Wie sagtest du, ist er gestorben?«

»Jemand hat ihm den Kopf abgeschnitten.«

»Du liebes bisschen.« Sie richtete ihren Schal. »Ich vermute, du beteiligst dich an den Ermittlungen?«

»Ja.«

»Das wird Amanda nicht gefallen. Ihre Tochter hat dieses Jahr ihre zweite Saison, und Amanda gibt dir Schuld daran, dass Stephanie im letzten Jahr noch nicht unter die Haube gekommen ist.«

Sebastians ältere Schwester Amanda gehörte nicht zu seinen Bewunderern. Er sagte: »Nach allem, was ich beobachten konnte, würde ich doch sagen, meine Nichte hat ihre erste Saison viel zu sehr genossen, um sich sofort zu entscheiden und allem ein Ende zu setzen.«

»Ja, ich befürchte, sie ist ganz nach eurer Mutter geraten.«

Als Sebastian nichts erwiderte, hob sie ihr Buch wieder auf. »Und nun geh. Ich möchte weiterlesen.«

Er lachte und küsste sie erneut auf die Wange. »Wenn du nicht achtgibst, Tante, werden dich die Leute noch als Bücherwurm bezeichnen.«

»Das wird niemals geschehen.«

Er drehte sich zur Tür um. Aber bevor er sie erreichte, sagte sie: »Ist es klug, dass du dich in diesen Mordfall einmischst, Devlin? Du hast jetzt Frau und Kind, an die du denken musst.«

Er blieb stehen und sah sie über die Schulter an. »Ich denke ja an sie. Ich will nicht, dass derjenige, der das getan hat, in London herumstreift.«

»Wir bezahlen Wachtmeister und Untersuchungsrichter, damit sie sich um solcherlei Dinge kümmern.«

»Meiner Meinung nach bedeutet das aber nicht, dass wir anderen einfach jegliche Verantwortung für unsere Sicherheit von uns weisen können.«

»Vielleicht. Aber ... warum ausgerechnet du, Devlin? Warum?«

Aber er schüttelte nur den Kopf und verließ sie. Sie ließ sich wieder von den Seiten ihres Buches einfangen.

Kapitel 9

»Wir Marktleute sind ein stolzes Volk«, sagte die runzelige alte Frau zu Hero. »Kein Zweifel. Wir kennen uns gegenseitig, und wir bleiben unter uns.«

Ihr Name war Mattie Robinson, und sie saß auf einem dreibeinigen Schemel hinter einem Apfelstand, der aus einem Basttablett auf zwei umgedrehten Holzkisten bestand. Sie sagte, sie sei in dem Jahr geboren, in dem der arme Dick Turpin zum Galgen hinaufgeschickt worden war, also musste sie in den Siebzigern sein, wie Hero sich ausrechnete. Sie trug einen abgewetzten Herrenmantel und hatte sich einen Tartan um den Kopf gebunden, aber dennoch zitterte sie, als hätte sich die Kälte der Jahrzehnte, die sie hinter ihrem Stand gesessen hatte, unwiederbringlich bis in ihre Knochen hineingeschlichen. Sie hatte sich bereiterklärt, für zwei Schillinge mit Hero zu sprechen, was, wie sie freimütig zugab, deutlich mehr war als ihre üblichen Tageseinkünfte.

»Habe meinen Stand hier an der Ecke der St Martin's Lane und Chandos Street, seit mein Bein von der Kutsche einer feinen Dame gebrochen worn ist.« Sie schüttelte den Kopf, als wäre das Benehmen der Adligen für sie ein Rätsel. »Die hat nich mal angehalten, um zu gucken, ob ich tot oder lebendig war.«

»Wann war das?«

»Das Jahr, in dem meine Gretta geborn worn is. Davor hab ich an der Strand gearbeitet.« Hero hatte inzwischen genug erfahren, um einschätzen zu können, was Straßenhändler damit meinten, in einer Straße oder einem Viertel gearbeitet zu haben.

»Mei Nathan hat da noch gelebt«, sagte Mattie. »Hatte 'nen eignen Handkarren, wisse Ihr. Uns isses gut gegangen, mit zwei hübschen Zimmern und eigenen Möbeln.« Ihre wässrigen braunen Augen wurden von Erinnerungen an einen Verlust umwölkt, der inzwischen wohl ein halbes Jahrhundert in der Vergangenheit lag. »Wir ham unsern Buben, Jack, sogar in die Schule geschickt. Aber wo ich dann den größten Teil des Jahres flachgelegen hab, mussten wir alle Möbeln verpfänden und sind in ein Dachzimmer in der Hemming's Row gezogen. Und der arme Jack musste wieder raus aus der Schule und mit seinem Da arbeiten.«

»Wie alt war Jack?«

»Sechs. Davor hat Nathan jeden Morgen auf dem Markt 'nen Burschen angeheuert. Ein Händler braucht einen Helfer, wisse Ihr, der hilft, auf den Karren aufzupassen, sonst klauen ihm die Diebe alles, wenn er mal den Rücken verdreht. Und die Stimme von 'nem Bu'm trägt weiter als die von 'nem Mann. Un das Geschrei all der Jahre ruiniert 'nem Straßenhehler wirklich schnell die Stimme.«

Hero ging ihre Frageliste durch. »Wie viele Stunden verbringen Sie hier an Ihrem Stand?«

»In dieser Jahreszeit bin ich gewöhnlich von acht Uhr morgens bis zehn Uhr abends hier. Meine Gretta steht früh auf und geht zum Markt, um mir Äpfel und Sachen zu kaufen. Ich weiß nich, was ich ohne sie tun tät.

Ich kann zwar allein hierherhumpeln, aber ich könnte auf gar keinen Fall meine Apfelkörbe vom Markt hierherschleppen.«

»Ist Gretta auch eine Obst- und Gemüsehändlerin?«

»Aye. Sie arbeitet an Beaufort Wharfs mit dem Karren von ihrem Da. Gibt nich viele Frauen, wo 'nen Karren handhaben können, aber mei Gretta war immer schon ein bärenstarkes Mädel. Natürlich kommt sie jetzt selbst langsam in die Jahre, und ich weiß nich, wie lang sie noch so weitermachen kann. Was wird dann aus uns?«

»Sie hat nicht geheiratet und Kinder bekommen?«

Belustigung glitt über die Züge der alten Frau. »Nich mal einer von zehn Straßenhändlern is richtig verheiratet. Die meisten sehn es als Geldverschwendung, und das gibt man doch besser für Waren aus. Kein Pfaffe hat Nathan und mich je zusammengeführt, aber das hat für uns und alle andern keinen Unterschied gemacht.«

»Und Gretta?«

Mattie schüttelte den Kopf. »Sagt immer, dass Straßenhändler ihre Frauen schlechter behandeln wie billige Dienerinnen, und dass kein Mann sie je schlagen wird.«

Hero nahm an, dass diese Worte sehr viel über den verstorbenen Nathan Robinson aussagten, aber sie sagte nur: »Und Ihr Sohn Jack? Ist er auch Straßenhändler?«

Die alte Frau drehte den Kopf und spuckte aus, als müsse sie einen bitteren Geschmack loswerden, bevor sie sprechen konnte. »Mei Jack war von Seiner Majestät beeindruckt und ist im Amerikanischen Krieg gelandet. Seitdem hab ich von dem nichts mehr gesehn oder gehört. Schätze, er is tot, aber das hat uns nie einer wirklich gesagt.«

»Das tut mir leid«, sagte Hero.

Wieder sah sie einen Schimmer von Belustigung. »Für was? Ihr sin nich Seine Majestät, oder?«

Hero lachte auf. »Nein.« Ein Esel begann neben ihnen auf der Straße laut zu blöken. »Was essen Sie gewöhnlich zum Frühstück und zu Mittag?«

Die Frage kam Mattie offenkundig reichlich einfältig vor, aber sie antwortete dennoch bereitwillig. »Butterbrot, wie alle anderen. Manchmal gibt's auch ein paar Hering. Natürlich essen wir gar nix, wenn's mehrere Tage geregnet hat. Wir können ja nich unser Einkaufsgeld wegfuttern, oder? Was würden wir dann anfangen?«

Hero konzentrierte sich darauf, die Antwort der Frau aufzuschreiben und achtete darauf, dass sich keine Gefühlsregungen in ihrem Gesicht abzeichneten. Als sie mit dieser Artikelserie begonnen hatte, war sie der Meinung gewesen, sie hätte das Elend der Armen der Stadt verstanden. Inzwischen wusste sie aber, dass sie nie geahnt hatte, wie schmal der Grat zwischen Überleben und Verhungern für einen riesigen Teil der Londoner Bevölkerung war. Wenige Pence am Tag waren entscheidend für eine warme Mahlzeit und einen Schlafplatz oder eine kalte, durchhungerte Nacht, zusammengekauert unter den Bögen des Adelphi.

Mattie sagte: »Das Schöne am Hunger ist, dass man ihn zwar am Anfang spürt, er dann aber weggeht, wenn man nichts zu essen hat. Ich weiß nich, warum das so is, aber ich werd sicher nich Gottes Güte anzweifeln.«

»Bleiben Sie oft hungrig?«

»Im Winter meistens, wenn wir lang anhaltendes nasses Wetter haben. Und im Winter braucht man 'türlich auch Feuer und Kerzen, und die sin so teuer. Gretta und ich gehen oft abends einfach schlafen. Aber ich beschwer mich nich. Gibt noch so viele, denen geht's dreckiger als uns. Wenigstens brauchen wir uns keine Sorgen um Kinners zu machen.«

Hero blickte die Straße entlang zu einem Holzwagen, der schwer über das nasse Pflaster holperte. Sie hatte der alten Frau noch mehr Fragen stellen wollen. Aber manchmal drohten sie die gelassenen Berichte über Pech, Verlust und endlose Kämpfe zu überwältigen.

»Danke«, sagte sie und gab Mattie noch einen Schilling, dann ging sie.

***

Nach dem Elend und der Verzweiflung in der St Martin's Lane wirkte die Opulenz der Londoner Residenz des Prince of Wales in der Pall Mall geradezu obszön.

Während Hero einem livrierten und gepuderten Lakaien durch die seidenbehangenen und marmorgefliesten Flure von Carlton House folgte, konnte sie nicht aufhören, zugleich an Mattie Robinson, Gretta und den Jungen Jack zu denken, der vor so vielen Jahren von seiner Familie weggelockt worden war, um in einem der Kriege Seiner Majestät zu kämpfen.

Die ihrem Vater, Charles Lord Jarvis, vorbehaltenen Räumlichkeiten lagen oberhalb einer gewundenen, großen Treppenflucht, die mit exquisitem Stuck und reichlich Gold verziert war. Sie traf ihn an einem zierlichen französischen Sekretär sitzend an, der, wie so viele andere Möbelstücke im Palast, dem Prinzen von Wales von demselben Pariser *Marchand-mercier* geliefert worden war, der der unglückseligen Marie-Antoinette als Innendekorateur zu Diensten gestanden hatte.

Bei ihrem Eintreten blickte Jarvis auf und entließ seinen Kammerdiener mit einem knappen Nicken. Er verengte die Augen, als er den Blick über sie wandern ließ. »Du siehst überraschend wohl aus – trotz Devlins Beharren, dich als Milchkuh für seinen Sohn zu verwenden.«

»Das war meine Entscheidung, wie du sehr wohl weißt«, sagte sie und legte ihre Pelisse ab.

Jarvis grunzte nur und legte seine Feder beiseite. »Ich hatte gehofft, die Mutterschaft würde dich häuslicher werden lassen. Aber wie ich höre, hast du einen neuen Artikel in Angriff genommen, und zwar über diese Bande von Strauchdieben, die Obst- und Gemüsehändler, die unsere Straßen verpesten.«

»Und wer hat dir davon erzählt, Papa?«, fragte sie mit einer desinteressierten Beiläufigkeit, die einen Schimmer von Belustigung in seine intensiven grauen Augen brachte. Ganz England wusste, dass Jarvis ein riesiges Netzwerk von Spionen und Informanten unterhielt, die nicht an den Prinzen oder an die Downing Street berichteten, sondern allein an Jarvis.

Das Lächeln erlosch. Er sagte: »Es kann nichts Gutes aus deinem Projekt erwachsen, das weißt du.«

»Das sehe ich anders.« Sie wickelte das braune Papier von dem Päckchen ab, das sie mitgebracht hatte, und enthüllte das dünne, gravierte alte Bleiband. »Ich habe mich gefragt, ob du wohl weißt, was das hier ist?«

Er stand auf, nahm das Metallband und trug es zum Fenster.

Sie beobachtete, wie er die Oberfläche ans Licht hielt und die Lippen schürzte, als er mit dem Daumen über die Gravur rieb. Jarvis Gesicht ließ seine Gedanken oder Emotionen niemals erkennen. Aber sie kannte ihn gut, und so verriet ihr jegliches Fehlen von Überraschung oder Interesse, die man erwarten würde, dass sie exakt an den richtigen Ort gekommen war.

Er fragte: »Woher hast du das?«

»Es wurde gestern Abend an der Bloody Bridge gefunden, in der Nähe des Tatorts des Mordes an Mr Stanley Preston. Du hast das schon einmal gesehen, nicht wahr?«

Er betastete eines der aufgeschnittenen Enden des Bandes, dann legte er es ab und wischte sich mit seinem Schnäuztuch sorgfältig die Finger ab. »Devlin hat dich in diesen Mordfall hineingezogen, oder?«

»Ich habe mich selbst hineingezogen.«

Er steckte sein Sacktuch wieder weg.

Sie sagte: »Meinem Wissen nach ist die letztendliche Ruhestätte Charles' I unbekannt.«

»Das war sie bis vor etwa einer Woche.«

Jarvis verschränkte die Hände hinter dem Rücken und richtete den Blick durchs Fenster auf den Vorhof hinunter. »Vor drei Jahren, nach dem Tod von Prinzessin Amelia, hat Seine Majestät beschlossen, unter der Wolsey Chapel von St George's in Windsor Castle eine aufwändige neue Gewölbegrablege errichten zu lassen. Die ursprüngliche Architektur sah nur einen Zugang von außerhalb der Kapelle vor. Kürzlich hat der Prinzregent jedoch beschlossen, vom Chor von St George's aus einen neuen Zugang als Wendelgang nach unten bauen zu lassen.« Er hielt inne und sah sie an. »Du weißt, dass Prinzessin Augusta schwer erkrankt ist und sich wahrscheinlich nicht mehr erholen wird?«

»Ja«, sagte Hero. Prinzessin Augusta, die ältere Schwester von King George III war gleichzeitig Tante und Schwiegermutter des Regenten und hatte nach dem Tod ihres Gemahls, des Duke of Brunswick, im Kampf gegen Napoleon Zuflucht in England gesucht.

»Wegen ihres bevorstehenden Todes waren die Arbeiter gezwungen, sehr schnell vorzugehen. Vor einigen Tagen sind sie versehentlich durch eine dünne Backsteinmauer gebrochen und auf das Gewölbe gestoßen, in dem Henry VIII und Jane Seymour bestattet sind. Die Lage des Gewölbes war ungefähr bekannt, aber wo genau es sich befand, war über die Jahre in Vergessenheit geraten.« Er zog eine zierliche goldene Schnupftabakdose mit einem saatperlenbesetzten Deckel aus der Tasche und ließ ihn mit einem Daumendruck aufschnappen. »Den Aufzeichnungen zufolge hätte in dem Gewölbe nur Henry mit seiner Lieblingskönigin liegen sollen. Aber die Arbeiter waren überrascht, als sie beim Blick durch die Öffnung, die sie verursacht hatten, nicht zwei, sondern drei Särge entdeckten.«

»Und der dritte war der von Charles I?«

»Zufälligerweise ja.« Er hob eine winzige Prise Tabak an die Nase und sog ihn ein. »Der Dekan der Kirche nahm sogleich Kontakt zu Carlton House auf. Aufgrund der Bedeutung des Fundes habe ich selbst den

Weg nach Windsor unternommen, um im Namen des Prinzen die Entdeckung zu inspizieren.«

»Und?«

»Der Sarg Henrys VIII ist in entschieden schlechtem Zustand. Man sieht, dass irgendwann unmittelbar darüber das Gewölbe rüde aufgebrochen worden und danach wieder geflickt worden ist. Um ehrlich zu sein, habe ich den Verdacht, dass die Öffnung von den Männern vorgenommen worden ist, die den dritten Sarg im Gewölbe bestatteten, und dass sie ihn versehentlich auf Henry haben fallen lassen. Jane Seymour stand hingegen auf der Seite und ist dementsprechend unbeschadet.«

»Und der dritte Sarg?«

»Der dritte Sarg war noch von einem staubigen dunklen Sargtuch aus Samt bedeckt. Dieses enthüllte, als man es hochhob, einen schlichten Bleisarg, um den ein Band gewickelt war, auf dem ›King Charles, 1648‹ eingraviert war.« Er nickte zu dem Metallriemen. »So wie dieses.«

»Hast du den Sarg öffnen lassen?«

»Aber nicht doch. Der Dekan und die Chorherren haben strikte Anweisung, die Stätte gut zu bewachen. Der Prinz ist ganz erpicht darauf, höchstselbst eine formelle Untersuchung des Inhalts des dritten Sarges vorzunehmen, sobald der Bau des Zugangs beendet ist – und natürlich Prinzessin Augusta tot und bestattet.«

»Warum? Ich meine, warum sollen die sterblichen Überreste von Charles untersucht werden, die anderen aber nicht?«

Jarvis steckte die Tabakdose in seine Tasche. »Ich fürchte, Seine Hoheit pflegt seit Langem eine recht morbide Faszination für die Stuarts. Er sagt, er möchte einige historische Fragen beantworten, aber ich habe den Verdacht, dass er hauptsächlich von dem Wunsch getrieben ist, die sterblichen Überreste eines britischen Königs anzuschauen, der so unbeliebt war, dass seine Untertanen ihn einen Kopf kürzer gemacht haben.« Er richtete den Blick erneut auf das Metallfragment. »Wenn dieses Band tatsächlich vom Sarg Charles I stammt, wird der Regent nicht erfreut sein zu hören, dass jemand in die Grabstätte eingedrungen ist, bevor er selbst die Gelegenheit dazu bekommen hat.«

»Hältst du es für möglich, dass es in dieser Hinsicht politische Verwicklungen geben könnte?«

»Alles, was mit den Stuarts zu tun hat, gibt Grund zur Sorge – ebenso wie die Verwandtschaft zwischen Stanley Preston und dem Minister des Innern.« Er beobachtete sie dabei, wie sie das Bleistück wieder in das braune Papier einschlug, dann sagte er: »Ich wünsche nicht, dass du in diese Sache hineingezogen wirst, Hero.«

Sie sah ihn an. »Wenn es nach dir ginge, würde ich weder über die Lage der Armen Londons schreiben noch in Mordfällen ermitteln oder auch nur meinen neugeborenen Sohn stillen. Bitte sag mir: Wie sollte ich deiner Meinung nach meine Tage zubringen?«

»Mit Einkäufen in der Bond Street. Unzähligen Morgenvisiten bei Freundinnen. Den neuesten Schundroman lesen ... Du weißt gewiss besser als ich, wie Frauen deines Standes ihre Zeit verbringen.«

Sie lächelte. »Ich genieße Einkäufe und Lektüre durchaus.«

»Dann solltest du beides öfter tun.«

»So bin ich nicht«, sagte sie, plötzlich ernst.

Sein Mund verzog sich zu einem schmalen Strich. »Du hättest als Junge zur Welt kommen müssen.«

»Ich bin ganz gern eine Frau.« Sie küsste ihn auf die Wange und setzte sorgfältig ihren Hut wieder schräg. »Wirst du jemanden nach Windsor schicken?«

Er verweigerte eine Antwort auf ihre Frage.

Als sie später jedoch Carlton House verließ, sah sie den großen, ehemaligen Gardisten, der in Jarvis' Diensten stand, über den Hof laufen.

Kapitel 10

Vor vielen Jahren war Sebastian als kleiner Junge in kurzen Hosen mit einem großen, schneidigen jungen Burschen namens Luge befreundet gewesen. Sebastian war der Sohn eines Earls, während Luge in Diensten von Sebastians Großmutter, der Dowager Countess of Hendon, stand. Aber für einen kurzen, leuchtenden, aus der Zeit gefallenen Augenblick hatten der Mann und der Junge eine Verbindung gehabt, die so gewöhnliche Barrieren wie Stand, Alter und ethnische Zugehörigkeit außer Acht ließen.

Später sollte sich Sebastian über die gutmütige Geduld des attraktiven, Schwarzen Dieners wundern, der die grenzenlose Wissbegier eines kleinen Jungen ertragen hatte, der stundenlang seinen Erzählungen über die sonnenüberfluteten Sandstrände und die kristallklaren Seen von Barbados zuhören könnte, der Insel, auf der Luge geboren worden war. Luge war erst acht Jahre alt gewesen, als die Dowager Countess ihn auf einem Sklavenmarkt in Bridgetown gekauft und als ihren Pagen mit nach England genommen hatte. Einmal hatte er Sebastian sogar die Brandmarke auf seiner Schulter gezeigt und gelächelt, als der Junge die Finger ausgestreckt und die Initialen des Masters nachgezeichnet hatte, der Luge auf die gleiche Weise als sein Eigentum gezeichnet hatte, wie Sebastians Vater seine Pferde und sein Vieh markierte.

»Hat das wehgetan?«, hatte Sebastian bewundernd gefragt.

»Ich denke schon«, hatte Luge geantwortet. »Aber ich weiß es nicht mehr, ich war noch klein.«

Sebastian hatte an zerlumpten Männern und Frauen auf der Straße Brandzeichen gesehen – gewöhnlich ein »T« für »Thief«, also Dieb, oder ein »M« für »Manslaughter«, was für Totschlag stand. Aber der Gedanke, dass jemand so etwas einem so kleinen Kind antun könnte, hatte ihn so entsetzt, dass er sich einige Tage von Luge fernhielt. Als Sebastian seine Großmutter danach wieder besuchte, wurde ihm gesagt, dass Luge seine gepuderte Perücke abgesetzt und auf seine zusammengelegte Livree gelegt habe, gegangen und einfach in der einbrechenden Dunkelheit verschwunden sei.

Die Dowager hatte darauf inseriert, damit er zurückkäme, aber damals schenkte niemand mehr Anzeigen über entlaufene Sklaven viel Beachtung. Eine Reihe von Rechtsfällen hatte den allgemeinen Glauben verstärkt, dass die Luft in England »für Sklaven einfach zu rein zum Atmen« sei.

Aber was man von der Luft in England sagen konnte, traf nicht auf die Luft in den britischen Kolonien zu. Selbst diejenigen, die dafür einstanden, die zehn- bis fünfzehntausend Sklaven zu befreien, die in England lebten, wurden kleinmütig beim Gedanken daran, welchen finanziellen Schaden es anrichten würde, wenn diejenigen befreit würden, die sich abschufteten, um den Zucker, den Tabak, die Baumwolle, den Indigo und den Reis zu ernten, die Englands Wohlstand und Macht begründeten.

Etwa zwanzig Jahre, nachdem Luge weggegangen war, war Sebastian mit seinem Regiment in Barbados gelandet und fand die Insel aus Luges Erzählungen über die Kolonie kaum verändert vor. Die blendende Sonne überflutete noch immer den Sand, an dem das strahlend blaue Wasser leckte, und auf den riesigen, verwitterten Docks wimmelte es von Männern mit ebenholzfarbener Haut in Drillichhosen, auf deren schweißnassen Rücken die Striemen vergangener Auspeitschungen zu sehen waren.

Dieser Anblick schockierte Sebastian nicht, denn Auspeitschen als Strafe wurde auch bei den Männern, die der Armee beitraten oder von der Armee und der Navy Seiner Majestät zwangsrekrutiert wurden, mit brutaler Regelmäßigkeit angewandt. Selbst englische Frauen wurden manchmal bis auf die Taille nackt ausgezogen und an Karren angebunden ausgepeitscht. Aber als er durch Bridgetowns dreckige Straßen ging, vorbei an niedrigen Gebäuden mit hohen Fenstern, die durch tiefe Veranden beschattet wurden und gegen die brütende Hitze verschlossen waren, kam er an einen offenen Platz, auf dem sich afrikanische Männer, Frauen und Kinder jeden Alters drängten. Manche saßen einfach da und starrten dumpf vor sich hin, während andere sich zusammendrängelten. Mütter drückten sich ihre Säuglinge an die Brust, während ernste Kleinkinder mit großen Augen sich an ihre Röcke klammerten. Ein paar Plantagenbesitzer, deren rot verbrannte Gesichter von breitkrempigen Hüten beschattet wurden, umkreisten sie. Die Luft war dick vom Zigarrenrauch, dem Geruch nach menschlichem

Schweiß und abgrundtiefer Verzweiflung, und Sebastian blieb wie angewurzelt stehen, als er schlagartig begriff, wessen er da gerade Zeuge wurde.

Eine junge Frau und ein hübscher Junge von vielleicht acht oder zehn Jahren wurden auf das Podest gedrängt. Von der Faszination des Schreckens gebannt konnte Sebastian nur hilflos beobachten, wie der Auktionier seinen Wunsch ausdrückte, Mutter und Sohn zusammen zu verkaufen. Aber die Frau hatte einen unbrauchbaren rechten Arm, was die Käufer abhielt, während das Interesse an dem hübschen Sohn groß war. Schließlich stimmte der Auktionier zu, die beiden separat zu verkaufen, und der stillen Frau rollten Tränen der Hilflosigkeit die Wangen hinab, als ein Bietergefecht um den Jungen einsetzte.

Dann fiel der Hammer, und der erfolgreiche Bieter – ein dicker Mann mit schlechten Zähnen und Eiflecken auf der Weste – ging vor, um seinen neuen Besitz zu holen.

»*Nein*«, schrie die Mutter und zuckte vor, als der Junge weggeführt wurde. »Nein! Sie dürfen ihn nicht wegnehmen. Oh, bitte nehmen Sie ihn mir nicht weg. *Bitte.*«

Hände griffen nach ihr und zogen sie zurück. Sie kämpfte wild, doch umsonst, ihr Gesicht in hoffnungsloser Wut verzerrt. Einen seltsam in die Länge gezogenen Augenblick fiel über die Köpfe der Zuschauer hinweg ihr gehetzter Blick auf Sebastian, und er spürte eine hilfloses Gefühl der Scham – für seine Nation, seine Volkszugehörigkeit, die Zeit, in der sie lebten, aber auch für seine eigene Untätigkeit. Und noch im selben Moment wusste er, dass er dieses Schamgefühl nie wieder loswerden würde.

Als Sebastian nun seinen Zweispänner vor dem beeindruckenden Heim von Stanley Preston anhielt, erinnerte er sich sowohl an Luge als auch an die namenlose, entsetzte Mutter. Dieses würdevolle elisabethanische Fachwerk-Anwesen war vielleicht eine halbe Weltreise von den Zuckerrohrfeldern und Sklavenmärkten der Westindischen Inseln entfernt, aber die Grausamkeiten von dort hatten geholfen, es zu finanzieren.

Die meisten der wohlhabenden, neureichen Einwohner von Hans Town waren froh, dass sie eines der neu erbauten, identischen Reihenhäuser aus Backstein besaßen, die die Sloane Street und die neuen Plätze säumten. Nicht so Stanley Preston. Er hatte sich ein großes Relikt einer vergangenen Ära zur Heimstatt erkoren. Das Haus, das unter dem Namen Alford House bekannt war, stand in den gepflegten Überresten eines Gartens, der ursprünglich viel größer gewesen sein musste. Die Backsteinpfade waren leicht eingesunken und moosig, die Kletterrosen gewunden und mit den Jahren knotig geworden. Es gab noch mehr solcher Häuser in dieser Gegend, die von vergangener Größe kündeten; die meisten waren allerdings zu Schulen oder Hospitälern umgewandelt worden. Ihre adligen Bewohner waren vor langer Zeit in Wohngegenden wie Berkeley Square oder Mount Street geflohen.

Sebastian rechnete halb damit, die Tochter des Ermordeten, Anne, zu sehr von Trauer und Schock in Anspruch genommen zu finden, um ihn zu empfangen. Doch nach nur wenigen Augenblicken erschien sie – eine zierliche Person in einem einfachen schwarzen

Trauergewand. Sie sah blass und erschüttert aus, aber bewundernswert gefasst.

Sie nahm seine Beileidsbekundungen und seine Entschuldigung ob der Störung mit einer Grazie an, die ihm Bewunderung abverlangte, dann führte sie ihn in einen eleganten Kleinen Salon aus dem sechzehnten Jahrhundert mit einer aufwendig gestalteten Stuckdecke und Wänden aus dunklen Holzpaneelen, an denen eine Sammlung altmodischer Duellpistolen und Säbel hing.

»Vater hat dieses Haus geliebt«, sagte sie und ließ sich auf ein gobelingepolstertes Sofa neben dem massiven steinernen Kamin des Raums sinken. »Es ist alt und zugig und schrecklich unmodern, aber das hat ihn nicht gestört. Es heißt, Charles II habe sich hier im Bürgerkrieg einst versteckt. Es soll irgendwo sogar einen Geheimweg geben, aber den konnte Vater nie finden.«

»Ihr Vater hat sich für die Stuarts interessiert?«, fragte Sebastian und richtete die Schöße seines Mantels, nachdem er sich in einem Sessel niedergelassen hatte.

»Er hat sich für jeden interessiert, der berühmt war – oder berüchtigt. Tatsächlich war er umso interessierter, je berüchtigter oder tragischer die Person war.«

Sie war attraktiver, als die Worte seiner Tante ihn hatten vermuten lassen, wenngleich sie zweifellos Schüchternheit, ja sogar Nervosität in seiner Gegenwart zeigte. Ihr Haar hatte die Farbe sonnengewärmten Eichenholzes, und sie trug es kurzgeschnitten, sodass es sich sanft um ihr Gesicht lockte, in dem die tiefliegenden Augen weit auseinander standen und jetzt von den vergossenen Tränen verquollen waren. Sie sagte: »Ich muss immer wieder denken, dass Vater noch leben würde, wenn er gestern Abend mit uns zu Lady Farninghams musikalischem Abend gekommen wäre.«

»Wissen Sie, weshalb er sich entschlossen hat, nicht daran teilzunehmen?«

Ein unerwartetes Lächeln ließ ihre dunkel-moosgrünen Augen kurz aufstrahlen. »Vater hat musikalische Abendgesellschaften verabscheut. Er sagte immer, dass ihn der Teufel, wenn er in der Hölle landen würde, damit quälen werde, dass er bis zum Ende der Ewigkeit jungen Damen beim Harfenspiel zuhören müsse.« Ihr Lächeln erlosch, und ein schmerzlicher Zug erschien. »Ich war der Meinung gewesen, er plante einen ruhigen Abend zu Hause. Ich kann mir nicht ausmalen, was ihn zur Bloody Bridge geführt haben mag.«

»Also wird sie tatsächlich so genannt? Blutige Brücke?«

»Ja. Ich habe gehört, es ist eine Abwandlung von ›Blandel Brigde‹, aber ihre Geschichte ist jedenfalls blutig genug. Ende des vergangenen Jahrhunderts sind dort mehrere Menschen von Straßenräubern getötet worden, und während des Bürgerkriegs fanden mehrere Scharmützel auf der Brücke statt. Vater hat dort immer herumgestochert, alte, rostige Sporen und Teile von Zaumzeug gefunden, von denen er meinte, dass sie bei den Kämpfen verloren gegangen sein mussten. Aber so etwas hätte er natürlich nachts gemacht.«

»Soweit ich verstanden habe, war er ein Sammler.«

Erneut erwärmte die vertraute Zuneigung zum Vater ihre Züge. »Manchmal glaube ich, dass Vater am liebsten ein alter, weiser Exzentriker gewesen wäre, der der

Öffentlichkeit gegen einen Schilling Eintrittsgeld sein Kuriositätenkabinett gezeigt hätte. Mama hat immer darauf bestanden, dass er alles außer den dekorativsten Stücken aus ihrem Salon fernhalten müsse, und er ehrte ihr Andenken, indem er ihren Wunsch weiterhin respektierte. Ich fürchte allerdings, dass das restliche Haus von seinen diversen Kollektionen überquillt.«

»Sie sagen, er hat sich für Relikte der Stuarts interessiert?«

»Der Stuarts und der Tudors. Sie waren seine ganz spezielle Besessenheit. Tatsächlich hat er eine ganze Galerie nur ihnen gewidmet.«

»Kann ich sie sehen?«

Wenn die Bitte sie überraschte, war sie zu wohlerzogen, um es zu zeigen. »Aber gewiss.«

Sie führte ihn zu einem langgezogenen Zimmer mit Holzpaneelen, in dem Reihen von Glaskästen standen, die mit allem Möglichen gefüllt waren, von Dolchen und Keulen bis hin zu Schnupftabakdosen und Operngläsern. Sebastian sah sich den nächststehenden Glaskasten an und erkannte einen Dolch, von dem es hieß, er habe James I gehört, einen geschnitzten und vergoldeten Engel vom Altaraufsatz eines verschwundenen Klosters und ein verblasstes seidenes Nadelkissen mit der säuberlich gestrickten Inschrift

VON QUEEN MARY, KÖNIGIN DER SCHOTTEN, VOR IHRER HINRICHTUNG AN IHRE HOFDAME ÜBERGE-BEN.

Sie sagte: »Als Vater noch ein Knabe war, hat ihm ein älterer Vetter einen Steigbügel geschenkt, von dem es hieß, er wäre von Richard III bei der Schlacht von Bosworth benutzt worden. Er war von der Vorstellung, etwas zu besitzen, das einst einer solch illustren historischen Persönlichkeit gehört hat, so angetan, dass es zu seiner lebenslangen Leidenschaft wurde.«

Sebastian ließ den Blick ganze Reihen von Schaukästen entlang bis zu einem blauen Samtvorhang wandern, der am anderen Ende des Raumes hing. Köpfe konnte er nicht entdecken.

Er sagte: »Man sagte mir, Ihr Vater besäße mehrere Relikte von Oliver Cromwell.«

»Nur dieses.« Sie ging zum Ende der Galerie und zog den langen Samtvorhang zur Seite. »Er hat den Vorhang aufhängen lassen, nachdem eines Abends ein Gast versehentlich hier herein spaziert ist, sie gesehen hat und in Ohnmacht fiel.«

Der Vorhang öffnete sich vor drei kleinen Schaukästen aus Glas und Mahagoni, die auf Podesten standen. Jeder enthielt einen abgetrennten Menschenkopf, der auf künstlerisch arrangierten blauen Samt gebettet lag.

»Das hier ist Cromwell«, sagte sie und deutete auf den Kasten zur Rechten.

Der Kopf war unerwartet klein, als wäre er geschrumpft, die Haut war so dunkel, dass sie fast schwarz aussah, die Wangen eingesunken und die Augen nur noch Schlitze. Trotzdem rief etwas an der Wölbung der Stirn und des Hinterkopfs ein vages Echo der Gemälde bei Sebastian hervor, die er vom Lordprotektor gesehen hatte.

Sie sagte: »Die meisten Köpfe der Verräter, die auf Piken zur Schau gestellt wurden, sind am Ende verwest. Aber Cromwell ist eines natürlichen Todes gestorben und wurde einbalsamiert, und erst nach der Restoration wurde sein Leichnam aus Westminster Abbey exhumiert und in Tyburn aufgehängt. Dann wurde sein Kopf mit denen zweier anderer Königsmörder aufgespießt und über Westminster zur Schau gestellt.«

»Nicht auf der London Bridge?«

»Nein. Ich nehme an, Westminster wurde ausgewählt, weil es der Ort ihrer Verbrechen war. Die drei Köpfe wurden dort Jahrzehnte ausgestellt, als Warnung an alle, die versucht sein könnten, ihre Taten nachzuahmen.«

Sebastian richtete den Blick auf die junge Frau neben ihm. Sie blieb ausgesprochen gelassen angesichts dieses gräulichen Anblicks, der viele Edelfrauen in Hysterie verfallen lassen hätte. Aber dann wurde ihm bewusst, dass sie schließlich inmitten der bizarren Kollektion ihres Vaters aufgewachsen war. Diese Seite an Miss Anne Preston war gleichermaßen unerwartet wie nachdenklich stimmend.

Er wandte seine Aufmerksamkeit erneut den Überresten des Mannes zu, der einst Männer, Frauen und Kinder in ganz England, Schottland und Irland hingemetzelt hatte. Spuren seines Haares und des Schnäuzers waren noch da, aber die Ohren und ein Teil der Nase waren verschwunden. Er sagte: »All die Jahre auf einem Spieß über Westminster Hall haben offenbar ihren Tribut gefordert.«

»Tatsächlich ist ein großer Teil der Beschädigung relativ frisch. Der Kopf war eine Zeit lang im Besitz des Schauspielers Samuel Russell, und es heißt, dass er die Angewohnheit hatte, sich bei seinen Abendgesellschaften zu betrinken und den Kopf herumzureichen. Er und seine Gäste müssen ihn einige Male fallengelassen haben.«

»Wie kommt es denn, dass der Lordprotektor von einem Spieß über Westminster zu einem Gesprächsthema bei den Saufgelagen eines Schauspielers wurde?«

»Während der Regierungszeit von James II gab es eines Tages einen schweren Sturm. Der starke Wind ließ den Spieß durchbrechen, und der Kopf fiel herunter.«

»Ich bin überrascht, dass er nicht zerschellt ist.«

»Ich nehme an, das wäre passiert, wenn er auf das Pflaster aufgeschlagen wäre. Aber er wurde von einem Wächter aufgefangen, der gerade darunter patrouillierte. Offensichtlich war er noch ein Sympathisant der Puritaner, denn er nahm den Kopf mit nach Hause und versteckte ihn. Es gab ziemliches Geschrei und Gezeter, als am Morgen der Verlust entdeckt wurde – es wurde sogar eine Belohnung auf den Kopf ausgesetzt.«

»Weshalb? Ich meine, weshalb war es ihnen zu dem Zeitpunkt wichtig?«

»Das kann ich mir auch nicht vorstellen. Vielleicht befürchteten sie, dass er zu einer Reliquie würde. Die Belohnung war jedenfalls nicht hoch genug für den Wächter, und er hielt ihn versteckt. Vater hätte Euch sagen können, wie der Kopf von dem Wächter zu Russell gelangt ist, aber ich habe es vergessen.«

Sebastian ging zum nächsten Podest. Dieser Kopf war gräulicher als der letzte; hellbraun gefärbt und weniger eingetrocknet, und der zahnlose Mund schien zu einem schrecklichen Lächeln verzogen. Das gravierte Messingschild vor dem Kasten trug einfach die Inschrift

Sebastian schaute darauf. »Das ist Henri IV? Der französische König?«

»Ja.«

»Wie ist Ihr Vater denn daran gekommen? Ich dachte, er sei wie die anderen Mitglieder der Königsfamilie in der Basilika von Saint-Denis in Paris bestattet worden.«

»Das war auch so. Aber als die Revolutionäre alle Königsgräber aufgebrochen und ihren Inhalt in ein gewöhnliches Grab geworfen haben, hat jemand mit einer Schwäche für ›den guten König Henri‹ seinen Kopf gerettet und außer Landes geschmuggelt.«

»Weshalb?«

Ihr Gesicht strahlte auf, als sie stumm lachte. »Ihr begreift offenbar nicht die Mentalität von Sammlernaturen.«

»Und Sie?«

»Nicht ganz und gar. Aber nachdem ich Vater so viele Jahre beobachten konnte, würde ich sagen, dass ein großer Teil der Faszination daher kommt, wie alte Gegenstände uns das Gefühl geben können, der Vergangenheit näher zu sein.«

Sebastian dachte, langsam verstand er, wie es kam, dass Anne Preston allgemein sowohl als ruhig wie auch etwas eigen angesehen wurde. Sie musste schon vor langer Zeit gelernt haben, dass diese Art der Konversation sich in Londoner Salons nicht gut machte.

Sie gingen zum dritten Schaukasten. Dieser Kopf war gleichzeitig der am besten erhaltene und der grauenhafteste der drei. Die Augenlider waren halb geschlossen und die Lippen wie in einer eingefrorenen Grimasse der Qual von den Zähnen zurückgezogen. An der Rückseite des Halses erkannte Sebastian einen tiefen Schnitt oberhalb desjenigen, der den Kopf vom Rumpf getrennt hatte. Offensichtlich hatte der Schlag des Scharfrichters sein Ziel verfehlt.

Der Kasten war nicht betitelt.

»Wer ist das?«, fragte Sebastian.

»Das ist die jüngste Erwerbung meines Vaters. Man nimmt an, es ist der Duke of Suffolk – Vater von Lady Jane Grey. Er wurde unter Queen Mary im Tower of London hingerichtet.«

»Das ist auch vielen anderen Menschen so ergangen. Man sollte meinen, man könne einen Raum nur mit den Köpfen von Elizabeths Opfern füllen.«

»Das stimmt. Aber deren Köpfe haben für gewöhnlich nicht überlebt. Sie wurden abgekocht, auf der London Bridge aufgespießt und zuletzt in die Themse geworfen.«

»Aber Suffolk nicht?«

»Nein. Sein Kopf wurde mit seinem Leichnam in Holy Trinity in the Minories bestattet. Vater meinte, dass er vermutlich so gut erhalten blieb, weil er in eine Kiste mit Sägemehl gefallen ist und die Tannine ihn konserviert haben.«

Sebastian ließ erneut den Blick durch das makabre Kuriositätenkabinett schweifen, aber er konnte nichts entdecken, das dem Metallband ähnelte, das er bei der Blutigen Brücke gefunden hatte.

Er sagte: »Was wissen Sie über einen alten, dünnen Gegenstand aus Blei, vielleicht einen halben Meter lang und zehn Zentimeter breit mit der Aufschrift »King Charles, 1648‹?«

Sie sah verblüfft drein. »Von so einem Gegenstand habe ich noch nie gehört. Wieso?«

»Er wurde in der Nähe des Tatorts gefunden, an dem Ihr Vater getötet wurde.«

Sie streckte die Hand aus, um den Vorhang wieder vor die Schaukästen zu ziehen. Dann hielt sie inne und umklammerte den Samtstoff fester. »Stimmt das Gerücht, dass Vaters Mörder ihm den Kopf abgetrennt hat?«

»Ich fürchte, ja.«

»Wer würde denn so etwas tun?«

»Können Sie sich vorstellen, mit wem Ihr Vater in letzter Zeit einen Disput gehabt haben könnte?«

»Nein, niemanden«, sagte sie schnell.

Zu schnell.

»Sind Sie sicher?«, fragte er und beobachtete sie genau.

»Ja, gewiss.«

»Wenn Ihnen jemand einfällt, lassen Sie es mich wissen?«

»Wenn mir jemand einfällt, ja.«

Sie beschäftigte sich mit dem Zuziehen des Vorhangs. Aber ihm fiel auf, dass ihre Hand nicht mehr ruhig war, und offensichtlich war ihre Nervosität, die er zuvor bemerkt hatte, wieder zurück. Ihre Züge waren angespannt, und sie atmete heftig. Zuerst hatte er ihre Nervosität für die Schüchternheit einer jungen Frau gehalten, die sich in Gesellschaft anderer rasch unwohl fühlte. Jetzt wurde ihm bewusst, dass sie tatsächlich Angst hatte, und zwar vor *ihm*.

Und davor, was er herausfinden könnte.

Kapitel 11

»Er hat *Köpfe* gesammelt?« Sir Henrys ohnehin schon hohe Stimme steigerte sich zu einem schrillen Quietschen. »Männer sollten begraben und nicht wie Jagdtrophäen zur Schau gestellt werden!«

»Ich vermute, er betrachtete die Köpfe auf vergleichbare Weise wie die Dolche und Nadelkissen, die er ebenfalls sammelte«, sagte Sebastian.

Die beiden Männer gingen die Bond Street entlang zur Wache. Die Fußgängerwege waren noch dunkel und nass vom letzten Regen, und graue, tief über der Stadt hängende Wolken kündeten noch mehr Regen an. Lovejoy schwieg. Anscheinend versuchte er – vergeblich – eine solche Geisteshaltung zu begreifen. »Das ist eine beunruhigende Koinzidenz, dass der Mann die Köpfe historischer Persönlichkeiten sammelt und dann den eigenen Kopf so verliert.«

»Wenn es denn eine Koinzidenz ist.«

Sir Henry zog zum Schutz vor dem klammen, stürmischen Wind die Schultern nach vorn. »Am Sonntag hatten die meisten von Prestons Dienstboten einen halben Tag frei. Dem Butler zufolge hat Preston aber am Tag seines Todes für mehrere Stunden das Haus verlassen. Unglücklicherweise hat er jedoch eine Mietdroschke genommen anstatt seine eigene Kutsche. Wenn wir den Mietstall nicht ausfindig machen können, ist also kaum herauszufinden, wohin er gefahren ist. Er ist gegen vier Uhr nachmittags nach Hause zurückgekehrt und hat einige Zeit mit seinen Kollektionen herumhantiert, bis er um sieben Uhr mit seiner Tochter das Dinner eingenommen hat. Dann ist er so gegen neun Uhr am Abend – oder vielleicht halb zehn – erneut ausgegangen, dieses Mal zu Fuß, und in einem alten Gasthaus gleich hinter der Sloane Street eingekehrt.«

»Im *Monster*?«

»Wie der Zufall es will, ja. Habt Ihr schon davon gehört?«

»Molly Watson hat mir erzählt, dass er dort regelmäßig einkehrte. Es klingt nach einem Ort, der Menschen mit Prestons Interessen offenbar anzieht.«

Sir Henry nickte. »Es stammt schon aus den Tagen der Auflösung der Klöster. Es heißt, der Name ist tatsächlich eine Abwandlung von ›The Monastery‹.«

»Wie lang war er dort?«

»Nicht lang. Der Barmann sagte, dass er im Schankraum einen Disput mit einem anderen Gast hatte und kurz nach zehn Uhr davongestürmt ist. Glücklicherweise ist der fragliche Gentleman ein Stammgast des Lokals, weshalb ihn der Kellner als einen Bankier namens Austen identifizieren konnte. Henry Austen.«

Der Name war Sebastian nicht vertraut. »Was wissen Sie von ihm?«

»Ich habe ihn von einem meiner Leute überprüfen lassen. Er ist der Sohn eines Geistlichen aus Hampshire. Ursprünglich wurde er für den Kirchendienst ausgebildet, ist dann aber mit dem beginnenden Frankreichkrieg der Miliz beigetreten. Er hat mehrere Jahre gedient, allerdings war er nur in Irland aktiv. Ich habe erfahren, dass er sich um die Lohnabrechnungen kümmerte und in den Skandal um den Duke of York involviert war. Dann hat er den Dienst quittiert und ist ins Bankengeschäft eingestiegen. Er war finanziell sehr erfolgreich. Seine Hauptbank ist in der Henrietta Street hier in der Innenstadt, aber er unterhält Filialen in mehreren Provinzstädten wie Alton und Hythe.«

»Welche Verbindung hat er zu Preston?«

»Das weiß ich nicht. Nach allem, was wir in Erfahrung bringen konnten, scheint er ein gutmütiger, ausgeglichener Mensch zu sein. Bisher habe ich die Wachtmeister allerdings von ihm ferngehalten – ich hielt es für besser, Euch zuerst einen Versuch mit ihm starten zu lassen.« Die Kirchenglocken der Stadt begannen zu läuten und zählten in einer Kaskade rollender Klänge die Stunden, als sie vor der Bow Street-Behörde ankamen. Lovejoy sagte: »Es gibt da eine Sache bei Austen, die vielleicht sachdienlich ist, vielleicht auch nicht. Auf jeden Fall ist sie beunruhigend.«

»Ach?«

»Seine Frau ist die Witwe eines französischen Grafen.«

»Bitte sagen Sie jetzt nicht, dass auch er seinen Kopf verloren hat.«

»Ich fürchte, doch. Er wurde 1794 guillotiniert. Ich hörte, sie ist schon länger krank und stirbt vielleicht bald; Austen hat seine Schwester aus Hampshire herkommen lassen, damit sie bei ihnen wohnt und hilft.«

»Was wissen Sie über die Frau?«

»Die Schwester? Ich hörte, sie ist sehr bemerkenswert. Eine Jungfer namens Jane. Miss Jane Austen.«

Sebastian fuhr zuerst zur Austen-Bank in der Henrietta Street in Covent Garden; dort beschied ein plumper, überheblicher Angestellter mit viel Öl im sandfarbenen Haar, dass Mr Austen »derzeit nicht verfügbar« sei.

»Ist er aushäusig oder empfängt er nur niemanden?«, fragte Sebastian.

Der Angestellte rümpfte die Nase. »Ich fürchte, das kann ich wirklich nicht sagen.« Er schickte sich an, sich mit seinem Stapel Papiere in den Händen wieder umzudrehen.

»Können Sie nicht oder wollen Sie nicht?«

Die eisige Drohung in Sebastians Stimme brachte den Mann dazu, abrupt stehenzubleiben. Die Kinnlade klappte ihm herunter, und mit offenstehendem Mund sah er Sebastian aus blassblauen, weit aufgerissenen Augen an.

Sebastian sagte: »Überlegen Sie sich Ihre Antwort gut.«

»Er … er ist heute nicht zugegen. Wirklich. Heute stand auf seinem Plan, eine unserer Filialen in Hampshire zu besuchen, und ich … ich kann nur annehmen, dass er dorthin gefahren ist.«

»Wo wohnt er?«

Der Mann schluckte mühsam, und sein Adamsapfel hüpfte auf und ab. »Ich glaube, das sollte ich nicht beantworten.«

Sebastian lächelte den jungen Mann breit an. »Tatsächlich denke ich, das sollten Sie sehr wohl.«

Die Unterlagen, die der Angestellte festgehalten hatte, rutschten ihm aus den Fingern und verteilten sich auf dem Fußboden. »In der Sloane Street. Sloane Street 64.«

***

»Der Zöllner vom Hyde Park wird denken, wir haben was Schurkisches vor«, sagte Tom, als Sebastian zum dritten Mal an diesem Tag seine Pferde Richtung Hans Town lenkte.

»Sehr wahrscheinlich«, stimmte ihm Sebastian zu und überholte einen langsamen Kohlekarren.

Das Haus der Austens lag etwa in der Mitte der Sloane Street, nicht weit weg vom Sloane Square und der schmalen, unheimlichen Straße, die zur Bloody Bridge führte. Das Haus in der Reihe, die im späten achtzehnten Jahrhundert erbaut worden war, hatte hübsche, weiß gerahmte Fenster, eine glänzende Haustür und war in jeder Hinsicht so, wie man es bei einem gutsituierten, zu Wohlstand gekommen Bankier erwarten würde.

Die Tür wurde von einem jungen und recht unerfahrenen Hausmädchen geöffnet, das die Information des Bankangestellten mit seiner atemlosen Auskunft bestätigte. »Tut mir leid, me Lord, aber der Herr ist beim Morgengrauen weggefahren.« Als Sebastian dann darum bat, stattdessen Mr Austens Schwester zu sehen, wurde die junge Frau so nervös, dass sie die Karte fallenließ, die er ihr gegeben hatte.

Sie hob die Karte mit einer gestammelten Entschuldigung auf und eilte davon, kam jedoch einen Augenblick darauf schon wieder zurück und geleitete ihn in einen eleganten, achteckigen Kleinen Salon. Der Raum war teuer nach der neuesten Mode möbliert, mit ägyptisch inspirierten Sofas, deren Polster mit pfirsich- und zitronengelb gestreifter Seide überzogen waren, aufwendig geschnitzten und vergoldeten Spiegeln und einer exquisiten Sammlung französischen Porzellans. Etwas eigenartig wirkte lediglich ein kleines, recht einfaches Schreibpult, das auf einem runden Rosenholztisch mit Intarsien stand. Das Ganze war vor das Fenster mit Blick zum Garten geschoben. Als Sebastian eintrat, schob die Frau, die daran saß, das, woran sie gerade gearbeitet hatte, so schnell unter den schrägen Deckel des Pults, dass die Ecken einiger Blätter noch hervorschauten.

»Lord Devlin«, sagte sie, erhob sich und kam vor, um ihn zu begrüßen.

Wie der einfache Schreibplatz wirkte auch Miss Jane Austen in dem Salon leicht fehl am Platze, da beide viel zweckmäßiger und weniger pompös wirkten als der Rest. Vielleicht Mitte bis Ende dreißig, hatte sie ein attraktives Feengesicht, das von kurzem dunklem Haar eingerahmt wurde. Es lockte sich unter einer typischen, steifen Jungfernhaube um ihr Gesicht. Ihre Wangen waren ungewöhnlich rot, das Kleid adrett, aber nicht besonders modern, und aus ihren dunklen Augen betrachtete sie ihn auf eine Weise, die ihm verriet, dass diese Frau daran gewöhnt war, ihre Mitmenschen zu beobachten und zu analysieren.

»Es tut mir leid, dass mein Bruder nicht da ist, um Euch zu empfangen«, sagte sie, »aber er ist heute Morgen nach Alton aufgebrochen und wird nicht vor morgen Abend zurück erwartet.«

»Ich weiß es zu schätzen, dass Sie sich stattdessen die Zeit nehmen, mich zu empfangen«, sagte Sebastian und ließ sich auf dem Stuhl nieder, den sie ihm angewiesen hatte. »Wie ich höre, war Ihr Bruder mit Stanley Preston bekannt.«

Sie ließ sich auf dem Rand eines Sofas nieder und verschränkte die Hände im Schoß. »Ja. Meine Schwägerin war eng mit der verstorbenen Mrs Preston befreundet, wisst Ihr.

»Sie ist im Kindbett gestorben?«

»Ja. Es war sehr tragisch. Ihre Tochter Anne war damals erst fünfzehn. Das ist ein schwieriges Alter für ein Mädchen, um ohne Mutter zu sein, und meine Base hat seitdem versucht, ihre Freundin zu ersetzen.«

»Ihre Base?«

»Ich bitte um Verzeihung, das hätte ich erklären sollen. Meine Schwägerin Eliza ist zugleich meine Base. Ihre Mutter und mein Vater waren Geschwister.«

Sebastian musterte Miss Jane Austens schmales, ausdrucksvolles Antlitz. Es fiel ihm schwer, sich diese ruhige, provinzielle Priestertochter als eine Frau vorzustellen, deren Base mit einem französischen Grafen verheiratet gewesen war, der in der Revolution unter der Guillotine gestorben war. Er fragte: »Sind Sie Mr Preston je begegnet?«

»Im Lauf der Jahre mehrmals, ja.«

»Was für eine Art Mann war er?«

»Mr Preston?« Sie griff nach einem Stickrahmen, wohl um einen Moment Zeit zu gewinnen, sich die Antwort zu überlegen. »Ich würde sagen, sein Charakter war wohl der eines ergebenen und aufrichtigen Mannes. In Wahrheit hatte er viele bewundernswerte Eigenschaften. Er war seinen Kindern und dem Andenken an seine verstorbene Frau sehr verpflichtet. In vielen Bereichen hat er sich sehr gut ausgekannt, besonders in der Geschichte. Und er war in vielerlei Hinsicht verantwortungsbewusst und bescheiden – mit einer bemerkenswerten Ausnahme natürlich.«

»Meinen Sie seine Sammelleidenschaft?«

Ihre Augen funkelten in stiller Belustigung. »Ja, darauf habe ich mich bezogen.«

Sebastian lächelte ebenfalls. »Da Sie nun der Schicklichkeit Genüge getan haben, indem Sie mir seine bewundernswerten Eigenschaften aufgezählt haben, können Sie mir vielleicht etwas über seine weniger bewundernswerten Züge sagen.«

Sie nahm ihre Nadel. »Wir haben alle unsere Schwächen und Eigenheiten, Lord Devlin. Aber ich hoffe, dass ich weder so ungerecht bin, einem Mann einen Mangel an Perfektion zur Last zu legen, noch so lieblos, posthum seine kleinen Fehler aufzulisten.«

»Aber wenn alle darauf bestehen, Stanley Preston als Heiligen darzustellen, werde ich vermutlich nicht herausfinden können, wer ihn getötet hat.«

Sie konzentrierte sich auf die feinen Stiche ihrer Stickerei. »Nun ... ich denke, man könnte sagen, dass er etwas streitsüchtig war. Außerdem stolz und sozial ehrgeizig. Aber was das angeht, nehme ich an, hat er sich nicht allzu sehr von anderen Männern seines Standes unterschieden.«

»Ein betrüblicher Gedanke, aber traurigerweise wohl wahr.«

Erneut sah er einen belustigten Schimmer in ihren Augen. Sie sagte: »Aber es ist wahr, dass er trotzdem ein liebenswerter Mensch war. Er hatte keine echte Bosheit in sich.«

Sebastian fragte sich, ob die Sklaven auf Prestons Plantagen in Jamaika dieser Äußerung zustimmen würden. Aber er sagte nur: »Haben Sie seine Kopfsammlung gesehen?« Er konnte sich nicht vorstellen, dass eine Frau, die so pragmatisch und vernünftig war wie Miss Austen, bei dem Anblick in Ohnmacht fiele.

»Ja. Ich habe oft darüber nachgegrübelt, warum er sie behielt. Zuerst dachte ich, er hätte philosophische Gründe – er zöge vielleicht hilfreiche Lehren daraus, sich in so greifbare Beweise dafür zu vertiefen, dass selbst von den mächtigsten Männern der Welt am Ende nur verschrumpelte Haut und Knochen zurückbleiben. Aber zuletzt habe ich begriffen, dass er sie im Grunde aus dem gleichen Antrieb heraus gesammelt hat wie das einfache Volk Meilen wandern würde, um ein zweiköpfiges Kalb zu bestaunen, oder einen Sixpence zahlen würde, um eine behaarte Frau anzugaffen, die sich auf einer Kirmes zur Schau stellt.«

»Und das wäre?«

»Um hinterher vor seinen Freunden damit prahlen zu können – als hätte es sie zu etwas Besonderem gemacht, wenn sie etwas Interessantes gesehen haben. Im Fall von Stanley Preston war es so, als fühlte er sich größer durch den Besitz wichtiger Personen aus der Vergangenheit.«

»War er von Wohlstand und Macht beeindruckt?«

»Ich würde sagen, in unserer Gesellschaft gibt es wenige, die das nicht wären. Oder was meint Ihr?«

»Ich schätze, Sie haben recht.« Er ließ erneut den Blick durch den modern und teuer ausgestatteten Salon wandern. »Sagen Sie, stimmt Ihr Bruder in seiner Meinung über Stanley Preston mit Ihnen überein?«

»Ach, Henry ist viel nachsichtiger als ich, wenn es um die Marotten und Eitelkeiten seiner Mitmenschen geht. Er hätte wirklich Priester werden sollen, nicht Bankier.«

»Worüber hat er mit Preston gestern Abend im *Monster* einen Disput gehabt?«

Sie zuckte kaum merklich zusammen; ihr Stickfaden verhedderte sich unter ihren Händen.

Er sagte: »Sie wissen es doch, oder?« Es war eher eine Feststellung als eine Frage.

Sie legte den Stickrahmen auf ihrem Schoß ab und hielt die Hände still, als sie ihn ansah. »Es ist ein schwieriges Thema, um darüber zu sprechen, fürchte ich.«

»Warum?«

»Es ... es hat mit Anne zu tun.«

»Und es wird am Ende doch herauskommen, worum es auch gehen mag.«

Miss Austen atmete beunruhigt ein und nickte. Sie wählte ihre Worte sichtlich mit Bedacht. »Vor einigen Jahren, Anne war erst siebzehn, hat sie eine Zuneigung zu einem gewissen Fahnenjunker der Husaren gefasst. Der Mann war selbst noch sehr jung – nur ein Jahr älter oder so, glaube ich – und vollends mittellos.«

»Aber in seiner Regimentsuniform sehr schneidig?«

»Überaus, fürchte ich.«

»Ihr Vater war gegen die Verbindung?«

»Welcher Vater wäre das nicht? Sie war noch so jung. Selbst meine Base Eliza stimmte zu, dass es närrisch wäre zuzulassen, dass ein so junges Mädchen sich an einen Mann bindet, der nichts zu bieten hat außer sich selbst.«

»Was ist geschehen?«

»Es wurde dem jungen Mann nicht erlaubt, sie zu hofieren. Zum Glück für alle Beteiligten wurde sein Regiment nicht lange danach ins Ausland verlegt, und damit hatte die Sache ein Ende – oder zumindest nahmen das alle an. Alle, die sie kannten, gingen davon aus, dass Anne ihn vergessen habe; tatsächlich schien sie zuletzt kurz davor zu stehen, eine vielversprechende Verbindung einzugehen. Aber dann, vor einem Monat oder so, ist der junge Mann wieder in London aufgetaucht – inzwischen ist er Hauptmann, aber trotzdem nach wie vor quasi mittellos, fürchte ich.«

»Hat er den Dienst quittiert?«

»Oh nein. Er ist auf der iberischen Halbinsel schwer verwundet und nach Hause geschickt worden, um sich zu erholen.«

»Ich nehme an, Mr Preston war noch immer nicht willens, der Verbindung zuzustimmen?«

Sie schüttelte den Kopf. »Wenn überhaupt, würde ich sagen, er war noch mehr dagegen als je zuvor.«

»Und Miss Anne Preston?«

Jane Austen begann, den verhedderten Faden zu lösen. »Ich fürchte, über den Herzenszustand einer anderen Frau kann ich nichts sagen.«

Sebastian betrachtete ihren gebeugten Kopf. »Ich verstehe noch immer nicht genau, wie es zu dem gestrigen Streit zwischen Ihrem Bruder und Preston gekommen ist.«

Miss Austen konzentrierte sich weiterhin auf ihre Arbeit. »Jetzt, da Elizas Krankheit sie an ihre Räume fesselt, kommt Anne fast jeden Tag her und setzt sich zu ihr, um ihr vorzulesen oder mit ihr zu sprechen, wenn meine Base sich dazu imstande fühlt. Während eines von Annes letzten Besuchen hat Eliza eingestanden, dass sie es jetzt als Fehler betrachtet, Stanley Preston vor sechs Jahren geraten zu haben, den Antrag des jungen Mannes zurückzuweisen und dass sie es bereut, eine Rolle dabei gespielt zu haben, dass Anne das Glück verwehrt wurde, welches sie anderenfalls vielleicht bei einem Menschen gefunden hätte, der sie liebt.«

»Verstehe ich es richtig, dass Anne so unklug war, die Worte ihrer Freundin vor ihrem Vater zu wiederholen?«

»Ja. Und da er die arme Eliza nicht damit konfrontieren konnte, hat er stattdessen Henry zusammengebrüllt.«

Sebastian dachte, dass er jetzt verstand, warum Jane Austen Stanley Prestons Streitsucht als einen seiner weniger bewundernswerten Züge erwähnt hatte. »Wie ist der Name dieses unpassenden jungen Mannes?«

»Wyeth. Captain Hugh Wyeth.«

»Und wo kann ich Captain Wyeth finden?«

»Ich glaube er hat sich ein Zimmer in der Nähe der Unterkünfte der Leibgarde genommen. Aber ich fürchte, genauere Angaben kann ich Euch nicht machen.«

»Kennen Sie sein Regiment?«

»Nein, leider nicht.«

»Danke sehr«, sagte Sebastian und stand auf. »Sie waren sehr hilfreich.«

»Vielleicht wird mein Bruder Euch mehr sagen können, wenn er nach London zurückkommt«, sagte sie
und stand ebenfalls auf. Sie sah sehr besorgt aus.

»Hoffentlich«, sagte Sebastian. Dabei gewann er beim
Blick in diese dunklen, intelligenten Augen die Überzeugung, dass diese selbstbeherrschte, ruhig beobachtende Frau tatsächlich viel mehr wusste, als sie bereit
war preiszugeben.

***

Fast die ganze nächste Stunde verbrachte Sebastian
damit, in den Kneipen und Schänken rund um die Unterkünfte der Leibwache in Knightsbridge nach Captain Hugh Wyeth zu fragen. Als die Glocken der Kirchen in der City sechs Uhr schlugen, gab er die Suche
jedoch auf und lenkte seine Pferde heimwärts.

»Glaubt Ihr, dieser Husarenhauptmann könnte der
sein, wo den Kerl an der Bloody Bridge umgebracht
hat?«, fragte Tom, als sie um die Ecke in die Brook
Street einbogen.

»Ich würde sagen, er kommt jedenfalls sehr wohl als
Verdächtiger in Frage.« Die schweren Wolken hatten
schon das meiste Tageslicht verschluckt, sodass sich
der Schein der gerade entzündeten Straßenlampen wie
flüssiges Gold auf dem dunklen, nassen Pflaster widerspiegelte. Sebastian steuerte seine Pferde um das Kabriolett einer Witwe herum, das vor einem Stadthaus
stand. Dann spürte er auf einmal aus Gründen, die er
nicht erklären konnte, intensiv die Lederzügel in seinen Händen, hörte, wie Spatzen herbeiflogen und auf

den Dächern über ihm landeten, und spürte überdeutlich Sprühregen, den ein Windstoß ihm ins Gesicht wehte, als er den Kopf hob, um auf die gezackte Linie der Dächer über sich zu schauen.

»Was ist?«, fragte Tom, der ihn beobachtete.

»Etwas fühlt sich nicht richtig an«, sagte er und zog fest die Zügel an, als eine unsichtbare Kraft ihm den Zylinder vom Kopf stieß und gleichzeitig irgendwo in der herabsinkenden Dunkelheit ein Gewehrschuss fiel.

Kapitel 12

»Runter!«, schrie Sebastian Tom zu.

»Heiliger Bimbam!«, rief der *Tiger* aus und hastete vom hinteren Kutschbock, während Sebastian darum kämpfte, das schreiende, stolpernde Pferdegespann unter Kontrolle zu bekommen. Dann sprang der Bursche, anstatt sich unter die nächsten Eingangsstufen zu ducken, zu den Köpfen der verängstigten Pferde.

»Verflucht noch mal!«, schimpfte Sebastian. »Willst du dich erschießen lassen? Weg hier!«

»Ruhig, Jungs, ruhig«, summte der Tiger.

Das Geräusch der Rassel eines Wächters erklang über dem ängstlichen Schnauben und Hufestampfen der Pferde. »Lasst euch sagen! Lasst euch sagen!«, rief ein älterer, beleibter Mann in einem ausgebeulten Herrenmantel, der herbeigelaufen kam. Seine Laterne schaukelte hin und her, während er einen Arm über den Kopf erhoben hatte und wild seine Rassel drehte. »War das ein Schuss? Das war ein Schuss, oder?«

»Das war ein Schuss«, sagte Sebastian.

Immer mehr Menschen ergossen sich auf die Straße – hochmütig blickende Butler, elegante Gentlemen in Fracks und ein wild entschlossener Bursche, der ein Schießeisen schwenkte.

»Grundgütiger«, sagte der Wächter und schluckte hart. »Wer hätte je von sowas gehört? In der Brook Street doch nicht! Woher ist er gekommen?« Er hielt die

Lampe hoch und ging langsam einen Kreis ab, als
könne sein schwaches Licht den mutmaßlichen Atten-
täter enthüllen.

Sebastian brachte endlich seine verängstigten Pferde
zur Ruhe. »Es ist von dem Dach jener Häuserreihe gekommen. Aber ich vermute, der Schütze ist inzwischen
längst verschwunden.«

»Schaut Euch das an!«, sagte ein schmaler junger
Mann in Seidenhosen und hielt Sebastians Zylinder
mit einem weiß behandschuhten Finger in die Höhe,
den er durch ein sauberes Loch in der Krone geschoben
hatte. »Das war knapp!«

»Heiliger Bimbam«, flüsterte Tom erneut und rieb
langsam mit der Hand über das zitternde Fell des Pferdes, das ihm am nächsten stand.

***

Sebastian hörte Simons von Bauchweh geplagtes
Weinen schon, bevor er Haus Nummer 41 in der Brook
Street erreichte.

»Er ist schon wieder mittendrin?«, sagte Sebastian
und übergab Morey seinen Hut und den Reisemantel.

Ein gequälter Ausdruck glitt über die sonst sorgsam
beherrschten Züge des Majordomus. Aus der Nähe waren die Schreie des Kindes schmerzhaft. »Ich fürchte ja,
Mylord.« Er legte sich den Reisemantel über einen Arm,
dann erstarrte seine Miene, als er den eleganten, hohen
Zylinder in seiner Hand besser erkennen konnte. »Ist
das ein Einschussloch, Mylord?«

Sebastian schüttelte seine Kutschhandschuhe ab. »Ja.
Und dabei war der Hut neu. Calhoun wird entsetzt

sein.« Er sah nach oben, als das Geschrei lauter wurde. »Wie lange ist er schon dran?«

»Eine ganze Weile, fürchte ich. Er hat heute Abend früh angefangen.«

»Nun, wenigstens wissen wir, dass mit der Lunge alles in Ordnung ist«, sagte Sebastian und lief, zwei Schritte auf einmal nehmend, hinauf zum Kinderzimmer.

Er war auf halber Höhe zum dritten Stock, da begegnete er Claire Bisette, die auf dem Weg nach unten war, um eine frische Flasche mit süßem Dill und Fenchelwasser zu machen. Hero hatte sich zwar geweigert, eine Milchamme einzustellen, aber Claire hatte sie erleichtert in ihrem Haushalt willkommen geheißen. Claire, eine verarmte französische Émigrée Anfang dreißig, war sowohl älter als auch viel besser ausgebildet als die jungen, unwissenden Landmädchen, die üblicherweise als Kindermädchen dienten.

»Was ärgert ihn?«, fragte er Claire.

Sie blieb stehen und schob sich mit einem schmalen Handgelenk eine Locke hellbraunen Haares aus dem Gesicht. »Wer weiß? Ob Ihr es glaubt oder nicht, er ist jetzt schon besser gelaunt als vorhin.«

Sebastian erklomm die letzten Stufen und sah Hero, die vor dem Kaminfeuer im Kinderzimmer auf und ab ging. Sie hielt den versteiften Körper ihres Kindes so, dass ihre Schulter gegen seinen Bauch drückte. Er hatte die kleinen Fäustchen fest geballt und verzog das rote Gesicht beim Schreien. Bei Sebastians Schritt drehte sie sich um und sah ihn erschöpft an.

»Komm«, sagte Sebastian und ging zu ihr, um seinen schreienden Sohn in die Arme zu nehmen.

***

»Ich habe das beschriftete Stück Bleiband meinem Vater gezeigt«, sagte Hero einige Zeit später in einem ruhigen Augenblick, als Simon auf ihrem Arm döste.

Sebastian hatte sich neben ihr auf dem Kaminvorleger niedergelassen, den Rücken an die Seite ihres Sessels gelehnt und ein Glas Wein in der Hand. »Und?«, fragte er und blickte zu ihr auf.

»Er sagt, das Grab Charles' I ist erst letzte Woche in St George's in Windsor Castle entdeckt worden, als die Arbeiter, die einen neuen Zugang zum königlichen Grabgewölbe bauen, per Zufall darüber gestolpert sind. Ich brauche nicht eigens zu erwähnen, dass er ganz und gar nicht erfreut war zu hören, dass jemand sich mit dem königlichen Sargband davon gemacht haben könnte.«

Sebastian nahm einen Schluck Wein. »Interessant. Vor allem, wenn man bedenkt, dass Stanley Preston eifriger Sammler war mit einem besonderen Interesse an Gegenständen aus der Tudor- und der Stuartzeit. Er besitzt sogar Oliver Cromwells Kopf.«

»Wirklich seinen echten Kopf?«

»Den echten Kopf – und außerdem den von Henri IV und dem Duke of Suffolk.«

»Wie widerlich – mal ganz zu schweigen davon, wie bedeutungsvoll, wenn man bedenkt, wie Preston gestorben ist.« Vorsichtig veränderte sie die Lage des schlafenden Kindes. »Was für eine Art Mann war er?«

»Preston? Stolz. Sozial ambitioniert. Streitsüchtig. Wenn er auch laut den Worten einer interessanten

Jungfer, die ich getroffen habe, fromm und ein hingebungsvoller Familienvater war. Die Art Mann, meinte sie, den man trotz seiner Grillen lieben könne.«

»Wenn man die Tatsache ignorieren könnte, dass er Hunderte Sklaven besaß«, sagte Hero.

»Ja. Aber ich werde nie die Verwunderung darüber ablegen können, wie viele ansonsten vernünftige Mitglieder unserer Gesellschaft ohne die geringste Schwierigkeit darüber hinweg sehen können. Ich nehme an, das kommt daher, dass diese Institution sowohl legitim als auch von der Bibel abgesegnet ist – ganz zu schweigen vom Profit. Deshalb kommt es den meisten Menschen nicht in den Sinn, diese Gepflogenheit zu hinterfragen.«

Er bemerkte, dass sie ihn mit einem seltsam interessierten, undurchschaubaren Blick ansah. »Was verschweigst du mir?«, fragte sie.

Er hielt das Glas, das er an die Lippen heben wollte, auf halbem Wege in der Luft. »Was meinst du?«

»An deiner linken Schläfe ist ein Streifen getrocknetes Blut.«

»Tatsächlich?« Er stand auf und ging zum Spiegel über dem Waschtisch, um seine Stirn zu betrachten. »Tatsächlich. Der Schuss kam offenbar aus größerer Nähe, als ich dachte.«

»Jemand hat auf dich geschossen? *Heute Abend?*«

Er befeuchtete ein Tuch und tupfte sich die Stelle ab. »Als ich gerade in die Brook Street eingebogen bin. Es muss mir jemand aufgelauert haben.«

»Und dir ist nicht in den Sinn gekommen, es mir gegenüber zu erwähnen?«

»Der Schütze hat mich verfehlt.«

»Nein, eben nicht.«

Er tupfte wieder an dem getrockneten Blut und sah sich immer noch im Spiegel an. »Offensichtlich habe ich irgendjemanden aufgescheucht. Leider habe ich nicht den kleinsten Schimmer, wen. Die einzigen eventuell möglichen Verdächtigen, auf die ich bisher gestoßen bin, sind ein Husarenhauptmann, der ein nicht gern gesehenes Interesse an Prestons Tochter gezeigt hat – bei Preston nicht gern gesehen, heißt das –, und ein Bankier, der am Abend des Mordes in der Öffentlichkeit einen Streit mit Preston hatte. Aber der Bankier ist nach allen Aussagen nicht in London, und den Hauptmann konnte ich noch gar nicht finden.«

»Jemand muss dich als Bedrohung betrachten«, sagte Hero mit seltsam gepresster Stimme. »Die haben versucht, dich umzubringen.«

»Vielleicht war es als Warnung gedacht.« Der Säugling regte sich und stieß einen leisen Schrei aus. Sebastian legte das blutbefleckte Tuch zur Seite und drehte sich um, um nach dem Kind zu greifen. »Komm, ich nehme ihn eine Weile.«

Sie zögerte, und er sah in ihren Augen etwas, das gleich wieder verschwand, so als hätte sie es rasch vor ihm versteckt. Sie waren in den Monaten nach ihrer Hochzeit so viel näher zusammengerückt, aber er wusste, dass sie dennoch viele ihrer Gedanken und Gefühle vor ihm verbarg.

»Was ist?«, fragte er.

»Nur … Gib auf dich acht, Sebastian. Ich verstehe nicht, was da vor sich geht. Aber es ist eine hässliche Angelegenheit. Sehr hässlich.«

»Meine liebe Lady Devlin«, sagte er neckend und hob das inzwischen schreiende Kind aus ihren Armen. »Macht Ihr Euch etwa Sorgen?«

Er erwartete, dass sie mit einer ihrer typischen flapsigen Antworten reagieren würde.

Stattdessen hob sie die Hand und berührte mit den Fingerspitzen die Haut neben der noch frischen Wunde an seiner Stirn und sagte: »Ja.«

Kapitel 13

Die königliche Residenz Windsor Castle lag in der Provinzstadt Windsor etwa zwanzig Meilen westlich von London am Südufer der Themse. Jarvis hatte an diesem Morgen einen seiner Männer mit einer Nachricht entsandt, die den Dekan auf einen Besuch des königlichen Grabgewölbes vorbereiten sollte. Aber bis er ankam, war die Sonne längst hinter den westlichen Mauern des Schlosses versunken.

Der Ehrenhafte und Hochwürdige Reverend Edward Legge, der das angesehene Amt des Dekans der St George's Chapel bekleidete, erwartete ihn im Vorhof. Die mittelalterlichen Festungsmauern hoben sich dunkel vor dem schwarzen Himmel ab. Legge, ein überaus ehrgeiziger Geistlicher, der die Kunst des Schmeichelns und Gefälligseins gegenüber den Mächtigen vor langer Zeit vervollkommnet hatte, war ein schwergewichtiger und schwammiger Mann mit auffallend dunklen, dichten Brauen und einem fliehenden Kinn. Sein Gesicht mit den Hängebacken war jetzt aus Nervosität mit einem Schweißfilm überzogen, trotz des kalten Windes, der an seinem Habit zerrte und trockenes Laub über die ausgedehnten, abfallenden Rasenflächen des Schlosses fegte. Neben ihm stand der Kirchendiener des Schlosses, Rowan Toop, und hielt mit einer Hand eine Laterne fest. Mochte der Dekan für die alltäglichen Belange der

Kirche zuständig sein, so war es doch der Kirchendiener, der über die Instandhaltung und Pflege der altehrwürdigen Gebäude und die Bestattung der Toten wachte.

»Mylord«, sagte der Dekan, und beide Männer verbeugten sich tief, als ein Wächter nach vorne sprang, um die Kutschentür zu öffnen. »Wir fühlen uns sehr geehrt …«

Jarvis stieg mit einer Agilität aus, die für einen Mann seiner Größe verwunderlich wirkte, und unterbrach den Dekan knapp mit den Worten: »Ich gehe davon aus, dass alles bereit ist?«

»Ja, Mylord. Darf ich so kühn sein, Eurer Lordschaft eine schöne heiße Tasse Tee anzubieten? Oder vielleicht ein Glas Wein, bevor wir …«

»Nein.«

Der Dekan dienerte erneut und wahrte sein geübtes, zuvorkommendes Lächeln, während er mit der Hand auf die kunstvoll verzierte Westfront der Kirche deutete. »Wenn Ihr hier entlang kommen wollt, Mylord.«

Sie folgten dem Kirchendiener mit seiner Laterne in das riesige, hohe Kirchenschiff mit den antiken Bleifenstern, der aufwändig geschnitzten Decke und den monumentalen Alabasterstatuen. St George's kam als Bestattungsort für Könige und Königinnen, Prinzen und Prinzessinnen gleich an zweiter Stelle nach Westminster Abbey – allerdings war im Lauf der Jahre leichte Unklarheit entstanden, welche der Royals wo bestattet waren.

Der Eingang des neuen Zugangs für den Prince of Wales lag im Chorraum und wurde durch ein kürzlich errichtetes Eisengatter geschützt, das seinerseits mit einer Kette und einem schweren Vorhängeschloss gesichert war. »Bitte entschuldigt, Mylord«, sagte der Dekan und zog einen großen Schlüssel hervor. »Es wird nur einen Augenblick dauern.«

Jarvis schnaubte und ließ den Blick über die farbenprächtigen Reihen von Helmen und Bannern schweifen, die über den mit komplizierten Motiven geschnitzten hölzernen Chorkabinen hingen, denn diese Kapelle war auch die geistliche Heimat der Ritter des Hosenbandordens.

»Wie Ihr seht, Mylord«, sagte der Dekan, während er mit dem Schloss hantierte, »haben wir alle Sicherheitsvorkehrungen dafür getroffen, dass es keine Wiederholung der unglücklichen Umstände geben wird, die auf die Entdeckung der Überreste von King Edward gefolgt sind.«

»Das will ich doch sehr hoffen«, sagte Jarvis. Als im vorigen Jahrhundert Arbeiter, die den Boden der Kapelle neu verlegten, unbeabsichtigt in das Gewölbe eingebrochen waren, das den über zwei Meter langen Sarg von Edward IV enthielt, hatten sich so viele Gaffer und Reliquienjäger Zugang in die Krypta verschafft, dass sie einen Teil der sterblichen Überreste von Edward davongetragen hatten – jeweils einen Zahn, eine Haarlocke und einen Fingerknochen –, bevor jemand daran dachte, der Sache einen Riegel vorzuschieben.

Die Kette rasselte, als der Dekan die schweren Glieder zur Seite zog. Sein Atem stieg als weiße Wolke in die kühle Luft. »Bitte sehr«, sagte er, öffnete das Tor und trat zurück, um dem Kirchendiener mit der Lampe den Vortritt zu geben.

Der enge, fast fertige Tunnel führte steil bergab, sodass sie rasch hinunterstiegen. Ihre Schritte hallten hohl wider, und die Luft, die sie einatmeten, roch schwer nach feuchter Erde und längst vergangenem Tod. Das kleine Gewölbe, das ursprünglich nur als vorübergehende Ruhestätte für die Lieblingskönigin Henrys VIII gedacht gewesen war, lag etwa auf halben Weg zwischen dem Hochaltar und dem Kirchenstuhl des Souveräns, westlich des Durchgangs. Als Jarvis die Krypta drei Tage zuvor aufgesucht hatte, hatten die Arbeiter die ursprünglich versehentlich verursachte Öffnung genug erweitert, damit Jarvis hatte eintreten können. Inzwischen war das ganze Geröll von dieser Aktion weggeräumt und eine spanische Wand diskret vor die Öffnung gestellt worden.

Jarvis wartete mit hinter dem Rücken verschränkten Händen, während der Dekan die spanische Wand zur Seite schob.

»Das ist nicht gerade das, was man sich als letzte Ruhestätte für Henry VIII und Jane Seymour vorstellen würde, nicht wahr?«, sagte der Kirchendiener und ging geduckt hinein, die Lampe vor sich haltend.

Das Licht tanzte flackernd in einer grob gebauten Gruft aus rotem Backstein, die nicht mehr als zwei-, zweieinhalb Meter breit und drei Meter lang war. Das Deckengewölbe war so niedrig, dass Jarvis sich tief bücken musste, um hineinzugelangen.

Die drei Särge standen noch genau so, wie er sie beim letzten Mal gesehen hatte. Die Knochen und Kleidungsreste Henrys VIII waren zwischen dem verrotteten Holz und dem verzogenen Blei seines zerstörten Sarges gut zu erkennen. Neben ihm stand der besser erhaltene

Sarg von Jane Seymour in einem seltsamen Winkel an der hinteren Wand, als wäre er hastig von verängstigten Männern zur Seite geschoben worden, die heimlich einen ermordeten König bestatten wollten.

Der Sarg des unglücklichen Charles I stand links von seinen Vorfahren. Er war noch mit dem ursprünglichen schwarzen Sargtuch aus Samt bedeckt, das nach Jarvis' letztem Besuch sorgfältig wieder zurückgelegt worden war.

Der Dekan sagte: »Wie Ihr seht, wurde nichts verändert, Mylord.«

»Ziehen Sie das Tuch weg«, sagte Jarvis.

Das freundliche, zuvorkommende Lächeln des Dekans erlosch. »Mylord?«

»Sie haben mich verstanden.«

Der Dekan nickte dem Kirchendiener zu. Dieser sah sich hilflos nach einer Stelle um, an der er seine Lampe abstellen konnte.

»Geben Sie schon her«, schnappte der Dekan und nahm die Laterne aus den Händen des Mannes.

Der Kirchendiener rieb mit den Handflächen an seiner Soutane entlang, als widerstrebe es ihm, das schmutzige, fadenscheinige alte Tuch vor sich zu berühren. Er war ein dünner Mann Ende dreißig mit glattem, strohblondem Haar, einem langen, knochigen Gesicht und einem vorspringenden Mund voller langer, schiefer Zähne. Im Gegensatz zum Dekan, der der siebte Sohn eines Earls war und wahrscheinlich einen Bischofssitz zu erwarten hatte, war der Kirchendiener ein Laie von viel einfacherer Herkunft. Er trat langsam vor und schlug vorsichtig das Sargtuch zurück.

Charles' I Bleisarg wurde sichtbar, vom Alter weiß angelaufen, als wäre er voller Kreide.

Bei seinem letzten Besuch der Gruft hatte Jarvis die strikte Anweisung gegeben, dass der Sarg nicht berührt werden dürfe. Der Deckel sollte fest verlötet und das Bleiband, das um ihn verlief, sollte an Ort und Stelle bleiben, bis der Prinz offiziell danach sah. Das Band war geöffnet worden, und die abgeschnittenen Enden zeigten genau, wo der Abschnitt mit der Inschrift ›King Charles, 1948‹ herausgelöst worden war. Anstatt die Lötnahten zu öffnen, hatten die Diebe einfach ein großes viereckiges Loch in den oberen Teil des Deckels geschnitten – was einfach gewesen war, da der Bleisarg nur aus einer dünnen Schicht bestand und die hölzernen Beschläge sehr verrottet waren.

»Geben Sie mir die Lampe«, sagte Jarvis.

Der Dekan blieb wie angewurzelt stehen, die Augen aufgerissen und die Kinnlade vor Entsetzen heruntergeklappt.

»Geben Sie schon her, verdammt.«

Der Dekan zuckte zusammen und hielt sie ihm hin.

Jarvis hob die Laterne hoch, damit das goldene Licht auf das Innere des Sargs fallen konnte. Dort, wo das Leichentuch weggezogen worden war, glitzerte eine schmierige, übelriechende Masse. Das Licht enthüllte einen großen, kugelförmigen Abdruck in der Form und Größe eines Menschenkopfes. Aber nur ein paar dunkle Haarsträhnen hingen noch an dem befleckten, wächsernen Leichentuch. Der Torso endete abrupt am Hals.

»Großer Himmel«, sagte der Dekan und bedeckte mit einer Hand Nase und Mund. »Jemand hat den Kopf des Königs gestohlen.«

Kapitel 14

Hero wiegte ihren kleinen Sohn in den Armen und betrachtete im Widerschein des Feuers, wie sich seine winzige Faust an ihrer Haut öffnete und schloss.

Sie hatte in den stillen, frühen Morgenstunden einen seltenen Frieden gefunden, wenn die Welt noch schlief und die einzigen Geräusche das flüsternde Zusammenfallen der Asche im Kamin und das sanfte Nuckeln eines Kindleins an der Mutterbrust waren. Lächelnd atmete sie den süßen Duft des Kindes ein und ließ sich von der stillen Freude des Augenblicks durchfluten. Sie war von der Fähigkeit ihres Körpers, das Kind zu nähren, immer noch beeindruckt, und sie schützte diese gemeinsame Zeit mit aller Kraft. Die Entschiedenheit, mit der sie ihr eigenes Kind stillte, war nicht das Opfer, das Jarvis darin sah – es war gar kein selbstloser Akt, sondern *eigennützig*. Etwas, das ihr Vergnügen schenkte und zugleich eine bange Bewusstheit, wie mächtig und tief ihre Liebe zu ihrem Sohn und dem Mann, der ihn ihr geschenkt hatte, war.

All die Jahre, in denen sie zur Erwachsenen gereift war, war sie fest entschlossen gewesen, niemals zu heiraten und sich niemals in diesen Untergebenenstatus zu begeben, auf den Englands Gesetze Frauen verwiesen, die so unklug waren, eine Ehefrau zu werden. Aber selbst da hatte sie es gewollt, ein eigenes Kind.

Das Kindlein hob den Blick und sah sie an. Sie lächelte ihm zu, und es antwortete mit einem breiten, zahnlosen Lächeln, bei dem etwas Milch das Kinn hinunterlief. Da spürte sie ein plötzliches und unerwartetes Brennen in den Augen, weil sie erfasste, dass die größten Freuden des Lebens eine tiefe Traurigkeit in sich bargen; es war eine bittersüße Erkenntnis, dass just wenn wir einen seltenen, wertvollen Augenblick genießen, dieser vorbeigeht und allzu schnell nur noch eine Erinnerung sein wird.

Leises Murmeln veranlasste sie, sich zu Devlin zu drehen. Er bewegte den dunklen Kopf ruhelos auf dem Kissen. Sie dachte an die Kugel, die am Abend so dicht davor gewesen war, ihn ihr wegzunehmen, und schloss die Arme fester um den kleinen, warmen Körper des Kindes. Sie war keine Frau, die an Angstzustände gewöhnt war. Sie hatte diejenigen, die sich über die Zukunft sorgten, immer verachtet. Aber mit großer Liebe geht große Angst einher – Verlustangst. Und in diesem Augenblick spürte sie ihren kalten Griff.

Sie verdrängte sie, gleichzeitig beschämt und entsetzt über ihre Schwäche.

»Das ist deine Schuld«, flüsterte sie zu dem jetzt zufriedenen Kindlein. »Du hast mir das angetan.«

Der Kleine lächelte wieder, hörte auf zu nuckeln, und die Äuglein fielen ihm zu.

Sie spürte, wie sein kleiner Körper an ihrem sich entspannte, hörte seinen ruhigen Atem, der in den Schlaf überging. Und sie blieb am Kamin sitzen, hielt ihn fest und kostete den Augenblick aus.

***

Eine Stunde später fuhr sie aus der Brook Street hinaus, und das Hufgeklapper ihrer Pferde hallte in den stillen, leeren Straßen von Mayfair wider, als ihr Kutscher das Gespann in Richtung City lenkte. Man hatte ihr gesagt, dass sie, wenn sie das Leben der Obst- und Gemüsehändler in London wirklich verstehen wollte, zu einem der Großmärkte kommen müsse, auf denen sie ihre Ware einkauften. Also hatte sie beschlossen, den größten der Großmärkte zu besuchen: Covent Garden.

Die aufgehende Sonne schickte gerade erste Streifen aus Gold und glühendem Orange über einen blassen Himmel, als sie die Stelle erreichte, an der der größte Markt für Lebensmittel und Blumen in London lag. Trotz der frühen Stunde war der riesige Platz vor der alten, tempelartigen Kirche St Paul's bereits von einer rufenden, schiebenden und lachenden Menschenmenge gefüllt, die um die Stände herumwogte, auf denen hohe Haufen von schmutzverkrusteten Zwiebeln und Kartoffeln über Bündel weißen Lauchs bis zu dunkelviolettem Kohl zum Einmachen angeboten wurden.

Sie hatte einen mageren, vierzehnjährigen Jungen namens Lucky Liam Gordon angeheuert, der ihr als Führer durch die Wunder des Marktes diente. Er hatte einen Schopf rostbraunen Haares und eine sommersprossige Knubbelnase, und er war der Sohn, Enkel und Urenkel von Marktleuten und Straßenhändlern.

111

Hero begann gerade erst zu begreifen, wie enggeknüpft das Netz in diesem Geschäft war – und dass es weitervererbt wurde.

»Das da sind die Wagen der Züchter«, sagte Lucky und nickte zu einer Reihe leerer, abgedeckter Wagen und Karren, die vom Platz wegfuhren. »Die ersten kommen so gegen drei von den Bauernhöfen hierher. Ich hab gehört, dass sie die Wagen bei Sonnenuntergang laden und dann zwischen zehn und ein Uhr nachts zur Stadt aufbrechen. Das kommt drauf an, wie weit sie's haben.« Er musste schreien, um über die Hunderte feilschenden Stimmen, die zischenden Peitschen, das Wiehern von Eseln und das Klappern eisenbeschlagener Reifen auf den unebenen Pflastersteinen hinweg gehört zu werden.

Hero ließ den Blick über die Ansammlung fröhlich bunt bemalter Handkarren und die Reihen von Eselskarren wandern, deren brüchige Geschirre so alt waren, dass sie oft einfach mit Draht oder Seil zusammengehalten wurden. Die kühle Morgenluft war geschwängert von den Gerüchen nach Kohlerauch, Dung und Erdgemüsesorten, und die durchdringenden Aromen der Kräuterstände mischten sich mit den süßen Düften von eingetopftem Lorbeer, Myrthe und Buchsbaum. Sie lächelte, als sie zwei kleine Buben sah, die auf dem Kopfsteinpflaster, das grün von weggeworfenen Blättern war, Fangen spielten. Da rutschte einer der Jungen aus, stieß beinahe mit einer Marktfrau zusammen, die einen schweren Korb auf dem Kopf balancierte, und schlingerte dann gegen Hero.

»Vorsicht«, sagte Hero und umfasste ihr Retikül fest, während sie dem Jungen half, die Balance zu halten.

Er warf ihr ein keckes Lächeln zu und sprang wieder davon.

Die Anzahl kleiner Kinder auf dem Markt – meistens Jungen – überraschte sie. Von einer Kindergruppe, die sich an der Pumpe wusch, erklang Geschrei, während um die Feuer der Kaffee- und Teestände herum noch mehr Kinder zu sehen waren. Oder sie standen in Gruppen zusammen an den schmalen Straßen, die vom Platz wegführten. Manche von ihnen sahen nicht älter als vier oder fünf Jahre aus.

»Warum stellen sie sich an?«, fragte Hero, die beobachtete, wie sich die Jungen drängten und schoben und eine Schlange bildeten.

»Sie hoffen, dass ein Händler, wo noch keinen eigenen Jungen hat, sie für den Tag anheuert«, sagte Lucky. »Manche sind von ihren Eltern hergeschickt worn, sich 'ne Arbeit zu suchen. Aber ganz viele von denen sind Waisen. Die schlafen nachts unter den Ständen und essen hauptsächlich Abfälle.«

Hero richtete den Blick erneut auf sein sommersprossiges Gesicht. »Sie essen was?«

»Abfälle. Alles, was überreif oder verschrumpelt ist, oder wo schon Wespen dran warn. Die Sachen werden weggestellt und dann für 'n Viertel vom Preis verkauft. Mein Da sagt immer, wenn man kein' guten Preis für irgendwas kriegen kann, dann muss es eben 'nen schlechten geben.«

Hero zog ihr Notizbuch und einen Stift aus der Tasche und schrieb ein paar Anmerkungen nieder.

Offiziell wurden auf Covent Garden Market Obst, Gemüse und Blumen verkauft. Aber sie konnte zwischen den Lebensmittelständen verstreut auch Alteisenhändler und Keramikstände sehen, außerdem Leute vom Land, die Wildenten und Kaninchen feilboten. An den Geländern rund um den Kirchhof von St Paul's hingen reihenweise Körbe und Behälter, während Männer und Frauen mit rostigen Tabletts, die sie an Seilen um den Hals trugen, sich ihren Weg durch die Menge bahnten und mit Obstteilchen und Zuckerwerk, Rasierklingen und Messern oder Bändern und Kämmen hausierten.

Sie beobachtete eine Lerche am Stand des Vogelfängers, die mit den Flügeln gegen die Käfigstangen schlug, als Lucky fragte: »Kennt Ihr den Kerl da?«

»Wen?«, fragte Hero und durchsuchte die wogende, laute Masse aus Menschen.

»Den Kerl dort hinten beim Piazza Hotel, wo so komisch aussieht. Der mit den schicken schwarzen Stiefeln. Der glotzt Euch jetze schon die ganze Zeit an. Zuerst hab ich noch gedacht, der wundert sich vielleicht nur, was so 'ne feine Dame auf'm Covent Garden Market zu suchen hat. Aber der is kein Händler, und 'n Züchter auch nich, wie der aussieht. Was macht der also hier?«

Da entdeckte Hero ihn, einen Mann mit abfallenden Schultern von mittlerer Größe. Er war schlank bis auf einen kleinen, vorstehenden Bauch. Mit einem auf dem Hinterkopf sitzenden Schlapphut stand er an eine der Granitsäulen gelehnt auf dem erhöhten nördlichen Teil des Platzes da. In einer Hand hielt er einen Zinnbecher eines der Kaffeestände, die andere hatte er nachlässig in die Tasche geschoben.

»Woher weißt du, dass er kein Marktmann oder Straßenhehler ist?«, fragte sie.

Lucky lachte. »Ich weiß es halt.«

Der Mann trank einen Schluck Kaffee. Er trug weder die blaue Schürze der Gemüsehändler noch den Strohhut, Bauernkittel und die schmutzigen Schuhe von Landmenschen, wenn auch sein Mantel und die Kniehosen nie von besonders guter Qualität gewesen und inzwischen abgetragen, zerknittert und speckig waren. Nur seine auf Hochglanz polierten schwarzen Stiefel mit ihrem hohen Schaft störten das Bild.

Einen langen, intensiven Augenblick sah der Mann ihr über den Platz hinweg in die Augen, und Hero spürte, wie ihr der Mund trocken wurde und ein unangenehmes Gefühl über die Haut prickelte. Er hatte ein seltsam asymmetrisches Gesicht, einen schiefen Mund mit vollen Lippen und ein Auge, das etwas größer als das andere wirkte. Gerade stieg die Sonne erst über die Dächer der heruntergekommenen Häuser aus dem siebzehnten Jahrhundert, die den Platz säumten, und goss goldenes Licht auf die zerlumpte, lärmende Menge. Die schrägen Sonnenstrahlen fingen den Rauch der Kohlefeuer ein, sodass die Luft einen unheimlichen Augenblick lang wie in der Hölle zu glühen schien. Dann stieg die Sonne höher, und das Trugbild löste sich wieder auf.

»Wie lange beobachtet er uns schon?«, fragte sie Lucky. Soweit sie wusste, hatte sie den Mann noch nie zuvor gesehen, und sie konnte sich nicht vorstellen, wer das sein sollte.

»Ich kann's nich sicher sagen«, antwortete Lucky. »Aber ich hab den schon bemerkt, wie wir hier angekommen sin.«

Sie musterte das seltsame Profil des Unbekannten. Er war vielleicht Mitte, Ende dreißig, das glatte schwarze Haar hing ihm über den Kragen hinunter, und ein Zwei- oder Dreitagebart lag auf seinen Wangen. Er hielt den Kopf betont weggedreht. Aber sie zweifelte nicht daran, dass er sie immer noch wahrnahm und dass sie der Grund war, warum er zu dieser Zeit an diesem Ort war.

»Wenn ich's nich besser wüsst, würd ich sagen, er is Euch hierher gefolgt«, sagte Lucky. »Bloß, weshalb sollt' Euch irgendwer verfolgen?«

»Das weiß ich nicht«, antwortete Hero und schob ihr Notizbuch und den Stift wieder in ihr Retikül. »Aber ich habe vor, ihn danach zu fragen.«

Hero griff mit beiden Händen nach dem Rock ihres Kutschkleids, um den Saum über die dreckigen Pflastersteine anzuheben, und schritt quer über den Platz, beschrieb Bögen um verwitterte, halb verfallene Stände und pflügte entschlossen durch die Grüppchen der in ernste Feilschereien vertieften Käufer und Verkäufer. Sie hatte beinahe die Stufe erreicht, die zu dem Platz hinauf führte, da stieß sich der Mann mit den schwarzen Stiefeln von der Säule ab und verschmolz mit der Menge.

Sie versuchte, ihm zu folgen und umrundete Siebe, auf denen Äpfel aufeinander gestapelt lagen, und eine große Menschengruppe, die sich gaffend um etwas herum versammelt hatte, das wie ein umgedrehter Regenschirm aussah, der voller obszöner Abbildungen lag. Aber als sie die Ecke zur James Street erreichte, war er bereits verschwunden.

Sie blickte über die lärmende Masse aus Eseln, Karren und zerlumpten Männern und Frauen hinweg, die die Straße blockierten.

»Verflixt«, flüsterte sie zu sich selbst.

»Wer war 'n das?«, fragte Lucky, als er zu ihr aufschloss.

Aber Hero schüttelte nur den Kopf. Sie spürte ein unangenehmes Kribbeln in den Fingerspitzen und eine innere Unruhe, die sich nicht besänftigen ließ.

Kapitel 15

Nach einem rasanten Reitausflug im Hyde Park saß Sebastian bei einem einsamen Frühstück, da hörte er von fern die Türglocke und darauf die Stimme einer jungen Frau in der Eingangshalle.

»Eine Miss Anne Preston wünscht Euch zu sehen, Mylord«, sagte Morey, als er auf der Türschwelle erschien. »Sie sagt, es sei dringend.«

»Bitte führen Sie sie herein.«

Stanley Prestons Tochter kam raschen Schrittes und mit entschlossener, fast grimmiger Miene ins Frühstückszimmer. Als sie unmittelbar hinter der Tür stehenblieb, verwandelte sich ihr Ausdruck in Kummer. »Ich habe Euer Frühstück gestört. Bitte verzeiht, ich werde ...«

Er stand auf. »Nein. Kommen Sie herein und setzen Sie sich. Darf ich Ihnen etwas Tee anbieten? Vielleicht eine Scheibe Toast?«

»Nein, danke sehr.« Sie setzte sich auf den angewiesenen Stuhl und hielt mit beiden Händen ihr Retikül im Schoß fest, als sie sich vorbeugte. »Es tut mir leid, dass ich so früh herkomme, aber ich habe gestern Abend mit Jane Austen gesprochen und sie sagte mir, dass sie Euch von Hugh – ich meine, Captain Wyeth, erzählt hat. Ich ... ich weiß nicht, ob ihr bewusst war, dass Ihr falsche Schlüsse ziehen könntet, wenn Ihr von Vaters Streit mit Mr Austen hört.«

Sebastian hatte eher den Verdacht, dass Jane Austen sehr wohl bewusst war, zu welchen Rückschlüssen ihre Aussage ihn verleiten konnte. Aber er sagte lediglich: »Schlüsse in Bezug worauf?«

»In Bezug auf H... Captain Wyeth und Vater.«

Sebastian griff nach seinem Krug und trank ruhig einen Schluck Ale. Dabei blickte er sie höflich interessiert an.

Als er nicht antwortete, sagte sie eilig: »Ich will nicht leugnen, dass Vater nicht gerade erfreut war, als er hörte, dass Captain Wyeth nach London zurückgekehrt ist. Aber es gab keine Konfrontation zwischen den beiden. Wirklich nicht.« Sie sah ihn mit angespanntem, ernsthaftem Gesicht an, als ob sie ihn mit reiner Willenskraft dazu bringen könnte, ihr zu glauben.

Sie war eine abgrundtief schlechte Lügnerin.

Sebastian schnitt sich eine Scheibe Schinken ab. »Aber Ihr Vater hat trotzdem mit Mr Austen über eine schlichte Äußerung des Bedauerns seiner kranken Frau gestritten?«

»Vater hat es nie ertragen, wenn seine Ansichten hinterfragt wurden oder man ihm gar gesagt hat, er liege falsch. Egal, worum es ging.«

»Ach? Aber was genau hat Ihre Freundin denn dazu gebracht, ihre Ansicht über Captain Wyeth zu revidieren?«

Anne Preston knetete die Träger ihres Retiküls zwischen den Fingern. »Als Eliza sich vor sechs Jahren gegen die Verbindung zwischen Hugh und mir aussprach, hatte sie vor allem materielle Gesichtspunkte im Blick. Damals dachte sie, dass sie nur mein Bestes im Sinne hätte. Aber ...«

»Ja?«, hakte Sebastian nach.

»Sie sagte, ihre Krankheit habe ihre Wahrnehmung verändert und dass sie inzwischen bereut, eine Rolle dabei gespielt zu haben, dass mir in all diesen Jahren das Glück vorenthalten worden ist.«

»Und Ihr Vater hatte Einwände dagegen?«

»Vater hat immer gehofft, dass wir – also mein Bruder und ich – eine gute Partie machen. Das war für ihn außerordentlich wichtig.«

»Hat Captain Wyeth denn erneut um Ihre Hand gebeten?«

»Oh nein, nein. Wir ... haben uns nur wenige Male gesehen, seit er nach London zurückgekehrt ist, als alte Bekannte. Mehr nicht.«

Sebastian bemerkte die verräterische Farbe auf ihren Wangen, sagte aber nur: »Ich hörte, Captain Wyeth hat sich ein Zimmer in Knightsbridge genommen. Wo denn genau?«

Sie starrte ihn an. »Aber ... ich habe doch gerade erklärt, dass es keinen Grund gibt, ihn in irgendeiner Weise da hineinzuziehen.«

»Dennoch möchte ich mit ihm sprechen.«

Er sah, wie ihre Nasenflügel bebten, als sie erkannte, dass ihr mutiger Versuch, den Hauptmann vor dem Verdacht zu retten, vollends versagt hatte. Sie senkte den Blick auf ihre verschränkten Hände und sagte ruhig: »Er ist im *Shepherd's Rest* in der Middle Row.«

»Danke«, sagte Sebastian.

Erneut fingerte sie an den Trägern ihrer Handtasche herum. »Gestern habt Ihr mich gefragt, ob es jemanden gibt, mit dem Vater in letzter Zeit Streit hatte.«

»Ja?«

»Ich habe über Eure Fragen noch einmal nachgedacht, und es gibt tatsächlich jemanden. Ich weiß nicht, ob man wirklich sagen kann, dass Vater mit ihm *Streit hatte*, aber zumindest hatte er Angst vor ihm. Sein Name ist Oliphant. Sinclair Oliphant.«

In der Stille, die ihren Worten folgte, hörte Sebastian seinen eigenen Atem und spürte seinen gleichmäßigen, ruhigen Pulsschlag. Er räusperte sich und brachte irgendwie die Worte heraus: »Sie meinen Colonel Sinclair Oliphant?«

»Ja, auch wenn er jetzt Lord Oliphant ist. Er hat den Titel und das Anwesen seines Bruders geerbt, wisst Ihr.«

»Ja, das wusste ich. Aber ich dachte, er wäre als Gouverneur von Jamaika eingesetzt worden.«

»Ja, das war er. Aber vor Kurzem hat er seinen Posten aufgegeben und ist nach England zurückgekehrt. Für die Saison hat er ein Haus in der Mount Street angemietet.«

Sebastian zog sein Bier heran und umschloss den Krug mit beiden Händen. Vor drei Jahren hatte Sinclair Oliphant Sebastian mit voller Absicht an einen französischen Major verraten, der für seine erfindungsreichen und schmerzhaften Mordmethoden bekannt war. Sebastian hatte überlebt. Aber was der französische Major danach getan hatte, würde Sebastian bis zu seinem Lebensende verfolgen.

Er trank einen großen Schluck Ale und stellte den Krug mit leicht zitternder Hand ab. »Weshalb hatte Ihr Vater Angst vor Oliphant?«

»Das weiß ich nicht genau. Ich meine, ich weiß, dass Vater von Oliphants Verhalten als Gouverneur erzürnt war. Tatsächlich ist Vater vergangenes Jahr eigens hingereist, um zu versuchen, bezüglich seiner Position etwas zu erreichen.«

»Ihr Vater war letztes Jahr in Jamaika?«

»Ja.«

»Waren Sie mit ihm dort?«

»Oh nein. Ich bin bei den Austens geblieben. Ich war nie in Jamaika. Vater hat immer gesagt, es wäre kein guter Ort für eine Frau.«

»Es ist für niemanden ein guter Ort.« Er musterte ihr glattes, anscheinend argloses junges Antlitz. Er hätte sie gern gefragt, ob sie wusste, dass die Kleidung, die sie trug, genau wie ihre Perlenohrringe und das Essen, das sie täglich zu sich nahm, von der Arbeit versklavter Männer, Frauen und Kinder bezahlt wurde. Aber er sagte lediglich: »Wissen Sie, ob Ihr Vater irgendetwas mit Oliphants Entschluss, zurück nach England zu kommen, zu tun hatte?«

»Nein, über solche Dinge hat Vater nie mit mir gesprochen. Aber letzten Freitag war er nachmittags für mehrere Stunden aus und ist wirklich *angeschlagen* heimgekommen. Ich habe ihn gefragt, was nicht stimme, und er sagte, dass er fürchtete, einen Fehler gemacht zu haben. Dass Oliphant viel gefährlicher sei, als ihm klar war.«

»Ihr Vater hatte recht. Oliphant ist gefährlich. Sehr sogar.«

Etwas in seiner Stimme musste ihn verraten haben, denn sie sah ihn seltsam an, mit offenem Mund, und auf ihrer Stirn bildete sich eine zarte Falte. »Ihr kennt ihn?«

»Ich habe ihn gekannt.« Mehr sagte Sebastian nicht.

Nachdem sie gegangen war, ging er zu den hohen Fenstern und blickte auf die Terrasse und den Garten hinunter. Die säuberlich umrandeten Beete zeigten im wechselnden Licht der Sonne ein frisches Grün und die kürzlich umgegrabene Erde einen warmen Braunton. Aber er sah nur altes, schwarzverbranntes Steingemäuer und eine Puppe, die verloren zwischen orangefarbenen Blüten lag.

Im Leben eines Menschen gibt es Augenblicke, die unwiederbringlich seinen Weg ändern und seine Seele für immer versengen. Einen solchen, umwälzenden Augenblick hatte Sebastian in einem kalten Frühling in den Bergen Portugals erlebt, als er den Befehlen eines Colonels gehorcht hatte, von dem er wusste, dass er böse und betrügerisch war, und für seine Leichtgläubigkeit hatten Dutzende unschuldiger Kinder und Frauen mit dem Leben bezahlt. Ein anderer Mann hätte sich vielleicht in eine Reihe von Entschuldigungen geflüchtet: *Ich wusste es nicht. Ich habe nur Befehle befolgt. Ich war zu spät dran, um sie zu retten.* Nicht so Sebastian. Das vergossene Blut der Frauen und Kinder hatte sein Selbstverständnis unwiederbringlich verändert.

Einst hatte er geschworen, ihren Tod zu rächen und Oliphant zu töten, selbst wenn es bedeutete, dass er selbst dafür sterben müsste. Aber im Laufe der Zeit hatte er begriffen, dass sein Rachedurst nur aus ihm heraus kam, dass er damit nur seinen eigenen Schmerz eindämmen wollte und hoffte, dadurch seine Schuld zu sühnen. Jene gutherzigen, religiösen Frauen, die ihr Leben der Fürsorge für andere Menschen verschrieben hatten und deshalb gestorben waren, hätten für Sinclair Oliphants Rettung gebetet, nicht für seinen Tod.

Sebastian wollte ihr Andenken nicht verletzen, indem er in ihrem Namen tötete. Aber zwischen Rache und Gerechtigkeit gab es einen Unterschied, und er war fest entschlossen, den Unschuldigen von Santa Iria Gerechtigkeit zuteilkommen zu lassen.

Auf die eine oder andere Art.

***

Das elegante Haus in der Mount Street, das Sinclair Oliphant kürzlich für seine als Adelige aufgewachsene junge Frau und ihre gemeinsamen fünf Kinder gemietet hatte, war fünf Stockwerke hoch. Die glänzend schwarze Tür wurde von polierten Messinglaternen geflankt, und die marmornen Eingangsstufen waren frisch geschrubbt. Sebastian blieb eine Weile auf dem Bürgersteig stehen, betrachtete die stattliche Hausfront und dachte an den Mann, den er zuletzt in einem groben Gefechtszelt in den Bergen Portugals gesehen hatte. Das Amt des Gouverneurs in den Kolonien war begehrt und wurde nur selten freiwillig niedergelegt. Wenn Stanley Preston tatsächlich hinter Oliphants plötzlicher und unerwarteter Rückkehr nach London steckte, hatte er sich in der Tat einen gefährlichen Feind gemacht.

Immer noch in Gedanken versunken, stieg Sebastian die Eingangsstufen hinauf. Ein ernster Butler öffnete die Tür und informierte ihn, dass Seine Lordschaft an diesem Morgen bei *White's* frühstückte. Aber Sebastian musste Oliphants Spur vom Klub in St James's durch mehrere exklusive Läden in der Bond Street verfolgen, bis er seinen ehemaligen Colonel schließlich in Manton's Schießsalon in der Davies Street antraf.

Sebastian lehnte sich mit verschränkten Armen an eine Wand und wartete, während Oliphant methodisch mit einer von Mantons schlanken neuen Steinschlosspistolen die Zielscheiben traktierte. Er sah noch so aus, wie Sebastian ihn in Erinnerung hatte. Der Mittvierziger war adrett, breitschultrig und groß. Er hatte die aufrechte Haltung, die für einen Karriere-Offizier typisch war. Er hatte ein ausgeprägtes, kantiges Kinn, schmale Wangen und verzog gewohnheitsmäßig die Lippen zu einem Lächeln, das seine Eigensüchtigkeit überspielte, die extreme Ausmaße annehmen konnte.

Sebastian zweifelte nicht daran, dass Oliphant seine Anwesenheit bemerkt hatte. Aber der Colonel zielte seelenruhig weiter auf die Reihen von papiernen Zielen, die am anderen Ende des langen, schmalen Raums an Metallrahmen befestigt waren. Nach jedem Schuss hielt er inne, lud die Waffe neu und schoss erneut. Der beißende Rauch ballte sich um sie, bis auch die letzte Zielscheibe fiel. Erst dann drehte er sich zu Sebastian um. Seine Bewegungen waren anmutig und sorglos, fast gelangweilt.

Es war das erste Mal, dass Sebastian den Colonel sah, nachdem er ihn auf jene Mission geschickt hatte, die gezielt darauf ausgelegt gewesen war, viele unschuldige Leben in den Tod zu ziehen. Sebastian forschte in den klaren blauen Augen seines Gegenübers nach Anzeichen für Schuldbewusstsein, Reue oder auch nur Unbehagen. Doch er sah nur die altbekannte Selbstzufriedenheit, in der außerdem etwas Verachtung lag. Da wurde ihm klar, dass die Ereignisse des so weit zurückliegenden Frühlings und die vielen Tode, die Sebastians Seele erschüttert und ihn ein Leben lang gezeichnet hatten, den Mann, auf dessen Konto sie gingen, nicht im Mindesten belasteten.

Sebastian spürte, wie eine Zorneswelle ihn durchfuhr. Er wollte seine Faust in dieses selbstgefällige Lächeln rammen. Er wünschte sich, unter seinen Knöcheln Fleisch reißen und Knochen knacken zu spüren. Er wollte mit den Händen den Hals dieses Mannes zudrücken, bis er sah, wie das Leben aus seinen Augen wich. Und er musste die Hände zu Fäusten ballen und sich zwingen, einen tiefen, beruhigenden Atemzug zu holen, um den aufsteigenden Blutdurst unter Kontrolle zu bringen.

»Ich wusste gar nicht, dass Schießen ein Zuschauersport geworden ist«, sagte Oliphant und gab die Pistole ruhig an einen Assistenten weiter.

Sebastian blieb regungslos. »Trainiert Ihr für den Fall, dass Ihr zum Duell herausgefordert werdet?«

Oliphants Lächeln zuckte nicht einmal. »Ich halte meine Hände gern beweglich.« Er zog die Ledergamaschen aus, die er getragen hatte, um seine gestärkten weißen Manschetten zu schonen, dann wusch er sich die Hände an der Waschschüssel. »Seid Ihr nicht zum Schießen hier?«

»Heute nicht.« Sebastian beobachtete, wie er sich warmes Wasser ins Gesicht spritzte und nach dem Handtuch griff. »Seit wann seid Ihr aus Jamaika zurück?«

»Noch nicht lange«, antwortete Oliphant, scheinbar ganz ins Abtrocknen seiner Hände vertieft.

»Ich hörte, Ihr kennt einen Mann namens Preston. Stanley Preston.«

Oliphant sah zu ihm herüber. »Zufällig ja. Warum fragt Ihr?«

»Jemand hat ihm den Kopf abgeschnitten und die Brücke bei Five Fields damit geschmückt.«

»Das habe ich gehört.«

»Ich hörte, er hatte Angst vor Euch. Weshalb?«

»Wer hat Euch das erzählt?«

»Wollt Ihr sagen, das stimmt nicht?«

Oliphant warf das Handtuch auf den Waschtisch und drehte sich um. Mit der Hilfe des Angestellten zog er sich den Mantel über. »Manche Menschen sind leicht einzuschüchtern.« Er richtete seine Manschetten. »Es heißt, Ihr seid aus Portugal zurückgekommen mit dem Schwur auf den Lippen, mich beim ersten Anblick zu töten.« Er wirbelte zu Sebastian herum und spreizte die Arme, die Brauen fragend – oder herausfordernd – hochgezogen. »Habt Ihr es Euch anders überlegt?«

Sebastian schüttelte den Kopf. »Vor drei Jahren wurde eine unschuldige portugiesische Nonne Euretwegen vergewaltigt und zu Tode gefoltert, während zweiunddreißig Kinder und die einfachen, frommen Frauen, die für sie sorgten, mit dem Schwert erschlagen oder bei lebendigem Leib verbrannt wurden. Kein englisches Gericht wird Euch für das, was Ihr dem Kloster von Santa Iria angetan habt, jemals verurteilen. Aber wenn Ihr Stanley Preston ermordet habt, werde ich höchstpersönlich dafür sorgen, dass Ihr gehängt werdet.«

Er drehte sich um und schritt hinaus, bevor ihn der Drang, den Mann mit bloßen Händen zu töten, überwältigte.

Kapitel 16

Als Hero von ihrem frühmorgendlichen Ausflug nach Covent Garden heimkam, traf sie Devlin an seinem Schreibtisch an, wo er einen neuen Flintstein in seine kleine, zweiläufige Pistole einpasste.

»Auf dem Markt heute morgen ist etwas sehr Seltsames passiert«, sagte sie und zog sich die gelben rehledernen Handschuhe aus, während sie in die Bibliothek trat. »Da war ein Mann ...« Sie unterbrach sich, als Devlin aufblickte und sie sein Gesicht sah.

In der Bibliothek lagen tiefe Schatten, weil der Tag inzwischen stark bewölkt war und Sebastian für seine Arbeit keine Kerze brauchte. Aber selbst in dem Dämmerlicht konnte sie seine angespannten, ernsten Züge erahnen und in seinen fremdartigen gelben Augen einen tödlichen Schimmer sehen. »Was ist los?«, fragte sie.

»Sinclair Oliphant ist in London.«

Plötzlich hörte sie überlaut die Kaminuhr ticken und nahm seine kräftigen, schmalen Finger überdeutlich wahr, mit denen er an der Waffe arbeitete. Er hatte ihr einige der Geschehnisse jenes blutigen portugiesischen Frühlings berichtet. Sie wusste von Oliphants Verrat und dem abscheulichen Blutvergießen, das darauf gefolgt war. Aber sie hatte immer schon den Verdacht gehegt, dass Sebastian ihr nicht alles verraten hatte, sondern einige grausame Details jenes Tages zurückhielt.

Und dass das, was er für sich behielt, seine Seele zerrissen und ihn auf einen Weg der Zerstörung geführt hatte.

Sie legte die Handschuhe beiseite. »Hast du ihn gesehen?«

Er nickte. »Heute früh ist Anne Preston hierhergekommen. Ich glaube, sie wollte mich vor allem von Captain Wyeths Unschuld überzeugen, aber sie hat mir auch erzählt, dass ihr Vater Angst vor Oliphant hatte. Wie es scheint, hat Preston sich gegen Oliphants Handlungen als Gouverneur von Jamaika aufgelehnt, und es würde mich nicht überraschen, wenn er seinen Einfluss bei seinem Vetter, dem Minister des Innern, genutzt hat, um Oliphant abberufen zu lassen.«

»Und du willst andeuten, dass Oliphant Preston vielleicht aus Rache den Kopf abgehackt und ihn auf der Bloody Bridge ausgestellt hat?«

»Wahrscheinlich nicht er selbst. Sinclair Oliphant hat es immer vorgezogen, andere Menschen die Drecksarbeit für sich machen zu lassen.«

Sie beobachtete, wie er den Flintstein in die Batterie einsetzte und anfing, den Hahn zu spannen. Er war ein Mann, dem Gewalt nicht fremd war, und der bereit war, sie einzusetzen, wenn nötig. Manchmal vielleicht sogar gern. Aber sie glaubte nicht, dass er Oliphant einfach hinrichten würde, wie er es früher wohl getan hätte.

Dann fragte sie sich unwillkürlich, ob er den Gang ihrer Gedanken erahnte, denn er sagte: »Ich werde ihn nicht kurzerhand töten und mich dafür erhängen lassen, wenn du dir darum Sorgen machst. Aber ich wäre nicht überrascht, wenn er schon versucht hätte, mich töten zu lassen.«

Sie starrte ihn an. »Du glaubst, er steckte hinter dem Schützen von gestern Abend? Aber ... bis heute Morgen wusstest du nicht einmal von seinen Verwicklungen mit Preston.«

Devlin schloss die Batterie und ließ den Hahn vorsichtig herab. »Wenn Oliphant diesen Schützen geschickt hat, dann wegen Santa Iria, nicht wegen Preston. Als Oliphant die Entscheidung getroffen hat, nach London zurückzukehren, war ihm sofort klar, dass er es mit mir zu tun bekommen würde. Und die Menschen, mit denen Oliphant es zu tun bekommt, enden für gewöhnlich tot.«

»Dann solltest du ihn vielleicht töten«, sagte sie. »Solange du sicher sein kannst, dass du dafür nicht gehängt wirst natürlich.«

Seine Augenwinkel kräuselten sich amüsiert, weil er dachte, sie scherze. Aber das tat sie nicht. Sie liebte ihn mit einer Innigkeit, die ihr den Atem raubte und ihr Herz aus Angst, ihn zu verlieren, erstarren ließ. Aber während sie Devlins moralischen Kompass zwar bewunderte, teilte sie ihn nicht ganz und gar. In vielerlei Hinsicht war sie immer noch die Tochter ihres Vaters.

Er ließ die Pistole in seine Tasche gleiten und stand auf. »Wenn Oliphant hinter Stanely Prestons Ermordung steckt, werde ich dafür sorgen, dass er hängt.«

»Und wenn er Preston nicht hat töten lassen?«

Devlin lächelte erneut, dieses Mal mit einer tödlichen Entschlossenheit. »Dann werde ich ihn töten, wenn er kommt, um mich zu töten.«

Kapitel 17

Eine halbe Stunde darauf marschierte Sebastian aus dem Haus zu seinem wartenden Zweispänner, als eine modische Barouche, die von einem Gespann rotbrauner Pferde gezogen und von Jarvis' Wappen geziert wurde, um die Kurve fuhr und am Bordstein anhielt.

Das Kutschfenster auf Sebastians Seite wurde mit einem Scheppern heruntergeklappt. »Fahren Sie mit mir um den Block«, sagte Jarvis, während einer seiner livrierten Burschen auch schon die Kutschtür öffnete.

Sebastian blieb unterhalb der Eingangsstufen des Hauses stehen. »Weshalb?«

»Erwarten Sie allen Ernstes, dass ich mich in der Straße erkläre?«

Sebastian wechselte einen Blick mit Tom, der bei den Köpfen der Braunen stand. Dann sprang er in Jarvis' Kutsche und setzte sich auf die vordere Bank.

»Was Sie jetzt hören werden, bleibt strengstens vertraulich«, sagte Jarvis, als sein Gespann mit einem Satz loslief.

Sebastian betrachtete das füllige, zuvorkommend wirkende Gesicht seines Schwiegervaters. »Sie haben einen Ihrer Untergebenen zu Windsor Castle geschickt, oder?«

Die Augen seines Gegenübers glommen in einer Ablehnung auf, die er gar nicht erst zu verbergen suchte. »Zufällig bin ich selbst hingefahren.«

»Und?«

»In die Gruft Charles’ I ist eingebrochen worden. Der beschriftete Teil des Bleibands, das den Sarg umgab, ist entfernt worden, ebenso wie das Haupt des Königs.«

»Das Haupt?« Sebastian starrte ihn an, wobei er seine Alarmiertheit gut versteckte. »Wurde sonst noch etwas aus der Krypta gestohlen?«

»Das steht noch nicht fest, aber ich habe den Dekan und seinen Kirchendiener instruiert, eine gründliche Untersuchung durchzuführen.«

»Haben Sie den Sarg geöffnet, als Sie das Gewölbe für den Prinzregenten zum ersten Mal inspiziert haben?«

»Nein.« Die Kutsche bog in die Bond Street ein, und Jarvis griff nach dem Seil, das neben ihm baumelte. »Der Prinz wünscht, bei der Öffnung des Sarges zugegen zu sein. Der Inhalt soll nicht nur von ihm selbst, sondern einer Reihe weiterer wichtiger Persönlichkeiten inspiziert werden.«

»Wenn Sie den Sarg vorher nicht geöffnet haben, wie können Sie dann sicher sein, dass das Haupt überhaupt darin war? Vielleicht wurde King Charles ohne den Kopf bestattet.«

»Der Abdruck, wo der Kopf einst geruht hat, ist auf dem Leichentuch deutlich zu sehen. Abgesehen davon lassen die Berichte, die wir von den Geschehnissen unmittelbar nach der Exekution haben, keinen Zweifel daran, dass Charles’ Kopf vor der Bestattung des Königs wieder an den Körper genäht wurde, bevor die sterblichen Überreste aufgebahrt wurden.«

»Wurde er aufgebahrt?«

»Aber sicher. Es war für die Usurpatoren von größter Wichtigkeit, dass der Pöbel vom Tod des Königs überzeugt wurde.«

Sebastian blickte nachdenklich aus dem Fenster. Er sah einen Gemüsehändler mit einem fröhlich bunten Eselskarren. Der Junge rief: »Steckrüben, einen Penny das Bund!«

»Es wird nicht erwartet, dass Prinzessin Augusta diesen Tag überleben wird«, sagte Jarvis. »Ohne Zweifel wird im Laufe der kommenden Woche das Begräbnis stattfinden, und der Regent ist fest entschlossen, die formelle Graberöffnung von Charles' Sarg unmittelbar danach durchzuführen.«

Sebastian richtete den Blick erneut auf das Antlitz seines Schwiegervaters. »Sehe ich es richtig, dass niemand Seiner Hoheit berichtet hat, dass bereits in das Grab eingebrochen wurde? Kein Wunder, dass Sie darüber nicht auf der Straße sprechen wollten.«

Jarvis umfasste das Seil noch fester. »Es steht anzunehmen, dass der Diebstahl eine politische Dimension hat. War Stanley Preston ein Bewunderer der Stuarts?«

»Die Stuarts haben ihn sicherlich interessiert. Aber ich weiß nicht, ob man sagen kann, dass er sie bewundert hat.«

»Sicher?«

»Nein. Derzeit bin ich mir in gar nichts sicher.«

»Und Sie haben noch nichts herausgefunden, das eine Vermutung zuließe, wer hinter der Schändung der königlichen Gruft steckt?«

Sebastian lächelte leicht. »Nein.«

Jarvis musterte ihn aus strengen, zusammengekniffenen Augen. »Sie finden meine Frage amüsant?«

»Amüsant? Nicht direkt. Vor zwei Tagen wurde ein Mann auf ausgesprochen brutale Weise von jemandem ermordet, der noch frei dort draußen herumläuft. Aber Ihre einzige Sorge gilt der Frage, ob dieser Umstand zum Auffinden eines vergammelnden alten Kopfes führen wird?«

»Wir sprechen hier nicht von irgendeinem ›vergammelnden alten Kopf‹«, schnappte Jarvis in einer seltenen Zurschaustellung von Verärgerung. »Und welche Ängste im einfachen Volk durch die grässliche Art dieses Mordfalles auch aufgewühlt sein mögen, so werden die rasch mit einer schnellen öffentlichen Hinrichtung wieder zu beruhigen sein.«

»Egal, ob der Erhängte tatsächlich des Mordes schuldig ist oder nicht?«

»Glücklicherweise teilen wir nicht alle Ihre larmoyante Besessenheit von Schuld und Unschuld.«

Sebastian erwiderte den strengen, gnadenlosen Blick seines Schwiegervaters und fragte sich, wieso ihm noch nie in den Sinn gekommen war, wie viel Jarvis und Oliphant gemeinsam hatten.

Die Kutsche bog wieder in die Brook Street ein, und Jarvis gab seinem Kutscher das Zeichen ranzufahren. »Ich will diesen Kopf.«

»Sollte ich auf ihn stoßen, werde ich dafür sorgen, dass er Ihnen zugestellt wird.« Sebastian öffnete die Tür, ohne auf den Diener zu warten. Dann hielt er auf der Stufe inne, blickte über die Schulter und sagte: »Was wissen Sie über Sinclair Lord Oliphant?«

»Den Mann, der bis vor Kurzem Gouverneur von Jamaika war?« Jarvis runzelte die Stirn. »Sehr wenig. Weshalb?«

»Gouverneure der Kolonien werden durch die Krone ernannt, nicht wahr?«

»Offiziell ja. Aber das Innenministerium kümmert sich darum.«

»Das dachte ich mir«, sagte Sebastian und stieg ab.

Jarvis beugte sich vor, und er streckte die Hand aus, um den Diener zu bremsen, der die Tür gerade zuschlagen wollte. »Ich wünsche nicht, dass Hero in diese Sache hineingezogen wird; das ist zu gefährlich.«

»Hero führt ihr Leben, wie sie es für richtig hält, und das wissen Sie sehr gut.«

In den Augen des mächtigen Mannes flackerte etwas auf. »Wenn meiner Tochter oder meinem Enkel aufgrund Ihrer lächerlichen Besessenheit etwas zustoßen sollte, werden Sie nicht lang genug am Leben bleiben, um sie zu betrauern.«

Dann lehnte er sich zurück, drehte den Kopf weg und gab seinem Kutscher das Zeichen, weiterzufahren.

***

Sebastian lenkte seinen Zweispänner zum Innenministerium, wo er von einem hilfreichen Angestellten erfuhr, dass Lord Sydmouth in der Downing Street weile und sicher mit dem Prime Minister den restlichen Tag in einer äußerst wichtigen Angelegenheit zusammensitze, die der Angestellte nicht näher erläuterte.

»Denkt Ihr, der geht Euch aus 'm Weg?«, fragte Tom, als Sebastian wieder nach den Zügeln griff und dann nachdenklich zur Themse blickte.

»Vielleicht. Aber vielleicht auch nicht.«

Die Entdeckung, dass eine unbestimmte Anzahl königlicher Reliquien – einschließlich des Hauptes von King Charles I – aus der Kapelle in Windsor Castle verschwunden waren, hatte dem Mord an Stanley Preston eine neue, bizarre Wendung verliehen. Es schien wahrscheinlich, dass derjenige, der die Relikte gestohlen hatte, es in der Absicht getan hatte, sie an Preston zu verkaufen, entweder selbst oder über einen unbekannten Mittelsmann, was wahrscheinlicher war. Könnte das Prestons Anwesenheit auf der Brücke in einer solchen kalten und nassen Nacht erklären? War er dort gewesen, um die gestohlenen Relikte in seinen Besitz zu bringen?

Der Haken an dieser These war, dass solche Gegenstände üblicherweise auf der Türschwelle der wohlhabenden Käufer abgeliefert wurden, diskret in mit Stroh ausgelegten Teekörben versteckt. Sie wurden nicht im Schutz der Dunkelheit am Ende einer verlassenen Straße übergeben. Aber das Bleiband von Charles' I Sarg legte unleugbar einen Zusammenhang nahe. Waren die Relikte Preston als Köder vor die Nase gehalten worden, um ihn an einen gottverlassenen Ort zu locken, an dem er getötet werden konnte? Weshalb war das Bleiband am Tatort liegengeblieben? Absichtlich oder versehentlich?

Und wo war der entwendete Kopf des Königs abgeblieben?

Mit diesen und noch mehr Fragen im Kopf lenkte Sebastian seine Pferde Richtung Knightsbridge zu einem heruntergekommenen Gästehaus namens *Shepherd's Rest*.

Kapitel 18

Captain Hugh Wyeth saß in dem übervollen Schankraum an einem Tisch, neben sich einen halb leeren Alekrug, den rechten Arm in einer Schlinge, in der linken Hand hielt er ein Kartendeck und spielte Solitär.

»Seid Ihr Devlin?«, fragte er.

»Ja.«

Wyeth legte die Karten mit dem Rücken nach oben auf die gespielten Karten. »Ich habe Euch schon erwartet.«

Sechs Jahre im Krieg, der Schmerz einer schweren Verletzung und eine lange Genesungszeit hatten im einst jungenhaften Gesicht des Hauptmanns Falten eingegraben. Trotzdem sah er in seiner Uniform immer noch, wie Jane Austen bemerkt hatte, überaus schneidig aus mit seinem schwarzen Haar, den blauen Augen und sonnengebräunten Gesichtszügen. Er sah Sebastian unverwandt an. »Ich habe Stanley Preston nicht getötet.«

»Ich stelle es mir recht schwierig vor, mit einem außer Gefecht gesetzten Arm einem Mann den Kopf abzutrennen«, sagte Sebastian und nickte zur Schlinge.

»Wäre es, wenn ich Rechtshänder wäre, was ich, wie der Zufall es will, jedoch nicht bin.«

»Aha.«

Eine Gruppe lachender Soldaten, manche an Krücken, andere gesünder, strömten in den Schankraum. Sebastian sagte: »Können Sie gehen?«

Der Hauptmann erhob sich. »Gewiss. Es ist hauptsächlich mein Arm, der noch nicht wieder richtig funktioniert. Aber ich hoffe, schon bald wieder zu meinem Regiment stoßen zu können.«

»Wo wurden Sie verwundet?«, fragte Sebastian, als sie das Gasthaus verließen und quer durch Knightsbridge zu den Unterkünften der Leibwache und dem Park dahinter gingen.

Wyeth strauchelte, als er den Bürgersteig hinunterging, und als er sein Gleichgewicht wiedergewann, verzog er kurz den Mund. »In San Muños, im Herbst.«

»Sind Sie sicher, dass Sie gut laufen können?«, fragte Sebastian, der ihn beobachtete.

»Mein Bein wird steif, wenn ich zu lange sitze, das ist alles.«

Sie gingen zwischen den Stallungen der Offiziere und der Reitschule hindurch. Die großen Backsteingebäude warfen kalte, dunkle Schatten.

Sebastian sagte: »Sehe ich es richtig, dass Miss Preston Sie vorgewarnt hat, mich zu erwarten?«

»Ja. Sie hat Angst, dass man mir die Schuld am Tod ihres Vaters geben wird.«

»Weil Preston mit Ihrer Freundschaft nicht einverstanden war?«

Im schmerzerfüllten Gesicht des Hauptmanns glomm Selbstverachtung auf. »Oh, ich glaube nicht, dass er allzu große Schwierigkeiten mit unserer *Freundschaft* gehabt hätte. Es war die Aussicht auf etwas Ernsteres, das er nicht akzeptabel fand.« Er beobachtete eine

Truppe frischer Rekruten, die ihre Pferde aus den Stallungen zur Reitschule führten, und sein Lächeln erlosch, als das Klappern beschlagener Hufe zwischen den überfüllten Gebäuden widerhallte. »Seht Ihr, ich habe eingesehen, wie anmaßend es von mir war, vor so vielen Jahren eine so junge Frau wie Anne zu fragen, ob sie das Leben mit mir teilen wolle; von ihr zu erwarten, der Trommel zu folgen und die Schwierigkeiten und Gefahren zu akzeptieren, die mit dem Leben einer Soldatenfrau einhergehen. Aber damals ...« Er zögerte, dann zuckte er die Achseln. »Wir waren beide noch so jung, und ich war so stolz auf meine neue Uniform – stolz und vollends blind dafür, wie närrisch es für eine Frau mit ihren Aussichten wäre, sich an einen armen Priestersohn aus den Mooren East Anglias zu vergeuden.«

Die Worte waren die richtigen: reuevoll, auf die Konventionen Rücksicht nehmend, resigniert. Und doch ...

Und doch spürte Sebastian die Wut, die durch die schlanke, im Kampf erprobte Gestalt des Captains brauste. Wut auf sich selbst, weil er im Militärdienst noch nicht aufgestiegen war. Wut auf das Schicksal wegen seiner Geburt in Armut, für die er nichts konnte. Wut auf die Gesellschaft wegen der Grenzen, die sie errichtet hatte, um ihn davon abzuhalten, die Frau zu heiraten, die er liebte. Er versteckte sie gut, aber die Wut war da. Sie saß tief und war mächtig.

So mächtig, dass sie ihn dazu bringen könnte, in ihrem mörderischen Griff einem Mann den Kopf abzutrennen?

Vielleicht.

»Leben Ihre Eltern noch dort?«, fragte Sebastian. »In East Anglia?«

»Nein. Meine Mutter ist, kurz nachdem ich nach Übersee versetzt wurde, verstorben, und mein Vater ist vor sechs Monaten von uns gegangen.«

»Mein Beileid.«

»Ich habe eine ältere Schwester, die hier in Knightsbridge lebt. Deshalb bin ich nach London gekommen. Sie hat nicht genug Platz, um mich in ihrem Haus aufzunehmen, aber es ist gut, sie wenigstens in der Nähe zu haben.« Er warf Sebastian einen Seitenblick zu. »Ich bin nicht in der Erwartung nach London gekommen, Anne wiederzusehen, falls Ihr das denkt. Um ehrlich zu sein, dachte ich, dass sie vor Jahren jemand anderen geheiratet hätte.«

»Aber Sie haben Sie doch gesehen.«

»Wir sind uns per Zufall eines Morgens in der Bond Street über den Weg gelaufen.« Er schluckte hart, als müsse er eine aufwallende Emotion zurückdrängen, bevor er fortfahren konnte. »Ich dachte, ich hätte es geschafft, sie zu vergessen, das tat ich wirklich. Aber dann habe ich sie gesehen, und es war, als ob all diese Jahre in sich zusammenfielen.«

Sebastian blickte über den Park hinweg, wo ein Kindermädchen mit seinen beiden Schützlingen Fangen spielte. Er selbst hatte als sehr junger Mann leidenschaftlich und unklug geliebt und war aus dem Krieg zurückgekommen, um zu erkennen, dass seine Liebe für die schöne, brillante Schauspielerin Kat Boleyn noch genauso intensiv war wie zuvor. Und in den Augen der Gesellschaft genauso hoffnungslos, unmöglich und falsch. Diese Liebe hätte ihn beinahe zerstört.

Sie hätte ihn womöglich zerstört, wenn es Hero nicht gäbe.

Er sagte: »Wie hat Preston herausgefunden, dass Sie wieder in London sind?«

»Irgendein Wichtigtuer hat Anne und mich letzte Woche im Park spazieren sehen und es ihm erzählt. Er hat Anne damit konfrontiert, und sie hat die Wahrheit eingestanden.«

»Und die ist?«

»Dass unsere Gefühle sich nicht geändert haben.«

Sebastian beobachtete, wie einer der kleinen Jungen den Ball einfing und dabei rücklings umfiel. Sein fröhliches Lachen wurde vom Wind herangetragen. Captain Wyeths offenes Geständnis strafte das, was ihm Anne Preston an diesem Morgen gesagt hatte, Lügen. War Wyeth ehrlicher?, fragte sich Sebastian. Oder einfach klug genug zu wissen, dass die Rede von reiner Freundschaft wahrscheinlich nicht geglaubt würde?

Er sagte: »Sehe ich es richtig, dass Preston heutzutage genauso wenig von einer Partie zwischen Ihnen beiden angetan war wie vor sechs Jahren?«

Wyeth verzog das Gesicht. »In der Tat. Er hatte die Hoffnung, dass Anne einem Baronet das Jawort gäbe, der sie seit einiger Zeit hofiert. Annes Großvater hat die Tochter eines reichen Kaufmannes geheiratet, wisst Ihr, und dann hat Stanley Preston selbst den sozialen Status der Familie weiter erhöht, indem er die Tochter eines verarmten Lords heiratete. Sein Ehrgeiz war, dass Anne sowohl Titel als auch Geld heiraten sollte. Und er war nicht die Art Mann, die es gern sieht, wenn dieser Ehrgeiz ausgebremst wird.«

»Wann haben Sie ihn zuletzt getroffen?«

Wyeths Blick glitt zur Seite, und er spannte den Kiefer an.

»Also erst kürzlich, wenn ich das richtig sehe?«

Sein Gegenüber nickte.

»Weshalb?«, fragte Sebastian.

Captain Wyeth sah ihn verwirrt an. »Ich verstehe nicht.«

»Aus welchem Grund haben Sie ihn getroffen?«

»Wenn Ihr es genau wissen wollt – er ist letzten Samstagabend in den Schankraum des *Shepherd's Rest* geplatzt. Drohte mir mit der Pferdepeitsche, wenn er je herausfände, dass ich in der Nähe seiner Tochter gewesen sei.«

»Und wie haben Sie reagiert?«

»Ich sagte, dass ich keiner seiner Plantagensklaven bin und dass ich, wenn er es je versuchen sollte ...« Er unterbrach sich.

»Dass Sie was genau?«

Wyeth stieß den Atem in einem eigenartigen Laut aus, der wie ein Lachen klang, aber keines war. »Ich sagte, dass ich ihm die Peitsche abnehmen und gegen ihn selbst benutzen würde. Aber ich habe ihn nicht umgebracht. Ich schwöre zu Gott, dass ich ihn nicht umgebracht habe.«

»Wo waren Sie Samstagabend?«

»Bei Lady Farningham zu einer musikalischen Abendveranstaltung.«

»Derselben Veranstaltung, bei der auch Miss Preston zu Gast war?«

»Wie es der Zufall will, ja.«

»Wusste Stanley Preston, dass Sie dort sein würden?«

»Großer Gott, nein.«

»Sind Sie da ganz sicher?«

»Ja. Hätte er es gewusst, hätte er niemals erlaubt, dass sie hingeht.«

»Um welche Uhrzeit war dieser musikalische Abend zu Ende?«

»Das kann ich nicht mit Sicherheit sagen. Ich selbst bin früh gegangen.«

»Und wohin?«

»Zu einem Spaziergang.«

»Allein? Im Regen?«

»Ja, verdammt.«

»Ihnen ist aber schon klar, dass Preston irgendwann zwischen halb zehn und elf Uhr getötet wurde?«

Wyeth schwieg einen Augenblick und verengte die Augen, während er eine Ente beobachtete, die tief heranflog und auf dem glänzenden Teich neben ihnen landete. Dann wiederholte er, dieses Mal ruhiger: »Ich sage Euch, ich habe ihn nicht umgebracht.«

»Wer hat es Ihrer Meinung nach getan?«

»Das weiß ich nicht! Glaubt Ihr, dass ich es Euch nicht sagen würde, wenn ich die geringste Ahnung hätte?« Er hob die linke Hand und massierte sich die Schulter des verwundeten Armes. »Dummerweise konnte Stanley Preston verdammt ausfällig werden, wenn er in Rage geriet. Er hätte sich mit jedem anlegen können. Ich weiß, dass er kürzlich mit Thistlewood einen Streit hatte, der beinahe in einer Schlägerei geendet hätte.«

»Mit wem?«

»Basil Thistlewood III. Er unterhält ein Kuriositätenkabinett am Cheyne Walk in Chelsea. Man sagte mir, es existiert dort schon eine Ewigkeit. Sein Großvater hat es gegründet.«

»Davon habe ich gehört«, sagte Sebastian.

Wyeth nickte. »Ich kann mich erinnern, wie meine Schwester mich als kleinen Buben mal dorthin mitgenommen hat.«

»Wissen Sie, worüber Preston und Thistlewood gestritten haben?«

»Soweit ich es verstanden habe, war Thistlewood außer sich, weil Preston den Kopf des Duke of Suffolk erworben hatte. Er behauptete, dass der Kopf rechtmäßig ihm selbst gehören solle und Preston ihn darum betrogen habe.«

»Thistlewood sammelt ebenfalls Köpfe?«

»Er sammelt alles und jedes.«

Sebastian betrachtete das offene, anscheinend arglose Gesicht des Hauptmannes. Er wirkte wie ein sehr angenehmer junger Mann – vielleicht sorgengeplagt und etwas verbittert, aber grundehrlich, geradeheraus und ungekünstelt. Und dennoch …

Und dennoch hatten Wyeth und Anne Preston Sebastian gerade auf ganz unterschiedliche Spuren angesetzt. Miss Preston hatte sehr subtil in Richtung Oliphant gedeutet, während Wyeth den Inhaber eines Kuriositätenkabinetts in Chelsea ins Spiel gebracht hatte.

Und Sebastian konnte sich des Verdachts nicht erwehren, dass beide hilfreichen Hinweise sowohl gezielt als auch abgesprochen waren.

Kapitel 19

Es gab nichts in London, das Basil Thistlewoods Kaffeehaus ähnelte, welches in Chelsea mit Blick auf die breit fließende Themse gebaut worden war. Es existierte seit fast einem Jahrhundert, und jedes Jahr waren die überfüllten Räumlichkeiten um neue und exotische Ausstellungsstücke erweitert worden. Um den Preis einer Tasse Kaffee oder eines Katalogerwerbs war der Zugang frei.

»Wünscht Ihr einen Katalog, Mylord?«, fragte Thistlewood und kam geschäftig vor, sobald er Sebastian mit dem Kellner am Tresen sprechen hörte. »Zwei Pence das Stück. Gegen drei oder vier Pence bekommt Ihr eine persönliche Führung.«

Der Kaffeehausbetreiber war ein sehniger, schmalgesichtiger Mann, wohl Anfang fünfzig, mit wässrigen, blutunterlaufenen Augen, schlecht rasierten Wangen und wilden grauen Augenbrauen, die oberhalb der ausgeprägten Nase zusammengewachsen waren. Von seinem altmodischen Gehrock und dem vergilbten Rüschenhemd stieg ein schaler, muffiger Geruch auf, als hätte er sich die Kleidung aus einem der Schaukästen seiner Sammlung geliehen.

»Eine geführte Tour, bitte«, sagte Sebastian und übergab pflichtschuldigst sein Sixpencestück.

Thistlewood verbeugte sich. »Gleich hier lang, Eure Lordschaft.«

Er führte Sebastian in eine Kammer, die mit verstaubten Kisten mit Glasdeckeln vollgestellt war, und deren Wände mit allerlei Gegenständen behängt waren, vom kurios geformten Treibholz über Riesenschildkrötenpanzer bis zu primitiven Speeren und antiken Schwertern. Gegenstände, die zu groß für Schaukästen oder für die Wände waren – ein ausgestopfter Alligator, riesige Stoßzähne von Elefanten und sogar ein Kanu aus einem ausgehöhlten Baumstamm – hingen von der Decke herunter.

Thistlewood blieb in der Mitte des Raums stehen, atmete tief ein und erging sich in einem offenbar wohl einstudierten Vortrag, den er fast als Singsang präsentierte. »In diesem Schaukasten seht Ihr einen römischen Bischofsstab, antike Münzen, die man beim Verlegen neuer Wasserrohre in Bath gefunden hat, und ein Set Gebetsperlen, die aus den Knochen des heiligen Antonius von Padua hergestellt worden sind.«

»Wirklich?«, sagte Sebastian und sah den Rosenkranz an. Die Perlen sahen tatsächlich aus, als wären sie aus Knochen hergestellt worden.

Thistlewood straffte die Schultern. Er wirkte beleidigt. »Ihr hinterfragt sicherlich nich die Echtheit?«

»Nein, gewiss nicht.«

Sie gingen weiter zum nächsten Schaukasten. »Die bemerkenswertesten Stücke hier sind ein Sandstein, auf dem die fossilen Abdrücke von antiken Farnwedeln zu sehen sind, und ein Riesenfrosch, der auf der Isle of Dogs gefunden wurde.«

Sebastian musterte die ausgestopfte Amphibie. Sie war gut zweiundvierzig Zentimeter lang. »Ich nehme an, er stammt nicht aus England.«

»Nein«, stimmte ihm Thistlewood zu. »Wahrscheinlich is er als blinder Passagier vom Schiff aufs Dock gesprungen, hab ich mir immer gedacht.« Er hob die Hand zu der Wand oberhalb des Kastens. »Das Schwert, das Ihr hier seht, wurde bei der Krönung von King Charles benutzt. Und ...«

»Des Ersten oder Zweiten?«, fragte Sebastian interessiert.

»Des Ersten.« Thistlewood nickte zum nächsten Kasten. »Und hier haben wir das Gebetsbuch und das Erdbeerservice von Queen Elizabeth.«

»Woher haben Sie all diese«, Sebastian hielt inne und suchte nach einem passenden Wort, dann fuhr er fort: »Objekte?«

»Die ursprüngliche Sammlung hat mein Großvater, der erste Basil Thistlewood, begonnen. Er war Leibdiener keines Geringeren als Sir Hans Sloane selbst, bevor Sir Hans den größten Teil seiner Kollektion an die Nation vermacht hat. Als mein Großvater 1725 aus dem Dienst ausschied, um in diesem Ladenlokal ein Kaffeehaus zu eröffnen, hat ihm Sir Hans großzügigerweise mehrere Objekte überlassen, um sie auszustellen. Mein Großvater hat die Kollektion dann beträchtlich erweitert, und nach ihm mein Vater. Ich hab die Tradition fortgeführt. Glücklicherweise sind wir bei Hochseekapitänen recht angesehen, die uns jedes Jahr einen Haufen neuer, interessanter Exemplare von ihren Weltreisen mitbringen.«

Sebastian beugte sich über einen Schaukasten, um die Sammlung steinerner Projektilspitzen zu betrachten, die darin ausgestellt wurde. »Ich hörte, Ihr Versuch, den Kopf des Duke of Suffolk zu erwerben, hat kürzlich bei Ihnen zu Frustration geführt.«

Thistlewood bewegte den Kiefer vor und zurück. Es wirkte, als sei er so von Zorn überwältigt, dass es ihm schwerfiel, die Worte auszuspucken. »Er hätte mein sein müssen. *Ich* hab als Erster davon gehört und ihn identifiziert.«

»Aha?«

»Ich hatte schon lang den Verdacht, dass Suffolk in der Holy Trinity bestattet ist. Als der Kirchendiener mir also sagte, dass die Arbeiter beim Aufräumen der Krypta eine kleine Kiste mit einem Kopf gefunden hätten, brauchte ich nur einen Blick darauf zu werfen, um zu erkennen, wessen Kopf es war.«

»Sie haben ihn erkannt?«

»Sofort! Die Ähnlichkeit zu seinen Porträts ist auffällig.«

»Ich hatte immer gehört, Suffolk wäre mit einem sauberen Schlag enthauptet worden.«

»Das is nur eine Mär, fürchte ich. Sie wurde erzählt, um die Gerüchte im einfachen Volk zu beruhigen.« Er nickte zu einem Schwert mit einem langen Griff, das neben dem Durchgang zum nächsten Raum hing. »Seht Ihr das? Das ist das Schwert eines Scharfrichters. Sie waren üblicherweise einen knappen Meter bis einen Meter zwanzig lang und etwa fünf Zentimeter breit. Der Griff war auf diese Weise geformt, damit der Scharfrichter das Schwert mit beiden Händen umfassen konnte und einen guten Hebel hatte.«

Sebastian betrachtete die einfache, schwere Klinge. Laut Familienüberlieferung hatten zwei der Vorfahren seiner Mutter auf dem Tower Hill ihre Köpfe verloren. Bisher hatte Sebastian allerdings nie viele Gedanken auf die Einzelheiten der Hinrichtungen verschwendet.

»Ihr müsst wissen, dass zwei verschiedene Arten von Holzblöcken benutzt wurden«, sagte Thistlewood, der sich gerade für das Thema erwärmte, dem offensichtlich Sebastians besonderes Interesse galt. »An einem hohen Block wie diesem …«, er hielt inne und legte die Hand auf einen mehrere Fuß hohen, abgenutzten Klotz mit einer großen, geschliffenen Wölbung auf der einen Seite und einer leichten Einkerbung auf der anderen, »haben die Gefangenen gekniet und sich vorgebeugt, sodass der Kopf auf dem Block zu liegen kam. An einem niedrigen Block mussten die armen verurteilten Seelen sich auf den Bauch legen und den Kopf auf dieses kleine Ding hier betten …« Er zeigte auf ein langes, schmales Stück Holz, das auf einem der Schaukästen lag. »Dadurch lagen die Köpfe im falschen Winkel, fürchte ich.«

Sebastian versuchte, das unangenehme Prickeln an seiner Schädelbasis zu ignorieren.

»Natürlich«, fuhr Thistlewood fort, »wurde der Block nur benutzt, wenn der Scharfrichter eine Axt verwendete, kein Schwert. Hier in England wurde gewöhnlich eine Axt wie diese bevorzugt …« Er zeigte auf ein mächtiges Exemplar, das gefährlich tief von der Decke herabhing. »Sie is im Grunde der Axt eines Försters nachempfunden.«

»Sieht hässlich aus«, sagte Sebastian, der hinaufblinzelte.

»Is sie auch. Der Griff is gut anderthalb Meter lang, die Klinge fünfundzwanzig Zentimeter. In Deutschland wurde wieder anderes Gerät verwendet – im Grunde ein riesiges Metzgerbeil, nur mit längerem Griff. Unglücklicherweise besitz ich davon kein Exemplar, das ich Euch zeigen könnte.«

»Schon gut«, sagte Sebastian. »Wie viele Hiebe waren nötig, um den Kopf von Charles I abzutrennen?«

»Nur einer, da sind sich die Berichte einig. Der Scharfrichter, der ihn ausgeführt hat, hat offenbar sein Handwerk verstanden, was leider nich immer der Fall war. Derjenige, der Anne Boleyn hinrichtete, hat ein Schwert benutzt und ebenfalls nur einen Hieb gebraucht; aber er wurde auch von Frankreich hergebracht, auf ihre Bitte hin, weil er so gut war. Es war nämlich so, dass Enthauptungen nich an der Tagesordnung waren, und gewöhnlich wurden sie von Henkern vorgenommen, die es öfter vermasselten als es gut zu machen. Drei Hiebe waren nötig, um Mary, Königin der Schotten, zu enthaupten. Und der Idiot, der die Countess of Salisbury enthauptete, hat die arme, alte Frau *elf Mal* schlagen müssen, bis er endlich fertig war.«

Sebastians Blick wurde erneut vom Schwert des Scharfrichters angezogen. »Wie ist Suffolks Kopf denn dann bei Preston gelandet, wenn Sie ihn als Erster identifiziert haben?«

»Durch reine Gier des Kirchendieners, fürchte ich. Sobald er wusste, was er da vor sich hatte, ist er zu Preston gelaufen und hat ihm angeboten, ihn zu verkaufen.«

»Es muss Sie zornig gemacht haben, als Sie entdeckten, dass Preston es geschafft hatte, Ihnen Suffolks Kopf vor der Nase wegzuschnappen.«

»Das war doch wirklich nich richtig!«, stimmte ihm Thistlewood zu. »Also, ich ...« Er unterbrach sich und riss die Augen auf, als ihm plötzlich bewusst wurde, welche gefährliche Falle sich vor ihm auftat. Er räusperte sich und wischte mit dem Mantelärmel über einen der Schaukästen, als müsse er Schmutz wegreiben. »Aber so etwas kommt dauernd vor. Ich bin dran gewöhnt.«

»Sie haben darüber nicht mit Preston gestritten?«

»Na ja ... vielleicht hatten wir einen kleinen Disput, als wir uns mal am Sloane Square begegnet sind. Aber nichts Ernstliches. Nein, nein, ich bin ein bescheidener Mann und kann nich erwarten, mit denjenigen mithalten zu können, deren Taschen voll sind.«

»Was ist der Handelspreis für einen Kopf?«

»Das hängt wohl davon ab, wem der Kopf vorher gehört hat. Ich kann es nich genau sagen. Fast alles hier wurde mir oder meinem Vater oder Großvater geschenkt, um es für die Allgemeinheit auszustellen.«

»Verstehe ich es richtig, dass Preston viele der Objekte, die er gesammelt hat, auch gekauft hat?«

»Ja. Aber er konnte es sich auch leisten, nich wahr?«

»Und Sie sagen, der Kirchendiener, der Suffolks Kopf gefunden hat, hat ihn zu Preston gebracht?«

Thistlewoods enorme Nase blähte sich, als er abermals zornig einatmete. »Noch am selben Tag, an dem ich ihn identifiziert hab!«

»Hat er tatsächlich den Kopf mit ins Alford House genommen und Preston selbst angeboten?«

»Davon geh ich aus. Ich mein, so muss es doch gewesen sein, oder?«

Anstatt zu antworten, ließ Sebastian den Blick erneut über die außergewöhnliche Sammlung schweifen. »An wen müsste man sich wenden, wenn man sich dafür interessiert, mit seltenen Gegenständen von historischem Ursprung zu handeln?«

»Nun, da wäre natürlich erst mal Christie's.«

»Und wenn man sich für etwas weniger ... Legales interessiert?«

Thistlewood warf rasch einen Blick um sich, wie um sicherzustellen, dass niemand lauschte, dann beugte er sich näher zu Sebastian und flüsterte: »In Houndsditch gibt es einen Laden, den eine Irin namens Priss Mulligan innehat. Sie führt Sachen aller Art. Manche ihrer Waren stammen von Émigrés, andere von Leuten, die das Glück verlassen hat. Aber nich alle. Habe ich zumindest gehört.«

»Sie führt also einen Handel mit Diebesgut?«

Thistlewood nickte feierlich. »Auch mit Schmugglern, die Sachen vom Kontinent mitbringen. Aber das habt Ihr nich von mir, wenn Ihr wisst, worauf ich hinaus will. Mit der will man sich's nich verscherzen. Leute, die Priss Mulligan in die Quere kommen, haben die schlechte Angewohnheit, einfach zu verschwinden oder auf grausige Art verblichen wieder aufzutauchen.« Er schloss die Augen und erschauderte. »Auf grausige Art.«

»Glauben Sie, Stanley Preston könnte ihr in die Quere gekommen sein?«

»Möglich. Hab noch gar nicht dran gedacht, aber ja, könnte er auf jeden Fall. Ich hörte, er hätte bei ihr einen spanischen Reliquienschrein gekauft, vor einem Monat oder so. Den Fuß eines Heiligen, auch wenn ich mich gerade nich genau erinnere, von wem. Auf jeden Fall hatte Preston ein auffahrendes Gemüt – stark genug, um ihm den Verstand auszuschalten, wenn er in Wallung geriet. Und jeder, der mit Priss Mulligen handelt, sollte lieber die ganze Zeit seine Sinne beisammen halten.« Thistlewood hielt inne und fuhr sich mit der Zunge über die trockenen Lippen. »Ihr ... Ihr werdet ihr doch nich verraten, wo Ihr diese Dinge gehört habt?«

»Ich kann überaus diskret sein«, antwortete Sebastian. »Sagen Sie mir noch, was Preston Ihrer Meinung nach in jener Nacht auf der Bloody Bridge gemacht hat?«

Thistlewoods Augen weiteten sich. »Das weiß ich nich. Scheint aber ein seltsamer Ort für ihn zu sein, oder?«

»Besteht die Möglichkeit, dass er dort ein neues Objekt für seine Kollektion erworben hat?«

»Auf der Bloody Bridge? Mitten in der Nacht? Aber warum das denn?«

»Vielleicht ist das Objekt – oder auch mehrere – vom Verkäufer auf illegalem Weg beschafft worden.«

»Aber ... weshalb auf der Bloody Bridge?«

Darauf wusste Sebastian keine Antwort.

Er betrachtete das ausdruckslose, anscheinend unschuldige Gesicht des Kuriositätenhändlers. »Wo waren Sie am Sonntagabend?«

»Ich?« Thistlewoods Augen flackerten unter Sebastians prüfendem Blick, dann sah er zur Seite. »Wo ich jeden Abend bin: hier.«

»Sie waren nicht weg?«

»Nich eine Minute, von Mittag bis nach Mitternacht.«
Er räusperte sich. »Wollen wir dann zum nächsten Ausstellungsraum weitergehen?«

»Ja, bitte.«

Sebastian hörte nur noch mit halbem Ohr zu, während Thistlewood über römische Krüge und pazifische Wurfpfeile salbaderte. Er rechnete im Kopf aus, dass es höchstens anderthalb Kilometer vom Kaffeehaus zur Bloody Bridge waren, vermutlich weniger. Es wäre einfach gewesen, dorthin zu gehen, Preston mit einem der vielen Schwerter aus Thistlewoods Sammlung den Kopf abzuhacken und wieder zurückzugehen, und das alles innerhalb einer halben Stunde.

Es war sicherlich eine Möglichkeit, denn so wie Thistlewood gewirkt hatte, war er über Prestons Erwerb des Kopfs von Suffolk zornig genug, um sich zu einer solch widerlichen Rache zu entschließen.

Bloß: Woher hätte Thistlewood wissen sollen, dass er an dem Abend sein Opfer an der Bloody Bridge finden würde?

Kapitel 20

»Frrische Makrelen, sechs für 'n Schilling!«

Sebastian bahnte sich seinen Weg durch die abgerissene Menge aus ungeschlachten jungen Männern, schmutzigen Gossenkindern mit spitzen Gesichtern und verzweifelt wirkenden Frauen, die die schmale Gasse, die als Houndsditch bekannt war, verstopften. Die verfallenden, Jahrhunderte alten Gebäude, die sich vom Pflaster erhoben, warfen dunkle Schatten auf die Straße, und die oberen Stockwerke neigten sich einander so zu, dass es beinahe wirkte, als ob sie sich gleich berührten.

»Wildee Hampshire-Hasen, zwei für 'n Schilling.«

»Kauft meine Fallen, Rrattenfallen hier!«

Früher war Houndsditch nicht mehr als ein Verteidigungsgraben gewesen, der im Westen entlang Londons Stadtmauern angelegt worden war. Er verlief in südöstlicher Richtung von Bishopsgate nach Aldgate. Irgendwann war er so überfüllt von Abfall, Exkrementen und aufgeblähten Hundekadavern gewesen, dass die Behörden der Stadt befohlen hatten, ihn aufzufüllen. Die Gegend war auch früher schon nicht beliebt gewesen. Dieser Tage wurde sie hauptsächlich von Immigranten und deren Nachkommen, insbesondere Hugenotten aus Frankreich, Juden aus den Niederlanden, Deutschland und Polen, und zunehmend auch von Iren bewohnt. Die Armut der Anwohner hatte dazu geführt, dass sich hier Trödelmärkte und Gebrauchtwarenläden angesiedelt hatten. Grob gebaute Stände mit einem bunten Sammelsurium von verbeulten Blechtöpfen und abgetragenen Schuhen bis zu billigen Talgkerzen säumten die Straße, während Verkäufer heißen Tee aus Kannen anboten und Butterbrotstapel vor den Horden abgerissener, verhungernder Kinder schützten. In der Luft hing dicht der Geruch nach Hering, Rauch, Ausdünstungen und Verzweiflung.

Priss Mulligans Geschäft stand auf der Ecke der Houndsditch und einer dunklen, schmalen Gasse, die sich zum Devonshire Square wand. Das zweistöckige Bauwerk mit dreckigen, kleinen Sprossenfenstern und durchhängenden Balken sah aus, als stünde es kurz vorm Einstürzen. Die Wände waren so dunkel von Ruß, dass sie fast schwarz aussahen. Sebastian musste sich fest gegen die verwitterte und verzogene Tür stemmen. Eine kleine Glocke bimmelte, als sie aufschwang.

Er hatte eine ähnliche Mischung erwartet wie in dem Sammelsurium bei Basil Thistlewood, in dem sich seltene Schätze willkürlich mit Kuriositäten und schlicht ungewöhnlichen Dingen mischten. Aber hier sah es eher wie in einem Diebesversteck aus einem Kindermärchen aus: Exquisit gezeichnete Porzellanvasen, Schnupftabakdosen mit aufwendig verzierten Deckeln, biegsame chinesische Mädchen aus geschnitztem Ebenholz, vergoldete Heiligenbilder, ja sogar ein lebensgroßes geflügeltes Pferd aus glänzendem weißem Marmor standen und lagen hier.

Er drehte sich langsam um und versuchte, alles zu erfassen. Als er fertig war, sah er ein Paar schwarzer Knopfaugen, die ihn musterten.

»Wer sind Sie denn wohl?«, wollte Priss Mulligan wissen.

Sie war kaum einen Meter fünfzig groß und genauso so breit wie hoch, mit dichtem, dunklem Haar und einer Haut wie Sahne. Ihre geschwollenen runden Arme endeten in unglaublich kleinen Händen, die wie die eines Kindes aussahen.

»Ein möglicher Kunde?«, schlug Sebastian vor.

Sie grunzte ungläubig. »Könnt möchlich sein, schätz' ich. Aber auch wahrscheinlich?« Sie spitzte die Lippen und spuckte Tabakssaft in eine Schale in der Nähe. »Näh.«

Ihr Alter konnte irgendwo zwischen fünfunddreißig und fünfzig liegen. Ihre Hüfte wackelte unter dem hochangesetzten braunen Bombasinkleid, als sie nach vorne trat. Sie ließ ihn nicht aus den Augen. »'N Kadi sind Sie jedenfalls nich, das seh ich.«

»Nein«, stimmte Sebastian ihr zu.

Sie schniefte und rieb sich mit dem Handrücken über den Mund.

Sebastian sagte: »Ich habe gehört, Sie haben kürzlich einem Freund von mir einen spanischen Reliquienschrein verkauft.«

»Ach ja? Und wer mag der Freund wohl sein?«

»Stanley Preston.«

»Dem sie den Kopf abgehackt haben?«

»Also kannten Sie ihn?«

»Sicher dat, aber den Name würd doch jeder Depp auf der Straße erkennen. Kommt ja wohl nich so oft in London vor, dass einer 'nen Kopf kleiner gemacht wird. Zumindst mal nich heutzutags.«

»Sie haben ihm also keinen Reliquienschrein verkauft?« Sebastian nickte zu einem vergoldeten Bronzebehältnis in der Form eines Armes, das wahrscheinlich so geformt war, weil es einen ebensolchen enthielt. »So wie dieser etwa, nur in der Form eines Fußes.«

»Das da is aus 'ner Kirche in Italien.«

»Wie ist es hier gelandet?«

»'N Émigré hat's mir grad letzte Woche verkauft. Die kommen alle hierher und gucken, ob sie allen möglichen Kram hier abladen können. Die brauchen's Geld, ne?«

Sebastian hörte das leise Geräusch von jemandem, der hinter dem Vorhang im Durchgang auf der Hinterseite des Ladens gedämpft atmete. Dort stand jemand, der sie beobachtete und belauschte.

Er sah unverwandt die Frau vor sich an. »Scheint ein seltsamer Gegenstand zum Mitnehmen zu sein, wenn man um sein Leben rennt.«

Priss Mulligan zog die Lippen zurück und enthüllte in einem Lächeln kleine, scharfe Zähne, die vom Tabak befleckt waren. »Manche Menschen haben halt kein Verstand.«

»Wann haben Sie Mr Preston zuletzt gesehen?«

»Hab gar nich gesagt, ich hätt ihn gesehn.«

Sebastian betrachtete das runde, helle Gesicht der Frau und ihren kleinen, immer noch leicht lächelnden Mund. Wie die meisten Menschen, die vom Handel lebten, war sie gerissen, ausgekocht und sicher alles andere als ehrlich. Aber sie hatte noch einen anderen Zug, der über bloße Bestechlichkeit hinausging. Sie war eine Frau, vor der sogar selbstbewusste Jungen die Straßenseite wechseln würden, um ihr aus dem Weg zu gehen.

Sie war ein Mensch, der Pferde nervös machte und Hunde dazu brachte, auf dem Bauch über den Boden zu rutschen. Ihre Bosheit war geradezu greifbar.

Sie musterte ihn mit verkniffenen Augen. »Hab'sch Sie schon ma wo gesehn?«

»Meines Wissens nicht.«

Sie lächelte breiter und zeigte mit einem dicken, kurzen Finger auf ihn. »Ich weiß, was es is. Sie sehn nich nur 'n bisschen wie dieser Grenadier aus, wo gleich hinter Bishopsgate 'ne Kneipe führt. Der hat genauso üble gelbe Augen, hat der.«

»Interessant«, sagte Sebastian und achtete darauf, seine Stimme gleichmütig, fast gelangweilt klingen zu lassen. Dabei war er sich der Existenz eines Kneipenwirtes in Bishopsgate allzu bewusst, der ihm so sehr ähnelte, dass er sein Bruder sein konnte – oder zumindest sein Halbbruder. »Sie haben grundsätzlich zwei Möglichkeiten. Entweder beantworten Sie meine Fragen, oder ich gebe der Bow Street den Hinweis, dass eine Razzia in Ihrem Laden einige interessante Resultate hervorbringen könnte.«

Ihr Atem kam nun in ärgerlichen Stößen. »Die Leute hier können Ihnen sagen, dass es nich kluch is, sich mit Priss Mulligan anzulegen.«

»Das habe ich bereits gehört.« Sebastian ließ den Blick erneut durch den vollgestopften Laden wandern. »Ich sehe keine Menschenköpfe.«

»Ich verkauf nur Heiligenköpfe, die mit Silber oder vergoldeter Bronze überzogen sin. So wie der Arm da.«

»Wann haben Sie Stanley Preston zuletzt gesehen?«

»Hab nie gesagt, ich hätt ihn gesehn oder nich gesehn.«

»Wann also?«

Ihr Lächeln veränderte sich leicht, es schien Belustigung auszudrücken, auch wenn ihm der Grund dafür entging. »Also, das is sicher 'n Monat oder so her.«

»Wer hat ihn Ihrer Meinung nach getötet?«

»Wohl einer, der ihn tot sehn wollte?«

»Kennen Sie jemanden, der in diese Kategorie fällt?«

»Also aus der Lameng fällt mir da keiner ein.«

»Sie selbst hatten keine Unstimmigkeiten mit ihm?«

Ihre Augen weiteten sich in einer erprobten Intensität und vorgetäuschten Aufrichtigkeit, die ihm fast – aber nur fast – spaßig vorkam. »Hatt ich nich«, sagte sie.

»Wie regelmäßig hat er bei Ihnen eingekauft?«

»Dann und wann.«

»Hat er je nach etwas Speziellem gefragt?«

»Gelegentlich.«

»Wie zum Beispiel?«

»Och, dies un das.«

Der Atem auf der anderen Seite des Vorhangs wurde stärker und schneller.

Sebastian sagte: »Es muss eine ziemliche Enttäuschung gewesen sein, einen Ihrer besten Kunden zu verlieren.«

Priss Mulligan bearbeitete den Priem in ihrer Wange. »Ich hab noch andere.«

Er tippte sich mit der Hand an den Hut. »Danke für Ihre Hilfe.«

»Jederzeit, Euer Lordschaft, jederzeit.«

Er gab sich nicht die Mühe, sie zu fragen, woher sie nun wusste, dass er ein Lord war. Tatsächlich würde er von dieser Irin wahrscheinlich auf keinerlei Fragen eine direkte oder ehrliche Antwort erhalten. Menschen wie Priss Mulligan versteckten sich hinter einem üblen Nebel aus List und bewusstem Schüren der Angst bei anderen. Es sagte etwas über Stanley Preston aus, dass er mit dieser Frau Geschäfte gemacht hatte, und das wiederholt.

Sebastian ging aus dem Laden in das Gewimmel der verzweifelten, eng zusammengepferchten Bewohner der Houndsditch. Das Licht schwand langsam vom Abendhimmel; die Wärme des Tages war verschwunden.

Als er sich nach Bishopsgate wandte, wo er Tom mit dem Zweispänner zurückgelassen hatte, nahm er im Augenwinkel einen unauffälligen Mann mit hängenden Schultern wahr, der aus der lärmenden Gasse neben dem Laden schlüpfte und sich ihm an die Fersen heftete.

Kapitel 21

Mit dem Anbruch des Abends war von Osten her eine gewaltige Wolkenbank herangerückt, deren ausladende, bauschige Unterseite in einem eigenartigen Kupfergrün schimmerte. Windstöße wirbelten Handzettel auf, ließen sie über die ungleichmäßigen Pflastersteine flattern und zerrten am fadenscheinigen schwarzen Schultertuch einer altersgebeugten Frau, die Nüsse von einem rostigen Tablett kehrte. Die Trauben schmutziger, spitzgesichtiger Kinder drängten sich dichter um die Feuerschalen der Stände, von denen Kaffee und heiße Kartoffeln verkauft wurden. Ihre Blicke aus hohlen Augen verfolgten Sebastian ohne Neugier oder Begreifen, als er an ihnen vorbeiging.

Er blieb stehen, wie um die farbenfrohen Karikaturen zu betrachten, die im staubigen Fenster einer Druckerei ausgestellt waren, und achtete darauf, nicht zu dem Mann mit den abfallenden Schultern in glänzenden schwarzen Stiefeln zu schauen, der abrupt stehenblieb und in seinen Taschen kramte, als suchte er nach einen Schnäuztuch. Als Sebastian weiterging, war das Klackern der Stiefelabsätze des Mannes über den Lärm klappernder Karrenräder, der Kinderrufe und des Singsangs der Straßenhändler gerade so hörbar.

Sebastian beschleunigte seine Schritte und hörte, wie sich auch das Klackern beschleunigte. Wurde er langsamer, so wurde es auch sein Schatten. Als sie ans Ende der Straße kamen, wirbelte Sebastian herum und schritt zurück zu Priss Mulligans Laden.

Der Mann blieb stehen. Seine Augen weiteten sich kaum merklich. Er war mittelgroß und schlank trotz eines kleinen runden Bauches, der sich vorwölbte. Sein strähniges schwarzes Haar hing ihm bis über den Kragen, und in seinem deutlich asymmetrischen Gesicht saß eine Knollennase über einem schiefen Mund. Aber er war offensichtlich überzeugt, Sebastian hätte ihn nicht bemerkt, denn er drehte sich einfach zur Seite, als wolle er einen Brauereiwagen voller leerer Fässer beobachten, der die Straße heraufratterte. Die müden Pferde davor ließen die struppigen Köpfe hängen, und der malzige Duft des Ales vermischte sich mit dem Geruch der gerösteten Nüsse, des heißen Kaffees und des Dungs auf der Straße.

»Wer sind Sie?«, wollte Sebastian wissen und ging auf ihn zu. »Und warum zum Teufel folgen Sie mir?«

Er erwartete, dass der Mann weglaufen oder zumindest widersprechen und sagen würde, dass er ihm keineswegs folge. Stattdessen lachte der jedoch auf, wobei sein Gesicht schlagartig von einer Maske der desinteressierten Ausdruckslosigkeit in ausgelassene Belustigung umschlug. »Ich hört schon, Ihr wärt gut«, sagte er. »Hab's aber nich geglaubt.«

»Ihr Fehler.«

»Tja, wirklich?«

Sebastian betrachtete das von einem Bartansatz beschattete Gesicht des Mannes und sein filziges Haar. Seine Kleidung ließ auf einen glücklosen Arbeiter schließen – oder jemanden, der seine Einkäufe aus anderen Gründen auf den Lumpenmärkten der Rosemary Lane tätigte.

»Wer sind Sie?«, fragte Sebastian erneut.

Der Mann tippte sich an den Hut und nickte knapp, wie um sich vorzustellen. »Flynn. Diggory Flynn.«

»Warum folgen Sie mir?«

Diggory Flynns Blick schweifte zur Seite, und seine Zunge zuckte hervor, um seine seltsam missförmigen Lippen zu befeuchten. »Ich wollt Euch nichts Böses.«

»Und weshalb sollte ich das glauben?«

»Hab Euch doch nix gemacht, oder?«

»Vielleicht ja, vielleicht nein. Jemand hat gestern Abend auf mich geschossen. Das könnten Sie gewesen sein.«

»Darüber weiß ich nix.«

»Wer hat Sie auf mich angesetzt?«

»Weshalb glaubt Ihr, dass das jemand gemacht hat?«

»Wer hat Ihnen gesagt, ich wäre ›gut‹?«

Ein befremdliches Schaudern überlief das schiefe Gesicht des Mannes und war sogleich wieder verschwunden. »Ihr habt halt ’nen Ruf.«

Sebastian widerstand dem Impuls, den Mann am Mantelrevers zu packen und ihn gegen die schmutzige Backsteinwand neben ihnen zu stoßen. »Warum folgen Sie mir?«

»Ihr habt halt ’n paar Leute aufgeschreckt.«

»Wen?«

Der Mann hatte die seltsamsten Augen. Das eine war von einem blassen Blau, und darin lag eine wilde Intensität, die von einem inneren Feuer, das an Wahnsinn grenzte, brannte. Das andere Auge war hellbraun. »Denkt drüber nach, dann wisst Ihr's.«

»Woher haben Sie diese Stiefel?«

»Die Stiefel?« Er warf einen bewundernden Blick hinunter auf sein Schuhwerk. »Hab sie von einem Husarenhauptmann gewonnen. Sind die nich toll?«

»Ich kannte in der Armee Offiziere, die nichts dagegen hatten, sich Fett ins Haar zu schmieren oder sich in verfilzten Lumpen zu kleiden, die sich aber aus irgendwelchen Gründen wirklich nicht dazu überwinden konnten, andere als die eigenen Stiefel zu tragen. Manchmal war das ihr Todesurteil.«

Diggory Flynns Gesicht strahlte regelrecht vor Heiterkeit. Er sagte aber nur: »Davon weiß ich nix. War selbst nie in der Armee.«

Sebastian trat einen Schritt zurück, dann noch einen und ließ Flynns Gesicht nicht aus den Augen. »Kehren Sie um und gehen Sie den Weg zurück, den Sie gekommen sind.«

»Was?«

»Sie haben mich verstanden.«

Flynn tippte mit der Hand gegen seinen zerbeulten Schlapphut. »Jawohl, Sir«, sagte er, ohne mit Grinsen aufzuhören. Dann schob er die Hände in die ausgebeulten Taschen seines abgetragenen Mantels und schlenderte die Straße entlang zurück, wobei er leise »Bonny Light Horseman« vor sich hin pfiff.

***

»Ich vermute, dieser Diggory Flynn ist der Mann, den du in Priss Mulligans Laden hinter dem Vorhang gehört hast?«, fragte Hero.

Sie saß im Schlafzimmer neben dem Kamin in einem Sessel und streichelte mit einer Hand leicht über den Rücken des langhaarigen schwarzen Katers, der ausgestreckt neben ihr lag. Der Kater hatte sie vor einigen Monaten adoptiert, auch wenn sie noch immer keinen Namen gefunden hatten, der zu ihm zu passen schien. Es war fast Mitternacht. Das Feuer im Kamin warf einen warmen Schimmer in das Zimmer, während der heulende Wind draußen gegen das Haus anstürmte und den prasselnden Regen gegen die Läden peitschte.

»Möglich«, sagte Sebastian und barg seinen schlummernden Sohn an der Schulter, die Hand gegen seinen winzigen Körper gelegt, während er auf und ab ging.

»Aber du klingst nicht überzeugt. Weshalb?«

Er bemerkte, dass er zögerte, seinen Verdacht in Worte zu fassen. »Sie hat auf jeden Fall einen üblen Ruf. Und der ist wohl auch verdient.«

»Das ist zwar komisch, aber seine Beschreibung klingt eigentlich nach dem Mann, den ich heute Morgen am Covent Garden Market gesehen habe.«

Sebastian drehte sich zu ihr um und sah sie an. »Welcher Mann in Covent Garden?«

»Ich dachte, ich hätte dir von ihm erzählt. Mein kleiner Führer, Lucky Gordon, hat ihn zuerst bemerkt. Er hat einfach dagestanden und mich angeschaut. Aber als ich versucht habe, zu ihm zu gehen, um ihn zu fragen, was er wollte, ist er verschwunden.«

Sebastian ging zur Wiege, legte das schlafende Kindlein hinein und blieb einen Augenblick stehen, um das

Spiel des Feuerscheins auf den weichen Wangen seines Sohnes und der sanften Wölbung seiner Wimpern zu bewundern. Und ein weiteres Mal spürte er den kühlen Hauch der Angst und die erschütternde Erkenntnis, wie zerbrechlich und verletzlich das Leben seiner Lieben war.

»Was ist?«, fragte Hero, die ihn nicht aus den Augen ließ.

»Bis zum Morgengrauen des heutigen Tages habe ich nie von Priss Mulligan gehört. Weshalb sollte sie also jemanden auf die Spur meiner Frau setzen?«

»Warum sollte es überhaupt jemand tun?«

Als er schwieg, sagte sie: »Du glaubst, dass Diggory Flynn für Oliphant arbeitet, oder?«

»Ja.«

Sie legte den Kopf schief, und er wusste, was sie dachte: dass seine Geschichte mit Oliphant ihn dazu verleitete, Verbindungen zu sehen, die nicht notwendigerweise existierten. Er erkannte an, dass sie möglicherweise recht damit hatte.

Aber er glaubte es nicht.

Sie sagte: »Wieso sollte Oliphant jemanden schicken, der mich beobachtet? Mich, nicht dich?«

Sebastian ging zu einem Beistelltisch beim Kamin, auf dem ein Dekanter stand, um das Getränk zu temperieren, und schenkte sich einen Brandy ein. »Er spielt ein Spiel, zur Einschüchterung. Er will, dass die Leute wissen, sie werden beobachtet, und dass die Menschen, die sie lieben, verletzlich sind. Er genießt es, Menschen Angst zu machen.«

»Ich würde doch annehmen, dass er dich besser kennt und weiß, dass du nicht leicht einzuschüchtern bist.«

Er sah, wie sie den Kopf senkte, als sie die Katze streichelte, und beobachtete, wie das Licht des Feuers die feinen rotbraunen Reflexe in ihrem schwer herabfallenden Haar aufleuchten ließ und auf der Wölbung ihrer Wangenknochen schimmerte. Er wollte ihr sagen, dass Oliphant bestimmte Dinge wusste, die sie nicht wusste, und dass manchmal die Unschuldigen für die Sünden der Schuldigen zahlen mussten. Doch er sagte lediglich: »Der Gedanke, dass dir oder Simon etwas zustoßen könnte, macht mir Todesangst.«

Sie hob den Kopf, um ihm in die Augen zu blicken. Ihre Züge waren ruhig und gelassen. »Uns wird nichts zustoßen.«

Er trank einen großen Schluck Brandy und spürte, wie er in seiner Brust brannte. »Dein Vater denkt, dass ich dich nur durch die Ermittlungen im Mord an Preston schon in Gefahr bringe.«

»Nun, dann habt ihr beide ja etwas gemeinsam. Sich ohne Ursache um Simon und mich zu sorgen, meine ich.« Sie bewegte die Hand, um den Kater unterm Kinn kraulen zu können, und mit wohlig geschlossenen Augen hob dieser den Kopf an. »Jarvis hat mir gesagt, dass der Kopf Charles' I verschwunden ist, und das Sargband ebenfalls.«

Sebastian stellte sich vor den Kamin. »Du warst bei ihm?«

»Heute Nachmittag, als ich mit Simon meine Mutter besucht habe. Er ist nicht direkt froh über dich und deine Arbeit, oder?«

»Ist er das denn je?«

Die grauen Augen, die so sehr denen ihres Vaters ähnelten, leuchteten amüsiert auf. »Nein.« Die Belustigung verschwand. »Hast du schon irgendeine Vorstellung, wie der Diebstahl aus der Gruft zu dem Mord an Preston passt?«

»Ach, ich habe jede Menge Gedanken dazu. Aber nicht den geringsten Schimmer, welche davon richtig sind, wenn überhaupt. Ich weiß nicht einmal, wer an dem Abend das Sargband zur Brücke gebracht hat. Es könnte der ursprüngliche Dieb gewesen sein oder ein Hehler, oder der Mörder, vorausgesetzt, der Dieb oder Hehler ist nicht selbst der Mörder. Oder sogar Preston selbst.«

»Warum sollte Preston es mit sich herumgetragen haben?«

Sebastian zuckte die Schultern. »Vielleicht wollte er es jemandem zeigen. Oder vielleicht hatte er es gerade erst erworben.« Er legte den Kopf in den Nacken und bewegte ihn in dem fruchtlosen Versuch, die Spannungen in seinem Genick zu lösen, langsam hin und her. »Wenn das Band neben dem Leichnam zurückgelassen worden wäre, hätte ich angenommen, der Mörder wollte es als eine Art Botschaft oder Warnung dort lassen. Aber das war nicht der Fall. Es lag im Schilf unten beim Bach, als hätte es jemand einfach fallengelassen.«

»Vielleicht hat der Mörder es ja beim Leichnam liegengelassen, und dann ist jemand vorbeigekommen und hat es aufgehoben. Und der hat es dann in Angst fallengelassen. Oder vielleicht hat der Mörder es gestohlen *und* dann fallengelassen.«

»Ich kann mir vorstellen, dass Thistlewood oder Priss Mulligan das Sargband an sich nehmen würde. Aber nicht Oliphant oder Wyeth.«

Sie lächelte. »Gestern Abend hast du noch beklagt, dass du fast keine Verdächtigen hast. Jetzt hast du fast zu viele – den unbekannten Dieb der Relikte, einen rachesüchtigen Ex-Gouverneur, einen zornigen Armeehauptmann, einen rivalisierenden Kuriositätensammler und eine grässliche Gebrauchtwarenhändlerin.«

»Vergiss nicht den Bankier, der unmittelbar vor Prestons Mord mit ihm gestritten hat. Mit ihm konnte ich noch gar nicht sprechen.«

»Wie ist sein Name? Kennst du ihn?«

Sebastian nickte. »Henry Austen. Ich habe mit seiner Schwester gesprochen.«

»Du meinst, mit Jane Austen?«

»Ja. Kennst du sie?«

»Ich habe sie im letzten Jahr einige Male im Salon einer Freundin getroffen. Sie ist eine kluge Frau mit vernichtendem Geisteswitz.«

»Das stimmt. Sie sagte, Preston hätte sich über ihren Bruder wegen einer Sache geärgert, die Austens Frau gesagt hatte.«

»Das klingt nach einem ausgesprochen albernen Mordmotiv.«

»Ja. Aber Männer haben schon für weniger getötet. Und er ist der Letzte, der Preston lebend gesehen hat.« Sebastian leerte sein Glas und stellte es beiseite. Dann fiel sein Blick auf drei dünne, blaue Bücher, die auf dem Tisch neben ihrem Sessel lagen, und er sagte: »Sag nicht, du liest auch diesen neuen Roman von Anonymous.«

»Meine Mutter hat ihn mir gegeben. Er ist überaus unterhaltsam.« Sie hob den Kater hoch und lachte laut auf, als er sich steif machte und indigniert die Augen aufriss. »Und ich habe den perfekten Namen für dich gefunden«, sagte sie zu der Katze. »Er beschreibt exakt deine charmante Mischung aus Arroganz und Überheblichkeit – und natürlich deine beeindruckende Attraktivität.«

»Ach? Und der wäre?«

»Mr Darcy.«

Sebastian schüttelte den Kopf. »Ich verstehe nicht.«

Sie ließ den Kater los und lächelte, als er angewidert hinuntersprang. »Dann musst du das Buch lesen.«

Kapitel 22

Mittwoch, 24. März 1913

Am nächsten Morgen stand Sebastian am Rand der Henrietta Street und ließ den Blick über die Front von Henry Austens Bank wandern, da trat ein großer, schlanker Mann in einem gutgeschnittenen blauen Mantel und einem hohen Kastorhut aus dem Eingang, überquerte die Straße und schritt auf ihn zu.

Er schien Anfang vierzig zu sein, besaß ein längliches Gesicht und eine aristokratische Nase. Seine Haltung ließ noch den ehemaligen Militär erkennen. Sein schmaler, kleiner Mund verzog sich zu einem freundlichen, geschäftsmäßigen Lächeln, und er ähnelte seiner Schwester genug, dass Sebastian ihn ohne Schwierigkeiten erkennen konnte.

»Ich dachte, ich erspare meinem Angestellten das Trauma eines weiteren Besuchs von Euch und komme einfach heraus«, sagte Henry Austen und blieb vor ihm stehen.

»War er traumatisiert?«, fragte Sebastian, als die beiden Männer sich anschickten, die Bedford Street entlang zu gehen, zur Strand und Fleet Street.

»Zumindest tut er gern so.« Austen warf ihm einen raschen Seitenblick zu. »Meine Schwester hat mich vorgewarnt, mit einem Besuch von Euch oder einem Bow Street-Polizisten zu rechnen. Bin ich ein Verdächtiger?«

»In der Bow Street hält man Sie dafür.«

Austen presste die Lippen zusammen und sog tief den Atem ein. »Wegen des verfluchten Zwischenfalls im Pub neulich Abend, oder?«

»Gibt es noch einen anderen Grund, aus man Sie in der Bow Street verdächtigen könnte?«

»Großer Gott, nein.«

Sie blieben an einer Seitenstraße stehen, um einen Kohlekarren an sich vorbeirumpeln zu lassen.

»Worum genau hatten Sie Streit?«, fragte Sebastian. Er hatte zwar schon Jane Austens Erklärung gelauscht, wollte aber die Version ihres Bruders hören.

»Ich weiß nicht, ob ich es als Streit bezeichnen würde. Preston war schon wütend, als er in das Lokal hereingekommen ist. Wenn Ihr mich fragt, hat er nach jemandem gesucht, an dem er seine Laune auslassen konnte, und ich war eben da.«

»Worüber war er wütend?«

»Über seinen zunichtegemachten Ehrgeiz, seine Tochter in der Ehe mit einem Adelstitel zu sehen, nehme ich an. Jane hat Euch von Anne erzählt, nicht wahr?«

»Ja. Obgleich ich zugeben muss, dass ich kaum glauben kann, Preston würde sich so echauffieren, nur weil Ihre Frau ihr Bedauern über etwas ausgedrückt hat, das sie vor sechs Jahren einmal gesagt hat.«

»Ja, nun ...« Austen hob die Hand und kratzte sich am Ohr. »Es ist so, dass ich meiner Schwester nicht alles erzählt habe. Ich meine, Preston war wütend über das, was Eliza gesagt hatte, aber auch auf Jane.«

»Weshalb?«

»Weil sie die ›romantischen Vorstellungen von Anne noch ermutigt‹ hat, so hat er es ausgedrückt. Ihr müsst wissen, bevor Captin Wyeth nach London zurückkam, stand Anne kurz davor, einen Antrag von Sir Galen Knightly anzunehmen.«

Sebastian kannte Sir Galen. Der wohlhabende, wenn auch etwas farblose Baronet war zehn Jahre älter als er selbst – womit er fast zwanzig Jahre älter wäre als Anne Preston. »Und Ihre Schwester hat von der Partie abgeraten?«

»Oh nein, zumindest nicht absichtlich. Aber Anne liest gern Romane.«

»Und Miss Austen hat ihr welche zum Lesen gegeben?«

Der Bankier senkte das Kinn in sein Halstuch und fummelte selbstvergessen an seinen Mantelknöpfen herum. »Nun ... ja.«

Sebastian sah, wie Austens Blick zur Seite huschte. Der Mann hatte dringend nötig, von jemandem wie Priss Mulligan das Lügen zu lernen. Allerdings entzog es sich Sebastian vollkommen, wieso er über die Rolle seiner Schwester bezüglich der Lesegewohnheiten von Anne Preston nicht vollkommen aufrichtig sein sollte.

Sebastian fragte: »Wie gut kannten Sie Preston?«

»Seit Jahren, wenn auch die eigentliche Freundschaft die zwischen unseren Frauen war.«

»Haben Sie eine Vorstellung, was er an einem verregneten Sonntagabend auf der Bloody Bridge zu tun gehabt haben könnte?«

»Ich schätze, er ist wohl spazieren gegangen, nachdem er den Pub verlassen hatte. Er hatte sich in eine ziemliche Wut gesteigert. Vielleicht hatte er erkannt, dass er sich wieder abkühlen musste.«

»Ich hörte, er war leicht erregbar.«

»Ja, allerdings. Auch wenn ich Schlimmere kenne. Sogar viel Schlimmere. Er war ein Mann mit starken Leidenschaften, der manchmal zuließ, dass die Emotionen ihn überwältigten. Aber er hatte keine echte Bosheit.«

Er hatte keine echte Bosheit. Austens Worte entsprachen fast exakt denen seiner Schwester. Und Sebastian fragte sich, weshalb beide Austens sich dazu bemüßigt gefühlt hatten, solche ähnlichen Beobachtungen zu machen.

Er sagte: »Können Sie sich jemanden vorstellen, der ihn töten wollte?«

»Nein. Aber wie ich bereits sagte, waren wir keine sehr engen Freunde.«

»Haben Sie ihn je von einem Mann namens Oliphant reden hören?«

»Von wem?«

»Sinclair Lord Oliphant. Bis vor Kurzem war er der Gouverneur von Jamaika.«

Austen dachte darüber nach, dann schüttelte er den Kopf. »Es tut mir leid. Ihr könntet vielleicht mit Sir Galen Knightly sprechen. Er besitzt ebenfalls Plantagen in Jamaika, wisst Ihr. Und im Gegensatz zu Preston ist er ein sehr zuverlässiger Mann. Meine Schwester Jane nennt ihn immer Colonel Brandon.«

»Colonel Brandon? Wieso das?«

Austen senkte den Blick, und seine Augenwinkel kräuselten sich wie bei einem heimlichen Scherz. »Ich vermute, Ihr habt *Sense and Sensibility* nicht gelesen?«

»Diesen neuen Roman von Anonymous, über den alle Welt spricht? Nein.«

»Nun, es gibt darin eine Person, einen Colonel Brandon, einen seriösen, älteren Mann, der in eine viel jüngere Frau verliebt ist, die ihrerseits einen jüngeren, romantischeren Helden bevorzugt.«

»Und Sir Galen Knightly erinnert Ihre Schwester an diese Person?«

»Ja. Ich glaube, Sir Galen war nie schneidig, nicht einmal als junger Mann.«

»Im Gegensatz zu Captain Wyeth.«

Die Belustigung wich aus Austens Zügen und ließ ihn besorgt und beunruhigt blicken. »Jane sorgt sich, dass Wyeth sogar ein zweiter Willoughby oder Wickham sein könnte.«

»Wie bitte?«, fragte Sebastian.

»Die niederträchtigen männlichen Charaktere in *Sense and Sensibility* und *Pride and Prejudice*.«

Hält sie Wyeth für niederträchtig?«

»Nein, nicht direkt. Sie sorgt sich eher, dass es so sein könnte. Habt Ihr ihn kennengelernt? Er ist sehr attraktiv und charmant.«

»Mir war nicht klar, dass solche Eigenschaften negativ sein könnten.«

Austen lachte leise. »Jane würde Euch jetzt sagen, dass man attraktive, charmante junge Männer ohne eigene Mittel immer mit Misstrauen betrachten sollte, besonders wenn sie schönen jungen Frauen aus guter Familie allzu viel Aufmerksamkeit schenken.«

»Man sagte mir, Miss Preston verfüge über keine große Aussteuer.«

»Ich schätze, das hängt von den Maßstäben ab. Sie ist sicherlich keine reiche Erbin. Aber sie besitzt einen kleinen Nachlass von ihrer Mutter zusätzlich zu dem, was sie von Preston erben wird.«

»Ich dachte, Preston hätte seine Vermögenswerte der männlichen Linie zugeschrieben.«

»Ja, das hat er. Aber ich glaube, Anne wird etwa fünftausend Pfund erben, die in den Fonds eingelegt wurden.«

»Jetzt, nach Prestons Tod«, sagte Sebastian.

Austen blieb stehen und wirbelte zu ihm herum. »Ihr denkt doch nicht, Wyeth …« Er unterbrach sich, als wolle er den Verdacht nicht in Worte fassen.

Sebastian blieb neben ihm stehen. »Wenn nicht Wyeth, wer dann? Wen halten Sie für Prestons Mörder?«

Austen schüttelte den Kopf. »Ich hoffe doch, dass es in meinem Bekanntenkreis niemanden gibt, der einer solchen Barbarei fähig wäre.«

»Aber in Prestons Bekanntenkreis schon. Ob er es wusste oder nicht.«

Austen pustete die Wangen auf und stieß einen langen Atemzug aus. »Gewiss, Ihr habt recht. Obgleich ich eingestehen muss, dass allein der Gedanke beunruhigend ist.« Er blickte über den grauen Fluss hinaus, dessen Breite von den neu gebauten Bögen unterbrochen wurde, die irgendwann die Strand Bridge ergeben würden. »Versucht, mit Sir Galen zu sprechen. Sie waren schon Freunde, als Knightly noch ein Knabe war. Es ist viel wahrscheinlicher, dass er es weiß, wenn der Mann sich jemanden zum Feind gemacht hat. Um diese Uhrzeit findet Ihr ihn in der Bibliothek seines Klubs.«

»Welchen Klubs?«

»Das *White's* natürlich. Dort ist er täglich von vier bis fünf Uhr. Und jeden Mittwoch und Sonntag diniert er um halb sieben. Er ist ein rechter Gewohnheitsmensch.«

Sebastian betrachtete das lange, gelehrte Gesicht des Bankiers. Sein freundliches und gutgelauntes Lächeln war wieder zurück. Und trotzdem war in seinem Blick etwas Ausweichendes, Verstecktes, das man schwer übersehen konnte. Und Sebastian konnte sich nicht des Gefühls erwehren, dass Henry Austen, genau wie seine Schwester, etwas verbarg.

Er dankte dem Bankier und schickte sich an, sich umzudrehen, dann hielt er inne. »Hat Preston irgendetwas bei sich gehabt, als er an dem Abend den Pub betreten hat?«

Austen blickte verblüfft drein. »Wie etwa?«

»Einen dünnen Streifen aus Blei, vielleicht fünfunddreißig Zentimeter lang. Oder vielleicht ein größeres, umwickeltes Paket oder eine Art Futteral?«

Austen dachte kurz nach und schüttelte den Kopf. »Nein, kann nicht sein.«

»Sicher?«

»Ja. Ich erinnere mich noch genau: Er hat die Arme steif an den Seiten und die Hände zu Fäusten geballt gehalten. Er kann nichts getragen haben.«

Kapitel 23

Sir Galen Knightly saß auf einem der roten Klubsessel in *White's* Lesesaal, als Sebastian sich zu ihm begab. Neben ihm auf dem Tisch stand eine Tasse Tee, und er war in einen Zeitungsartikel über die Sitzung im House of Lords des vorangegangenen Tages vertieft.

Sebastian bezweifelte, dass jemand Sir Galen jemals mit den Worten »schneidig« oder auch nur »anziehend« bezeichnet hätte. Aber er war kein unattraktiver Mann, trotz seines eckigen Gesichts und der etwas scharfen Züge. Obgleich er Anfang vierzig sein musste, hatte er einen starken und kräftigen Körper, und nur wenig Grau durchzog sein Haar. Seine Kleidung verriet den wohlhabenden Gentleman vom Lande, denn sie war eher bequem als modisch geschnitten und wirkte damit ebenso sachlich und ernsthaft wie der Mann, der sie trug.

Dem Tratsch nach war Knightlys Vater ein berüchtigter Wüstling gewesen, Mitglied des ebenso berüchtigten Hellfire Klubs, und in London für seine Saufgelage und seine Spielsucht wohl bekannt. Sebastian hatte oft den Eindruck, dass Sir Galen sein Leben bewusst so führte, um der Welt zu beweisen, dass er einen anderen Charakter besaß als sein skandalumwitterter Vater. Während der Vater verschwendungssüchtig und unbeherrscht, ungestüm und rücksichtslos gewesen war, war sein Sohn verlässlich, sachlich und ernsthaft. Er mied Spielhallen, die entsprechende Meile und Londons Überflieger mit ihrem ruinösen Lebensstil, und widmete sich stattdessen der Gelehrsamkeit und der sorgfältigen Verwaltung seiner Liegenschaften in Hertfordshire und Jamaika. Als junger Mann hatte er ein Mal geheiratet. Aber seine Frau war im Kindbett gestorben und hatte ihn mit gebrochenem Herzen und, falls möglich, noch ernsthafter zurückgelassen.

Als Sebastian sich näherte, blickte er auf, das Gesicht in schwermütige Falten gelegt.

»Darf ich?«, fragte Sebastian und deutete auf den Sessel neben ihm.

»Aber gern.« Sir Galen faltete seine Zeitung zusammen und legte sie zur Seite. »Ich nehme an, Ihr seid wegen Preston hier?«

Sebastian ließ sich im Sessel nieder und orderte ein Glas Burgunder. »Man hat mir gesagt, Sie kannten ihn gut.«

»Ja, das stimmt. Seine größte Plantage in Jamaika liegt zwischen dem Land, das ich von meinem Großonkel geerbt habe, und dem der Familie meiner Mutter.«

»Haben Sie viel Zeit dort verbracht? In Jamaika, meine ich.«

Sir Galen griff nach seiner Tasse und trank einen kleinen Schluck Tee. »Ja. Nach dem Tod meines Großvaters wurde ich auf die Insel geschickt, um bei meinem Onkel zu wohnen. Ich vermisse Jamaika, wenn ich zu lange weg bin.«

Sebastians Gedanken mussten sich wohl in seinem Gesicht widerspiegeln, denn Sir Galen fuhr fort: »Ich hörte, Ihr seid ein Gegner der Sklaverei.«

»Ja.«

Sir Galen blickte auf die fein gemusterte Porzellantasse in seiner Hand, dann stellte er sie beiseite. »Es ist eine grauenvolle Praxis. Es ist mir egal, was die Bibel sagt; ich kann nicht glauben, dass wir unsere Mitmenschen besitzen sollen, als wären sie nicht mehr als Vieh und Pferde.«

»Aber dennoch besitzen Sie sie.«

»Ja, Hunderte. Ich habe sie geerbt, so wie ich Knightly Hall in Hertfordshire und das Geld, das mein Großvater angelegt hat, geerbt habe. Wahrscheinlich könnte ich sie verkaufen, aber auch wenn das mein Gewissen beruhigen würde, würde ihre Situation dadurch nicht im mindesten verbessert, nicht wahr? Solange ich für sie verantwortlich bin, kann ich wenigstens dafür sorgen, dass sie gut behandelt werden.«

»Sie könnten Sie jederzeit freilassen.«

»Das würde ich tun, wenn ich wirklich könnte. Aber laut Gesetz muss ich mich verpflichten, bis zu ihrem Lebensende für sie zu sorgen. Für alle fünfhundert. Das würde mich in den Bankrott treiben. Wäre ich ein besserer Mann, würde ich es wohl trotzdem machen. Aber ...« Er zuckte die Schultern und schüttelte den Kopf.

Sebastian betrachtete das sonnengebräunte Gesicht des Baronets mit den ausgeprägten Gesichtszügen. Sebastian hatte von einer Frau gehört, die nach der Erbschaft eines Anwesens auf den Westindischen Inseln alle Sklaven der Plantage mit einem Schiff hatte nach Philadelphia bringen lassen, wo sie sie hatte freilassen können, ohne eine lebenslange Pension für sie zahlen zu müssen. Aber er fragte nur: »Hat Preston es auch so gesehen?«

»Stanley? Großer Gott, nein. Er war überzeugt, die Sklaverei wäre von Gott gewollt, damit die überlegene europäische Rasse für die unwissenden Seelen der Afrikaner sorgen und sie in Herden halten sollte. Er glaubte wirklich, die Freilassung wäre ein irregeleitetes Übel und liefe Gottes Plan zuwider.«

»Wie oft war er in Jamaika?«

»Er ist relativ regelmäßig hingereist. Aber seit sein Sohn James die Verwaltung der Plantagen übernommen hat, hat er sich mit der Rolle des abwesenden Landherren angefreundet.«

»Was können Sie mir zu seinen Geschäften mit Gouverneur Oliphant sagen?«

»Oliphant?« Knightly kniff angeekelt die Lippen zusammen, als ob der Name einen widerwärtigen Geschmack in seinem Mund hinterließe. »Er war bei den Plantagenbesitzern ausgesprochen unbeliebt. Das sind Gouverneure oftmals, aber ... Na, sagen wir, dass Oliphant weit über das, was richtig war, hinausgeschossen hat.«

»Können Sie das etwas ausführen?«

»Eigentlich nicht. Alles, was ich dazu sagen könnte, würde auf reiner Spekulation und Hörensagen beruhen, und ich habe einen gehörigen Respekt vor den britischen Verleumdungsgesetzen und hege nicht den Wunsch, gegen sie zu verstoßen.«

»Könnte Preston etwas mit der recht plötzlichen und unerwarteten Rückkehr Oliphants nach London zu tun haben?«

»Er hat sich dessen nie gerühmt, falls Eure Frage darauf abzielt. Aber ...« Sir Galen warf einen raschen Blick um sich und verzog vielsagend das Gesicht. »Nun, sein Vetter ist der Minister des Inneren, nicht?«

»Miss Preston hat mir erzählt, dass ihr Vater Angst vor Oliphant hatte.«

»Ihm eilt wohl der Ruf voraus, dass man ihm besser nicht in die Quere kommen sollte. Unglücklicherweise war Stanley Preston nicht die Art Mann, die sich von so etwas aufhalten ließ.« Knightly schüttelte den Kopf. »Er war brillant, gebildet und in vielen Themen sehr bewandert. Aber er hat nicht immer klug gehandelt.«

Der Kellner brachte Sebastians Wein, und er nahm angelegentlich einen Schluck, bevor er sagte: »Wie ich hörte, war Preston auch über seine Tochter erbost.«

Auf den Wangen des älteren Mannes erschien ein kaum wahrnehmbarer roter Streifen. »Ich weiß nicht, was Ihr meint.«

»Ihn hat das Auftauchen eines gewissen Husarenhauptmanns in London beunruhigt, oder nicht?«

»Ihr meint wohl Wyeth?«

»Ja.«

Sir Galen richtete den Blick auf die große Kampfszene in einem vergoldeten Rahmen, die an der Wand hing. »Ich fürchte, dass Anne – Miss Preston – ein großzügiges Wesen hat, das sie im Zusammenspiel mit ihrem warmen und vertrauensvollen Herzen manchmal dazu verleitet, Menschen, denen sie begegnet, falsch einzuschätzen, insbesondere wenn freundliches Benehmen und zuvorkommendes Auftreten den Anschein von Liebenswürdigkeit vermitteln.«

»Sie halten Wyeths Liebenswürdigkeit für bloßen Schein?«

»Ich fürchte, dass es so sein könnte. Andererseits bin ich, wie Ihr offenbar wisst, nicht unvoreingenommen. Als sie noch jünger war, schien der Altersunterschied zwischen uns unüberwindbar zu sein. Erst vor Kurzem dachte ich, dass ich vielleicht Aussichten hätte, aber dann …« Er unterbrach sich und verlagerte unbehaglich das Gewicht. Ihm war die Peinlichkeit eines überaus zurückhaltenden Mannes anzusehen, der eine jüngere Frau liebte, die ihr Herz einem anderen geschenkt hatte.

»Glauben Sie, Preston hätte eine Verbindung zwischen seiner Tochter und Captain Wyeth verboten?«

»Er war sicherlich fest entschlossen, alles in seiner Macht stehende zu tun, um eine Ehe zu verhindern. Er hatte eine jüngere Schwester, die einen Armeeoffizier geheiratet hatte und in der amerikanischen Wildnis in einem Fort eines schmählichen Todes von den Händen der Eingeborenen gestorben ist. Wusstet Ihr das?«

»Nein, das wusste nicht. Aber Anne Preston ist volljährig, nicht wahr?«

»Ja.«

»Hätte sie ohne den Segen ihres Vaters geheiratet?«

»Wenn sie der Meinung wäre, dass er seinen Segen aus Ungerechtigkeit verweigerte, schon, ja.«

»Und hätte er sie enterbt, wenn sie gegen seinen Wunsch geheiratet hätte?«

»Er hat zumindest geschworen, dass er das täte. Aber ob er die Drohung wirklich umgesetzt hätte?« Knightly legte den Kopf schräg und zuckte die Achseln. »Das weiß ich ehrlich nicht.«

Sebastian sah ihn an. »Sie sagen also, dass Preston gedroht hat, Anne zu enterben, wenn sie Captain Wyeth heiraten würde?«

»Am Tag vor seiner Ermordung hat er zu mir gesagt, dass er sie mir nichts dir nichts enterben wollte, wenn sie das täte. Aber ob er jemals Anne selbst damit gedroht hat, kann ich nicht sagen. So war er eben, wisst Ihr – polternd, leidenschaftlich, sagte, er würde dies und jenes tun, und dann erkannte er selbst, dass es wahnsinnig wäre, wenn er wieder zur Ruhe kam.«

»Männer mit einer solchen Natur haben oftmals Feinde.«

»Unglücklicherweise, ja.«

»Kennen Sie welche, abgesehen von Oliphant und Wyeth?«

Sir Galen betrachtete gedankenverloren seine leere Teetasse. Dann schüttelte er den Kopf. »Ich fürchte, nein. Wie ich sagte, hat ihn sein Temperament manchmal mitgerissen und zu unbedachten und voreiligen Äußerungen veranlasst, die er besser nicht gemacht hätte. Er hat zweifellos mehr Menschen vor den Kopf gestoßen, als ihm bewusst war. Aber ob ich mir noch jemanden vorstellen kann, der wütend genug gewesen wäre, ihm den Kopf abzuschneiden? Nein.«

»Haben Sie irgendeine Vorstellung, was Stanley Preston an dem Abend auf der Bloody Bridge gesucht haben könnte?«

»Nein. Ich hatte nicht weiter darüber nachgedacht, aber Ihr habt recht; es ist eigenartig, dass er so spät dort war, nicht?«

»Ist er nicht oft am Abend spazieren gegangen?«

»Nur zum Pub und wieder heim. Außerdem hatte die Bloody Bridge vor nicht allzu langer Zeit einen berechtigtermaßen schlechten Ruf. Ich kann mir gar nicht vorstellen, wieso er abends allein dorthin gegangen sein sollte.«

»Hat er mit Ihnen über Relikte der Stuarts gesprochen, die er erwerben wollte?«

Knightly schüttelte den Kopf. »Nicht dass ich mich erinnere, nein. Aber ich fürchte, dass ich manchmal nicht mehr so genau hinhörte, wenn Stanley anfing, über seine Sammlung zu schwadronieren.«

Sebastian stellte sein Weinglas ab und erhob sich. »Danke sehr. Sie waren sehr hilfreich.«

Sir Galen erhob sich ebenfalls und steckte in einer unbeholfenen, verlegenen Geste die Zeitung unter den Arm. »Er war ein guter Mann, müsst Ihr wissen. Mein Onkel ist in Jamaika in dem Sommer gestorben, als ich vierzehn war. Ich hatte schon meinen Großvater und lange vorher meine Eltern verloren. Stanley Preston hat mich unter seine Fittiche genommen. Ich war ein anstrengender Heranwachsender, aber er hat mich wie einen Erwachsenen behandelt. Man könnte sich keinen treueren und loyaleren Freund wünschen. Wer ihn auch getötet hat ...« Er unterbrach sich. Es wirkte, als befürchtete er, dass die Intensität seiner Äußerung ihn zu einer ebenso temperamentvollen Ausdrucksweise verleiten könnte, wie er sie eben noch Stanley Preston zugeschrieben hatte. Er presste die Lippen aufeinander und schüttelte den Kopf, dann sagte er: »Wer ihn umgebracht hat, hat die Welt ärmer gemacht.«

»Wen halten Sie für den Mörder?«

Die Frage schien Knightly zu überraschen. »Ich?« Er hielt inne. »Ich würde wohl Captain Wyeth überprüfen.« Er lächelte selbstironisch. »Aber wie ich bereits sagte, habe ich, was das angeht, ein persönliches Interesse.«

***

»Für mich klingt es, als könne dieser Captain Wyeth durchaus der Mann sein, nach dem wir suchen«, sagte Lovejoy. Er stand mit Sebastian auf der Terrasse der Gebäude, die für Regierungsbehörden benutzt wurden und als Somerset House bekannt waren. Sie blickten über das trübe graue Wasser der Themse hinweg. »Er gesteht freimütig ein, dass er für die Tatzeit kein Alibi hat, und wenn man bedenkt, dass Preston gegen das Vorhaben des Hauptmannes war, Miss Preston zu heiraten, und überdies gedroht hat, sie zu enterben, hatte er ein mächtiges Motiv.«

»Die Tatsache, dass er ein Motiv, aber kein Alibi hat, bedeutet trotzdem noch nicht, dass er es auch getan hat«, sagte Sebastian, der beobachtete, wie mit Hilfe eines Krans ein großer Stein in die neue Strand Bridge eingefügt wurde. »Ich bin immer noch nicht überzeugt, ob Henry Austen bezüglich seines Streits mit Preston am fraglichen Abend die ganze Wahrheit gesagt hat. Vielleicht wäre es sinnvoll, einen Wachtmeister ins *Monster* zu schicken, um mit den Stammkunden zu sprechen. Einer von ihnen könnte etwas Interessantes mit angehört haben.«

Lovejoy nickte. »Das ist ein vorzüglicher Gedanke. Wir haben gerade erst herausgefunden, dass Preston

188

am Sonntagmorgen einen Gast empfangen hat – einen Arzt namens Sterling. Douglas Sterling.«

»Ging es Preston nicht gut?«

Lovejoy schüttelte den Kopf. »Laut Miss Preston erfreute ihr Vater sich bester Gesundheit – soweit sie weiß.«

»Was hat dieser Dr Sterling ausgesagt?«

»Leider nur sehr wenig. Ich habe einen meiner besten Männer, Constable Hart geschickt, mit ihm zu sprechen, aber Sterling beruft sich darauf, dass der Besuch medizinischer Natur war, und weigert sich, näher darauf einzugehen. Als Constable Hart versuchte, mehr zu erfahren, hat sich der gute Doktor erregt und ist davongestürmt. Hart denkt, dass er etwas verbirgt.«

»Interessant. Dann werde ich es mal bei ihm versuchen müssen.«

Lovejoy räusperte sich. »Ich hätte vielleicht erwähnen sollen, dass dieser Dr Sterling sehr betagt ist.«

»Wie betagt?«

»Fast achtzig Jahre. Er ist schon seit Jahren im Ruhestand.«

»Weshalb hat er dann Preston behandelt?«

»Er behauptete, es sei eine Gefälligkeit gewesen.«

»Waren sie befreundet?«

»Miss Preston sagte, er sei der ehemalige Kollege eines Verwandten – eines Vetters ihres Großvaters, glaube ich.«

Sebastian drehte sich zu ihm um. »Lord Sidmouths Vater war Arzt – und der Vetter ihres Großvaters.«

»War er das? Dann ist das vielleicht die Verbindung.«

»Wo wohnt dieser Dr Sterling?«

»Chatham Place Nummer vierzehn. Aber nach meiner Information verbringt er den größten Teil seiner Zeit in einem Kaffeehaus in der Nähe des Brückenkopfes. Er klingt nach einem bärbeißigen alten Gentleman. Ich vermute, Ihr werdet ihn nicht leicht in ein Gespräch ziehen können, wenn er sich dagegen entschlossen hat.«

»Vielleicht kann ich an sein besseres Ich appellieren.«

»Nachdem ich Constable Harts Bericht gelauscht habe«, sagte Lovejoy und wandte sich von der Themse ab, »bin ich nicht überzeugt, dass er eines hat.«

Kapitel 24

Douglas Sterling entpuppte sich als einer jener betagten Gentlemen, die noch an gepuderten Perücken festhielten, die zu jener Zeit, in der er in der Blüte seines Lebens stand, bei Männern von hoher Geburt und Bildung als unerlässlich gegolten hatten.

Sebastian traf ihn in einem Kaffeehaus auf der Ostseite von Chatham Place an. Dort saß er neben dem Bogenfenster der Front, von dem aus er den stetigen Strom der Menschen beobachten konnte, der auf der Blackfriars Bridge hin und her wogte. Er saß über ein medizinisches Journal gebeugt da, das vor ihm auf dem Tisch lag. Als Sebastian neben ihm stehen blieb, blickte er auf und runzelte die Stirn.

Sein Gesicht war stark von Altersfurchen durchzogen, die teigige Haut von Leberflecken übersät. Aber er war immer noch schlank, seine Hände nicht von der Gicht verformt, und in seinen dunklen Augen leuchtete eine angriffslustige Intelligenz. »Ihr seid offenkundig nicht von der Bow Street«, sagte er mit kratziger, aber durchdringender Stimme. »Was zum Geier wollt Ihr also von mir?«

»Stört es Sie, wenn ich Platz nehme?«

»Durchaus, ja«, sagte der alte Mann und wandte sich betont wieder seiner Lektüre zu.

Sebastian lehnte sich mit der Schulter gegen die Wand und verschränkte die Arme vor der Brust. Durch das Fenster sah er einen riesigen Heuwagen, auf dem das Heu schwer ins Wanken und Wogen geriet, als er die Brücke heruntergerollt kam. »Schöne Aussicht«, sagte Sebastian.

»Ja.«

»Sie kommen oft hierher, nicht?«

»Das wisst Ihr doch, sonst hättet Ihr mich hier ja nicht gefunden, nicht wahr?«

»Ich hörte, Sie praktizieren nicht mehr als Arzt.«

»Im Großen und Ganzen.«

»Dennoch haben Sie Stanley Preston am Tag, an dem er gestorben ist, einen ärztlichen Besuch abgestattet?«

»Dann und wann bin ich gern involviert.«

»Dann und wann?«

»Ja.« Der alte Arzt tat nicht länger so, als ob er lese, und lehnte sich zurück. »Wer seid Ihr?«

»Mein Name ist Devlin.«

Sterling verengte die Augen. »Der Sohn des Earls of Hendon?«

»Ja.«

»Ich hörte schon, dass Ihr Gefallen daran habt, Morde aufzuklären. Zu meiner Zeit haben Gentlemen solcherlei Dinge den Wachtmeistern und Untersuchungsrichtern überlassen.«

»Wie Constable Hart?«

Sterling schnaubte. »Ein mehr als impertinenter Mann.«

Sebastian betrachtete die wässrigen, beinahe wimpernlosen dunklen Augen des Arztes. »Er ist der Meinung, dass Sie etwas verbergen.«

Ohne eine bemerkenswerte Regung erwiderte Sterling einfach Sebastians prüfenden Blick und sagte: »Es steht ihm frei zu denken, was er will.«

»Und es stört Sie nicht, dass jemand Stanley Preston nur zwölf Stunden, nachdem Sie ihn gesehen haben, um einen Kopf kürzer gemacht hat?«

»Sicher stört mich das, wie es jeden rechtschaffenen Gentleman stören würde.«

»Trotzdem weigern Sie sich, Informationen preiszugeben, die beträchtlich zur Ermittlung seines Mörders beitragen könnten.«

»Es ist nur eine Annahme von Euch – und von diesem lächerlichen Constable Hart –, dass ich solche Informationen besitze.«

»Sind Sie zufällig mit dem Home Secretary, Lord Sidmouth, bekannt?«

»Hm. Kannte ihn schon, bevor er Hosen trug — ich bezweifle allerdings, dass er Männer meines Standes heutzutage noch erkennt, wo er so ein feiner Pinkel geworden ist. Lord Sidmouth. Und sein Vater war nichts weiter als ein einfacher Arzt, genau wie ich.«

»Sie waren Kollegen?«

»Ja. Allerdings ist das nun schon viele Jahre her.«

»Aber Ihre Bekanntschaft mit Stanley Preston haben Sie aufrechterhalten?«

»Findet Ihr das eigenartig?«

»Wohl nicht. Sagen Sie, wirkte Preston nervös, als Sie ihn zum letzten Mal gesehen haben? Verängstigt?«

»Wohl kaum.«

»Wie regelmäßig haben Sie ihn gesehen?«

»Nicht oft.«

»Trotzdem hat er Sie in einer medizinischen Angelegenheit konsultiert, von der seine eigene Tochter nichts wusste?«

»Ich spreche mit meinen Töchtern nicht über meinen Gesundheitszustand. Ihr etwa?«

»Ich habe keine Tochter.«

»Einen Sohn?«

»Ja.«

Der alte Arzt stieß ein kehliges Schnauben aus. »Stramme junge Männer wie Ihr wollen Söhne, da wette ich. Die sollen den Namen fortführen, Euch mit ihren Leistungen in Oxford und bei der Jagd stolz machen und all dieser Klumpatsch. Aber merkt Euch meine Worte: Wenn Ihr erst einmal in meinem Alter seid, werdet Ihr Euch eine Tochter wünschen.«

Draußen auf dem Platz war ein Rad des Heuwagens in eine Rille gerutscht, und das Gefährt war zitternd zum Stehen gekommen. Jemand rief etwas, der Fahrer ließ die Peitsche knallen.

Sebastian sagte: »Was halten Sie von Prestons Interesse, die Köpfe berühmter Männer zu sammeln?«

Der alte Arzt schob die Unterlippe vor und zog die Schultern hoch. »Habt Ihr je die anatomischen Proben gesehen, die der verstorbene John Hunter gesammelt hat? Heutzutage sind sie im Gewahrsam des Royal College of Surgeons.«

»Das kann ich nicht behaupten.«

»Wohlgemerkt, Hunters Sammlung hat sich mehr auf anatomische Besonderheiten konzentriert als darauf, wie viel Ruhm oder Schande die Individuen sich in ihrem Leben erworben hatten. Aber in dieser Hinsicht waren sie gleich.«

»Wirklich? Ich hörte, Hunters Antrieb für die Sammlung seien Bildung und Forschung gewesen.«

»Er hat es sich gern so vorgestellt. Kann sein, dass es damit sogar angefangen hat. Aber wenn Ihr je den Stolz gesehen hättet, den er empfunden hat, wüsstet Ihr es besser.«

Sebastian betrachtete das teigige und runzelige Gesicht des alten Arztes. »Können Sie sich irgendeinen Grund vorstellen, aus dem Stanley Preston am Sonntagabend zur Bloody Bridge gegangen sein könnte?«

»Nein.«

»Haben Sie je von einem Mann namens Sinclair Oliphant gehört?«

»Nein«, wiederholte Sterling. Dieses Mal blinzelte er allerdings, und sein Blick glitt zur Seite.

»Ganz sicher?«

»Natürlich«, schnappte Sterling und erwiderte Sebastians Blick wieder so intensiv, als wolle er ihn zwingen wegzuschauen.

»Wer ist Ihrer Meinung nach der Mörder von Stanley Preston?«

»Ich habe keinen Schimmer.«

»Keinen?«

»Keinen.«

»Warum weigern Sie sich dann so beharrlich, über Ihre letzte Begegnung mit ihm zu sprechen?«

Nur kurz sackte Sterlings Kiefer nach unten, und Sebastian fing einen Schimmer von Unsicherheit, vielleicht sogar Angst in den Augen des alten Mannes auf.

Dann biss der alte Arzt die Zähne zusammen. »Mein Treffen mit Stanley Preston am vergangenen Sonntag war privat, und ich beabsichtige, es dabei zu belassen.

Ihr könnt noch den ganzen Tag hier stehen bleiben, was mich betrifft, aber ich habe Euch alles gesagt, was Ihr wissen müsst.«

Er zog eine Schulter vor und wandte sich betont wieder seiner Lektüre zu.

»Mir zu sagen, was ich Ihrer Meinung nach wissen muss, ist nicht dasselbe wie mir alles zu sagen, was Sie wissen«, sagte Sebastian.

Aber Sterling blickte starr auf die Seite vor sich. Das Puder seiner altmodischen Perücke lag wie Staub auf seinem abgetragenen Mantel.

***

Frustriert ging Sebastian zum Home Office, wo sein zweiter Versuch, mit Viscount Sidmouth zu sprechen, ebenso scheiterte wie der vorherige. Dieses Mal behauptete der Angestellte, Seine Lordschaft weile in Carlton House anlässlich einer Beratung mit dem Regenten und werde im Lauf des Tages nicht zurückerwartet.

Sebastian musterte das käsig weiße Gesicht des Angestellten. Er war ein kleiner, leicht rundlicher Mann mit Glatzkopf und einem kleinen, gespitzten Mund, den er zu einem gewohnheitsmäßig herablassenden Lächeln verzog.

»In Carlton House, sagen Sie?«

Das Grinsen wurde noch breiter. »Das ist richtig.«

»Sind Sie sich sicher?« Sebastian konnte hinter einer geschlossenen Tür in der Nähe ganz deutlich die Stimme des Home Secretarys im Gespräch mit einem anderen Kabinettsmitglied hören. Das konnte der Angestellte natürlich nicht wissen.

»Aber gewiss bin ich sicher«, sagte der kleine Mann und rümpfte die Nase.

»Das ist eine wirklich seltsame Sache, aber ich gewinne immer mehr den Eindruck, dass der Minister mir aus dem Wege geht.«

Der Angestellte starrte Sebastian an und blinzelte hastig mit den Lidern über den blassen Augen.

Hätte Sidmouth sein vertrauliches Gespräch mit irgendjemand anderem geführt, wäre Sebastian versucht gewesen, den hochnäsigen Angestellten zur Seite zu schieben und einfach die Tür zum Büro des Home Secretarys zu öffnen. Doch Sebastian erkannte die Stimme des Adligen, dessen tiefer, getragener Tonfall sich mit der höheren Stimme von Sidmouth abwechselte: Es war der Earl of Hendon, der Mann, den Sebastian bis vor Kurzem noch Vater genannt hatte.

Sebastian nickte zu der geschlossenen Tür. »Wenn der Minister sein Treffen mit Lord Hendon beendet hat, können Sie ihm sagen, dass ich wiederkomme.«

Der Angestellte stieß ein nervöses Kichern aus. »Wann? Wann werdet Ihr wiederkommen?«

»Wann wird er denn Zeit haben?«

»Ich fürchte, das kann ich wirklich nicht sagen. Er ist beschäftigt. Sehr beschäftigt.«

»Dann schätze ich, ich muss ihn einfach erwischen, wenn er nicht beschäftigt ist.«

Das Lächeln des Angestellten wirkte nicht mehr so selbstbewusst. »Was bedeutet das?«

Aber Sebastian lächelte nur und ging davon. Den Angestellten ließ er jammernd zurück. »Aber was bedeutet das denn? Was bedeutet das?«

***

An diesem Abend zog Sebastian seidene Hosen, dazu Schnallenschuhe und einen Zweispitz an und führte seine Frau zu einem Ball aus.

Die Gastgeberin war Countess Lieven, die Gattin des russischen Botschafters. Ihr Gatte war erst kürzlich dem Court of St James's zugewiesen worden, aber die junge Countess hatte sich bereits zu einer der führenden Damen der feinen Gesellschaft entwickelt. Sie verfügte über politischen Scharfsinn, verzichtete auf jegliche Skrupel und war überdies atemberaubend snobistisch, charismatisch und brillant. Ihre Einladungen gehörten in London zu den begehrtesten, und ihre Anerkennung galt für alle jungen Damen, die ihr Debüt in der Gesellschaft gaben, als maßgeblich.

»Wenn er dir so verzweifelt aus dem Weg geht«, sagte Hero zu Sebastian, als ihre Kutsche sich in die Schlange moderner Karossen einreihte, die auf dem Weg zum Stadthaus der Lievens waren, »ist er vielleicht gar nicht da.«

»Seine Tochter hat diese Saison ihr Debüt. Er wird da sein.«

Kapitel 25

Henry Addington, der erste Viscount Sidmouth, stand am Rand der vollen Tanzfläche und beobachtete mit einem milden Lächeln seine hübsche dunkelhaarige Tochter, die einen flotten schottischen Reel tanzte. Über ihren Köpfen funkelten massive Kristalllüster im flackernden Licht eines ganzen Sees von Kerzen. In der Luft hing dicht der Geruch nach heißem Wachs, teurem Parfüm und dem Schweiß der lachenden, plaudernden, juwelenbehängten Mitglieder des *Ton*, der feinen Gesellschaft Londons. Sidmouth selbst wirkte mehr als nur etwas erhitzt.

Der Minister des Inneren beobachtete die Tanzschritte seiner Tochter so intensiv, dass er Sebastians Herankommen gar nicht bemerkte, bis dieser sagte: »Ah, da seid Ihr ja.«

Sidmouth schrak unbehaglich zusammen und blickte wie auf der Suche nach einem Versteck um sich.

»Mit Euch wollte ich sprechen«, sagte Sebastian.

Dem Home Secretary klappte das Kinn herunter, und seine Augen traten hervor. »Ja, ich weiß. Aber ... *hier*?«

»Wir könnten uns in eines der dafür vorgesehenen Zimmer zurückziehen, wenn Euch das lieber ist.«

»Vielleicht könntet Ihr morgen früh zu meinem Amt kommen und ...«

»Nein«, sagte Sebastian.

Sidmouth räusperte sich verlegen. »Eines der Rückzugszimmer dann.« Er ging ihm voraus zu einem kleinen Alkoven neben der Treppe, dann wandte er sich Sebastian zu und sagte leise: »Ich hörte, Ihr arbeitet mit der Bow Street zusammen, um diesen grässlichen Mord an meinem armen Vetter aufzuklären.«

»Ja, das stimmt.«

»Wir hatten kein enges Verhältnis, müsst Ihr wissen«, sagte Sidmouth. »Vettern zweiten Grades.«

»Aber Ihr kanntet ihn schon.«

»Ja, sicher. Allerdings nicht ... gut.«

»Wann habt Ihr ihn zum letzten Mal gesehen?«

Der Home Secretary blinzelte hektisch. »Ich fürchte, das kann ich wirklich nicht sagen. Ja, das ist sicher Wochen her ... wenn nicht Monate.«

»Kennt Ihr jemanden, der ihn vielleicht töten wollte?«

Sidmouth sah schockiert und auch etwas beleidigt drein. »Großer Gott, nein.«

Sebastian betrachtete das lange, blasse Gesicht seines Gegenübers mit der Patriziernase und der dazu nicht so recht passenden, schweren Kinnpartie. »Ich hörte, Ihr kennt einen älteren Arzt namens Douglas Sterling.«

»Sterling?« Sidmouth stieß ein nervöses Lachen aus. »Der war ein früherer Kollege meines Vaters. Was hat er denn mit der Sache zu tun?«

»Wann habt Ihr ihn zuletzt gesehen?«

»Grundgütiger; keinen Schimmer. Weshalb?«

Anstelle einer Antwort sagte Sebastian: »Erzählt mir etwas über Sinclair Oliphant.«

Sidmouth verlor die Kontrolle über seine Gesichtszüge. »Was?«

»Weshalb wurde er aus Jamaika abberufen?«

Der Minister zog die Schultern zurück und nahm eine hochmütige, amtliche Haltung an. »Ich fürchte, ich bin nicht befugt, über Angelegenheiten des Innenministeriums zu sprechen.«

»Aber er wurde abberufen.«

»Lord Oliphant hat selbst entschieden, nach England zurückzukehren.«

»Das ist nicht die Version, die ich gehört habe.«

Sidmouth wedelte mit der weiß behandschuhten Hand, wie um Sebastian zu entlassen. »Gerüchte. Nichts als Gerüchte.«

»Ihr sagt also, Euer Vetter hatte nichts damit zu tun?«

Indigniert blähte der Home Secretary die Nasenflügel. »Wie bitte?«

Sebastian erwiderte den ärgerlichen Blick seines Gegenübers. »Es ist Euch doch sicherlich in den Sinn gekommen, Oliphant könnte dafür verantwortlich sein, dass Stanley Prestons Kopf auf der Bloody Bridge gelandet ist? Und dass Ihr in diesem Falle sein nächstes Opfer sein könntet?«

Sidmouth riss die Augen auf, und seine amtliche Haltung verlor sich. »Großer Gott, Ihr wollt doch sicherlich nicht andeuten, *Oliphant* habe Stanley das angetan?« Dann schüttelte er so heftig den Kopf, dass Sebastian an einen Mann denken musste, der gerade aus dem Regen kam. »Nein, das kann ich nicht glauben.«

»Aber zwischen den beiden Männern ist auf jeden Fall etwas vorgefallen.«

»Das habe ich nicht gesagt.«

»Nach allem, was ich gehört habe, gab es nur wenige Menschen, mit denen Stanley Preston nicht zu dem einen oder anderen Zeitpunkt Streit hatte. Dennoch wollt Ihr mich glauben machen, dass er mit Oliphant in seiner Gouverneurszeit nie zusammengestoßen ist?«

»Nun ja … Streitigkeiten zwischen Kolonialgouverneuren und bekannten örtlichen Landbesitzern sind schlechterdings nur zu geläufig, wisst Ihr.«

»Und Stanley Preston hatte den Vorteil, Vetter zweiten Grades des Innenministers zu sein.«

Anstatt darauf zu antworten, wahrte Sidmouth die undurchdringliche Miene eines geübten Politikers.

»An Eurer Stelle wäre ich sehr vorsichtig«, sagte Sebastian und blickte bedeutungsvoll dorthin, wo Sidmouths Tochter am Arm ihres Partners an der Reihe der Tänzer entlanghüpfte.

Er wollte sich gerade umdrehen, da fuhr Sidmouths Hand vor und schnappte nach ihm. »Ihr wollt sicherlich nicht andeuten, dass Oliphant – dass jemand meine Tochter bedrohen könnte.«

Sebastian musterte das nervöse, schweißbedeckte Gesicht des Home Secretarys. »Überprüft doch einmal, was den Nonnen und Waisen von Santa Iria zugestoßen ist, und dann bildet Euch eine eigene Meinung«, sagte er und ließ Sidmouth am Eingang des Alkovens stehen. Dessen langes, normalerweise selbstzufriedenes Gesicht war nun blass und verstört.

***

Hero nippte an einer Limonade und beobachtete Devlins umwerfend schöne junge Nichte, Miss Stephanie Wilcox, als eine tiefe, männliche Stimme hinter ihr erklang. »Lady Devlin? Ihr seid Lady Devlin, nicht wahr?«

Als sie sich umdrehte, stand ihr ein großer, vital aussehender Mann in den Vierzigern gegenüber. Er hatte attraktive, gemeißelte Züge, strahlend blaue Augen und ein breites, ebenmäßiges Lächeln.

»Ich hoffe, Ihr verzeiht mir, mich Euch so kühn zu nähern, ohne vorgestellt worden zu sein, aber ich kannte Euren Ehemann, als wir auf der iberischen Halbinsel waren.« Elegant verbeugte er sich. »Mein Name ist Oliphant. Sinclair Colonel Lord Oliphant.«

Primitive Wut durchlief Hero und prickelte heiß bis in ihre Fingerspitzen hinein. Einen lähmenden, intensiven Augenblick lang konnte sie nur daran denken, dass Devlin, wenn dieser lächelnde, wortgewandte Mann zum Zuge gekommen wäre, vor langer Zeit in einem einsamen, vergessenen Grab in den Bergen Portugals geendet wäre.

»Lord Oliphant«, sagte sie mit einer Stimme, die ebenso kalt wie ihr Lächeln war. »Devlin ... hat Euch mal erwähnt.«

Belustigung leuchtete in den Augen des Colonels auf. Er sagte jedoch nur: »Ihr seid ohne Euren Ehemann hier?«

»Aber nein. Devlin ist auch da.« Sie musterte die gleichmäßigen, patrizierhaften Züge ihres Gegenübers und suchte darin nach einer Spur der brutalen, rücksichtslosen Entschlossenheit, mit der Oliphant einen rangniedrigeren Offizier in die Hände des Feindes hatte schicken und den Tod tausender unschuldiger Frauen und Kinder verursachen können. Doch seine Maske der guten Laune und freundlichen Gutmütigkeit war ungetrübt.

Er sagte: »Ich kann Euch nicht sagen, wie es mich erleichtert hat zu hören, dass Devlin sich endlich niedergelassen und geheiratet hat. Familiäre Verpflichtungen haben oft einen – sagen wir – beruhigenden Einfluss auf unsere wildere Jugend.«

»Bei den einen mehr, bei den anderen weniger«, sagte Hero trocken. Sie trank von ihrer Limonade. »Ich hörte, Ihr seid erst kürzlich von Jamaika zurückgekehrt.«

»Das ist richtig. Es ist ein wundervoller Ort. Wart Ihr je dort?«

»Leider nicht. Ich habe keine der Inseln besucht.«

»Wie schade. Ihr müsst versuchen, einmal dorthin zu reisen. Ich zweifle nicht, dass Ihr bezaubert sein werdet.« Er verbeugte sich erneut. »Richtet Eurem Gatten meine Grüße aus.« Damit ging er weiter und ließ sie mit der Frage zurück, weshalb er sie überhaupt angesprochen hatte.

Sie sah ihm noch hinterher, da bemerkte sie, dass Devlin neben ihr auftauchte. Sie spürte regelrecht die fatale Aura der Abneigung, die von ihm ausging, und sah die kalte, tödliche Zielstrebigkeit in seinen Augen.

»Was hat er gesagt?«, fragte er, den Blick wie sie auf die davongehende Gestalt geheftet.

Hero schüttelte den Kopf. »Nur höfliches Geplänkel. Ich verstehe gar nicht, weshalb er sich die Mühe gemacht hat.«

»Um herauszufinden, was du weißt. Und um zu sehen, wie leicht du einzuschüchtern bist.«

»Unglücklicherweise kann man einen Mann nicht mitten auf einem Ball erschießen«, sagte Hero. »Besonders nicht auf einem Ball der Countess Lieven. Das wäre schlechter Stil.«

Darauf lächelte Devlin, und es schien, als könne er damit die qualvollen Erinnerungen und dunklen Regungen zurückdrängen, die Oliphants Anwesenheit heraufbeschworen hatte. Aber sie wusste, dass sie nicht verschwunden waren, sondern nur nicht mehr zu sehen.

Für sie nicht mehr zu sehen.

Plötzlich wurde um sie herum das Stimmengewirr und vornehme Lachen der gebildeten Schicht unnatürlich laut, und sie nahm die dichtgedrängten Körper in Satin und Seide wahr, ebenso wie die unzähligen Kerzen, die von hohen, vergoldeten Spiegeln zurückgeworfen wurden. Sie lebten in einer selten gewordenen Welt des guten Benehmens und sorgfältig berechneter Regeln, beherrscht von gutem Geschmack und der Mode, einer Welt, in der extreme Gefühlsäußerungen tabu waren, und in der alles kontrolliert und gemessen war. Ein künstlich angelegtes Treibhaus, in dem alle vorgaben, die Zivilisation wäre mehr als nur ein dünner, zerbrechlicher Firniss, der allzu leicht und allzu oft rissig wurde.

Sie wollte sagen: »Wir müssen darüber sprechen, Devlin. Wir können nicht immer weiter vor den dunkelsten Bedürfnissen unserer Seele zurückschrecken, die wir doch kennen.« Sie wollte ihm von ihren Ängsten erzählen und mit ihm den Gefühlsaufruhr teilen, den sie kaum sich selbst einzugestehen vermochte.

Aber als die Musik endete und sich neue Tanzgruppierungen für einen altmodischen höfischen Tanz zusammenfanden, sagte sie nur: »Wann haben wir zum letzten Mal getanzt?«

Sie sah in seinen seltsam gelben Augen Überraschung aufblitzen, als er sich ihr zuwandte. Er wusste, dass sie gern tanzte, aber auch, dass sie an diesem Abend ungern mitgekommen war, weil sie sich sorgte, wie Simon ohne sie zurechtkäme, und sie hatte nicht lange bleiben wollen.

»Vor Weihnachten jedenfalls«, sagte er.

Sie lächelte. »Lange vor Weihnachten.«

Er legte den Kopf schräg. »Und Simon?«

»Ich denke, Claire wird noch etwas länger mit ihm zurechtkommen – natürlich mit der Unterstützung des Hausmädchens, der Köchin, von Calhoun und wahrscheinlich sogar Morey.«

»Morey nicht, fürchte ich. Simons Geschrei hält der arme Mann nicht aus.« Ihre Blicke begegneten sich, und lächelnd verbeugte er sich formell. »Darf ich um das Vergnügen dieses Tanzes bitten, Mylady?«

Sie versank in einem tiefen Hofknicks und legte ihre Fingerspitzen auf seinen dargebotenen Arm. »Es wäre mir eine Ehre, Mylord.«

Sie gingen zur einsetzenden Musik an ihren Platz. Gemeinsam wogten sie durch die festgesetzten Tanzfiguren; *Pas Simples* wechselten sich mit *Pas Doubles* ab. Ihre Füße glitten über den Boden, die Hände berührten sich und ließen wieder los, und die Körper bogen und beugten sich in einer uralten Allegorie des Aufeinanderzugehens und Rückziehens. Sie gab sich der Musik und der allzu flüchtigen Berührung seiner Handfläche an ihrer hin.

Dann endete das Stück und damit auch dieser Augenblick.

***

Etwas später, als sie in der Brook Street ankamen, fanden sie ein versiegeltes Billett vor, das in einer unbekannten Handschrift adressiert war. Während Hero die Treppe hinauf zu Simon eilte, öffnete Sebastian das Siegel und überflog die kurze Nachricht.

Ich muss Euch etwas sagen. Heute Abend erwarte ich zu Hause Euren Besuch.

Sterling

»Wann ist das angekommen?«, fragte Sebastian Morey.

»Kurz, nachdem Ihr aufgebrochen wart, Mylord. Ich fragte den Knaben, der es gebracht hat, ob es dringlich sei, aber er sagte Nein.«

Sebastian blickte zur Uhr und sagte: »Verflucht.«

Kapitel 26

Donnerstag, 25. März

Am nächsten Morgen machte sich Sebastian gerade fertig, um zum Chatham Place aufzubrechen, als ein aufgeregtes Pochen an der Tür erscholl.

»Wer ist das?«, fragte er und band sich ein gestärktes Halstuch um.

Sein Leibdiener – ein schlanker, hellhaariger und eleganter Mann Mitte dreißig namens Calhoun – blickte zum Fenster hinaus. »Dem Wappen auf der Kutschtür nach zu schließen, würde ich sagen, es ist die Schwester Eurer Lordschaft, Lady Wilcox.«

Sebastian konzentrierte sich auf die komplizierte Aufgabe, sein Halstuch richtig zu knoten.

Calhoun sagte: »Soll ich Morey bitten, dass er Euch verleugnet?«

Entschlossene Frauenschritte waren auf den Treppenstufen zu hören.

»Ich glaube nicht, dass Lady Wilcox das akzeptieren würde.« Sebastian griff nach seinem Mantel. »Im *Shepherd's Rest* in Knightsbridge logiert ein Husarenhauptmann namens Wyeth. Er wurde im November in Spanien verwundet und erholt sich noch davon, wobei es auch möglich ist, dass er meinetwegen die Folgen seiner Verletzung etwas aufbauscht. Er präsentiert sich als warmherziger, nicht berechnender und ausgeglichener Mensch. Es würde mich interessieren, ob er das tatsächlich ist.«

Der Leibdiener richtete den Sitz von Sebastians Mantel an dessen Schultern. Calhoun war ein geschickter Perfektionist, wenn es darum ging, die Schäden auszubessern, die die Verfolgung von Mördern manchmal an Sebastians Kleidung hervorrief. Zudem verfügte er jedoch über andere, weit ungewöhnlichere Talente, die ihn für einen Gentleman mit Sebastians Interessen besonders wertvoll machten.

Im Flur erklangen Amandas Schritte.

»Wenn er nicht so ist«, sagte Calhoun, »sollte die Belegschaft des Inns dies wissen. Ich werde mal hören, was sie so sagen.«

»Ich möchte auch gern mehr darüber wissen, wo er am letzten Sonntag überall war. Aber seien Sie vorsichtig«, warnte Sebastian, als Calhoun zur Tür ging und sie öffnete. »Wenn Wyeth unser Mörder ist, dann ist er ein gefährlicher Mann.«

Ein schurkisches Glitzern glomm in den Augen des Leibdieners auf. »Er wird nicht erfahren, dass ich mich über ihn erkundigt habe; macht Euch keine Gedanken.« Er öffnete die Tür und verbeugte sich, als Amanda an ihm vorbeirauschte. »Lady Wilcox.«

Amanda ignorierte ihn.

»Liebe Amanda«, sagte Sebastian und griff nach seinen Kutschhandschuhen, während sich Calhoun still zurückzog. »Was für eine überaus ungewöhnliche Uhrzeit für einen Besuch.«

Amanda, das älteste von vier Kindern der Countess of Hendon, war zwölf Jahre älter als Sebastian. Sie war mit der schlanken, eleganten Gestalt ihrer Mutter und deren wunderschönem goldenen Haar gesegnet. Allerdings hatte sie die recht schlichten Züge des Earls geerbt anstatt der berühmten Schönheit der Countess, und ein Leben im Zorn hatte inzwischen einen ewig sauertöpfischen Ausdruck in ihr Antlitz geprägt.

»Du tust es schon wieder, habe ich gehört«, sagte sie schnippisch. »Dilettierst wie ein gewöhnlicher Bow Street Runner in einer Mordermittlung herum.«

»Ich weiß nicht, ob ich es ›dilettieren‹ nennen würde.«

»Du weißt genau, dass für Stephanie gerade die zweite Saison beginnt, und behelligst trotzdem den Minister des Innern auf Countess Lievens Ball? *Countess Lieven*, ausgerechnet! Man könnte beinahe den Verdacht gewinnen, dass du absichtlich versuchst, die Aussichten meiner Tochter auf eine vorteilhafte Partie zu ruinieren.«

Sebastian betrachtete das hochmütige und zornige Gesicht seiner Halbschwester. Sie hatte nie ein Geheimnis um ihre Abneigung ihm gegenüber gemacht, nicht einmal als Kind. Aber erst kürzlich hatte er verstanden, warum es so war.

Wäre sie als Knabe geboren worden, hätte ihr der Titel des Viscount Devlin und damit das Erbe sämtlicher Liegenschaften des Earls of Hendon zugestanden. Da sie jedoch ein Mädchen war, war diese begehrte Position an Hendons erstgeborenen Sohn Richard übergegangen. Nach Richards Tod war Hendons zweiter Sohn, Cecil, Viscount Devlin geworden. Und mit Cecils Tod war das Amt an Sebastian gegangen, den Jungen, der nicht einmal Hendons Sohn war, sondern ein Bastard, der in einer außerehelichen Affäre der bezaubernden Countess und eines namenlosen, unbekannten Liebhabers gezeugt worden war.

»Zufällig mag ich Stephanie sehr gern«, sagte Sebastian und zog seine Handschuhe über.

»Dann kann ich nur davon ausgehen, dass du in einem boshaften Wunsch, mir Schaden zuzufügen, auf diese Weise handelst.«

Selbst nach so vielen Jahren überraschte Sebastian immer noch das Ausmaß der Ichbezogenheit seiner Schwester. »Amanda, tatsächlich handle ich ›auf diese Weise‹, weil irgendwo dort draußen auf denselben Straßen, die auch du und ich benutzen, ein sehr brutaler und gefährlicher Mörder herumläuft.«

»Du bist Viscount Devlin«, sagte sie durch zusammengebissene Zähne. »So wenig du auch für eine solche Position geeignet sein magst, hast du sie dennoch inne, und man sollte doch zumindest hoffen, dass du dir wenigstens die Mühe machst, dich angemessen zu benehmen.«

Er spreizte die Hände in den engen Lederhandschuhen und griff nach seinem hohen Hut. »Du könntest versuchen, dich damit zu trösten, dass ich für meine Bemühungen nicht bezahlt werde, sodass unser erhabener Name zumindest nicht mit dem Ruch von Lohnarbeit befleckt wird.«

In den Tiefen ihrer Augen flammte blanker Hass auf – in diesen blauen St Cyr-Augen, die Sebastians gelben so wenig glichen. »Ich hätte es besser wissen müssen, als einen Versuch zu starten, mit dir zu sprechen.«

»In der Tat.« Er warf einen Blick auf die Kaminuhr. »Und nun musst du mich entschuldigen, Amanda, ich habe einen Termin.«

»Du hast immer noch vor, mit diesem Unfug fortzufahren? Trotz dessen, was ich gerade zu dir gesagt habe?«

»Ja.«

»Du Bastard.«

»Ja«, sagte er erneut und sah ihr hinterher, als sie aus dem Raum stürmte.

****

Dr Douglas Sterlings Räumlichkeiten lagen im zweiten Stockwerk eines Backsteingebäudes aus dem späten achtzehnten Jahrhundert an der nordwestlichen Ecke des Chatham Place. Es war keine sehr angesehene Adresse, aber respektabel. Die Haustür glänzte von einem frischen Anstrich in grüner Farbe, das Geländer im großen Treppenhaus duftete nach Bienenwachs, und der Teppich war zwar abgetreten, aber nicht fadenscheinig. Sebastian hörte in einem der oberen Zimmer eine liebliche Frauenstimme singen. Aber als er am oberen Flur ankam und an Sterlings Tür klopfte, reagierte niemand.

Das Lieblingskaffeehaus des Arztes auf der anderen Seite des Platzes hatte Sebastian schon aufgesucht, aber dort nur erfahren, dass der alte Mann noch nicht erschienen sei.

»Is gar nich seine Art, dass er nich hier is«, hatte der Besitzer des Kaffeehauses auf Sebastians Fragen geantwortet. »Ich wollt tatsächlich grad einen meiner Burschen rüberschicken, um nachzuschauen, ob's ihm gutgeht. Er is immer fünf Minuten, nachdem ich aufmache, hier. Jeden Morgen. Ihr könntet die Uhr nach ihm stellen, könntet Ihr.«

Zunehmend beunruhigt klopfte Sebastian erneut an die Tür des alten Arztes. »Dr Sterling«, rief er.

Eine unheimliche, bedrückende Stille lag in der Luft. Selbst die Frau im oberen Stockwerk hatte aufgehört zu singen.

Sebastian probierte den Türknauf aus und bemerkte, dass er ihn drehen konnte. Zögerlich griff er nach dem Dolch, den er in seinem Stiefel aufbewahrte, bevor er langsam die Tür aufschob.

Mit quietschenden Angeln schwang sie nach innen auf und enthüllte einen Raum, in dem noch tiefe Schatten lagen und der voller Möbel stand. Es wirkte, als wäre sein Bewohner aus einer teureren Unterkunft hierher gezogen und nicht willens gewesen, sich von Teilen seines Besitzes zu trennen.

»Dr Sterling?«, rief er erneut, obgleich die Stille in der Wohnung vollkommen war. Die Vorhänge an den Fenstern, die auf den Platz hinauswiesen, waren noch fest zugezogen.

Er spürte, wie sein Atem und sein Pulsschlag sich beschleunigten, als seine Augen sich rasch an die Dunkelheit anpassten. Er bahnte sich seinen Weg durch die vielen Möbel zum inneren Raum. »Dr Sterling?«

Der alte Arzt lag ausgestreckt unmittelbar hinter der Türschwelle in seinem Schlafzimmer. Sein Rücken war eine zerfetzte, blutige Masse. Seine Hände waren vorgestreckt, als hätte er beim Fallen nach etwas gegriffen.

Seine altmodische, gepuderte Perücke lag in der Nähe seiner Schulter. Aber sein Hals endete in einem rohen, breiigen Wirrwarr aus Fleisch, Knochen und Sehnen.

»Jesus Christus«, flüsterte Sebastian, und in seiner Kehle stieg es ihm sauer auf, während er mit dem Blick einer Blutspur folgte, die zum Bett führte.

Douglas Sterlings Kopf, der inmitten der Kissen ruhte, starrte ihn mit aufgerissenen, blickleeren Augen an.

»Verflucht.« Sebastian wischte sich mit dem Handrücken über den Mund.

Verflucht, verflucht, verflucht.

***

»Das ergibt keinerlei Sinn«, sagte Lovejoy und blickte auf den blutigen Leichnam des alten Arztes hinunter.

»Nein«, stimmte Sebastian zu.

Lovejoy massierte sich mit Daumen und Zeigefinger der einen Hand die Augen und seufzte. »Als Ihr gestern mit ihm gesprochen habt, hat er da irgendeinen Hinweis bezüglich des Zwecks seines sonntäglichen Besuchs bei Stanley Preston gegeben?«

»Nein. Aber es muss etwas vorgefallen sein, das ihm Angst einjagte – oder das ihn sein Schweigen zumindest noch einmal überdenken ließ –, denn gestern Abend hat er mir eine Nachricht zukommen lassen und um ein Treffen gebeten. Unglücklicherweise war es schon fast Mitternacht, als ich sie erhalten habe.«

Besorgt stieß Lovejoy einen langen Atemzug aus. »Ich frage mich, was er gewusst hat.«

Sebastian schüttelte den Kopf. Er konnte zwischen Sterling und den verschiedenen Personen, die er inzwischen verdächtigte, mit dem Mord an Preston in Zusammenhang zu stehen, keine eindeutige Verbindung herstellen.

»Haben Sie je von einem Mann namens Diggory Flynn gehört?«, fragte Sebastian.

Der Magistrat sah zu ihm herüber. »Nein. Wer ist das?«

»Das würde ich gern wissen. Er ist mir gestern in Houndsditch gefolgt. Und er kann sehr gut derselbe Mann sein, den Lady Devlin früher am Tag dabei ertappt hat, dass er sie beobachtete.«

Lovejoy runzelte die Stirn. »Lady Devlin? Großer Gott. Ich schicke ein paar Männer, um ihn zu überprüfen. Diggory Flynn, sagtet Ihr?«

»Ja.«

»Glaubt Ihr, er hat mit alledem zu tun?«

»Das ist wohl möglich.«

Lovejoy beobachtete die Männer vom Leichenhaus, die Sterlings kopflosen Leichnam auf die Liege hoben, mit der sie den ermordeten Mann zu Paul Gibsons Praxis transportieren würden. »Ich frage mich, wie lange der arme Teufel schon tot ist.«

»Ein paar Stunden, würde ich sagen. Wahrscheinlich seit letzter Nacht.«

Lovejoy drehte sich wieder zu den vollgestopften Räumen um. »Ich sehe keine Anzeichen eines Kampfes oder eines Einbruchs.«

»Nein. Und das legt die Vermutung nahe, dass er seinen Mörder gekannt hat. Er hat ihn hereingelassen, seinen Fehler zu spät erkannt und sich umgedreht, um ihm zu entkommen.«

»Und wurde in den Rücken gestochen?«

Sebastian nickte. »Mehrfach.«

Sie beobachteten einen der Totengräber, der vorsichtig den Kopf des Arztes von den Kissen hob und ihn oberhalb des Torsos ablegte.

»Hoffen wir, er war schon tot, bevor sie ihm das angetan haben«, sagte Lovejoy und presste sein gefaltetes Schnäuztuch an die Lippen. »Was ich nicht verstehe … *wieso*? Wieso schneiden sie ihnen die Köpfe ab?«

»Ich schätze, wenn wir das herausgefunden haben, werden wir auch den Mörder finden.«

»Vielleicht«, sagte Lovejoy, klang jedoch nicht überzeugt.

Kapitel 27

»Dr Sterling? *Tot?*« Mit geöffnetem Mund starrte Anne Preston Sebastian an. Ihre Nasenflügel waren nach innen gezogen, und in ihren aufgerissenen Augen sah er die Angst. Wenn sie schauspielerte, tat sie es gut.

Er war zu ihr gestoßen, als sie gerade in dem schwachen, flüchtigen Sonnenschein im Garten spazieren ging. Sie hatte sich einen Schal um die Schultern gelegt, und ihr Kopf war gesenkt, als wäre sie in Gedanken verloren.

»Es tut mir leid«, sagte Sebastian. »Möchten Sie sich setzen?«

»Nein«, antwortete sie, aber er sah, wie sie die Hand, mit der sie den Schal zusammenhielt, zur Faust ballte, und ihre Brust bewegte sich heftig unter ihren angestrengten Atemzügen. »Er ist aber nicht an Altersschwäche gestorben? Eines natürlichen Todes? Sagt mir die Wahrheit«, hängte sie an, als Sebastian zögerte.

»Nein.«

Sie schluckte mühsam. »Hat der Mörder ihm auch den Kopf abgeschnitten?«

Als Sebastian darauf nichts sagte, stieß sie ein leises Stöhnen aus und flüsterte: »Lieber Gott, er hat es getan, oder?«

»Sind Sie sicher, dass Sie sich nicht setzen möchten?«, fragte Sebastian.

Sie schüttelte heftig den Kopf.

»Wenigstens ist er schnell gestorben«, sagte Sebastian, auch wenn er in Wahrheit keinen Schimmer hatte, wie lang es gedauert hatte, bis der alte Arzt tot war. Eine Antwort auf diese Frage würde wahrscheinlich Paul Gibsons Autopsie ergeben.

Sie drehten sich um und gingen nebeneinander einen eingesunkenen, moosbewachsenen Backsteinpfad entlang. Der Saum ihres Morgenkleids streifte die Lavendel- und Rosmarinstöcke.

»Er war ein guter Mann«, sagte sie mit zitternder Stimme. »Ich weiß, er konnte grantig, jähzornig und voller Vorurteile wirken. Aber unter dieser Oberfläche war er liebenswürdig, fürsorglich und ... harmlos. Wieso sollte ihn irgendjemand umbringen wollen?«

»Haben Sie ihn am Sonntag gesehen, als er hergekommen ist, um Ihren Vater zu besuchen?«

»Erst, als er gegangen ist.«

»Wissen Sie, wann er gekommen ist?«

»Nein.« Sie hielt den Blick starr auf den verwitterten Holzpavillon am Ende des Pfades gerichtet. »Ich habe Vater gefragt, ob er krank sei, aber er sagte Nein. Er hat gesagt, Dr Sterling sei nur vorbeigekommen, um über alte Zeiten zu sprechen.«

»Wie ist Ihnen Ihr Vater vorgekommen, nachdem der Arzt gegangen war?«

Sie sah ihn an und zog verwirrt die Brauen zusammen. »Es tut mir leid, ich verstehe nicht.«

»War er froh, dass ein alter Bekannter ihn besucht hatte? Oder eher aufgebracht, vielleicht sogar wütend?«

Sie blickte über den alten Garten hinweg zu den neuen Reihenhäusern der Sloane Street. »Er wirkte tatsächlich etwas ... besorgt. Sogar ein bisschen wütend. Aber ich weiß nicht, weshalb.«

»Hat er nichts gesagt – egal, was –, das einen Hinweis geben könnte, worüber die beiden sich unterhalten hatten?«

»Nein. Aber kurz danach ließ er eine Droschke rufen und ist für mehrere Stunden weggefahren.«

»Hat er das oft gemacht? Ich meine, eine Droschke zu rufen, anstatt seine eigene Kutsche zu nehmen?«

»Manchmal schon. Oft ist er auch einfach zu Fuß in die Stadt gegangen, wenn das Wetter nicht zu schlecht war.«

»Ist er gern zu Fuß gegangen?«

»Ja.«

»Ist er oft abends zu Fuß gegangen?«

»Oh nein, nur bis zu seinem Pub.« Kurz lächelte sie, dann sah sie traurig und schmerzbeladen aus. »Er ist als junger Mann einmal von Taschendieben belästigt worden. Und auch wenn London heutzutage viel sicherer ist als damals, hat ihn das doch immer noch besorgt.«

Das passte zu dem, was Knightly ihm erzählt hatte. Aber es ließ Prestons Verhalten an jenem Abend nur noch beunruhigender erscheinen. »Können Sie sich noch immer nicht vorstellen, weshalb er an jenem Abend zur Bloody Bridge gegangen ist?«

»Nein, tut mir leid.«

»Hatte er Ihnen von seinen Plänen erzählt, einige neue Teile für seine Kollektion zu erwerben? Ein paar Relikte der Stuarts?«

»Nein.« Sie hatten den Pavillon am Ende des Weges erreicht, und sie wandte sich ihm zu. »Die Wachtmeister waren wieder hier, um Fragen zu Captain Wyeth zu stellen. Die glauben, Hugh hat das getan, nicht wahr? Die glauben, er hätte meinen Vater umgebracht.«

»Sie halten ihn zumindest für einen starken Verdächtigen, fürchte ich.«

»Aber ich habe Euch doch schon gesagt, Hugh würde niemals meinen Vater töten. Niemals!«

»Trotzdem haben die beiden gestritten.«

Sie sog rasch den Atem ein. »Hugh hat Euch davon erzählt, nicht?«

»Ja.«

Ein schwacher Hauch Farbe stieg ihr in die Wangen. »Ich ... es tut mir leid, dass ich versucht habe, Euch etwas vorzumachen.«

Sie sah tatsächlich reuevoll aus. Aber hätte sie die Lüge eingestanden, wenn ihr nicht klargeworden wäre, dass er die Wahrheit herausgefunden hatte?«

Das bezweifelte er.

Er sagte: »Captain Wyeth hat mir auch erzählt, dass er und Sie viel mehr als nur Freunde sind.«

Ihr Kinn ruckte nach vorn, bevor sie die Regung unterdrücken konnte, und Sebastian war klar, dass er sie richtig interpretiert hatte. Sie sagte: »Ja, das sind wir. Aber Vater wusste das nicht.« Sie sah ihn mit großen Augen und ruhigem Blick an, als könnte sie Sebastian durch Willenskraft dazu bringen, ihr zu glauben. »Ich schwöre.«

In höflichem Unglauben zog er eine Augenbraue hoch. »Sie ›schwören‹, Miss Preston?«

Zu seiner Überraschung begannen ihre Lippen zu zittern. Sie drehte sich weg, blinzelte heftig und riss die Hand an den Mund.

»Oh Gott!«, sagte sie mit einer Verzweiflung, die ihm allzu real vorkam. »Ihr müsst mir glauben! Hugh hat das nicht getan.«

»Es wäre einfacher, Ihnen zu glauben, wenn Sie nur etwas aufrichtiger sein könnten.«

Sie blickte ihn über die Schulter hinweg an. In ihren Augen standen Tränen. »Es tut mir leid! Es ist nur ... Ich habe schreckliche Angst, dass Hugh für diese Sache hängen wird. Aber er war es nicht!«

So sicher?, dachte Sebastian. Aber er sagte nur: »Ich habe gehört, Ihr Vater hat geschworen, Sie zu enterben, wenn Sie Captain Wyeth heiraten würden. Hat er diese Drohung vor Ihnen ausgesprochen?«

»Ja. Und ich habe ihm gesagt, dass es mir egal ist. Ich habe ihm gesagt, das Leben besteht aus mehr als einem Vermögen und der gesellschaftlichen Stellung der Familie.«

»Was hat er geantwortet?«

Ihre Lider flatterten bei der Erinnerung an vergangenen Zorn und Irritation. »Er hat gesagt, ich sei zu jung, um zu wissen, wovon er redete.«

»Wann war das?«

Sie rieb sich mit der Handfläche über die nassen Augen. »Am Samstagabend.«

»Was ist danach passiert?«

»Er ist ... gegangen.«

»Ist er da zu Captain Wyeth gegangen und hat ihn konfrontiert?«

Sie nickte. »Aber Hugh hat ihn nicht umgebracht. Ihr müsst mir glauben.« Sie zog laut die Nase hoch. »Hugh hat Euch von Vaters Streit mit Basil Thistlewood über den Kopf des Duke of Suffolk erzählt, oder?«

»Ja.«

»Habt Ihr mit Thistlewood gesprochen?«

»Ja.«

»Und?«

»Er sagt, er hat Ihren Vater nicht umgebracht.«

»Na, es ist normal, dass er das sagt, nicht?« Sie beugte sich mit ernster Miene zu ihm vor. »Das war nicht ihr erster Streit, müsst Ihr wissen. Vor ungefähr einem Monat hat Thistlewood einen Rosenkranz erworben, der aus Knochen eines Heiligen gemacht sein sollte. Er war überaus stolz darauf. Aber als Vater ihn begutachtete, hat er seine Echtheit in Frage gestellt. Thistlewood war wütend, ja außer sich. Er hat geschworen, dass er Papa umbringen würde, wenn er herumginge und den Leuten erzählen würde, dass es eine Fälschung sei.«

»Meinen Sie den Rosekranz des heiligen Antonius von Padua, den er ausstellt?«

»Ja, genau.«

»Und wie hat Ihr Vater darauf reagiert?«

»Er hat Thistlewood ins Gesicht gelacht.«

»Aber das war, wie Sie sagten, schon vor einem Monat.«

»Ja. Aber seht Ihr es nicht? Wenn Thistlewood schon wegen des Rosenkranzes wütend auf Vater war und dann erkannt hat, dass Vater ihn in Bezug auf Suffolks Kopf ausgebootet hat, könnte ihn das doch zum Mord getrieben haben.«

»Vielleicht. Aber welchen Grund könnte Thistlewood denn haben, Dr Douglas Sterling zu töten?«

Sie sah ihn an. Offensichtlich war ihr diese Frage noch nicht in den Kopf gekommen. »Das weiß ich nicht! Aber Hugh hatte auch keinen Grund, Dr Sterling zu töten.«

»Wer hatte also einen Grund, die beiden Männer zu töten?«

Mit einer erschöpften Geste schob sie sich die kurzen Locken aus der Stirn. »Das weiß ich nicht!«

Sebastian musterte ihr blasses, müdes Gesicht mit der kleinen, wohlgeformten Nase und den zitternden Lippen, und er spürte Frustration, Ärger und eine gehörige Portion Anteilnahme in sich aufwallen.

Anne Preston war so verzweifelt bemüht, ihn – und die Bow Street – zu überzeugen, dass Captain Hugh Wyeth nicht der Mörder ihres Vaters war. Sie würde alles sagen.

Leider hatte Sebastian aber den Verdacht, dass sie noch verzweifelter sich selbst davon überzeugen wollte.

Kapitel 28

Sebastian wusste, dass er aller Wahrscheinlichkeit nach das meiste dessen, was ihm Anne Preston gesagt hatte, verwerfen konnte. Aber auf die geringe Möglichkeit hin, dass an ihren Anschuldigungen doch etwas dran sein könnte, beschloss er, Basil Thistlewood erneut einen Besuch abzustatten.

Er traf den Kuriositätensammler in einer angebauten Werkstatt im hinteren Teil seines Etablissements am Cheyne Walk an. Er hatte sich eine Lederschürze über die altmodische Kleidung gebunden. Vor ihm auf der Werkbank stand ein halb vollendeter Schaukasten.

»Ich dachte mir schon, dass Ihr wiederkommt«, sagte Thistlewood und sah nur kurz von seiner Arbeit auf, bevor er sich ihr wieder widmete.

Sebastian ließ den Blick durch den überraschend aufgeräumten Raum mit Reihen gut geölter Werkzeuge und sauber gestapeltem, feinem Holz wandern. »So? Warum?«

»Ihr habt Prestons Mörder nich gefunden, oder?«

»Nein«, sagte Sebastian und lehnte sich mit der Schulter an den Türrahmen. »Sie sagten mir gar nicht, dass Sie vor wenigen Wochen bereits einen Streit mit dem Opfer hatten.«

Basil Thistlewood konzentrierte sich auf den schmalen Holzstreifen, den er abmaß. »Dürfte Euch aber ziemlich schwerfallen, irgendwen zu finden, von dem es nich heißt, dass er mehr als einmal mit Preston zusammengerasselt ist. Der Kerl war so halsstarrig und hat alles gleich als Angriff genommen.«

Sebastian musste lächeln. Nach allem, was er wusste, würde diese Beschreibung auf Thistlewood ebenso sehr zutreffen wie auf Preston. »Erzählen Sie mir etwas über den Rosenkranz.«

Thistlewood schnaubte und ging zu einem Holzstapel, um sich ein anderes Stück auszusuchen. »Der hat doch immer auf den Putz gehauen, jedenfalls hat er's versucht. Hat sich benommen, als wär er der große Fachmann, weil er ja in Cambridge war und ich nich. Ich bin auch nich von gestern, wisst Ihr. Bin schließlich in diesem Geschäft großgeworden.«

»Preston hat die Echtheit des Rosenkranzes in Frage gestellt?«

»Ja, hat er. Aber erst, nachdem ich ihm den Verkauf verweigert habe. Wenn der nich echt wär, warum hätte er den dann von mir kaufen wollen? Sagt mir das mal.«

»Ich hörte, Sie waren ausgesprochen erbost über seine Behauptungen.«

»Natürlich war ich das. Wer wär das nich? Zweifelt so an meinem Urteil und meiner Expertise? Hat ein schlechtes Licht auf meine gesamte Sammlung geworfen, dieser ganze Mist.«

»Tatsächlich?«

»Ja klar!« Thistlewood zeigte mit dem einen Ende der schmalen Latte auf Sebastian. »Ich kann Euch klipp und klar sagen, dass es in *seiner* Kollektion mehr als ein oder zwei Stücke gibt, die ich in *meiner* gar nicht ausstellen würde. Habt Ihr einen Schimmer, wie viele Leute Steigbügel haben, die angeblich von Richard III bei der Schlacht von Bosworth Field benutzt wurden? Der Mann hätte ein Tintenfisch sein müssen, um auch nur die Hälfte davon gebrauchen zu können.«

»Haben Sie das zu Preston gesagt?«

»Ja.«

»Und?«

»Da isser hässlich geworden. Hat mich als impertinenten Frechdachs bezeichnet, als wär er ein hoher und mächtiger Lord und ich nur ein mittelalterlicher Handlanger, der seine Felder bestellt.«

»Und?«

»Ich hab ihm gesagt ...« Thistlewood unterbrach sich, und in einer geradezu grotesken Zurschaustellung blieb ihm der Mund offenstehen, als er erkannte, wohin ihn sein vorlautes Mundwerk schon wieder geführt hatte. Er schluckte, wobei sein Adamsapfel auf und ab hüpfte, und fuhr ruhiger fort: »Manchmal sagt man in der Hitze des Gefechts Dinge, die man nicht so meint.«

»Wie zum Beispiel ›Ich könnte dich umbringen‹?«

»Kann sein, dass ich etwas Derartiges gesagt hab. So genau erinner ich mich nich mehr.«

»Nicht?«

»Nein.«

»Haben Sie schon einmal von einem Mann namens Douglas Sterling gehört?«

Der abrupte Themenwechsel schien den Kaffeehausinhaber zu verwirren. »Von wem?«

»Dr Douglas Sterling.«

»Kann ich nich sagen. Wer ist das denn?«

»Ein alter Arzt, der am Chatham Place gewohnt hat. Jemand hat ihn letzte Nacht umgebracht. Er hat ihm den Kopf abgeschnitten.«

Thistlewood legte sorgsam die Holzlatte ab. Seine Hand zitterte plötzlich. »Ein alter Mann, sagt Ihr? Warum sollte ihn jemand umbringen?«

»Vielleicht weil er sich weniger als zwölf Stunden vor dessen Mord mit Stanley Preston getroffen hat.«

»Und jetzt ist der auch tot?«

»Ja.«

Thistlewood schüttelte den Kopf. »Das ist beunruhigend, oder?«

Sebastian betrachtete das ausdrucksvolle, fast komisch wirkende Gesicht des Kuriositätensammlers. »Haben Sie von dem kürzlichen Fund in St George's auf Windsor Castle gehört?«

»Nein.« Ein gieriges Glänzen stieg Thistlewood in die wässrigen Augen. »Ist etwas Neues entdeckt worden?«

»Ja. Allerdings fürchte ich, dass ich nicht befugt bin, ins Detail zu gehen.«

Thistlewood nickte. »Hab schon gehört, dass die in der Krypta gegraben haben. Überrascht mich nicht, wenn die da was gefunden haben. Vor ein paar Jahren haben sie, als sie dort gearbeitet haben, eine Frau und ein Kind gefunden, die ganz in Blei eingewickelt waren. Waren offensichtlich von hoher Geburt, aber keiner hat je herausgefunden, wer sie wirklich waren. Ich konnte sie mir anschauen, und wenn Ihr mich fragt, waren die schon aus der Zeit der Sachsen, vielleicht sogar der alten Römer. Würd mich nich wundern, wenn dort genau an derselben Stelle schon eine ältere Kirche gestanden hätte.«

»Wie konnten Sie es denn bewerkstelligen, sie anzuschauen?«, fragte Sebastian.

Thistlewood grinste schief und zwinkerte. »Ich kenne ein paar Leute.«

»Haben Sie schon mal von einem Mann namens Diggory Flynn gehört?«

»Glaub nich, nein. Ist der auch tot?«

»Meines Wissens nicht. Er ist mir gestern gefolgt, nachdem ich Priss Mulligans Laden in Houndsditch einen Besuch abgestattet hatte.«

Thistlewood ließ die Zunge gegen die Rückseite der Zähne schnalzen. »Ich hab Euch doch gesagt, dass Ihr der lieber nich in die Quere kommen solltet.«

»Sie hat behauptet, Stanley Preston seit einem Monat oder länger nicht gesehen zu haben.«

»Tja. Sie lügt berufsmäßig, vergesst das nich. Sie hat erst letzte Woche eine neue Lieferung reinbekommen. Und Preston war immer einer der Ersten, denen sie darüber Bescheid geben ließ.«

»Eine neue Lieferung vom Kontinent, meinen Sie?«

»Aye. Hab Euch doch gesagt, dass sie mit Schmugglern im Bunde is, oder?«

»Ja, das haben Sie.« Sebastian tippte sich mit der Hand an den Hut. »Sie waren sehr hilfreich.«

Der Kuriositätensammler verzog das faltige Gesicht zu einem breiten Lächeln. »Ich geb mir Mühe. Wirklich.«

***

Sebastian stand am Ufer der Themse und blickte über das aufgewühlte braune Wasser hinweg. Die knospenden Ulmen, die den Cheyne Walk säumten, warfen ein wechselvolles Muster aus Licht und Schatten auf das

228

frische Grün der Wiese, und die stärker werdende Frühlingssonne fühlte sich auf seinen Schultern warm an. Aber die Luft war kühl und feucht.

Hab'sch Sie schon ma wo gesehn?, hatte Priss Mulligan gefragt. *Sie sehn nich nur 'n bisschen wie dieser Grenadier aus, wo gleich hinter Bishopsgate 'ne Kneipe führt. Der hat genauso üble gelbe Augen, hat der.*

Sebastian war mit Jamie Knox nur zu vertraut, einem ehemaligen Grenadier, der das *Black Devil* in der Nähe von St Helen's in Bishopsgate besaß. Die Ähnlichkeit zwischen den beiden Männern – einer Erbe eines Earls, der andere Sohn einer Schankfrau aus Shropshire – war ebenso verblüffend wie unerklärlich.

Diejenigen, die den Earl of Hendon nicht kannten, würden vielleicht einfach annehmen, dass Knox einer der Bastarde des Earls war. Aber Sebastian wusste es besser. Er wusste, dass Knox genauso wenig Hendons Sohn war wie er selbst.

Er kniff die Augen gegen das gleißende Sonnenlicht zusammen, das vom Wasser zurückgeworfen wurde, und spürte die Luft, die ihm eisig vom Fluss her ins Gesicht blies. Er wollte die alten Wunden nicht erneut aufreißen und sich den unbeantworteten Fragen stellen, die mit dem mysteriösen Grenadier im Zusammenhang standen. Aber die Verbindungen zwischen Jamie Knox und der Welt der Schmuggler waren unergründlich und dennoch unleugbar.

Es war höchste Zeit, dem *Black Devil* einen Besuch abzustatten.

Kapitel 29

Das *Black Devil* stand in einer schmalen, kopfsteinge-pflasterten Straße gleich hinter Bishopsgate und, wie Sebastian jetzt auffiel, nicht weit vom Laden von Priss Mulligan in Houndsditch entfernt. Das bei den Kauf-leuten und Lehrlingen der Gegend beliebte Lokal war aus Fachwerk, hatte krumme Schornsteine aus Back-stein und ein hochgiebeliges Dach, das es als Überbleib-sel einer längst vergangen Zeit zu erkennen gab.

Er blieb kurz am anderen Ende der Straße stehen und ließ den Blick über die altertümlichen Rautenfenster und das schäbige Holzschild wandern, das einen ge-hörnten schwarzen Teufel zeigte, der vor den Flammen der Hölle tanzte. Dann überquerte er die Straße und stieß die Tür zum Schankraum auf.

Das Innere der Taverne war genauso wenig verändert worden wie das Äußere. Die niedrige Decke wurde durch dunkle, schwere Balken gestützt, der durchgetre-tene Steinboden mit Sägespänen ausgestreut, um ver-schüttetes Bier aufzufangen, und die eichenverkleide-ten Wände waren vom in Jahrhunderten aufgestiege-nen Rauch aus dem riesigen steinernen Kamin ge-schwärzt. Die Luft war vom Geruch nach Tabak, Bier und Arbeiterschweiß geschwängert.

»Ihr«, sagte die hübsche dunkelhaarige junge Schankmaid, und sie verengte unangenehm berührt die mandelförmigen Augen zu Schlitzen, als sie ihn auf sich zukommen sah.

»Ja, ich«, sagte Sebastian gutgelaunt und legte einen Unterarm auf der vernarbten Oberfläche des Tresens ab, als er den überfüllten Raum betrachtete. Jamie Knox war nirgends zu sehen. »Wo ist er?«

»Was wolln Ihr'n von ihm? Ihr bedeute bloß Ärger. Das hab ich schon beim ersten Mal gewusst, wo ich Euch gesehn hab. Wolln Ihr 'n Pint, dann geb ich Euch eins. Wenn nich, haun einfach ab.«

Sebastian drehte den Kopf und sah ihr ins ärgerliche Gesicht. »Ich nehme ein Pint.«

»Mach zwei draus, Pippa«, sagte Jamie Knox. »Und bring se hier hinten rüber, sei so gut.«

Sebastian verlagerte das Gewicht und entdeckte den Tavernenbesitzer an den Türrahmen eines schmalen Hinterzimmers gelehnt, das als eine Art Büro diente. Er war groß und sehnig-muskulös, sogar größer als Sebastian, und sein Haar war noch eine Spur dunkler. Aber seine hohen Wangenknochen und sinnlich geschwungenen Lippen waren auf befremdliche Weise denen von Sebastian sehr ähnlich, genau wie die fremdartigen gelben Augen.

Wie der tanzende Teufel auf dem Tavernenschild war er ganz in Schwarz gekleidet: schwarzer Mantel und Hosen, schwarze Weste, schwarze Krawatte; nur sein Hemd war weiß. Seine Herkunft war genauso unklar wie seine Geschichte. Der Sohn einer armen, unverheirateten Schankmaid behauptete, die Identität seines Vaters nicht zu kennen. Er war einst Grenadier im

145sten und für sein ungewöhnliches Sehvermögen, seinen tierhaften Gehörsinn und seine schnellen Reflexe bekannt gewesen. Nach dem Desaster von Corunna mit seiner Einheit entlassen, war er nach England zurückgekehrt. Manche sagten, er hätte sich als Straßenräuber den High Tobys angeschlossen ... während andere Gerüchte besagten, er hätte das *Black Devil* einfach durch Ermordung des vorherigen Besitzers erworben.

Die beiden Männer waren einander vor wenigen Monaten zum ersten Mal begegnet. Sie hatten über die überraschende und unerklärliche körperliche Ähnlichkeit zwischen ihnen nie gesprochen und nie gemeinsam über die möglichen Gründe und das, was sie implizierten, spekuliert. Dennoch war ihre Ähnlichkeit ihnen jederzeit bewusst und bildete einen Antagonismus und zugleich ein unerwünschtes, aber unleugbares Band zwischen ihnen.

Für Sebastian bedeutete sie eine unwillkommene Erinnerung an eine schmerzhafte Wahrheit über seine Eltern, die ihn beinahe zerstört hätte. Dennoch war sie auf faszinierende Art zugleich ein verlockender Hinweis auf die Identität des unbekannten Mannes, der ihm die gleichen goldenen Augen und verblüffenden, wolfsartigen Sinne vererbt hatte, über die Knox verfügte.

Und Knox selbst? Nicht zum ersten Mal fragte sich Sebastian, wie der Grenadier die unbekannte Verwandtschaft zwischen ihnen betrachtete.

Einen langen Augenblick sahen die beiden sich an. Dann stieß sich Sebastian vom Tresen ab und ging zu dem Mann, der sein Halbbruder sein konnte – oder auch nicht.

Knox trat zurück und ließ Sebastian eintreten. »Was wollt Ihr?«, fragte er unumwunden.

»Woher wissen Sie, dass ich nicht einfach durstig bin?«

Knox grunzte. »Also wie ich als Letztes gehört hab, gibt's im East End kein' Mangel an Kneipen.«

Sebastian ging zu dem kleinen Fenster, das auf den Hinterhof hinauswies. Die Taverne war an die Mauer des St Helen's Kirchhofs gebaut, sodass er von hier aus die Spitzen der verwitterten grauen Gräber und die winterkahlen Äste der Ulmen sehen konnte, die sich dunkel gegen den Himmel abhoben. Er sagte: »Was für ein melancholischer Ausblick. Ich kann mir vorstellen, dass es manch einen stört. Die ständige Erinnerung an den Tod.«

»Pippa macht sich nix daraus, soviel ist sicher.«

Sebastian drehte sich zu ihm um. »Und Sie?«

Knox zuckte mit den Schultern. »Hab genug Tod im Leben gesehn; muss nit aus dem Fenster luschern, um mich dran zu erinnern, dass das Leben kurz und ungewiss is.«

»Für manche kürzer als für andere.«

»Stimmt.«

Sebastian lehnte sich mit dem Rücken zum Fenster gegen die Bank. »In Houndsditch lebt eine Gebrauchtwarenhändlerin namens Priss Mulligan. Handelt mit seltenen historischen Gegenständen. Ich hörte, Sie kennen sie.«

Knox griff nach einer Tonpfeife und begann, den Kopf mit Tabak zu füllen. »Sagen wir einfach, sie ist mir bekannt. Weshalb?«

»Ich habe gehört, dass ein großer Teil ihrer Waren vom Kontinent reingeschmuggelt wird.«

»Heutzutage arbeiten ganze Haufen Schmuggler am Kanal«, sagte Knox, ohne aufzublicken.

»Ich hörte, sie hat letzte Woche eine neue Lieferung erhalten. Stimmt das?«

Knox hielt ein Hölzchen in das Kaminfeuer und beobachtete, wie die Spitze Feuer fing. »Ich hatte nichts damit zu tun, falls dass Euer Frage is.«

»Aber die Lieferung ist tatsächlich gekommen?«

»Hab ich gehört.« Er hielt das Hölzchen an seine Pfeife und saugte daran, dann blickte er auf. »Ich mach selbst keine Geschäfte mit der Frau.«

»Gibt es dafür einen besonderen Grund?«

»Es ist der gleiche Grund, aus dem ich es mir zur Gewohnheit gemacht hab, tollwütige Hunde und Vipernnester zu meiden.«

»Ist sie gefährlich?«

Knox ließ einen langen Faden aus Tabakrauch in die Luft steigen. »Ich glaub, das Wort, das Ihr meine, ist ›tödlich‹.«

Die beiden Männer blickten sich an und hielten den Kontakt, dann sahen beide zur Tür, durch die Pippa mit zwei schäumenden Pints Ale hereinkam. Ohne Sebastian eines Blickes zu würdigen, stellte sie die Krüge auf dem einfachen Klapptisch beim Fenster ab und ging wieder hinaus, nachdem sie Knox einen langen, bedeutungsschwangeren Blick zugeworfen hatte.

Knox sagte: »Habe gehört, Ihr habt einen Sohn. Einen zukünftigen Earl of Hendon.«

»Ja.«

»Glückwunsch.«

»Danke sehr.«

»Trotzdem jagt Ihr immer noch Mördern hinterher?«

»Woher wissen Sie, dass ich in einem Mordfall ermittle?«

In den Augen, die denen von Sebastian so sehr ähnelten, glomm ein belustigter Funke auf. »Weil Ihr nur dann herkommt.«

»Hm. Muss was mit Ihrem Umgang zu tun haben.«

Knox zog an der Pfeife. Seine schmalen Wangen wurden hohl, sein Ausdruck rätselhaft.

Sebastian sagte: »Haben Sie schon einmal von einem Mann namens Diggory Flynn gehört?«

»Kann ich nit sagen. Wer ist das?«

»Arbeitet er nicht für Priss Mulligan?«

»Nit, dass ich wüsst. Aber ich hab ja schon erwähnt, dass ich versuche, mich von der Frau fernzuhalten.«

»Trotzdem kennt sie Sie.«

»Warum sagt Ihr das?«

»Sie hat mir gesagt, dass ich wie Sie aussehe.«

»Ach so.« Knox griff nach seinem Bier und trank einen guten Schluck. Dann schwieg er nachdenklich eine Weile, bevor er weitersprach. »Weiß Priss Mulligan, dass Ihr sie überprüft?«

»Ja. Warum?«

»Vor 'n paar Jahren hat mal 'n Schmuggler namens Pete Carpenter versucht, Priss reinzulegen. Er hatte eine Frau und zwei Söhne. Die beiden Kleinen warn erst vier und fünf Jahre alt. Eines Tages hat er sie zerstückelt vorgefunden, als er heimgekommen ist, und die Teile waren übers ganze Haus verteilt. Ein Kopf auf der Kaminumrandung, ein Bein auf dem Küchentisch, eine Hand unterm Bett – in der Art. Seine Frau hat er nie gefunden.«

Sebastian spürte, wie die Worte des Tavernenwirtes über ihn hinwegklangen und ihm die Haare im Nacken zu Berge stehen ließen. Ihm wurde der Mund trocken, als der Schrecken dieser Geschichte – und die Implikationen – ihn in den Magen trafen. Er konzentrierte sich ganz darauf, einen langen Zug seines Ales zu nehmen und dann mühsam zu schlucken, bevor er sagte: »Ich nehme an, Sie haben von Preston und Sterling gehört?«

»Hab ich.« Knox leerte seinen Krug und stellte ihn mit einem leisen Geräusch ab. »Manche Menschen sind einfach von Grund auf böse. Priss Mulligan ist eine davon. Wenn ich Ihr wär, würde ich aufpassen. Auf Euch selbst und auf Eure Familie.«

***

Sebastian saß in der Bibliothek neben dem Kaminfeuer, in einer Hand ein Glas, den Blick auf den rotgoldenen Schimmer der Kohlen gerichtet. Im Haus war es dunkel und still.

Er trank einen Schluck Brandy und spürte, wie er ihm in der Kehle brannte. Er trank in letzter Zeit zu viel, das wusste er. Es war ein langsames, gefährlich Zurückgleiten in die selbstzerstörerische Hölle, die ihn in den Monaten nach seiner Rückkehr nach London beinahe verschlungen hätte.

Die Uhr auf dem Kaminsims schlug zwei Mal. Danach fühlte sich die Stille der Nacht wie eine schwere Präsenz an, niederdrückend und seelenzerfressend, und ihm waren die langen, aufreibenden Nachtstunden nur zu bewusst, die sich vor ihm ausdehnten. Er war mit seiner Frau zu Bett gegangen, hatte sie langsam und verzweifelt geliebt und sie danach in den Armen gehalten, bis sie friedlich eingeschlafen war. Er liebte sie mit einer Zärtlichkeit und Leidenschaft, die ihn demütig machte, ihm Ehrfurcht einflößte und ihn verängstigte. Er hatte zu ihr eine größere Nähe als je zu irgendeinem anderen Menschen. Und dennoch fühlte er sich auf eine unerklärliche, aber wesentliche Art einsamer und losgelöster als je zuvor. Also war er von ihrer Seite gewichen, hatte sich Hosen und einen Morgenrock übergezogen und war hierhergekommen.

Er trank noch einen Schluck Brandy. Sein übersteigertes Gehör vermittelte ihm, dass weit oben ihre Tür geöffnet wurde, dann hörte er ihre leichten Schritte auf der Treppe. Er regte sich nicht. Er wollte nicht, dass sie ihn so fand. Wollte nicht, dass sie seine Schwäche, seine Angst und Ungewissheit sah.

Sie kam hinter ihn, beugte sich über den Sessel und schlang ihm die Arme um den Hals, ließ die verschränkten Hände auf seiner Brust liegen. »Du denkst wieder an sie, nicht?«, sagte sie. »Die Kinder und Frauen von Santa Iria.«

»Ja.«

»Du musst aufhören, dir die Schuld zu geben. Vor Jahren hast du beschlossen, für die Fehler anderer zu sühnen. Aber die Vergangenheit ist vergangen, und nichts, was du tust, wird das ändern. Du darfst dich nicht weiter selbst so quälen.«

Er legte den Kopf zurück und sah zu ihr hoch. Ihr Gesicht war golden im Licht des Feuers, ihre scharfen Züge wurden durch die Schatten noch betont und von ihrem schwer herabfallenden Haar eingerahmt.

Er sagte: »Ich habe dir nicht alles gesagt.«

Sie hob die Hand und fuhr ihm mit der Rückseite der Finger über die Wange. »Das weiß ich.«

In der folgenden Stille hörte er, wie die Asche im Kamin fiel und die Uhr endlos vor sich hin tickte. Dann kam sie herum, setzte sich neben ihm auf den Teppich und legte den Kopf an sein Bein.

Er berührte ihr Haar, spürte, wie es glatt und seidenweich durch seine Finger glitt und stieß lange und schmerzlich den Atem aus. »Ich habe zugesehen, wie die Franzosen sie umgebracht haben.«

»Du brauchst es mir nicht zu erzählen.«

Kopfschüttelnd blickte er weiter ins Feuer. »Ich wusste, dass der französische Hauptmann und seine Männer das Lager eine gute halbe Stunde vor meiner Flucht verlassen hatten. Aber ich bin trotzdem zu dem Kloster geritten. Es war, als könnte ich nicht glauben, dass ich zu spät kommen würde, um sie zu warnen. Um sie zu retten.«

Er spürte Schmerz in seiner Brust. »Einige der Kinder spielten gerade in einem Orangenhain am Ende der Straße, als die Soldaten auftauchten. Die Franzosen mussten mit gezogenen Säbeln auf sie zugeritten sein, denn die Erde um sie herum war von Hufen zertrampelt, und die Kinder ...«

Sie berührte seine Hand. »Sebastian ...«

Er schluckte bei der Erinnerung daran, wie er angehalten hatte und neben jedem aufgeschlitzten, kleinen Leichnam niedergekniet war. »Zwei der Kleinen – ein Junge und ein Mädchen – können nicht älter als vier oder fünf Jahre gewesen sein; sie hatten große braune Augen und flauschig zartes, hellbraunes Haar. Sie haben sich so geähnelt, dass sie Bruder und Schwester, vielleicht sogar Zwillinge gewesen sein können. Sie hielten sich immer noch bei den Händen. Sie müssen sich festgehalten haben, als die Soldaten über sie hergefallen sind.«

»Waren sie tot?«

»Alle.«

»Und die Franzosen?«

»Ich hörte wiehernde Pferde, brüllende Männer, schreiende Kinder und Frauen, die zu Gott beteten, dass er sie retten möge. Also bin ich weitergeritten. Das Kloster war alt, von einer hohen Sandsteinmauer umgeben. Aber die Franzosen hatten das Tor offenstehen lassen, also hätte ich hineinreiten können. Beinahe hätte ich es getan. Aber im allerletzten Augenblick bin ich zu einer Baumgruppe am Straßenrand geritten. Dort bin ich geblieben und habe zugeschaut, wie sie alles und jeden in dem Konvent umgebracht haben. Säuglinge in ihrer Wiege. Vieh. Geflügel. Hunde. Alles.«

»Und wenn du hineingeritten wärst? Was glaubst du, hättest du tun können? Du wärest doch augenblicklich getötet worden.«

»Ja. Aber es schien mir richtig, mit ihnen zu sterben. Ich *wollte* mit ihnen sterben.«

»Oh Gott, Sebastian, nein.«

Er schüttelte den Kopf. »Der einzige Grund, weshalb ich nicht hineingeritten bin, war das Wissen, dass ich sie eines Tages rächen könnte, wenn ich am Leben bliebe. Ich habe geplant, bei Sinclair Oliphant anzufangen, aber bis ich wieder im Hauptquartier war, war er bereits weg. Er war wegen des Todes seines Bruders nach England gerufen worden. Ich bin zurück zum Kloster geritten und habe von dort aus die Truppe, die das Massaker angerichtet hatte, verfolgt, bis sie in einer angreifbaren Stellung lagerten. Dann habe ich sie an die spanischen Partisanen verraten. Die Spanier wussten, was diese Männer in Santa Iria veranstaltet hatten. Die Soldaten sind weder eines leichten noch schnellen Todes gestorben.«

»Und der Hauptmann?«, fragte sie mit brechender Stimme.

»Ich hatte vor, ihn ebenfalls den Partisanen zu überlassen. Aber dann habe ich ihn wiedergesehen, und ich konnte mich nicht bremsen. Ich habe ihn ... totgeschlagen.« Er bemerkte, dass er eine Faust geballt hatte, und zwang sich, sie wieder zu öffnen. »Ich sage mir selbst, dass er es verdient hatte zu sterben. Aber was ich getan habe, war beinahe Mord. Und als ich fertig war, wurde mir klar, dass mir sein Tod keine Genugtuung verschafft hatte. Die Wahrheit ist, dass ich mit seinem Tod und dem seiner Männer genauso leben muss wie mit den unschuldigen Toten von Santa Iria.«

»Es war Krieg.«

»Nein, das war es nicht. Sondern Rache. Diese Frauen und Kinder haben Gerechtigkeit verdient. Aber in Mord liegt keine wahre Gerechtigkeit.«

Er sah ihr trauriges Lächeln und ihr kaum wahrnehmbares Kopfschütteln. Sie zog die Linie zwischen richtig und falsch an einer anderen Stelle als er. Das war einer der Punkte, in denen sie sich unterschieden. Einer der Punkte, in denen sie sehr die Tochter ihres Vaters war.

Er berührte ihr Gesicht und fuhr mit den Fingerspitzen die Wölbung ihres Nackens entlang. »Ich glaube daran, dass diejenigen, die gewaltsam durch die Hand anderer sterben, Gerechtigkeit verdienen. Wir schulden es ihnen. Aber indem ich ruchlose Männer – und Frauen – jage, riskiere ich, dich in Gefahr zu bringen. Und Simon.«

Dann erzählte er ihr, was er von Knox erfahren hatte, über die Gefahr, die Priss Mulligan für sie alle bedeuten konnte. Er sagte: »Versprichst du mir, dass du auf der Hut bist?«

Sie nahm seine Hand in die ihren und küsste die Innenfläche. »Als ich dich geheiratet habe, wusste ich, was du machst, Devlin. Es ist ein Teil von dir – ein Teil dessen, was ich an dir liebe. Ich will nicht so tun, als ob ich nicht Sorge hätte, dass dir etwas zustoßen könnte, denn die habe ich. Genauso, wie ich Angst habe, Simon könnte Fieber bekommen oder die Grippe. Aber ich lasse mich von den Ängsten nicht beherrschen.« Sie lächelte schief. »Was Simon und mich betrifft ... wir sind beide ständig von einer kleinen Armee aus Dienern umgeben. Ich glaube nicht, dass wir wirklich schutzlos sind.«

Er wollte sagen, dass jeder schutzlos und verwundbar war.

Aber manche Ängste blieben besser unausgespro-
chen.

242

Kapitel 30

Freitag, 26. März 1813

Am nächsten Morgen fuhr Sebastian zum Tower of London zu Gibsons Praxis.

Er übertrug es Tom, die Pferde am Brunnen neben den alten Mauern der Festung zu tränken und schlüpfte durch die schmale, schattige Gasse zu dem ungepflegten Garten hinter dem alten Steinhaus des Iren. Dieses Mal hörte er anstelle von Gibsons knödelnder Tenorstimme, die ein irisches Trinklied sang, die weiche und klare Stimme einer Französin trällern: »*Madame à sa tour monte, mironton, mironton, mirontaine …*«

Er kam an die offene Tür und sah Alexi Sauvage, die sich über den nackten, ausgenommenen Leichnam von Douglas Sterling beugte, der auf dem Granitblock vor ihr lag. Sie hatte sich eine Lederschürze um das schlichte Kleid gebunden, hielt in einer Hand ein blutiges Skalpell und sang leise vor sich hin. »*Madame à sa tour monte si haut qu'elle peut …*«

»Was tun Sie hier?«, wollte er wissen. Er wusste, dass sie in Italien Medizin studiert hatte und solche Dinge auch vorher schon gemacht haben musste. Aber es war immer noch beunruhigend, hier auf sie zu treffen.

Eine feuerrote Haarlocke fiel ihr übers Auge, als sie zu ihm hochsah. Mit dem Handgelenk schob sie sie zurück. »Wonach sieht es denn aus?«

»Wo ist Gibson?«

Sie legte klappernd das Skalpell zur Seite. Sie war eine attraktive Frau mit einer vorspringenden Nase und braunen Augen, die jetzt von einem alten Hass dunkel schimmerten. Sebastian mochte einen guten Grund gehabt haben, den Mann, den sie geliebt hatte, zu töten. Aber er wusste, dass sie es ihm nie verziehen hatte.

»Gibson geht ...«, sie zögerte, dann fuhr sie fort: »... es heute nicht gut.«

»Was heißt das?«

»Das heißt, Euer Freund ist opiumsüchtig. Wie er es überhaupt geschafft hat, seinen Pflichten mit so etwas wie Normalität nachzukommen, bevor ich hier angekommen bin, ist mir völlig schleierhaft. Aber ich glaube nicht, dass er den Anschein noch sehr lange hätte aufrechterhalten können.«

Sebastian musterte ihr bestimmtes, zorniges Gesicht. »Sie sagten, dass Sie ihm helfen können. Aber das haben Sie nicht.«

Sie griff nach einem Lappen und wischte sich die Hände ab. »Solange er die Phantomschmerzen seines amputierten Beines ertragen muss, wird er nicht in der Lage sein, sich von seiner Sucht zu befreien.«

»Sie sagten, Sie könnten ihm auch dabei helfen.«

»Nur, wenn er es zulässt.«

»Warum sollte er nicht?«

»Vielleicht solltet Ihr versuchen, ihn selbst danach zu fragen.« Sie nahm das Skalpell wieder in die Hand. »Allerdings werdet Ihr derzeit wohl keine zusammenhängende Antwort aus ihm herausbekommen.«

Sebastian nickte zu dem ausgeweideten Leichnam zwischen ihnen. »Was haben Sie herausgefunden?«

»Nicht viel. Für einen so alten Mann war Douglas Sterling kerngesund. Er hätte wahrscheinlich noch zehn oder mehr Jahre gelebt, wenn ihn nicht jemand rücklings niedergestochen und ihm den Kopf abgeschnitten hätte.«

»In der Reihenfolge?«

»Ja.«

»Sind Sie sicher?«

»Wollt Ihr andeuten, ich bin inkompetent?«

Ich will andeuten, dass Sie vermutlich nicht so gut in dieser Arbeit sind wie Gibson, dachte er. Aber er sagte nur: »Gibt es irgendetwas, das einen Hinweis darauf zulässt, wer das getan hat?«

Sie lächelte ihm knapp, unfreundlich zu. »Ich war der Meinung, das sei Eure Aufgabe.«

Sebastian blickte zu einem Behälter auf dem Regal, in dem der blutleere Kopf Sterlings lag, und kurz konnte er nur an die Geschichte denken, die ihm Knox erzählt hatte, von dem Schmuggler, der nach Hause gekommen war, dessen Frau verschwunden und dessen Buben abscheulich zerhackt worden waren.

Er sagte: »Wo ist Gibson?«

Sie schüttelte den Kopf. »Ihr wollt ihn so lieber nicht sehen.«

»Nein. Aber ich glaube, ich sollte.«

Sie sah ihn an, aber ihr Blick war verschleiert, und er hatte nicht die geringste Ahnung, was sie denken mochte.

Dann sagte sie: »Er ist im Salon.«

***

Er fand Gibson in einem der alten, rissigen Ledersessel neben dem kalten Kamin. Sein Mantel war zerknittert, die Krawatte fehlte und der Kragen seines Hemdes war schweißbefleckt. Sebastian vermutete, dass sein Freund in einem Opiumrausch war. Dann sah der Ire auf. Sein Lächeln war träge, die Augen glasig.

»Devlin.«

Sebastian ging zu ihm, schenkte sich einen Brandy ein und kippte ihn in einem Zug.

»Du bist wegen des letzten kopflosen Mannes hier, vermute ich.« Gibson winkte mit der Hand vage in Richtung seines Gartens. »Ich hab noch nicht angefangen, fürchte ich.«

Sebastian schenkte sich noch einen Drink ein. »Alexi Sauvage hat die Leichenschau bereits fast fertig.«

Etwas leuchtete in Gibsons Zügen auf, bevor sich völlige Zufriedenheit darin abzeichnete. »Tatsächlich? Sie ist so klug. Ich wünschte, sie würde mich heiraten. Aber sie will nicht.«

»Sie sagt, dein Bein macht dir Kummer.«

»Mein Bein?« Gibsons zerstreutes Lächeln schwankte nicht. »Manchmal denke ich dran. Es liegt ja immer noch dort in der Ferne, sicher ist nur noch ein blanker, verwitterter Knochen übrig. Und ich bin hier. Noch kein Haufen blanker Knochen.«

Als Sebastian nichts entgegnete, atmete der Arzt langsam ein und stieß den Atem in einem Seufzer wieder aus. »Es ist ein bisschen wie eine Frau, weißt du das? Opium meine ich. Weich. Zärtlich … Verführerisch. Eine Mischung aus geistigem Hochgefühl und ungehinderter Gelassenheit. Wirklich ein Geschenk der Götter.«

»Eines, das töten kann«, sagte Sebastian.

Gibsons Grinsen verrutschte. »Gottesgeschenke sind oft zweischneidig, nicht wahr?«

»Hast du Sterling überhaupt mit eigenen Augen angeschaut?«

»Wen?«, fragte Gibson. Sein Kopf fiel nach hinten gegen den Sessel. »Manchmal wünsche ich mir, ich wäre ein Dichter oder vielleicht ein Komponist, damit ich diese Freude und Schönheit mit anderen teilen könnte. Es ist alles so viel klarer. Strahlender. Intensiver. Köstlich …«

Seine Stimme verklang, sein Blick begann wieder herumzuirren, und sein Gesicht wurde schlaff.

Ein leichter Schritt im Flur lenkte Sebastians Blick zur Tür.

»Er hätte nicht gewollt, dass Ihr ihn so seht«, sagte Alexi Sauvage mit leiser Stimme. Sie stand mit verschränkten Armen da und umgriff die Ellbogen mit den Händen.

Sebastian wandte sich ihr zu. Er spürte starke Angst und Schuldgefühle, und alles verwirbelte sich zu einer hilflosen Wut, die er zu guter Letzt gegen sie richtete. »*Verdammt noch mal!* Warum helfen Sie ihm denn nicht?«

»Das habe ich Euch schon gesagt: Er lässt es nicht zu.«

»Warum nicht?«

Sie richtete den Blick auf Gibson, der sich jetzt ganz im glückseligen Opiumrausch verloren hatte. »Aus Angst, aus Peinlichkeit. Aus einem befremdlichen, männlichen Stolz heraus. Ich weiß nur, dass er so nicht weitermachen kann. Es zerstört seinen Verstand und seinen Körper. Es bringt ihn um.«

»Wann wird er wieder …«

»Normal sein?« Sie zuckte die Schultern. »Er wird jetzt eine Weile schlafen. Wenn er zu sich kommt, wird er apathisch und deprimiert sein. Schwindelig. Morgen wird es besser sein als heute Abend.«

Sebastian stellte seinen zweiten Brandy unberührt zur Seite. »Dann komme ich morgen wieder her.«

Kapitel 31

»Was machen wir'n hier?«, fragte Tom, als Sebastian seinen Zweispänner am Rand der Straße anhielt, die zur Bloody Bridge führte.

Der Himmel war hellblau und von weißen Wölkchenstreifen marmoriert, und in der Frühlingsluft hing der Geruch frisch umgegrabener Erde, sprießender Blätter und des Rauches, der aus den Schornsteinen der Cottages aufstieg. Sebastian übergab dem Jungen die Zügel. »Nachdenken«, sagte er und sprang leichtfüßig zu Boden.

Unter den Stiefeln spürte er, wie die trocknenden, in den Matsch eingegrabenen Fahrspuren zerbröselten, als er zur Brücke ging und den Blick über die ausgedehnten Gärten und Baumschulen schweifen ließ, die sich in westlicher Richtung erstreckten. Der kühle Wind trug das Läuten einer kleinen Landkapelle heran, deren Turm oberhalb einer Baumgruppe in der Ferne zu erahnen war. Mit gerunzelter Stirn wandte er sich wieder in die Richtung, in der der Sloane Square nun in warmem goldenem Sonnenlicht dalag.

»Und worüber denkt Ihr nach?«, fragte Tom, der ihn beobachtete.

»Anscheinend kann mir keiner verraten, was Stanley Preston an einem verregneten Samstagabend hier zu schaffen hatte.«

»Manche Leut gehn einfach gern im Regen spaziern«, sagte Tom. »Hat mir nie eingeleuchtet, is aber so.«

»Das stimmt. Allerdings hatte Preston Angst vor Straßenräubern, und die Bloody Brigde hat eine wirklich üble Geschichte.«

Sebastian ging zu dem grasbewachsenen Rand, wo sie Prestons enthaupteten Leichnam auf dem Rücken liegend gefunden hatten, und beugte sich vor. Nichts deutete mehr darauf hin, dass er je dort gelegen hatte. Er stützte sich mit einem Unterarm auf dem Oberschenkel ab. »Molly Watson aus dem *Rose and Crown* sagte, sein Herrenmantel war geöffnet, und seine Taschenuhr lag neben ihm auf dem Gras.«

»Ihr meint, es hat einer seine Taschen durchwühlt und nach was Bestimmtem gesucht?«

»Das ist *eine* Erklärung.«

Tom verzog verblüfft das Gesicht. »Gibt's noch 'ne andere?«

»Er wurde hinterrücks niedergestochen, also muss er entweder seinem Mörder den Rücken zugekehrt haben – was offensichtlich keine kluge Entscheidung war –, oder er hat den Mörder nicht herankommen gehört.« Sebastian richtete sich wieder auf. »Wann schauen Menschen normalerweise auf die Uhr?«

»Weiß nich. Hab nie eine gehabt.«

Sebastian musste lächeln. »Menschen schauen normalerweise auf die Uhr, wenn sie zu spät zu einem Termin kommen, oder wenn jemand anderes zu spät dran ist.«

»Also meint Ihr, dass er da war, um wen zu treffen? Wen, der spät dran war?«

»Das glaube ich, ja. Und wer es auch war, Preston war offenbar ganz erpicht darauf, diese Person zu treffen.«

»Woher wisst Ihr’n das?«

»Weil Preston im Dunkeln Angst vor der Bloody Bridge hatte und trotzdem zugestimmt hat, allein abends hierherzukommen.«

Sebastian blickte über die Grünfläche des Sloane Square hinweg nach Chelsea und zur Themse, die außer Sichtweite am Fuß des Hügels floss. Derjenige, der von Windsor hierhergekommen wäre, um Preston die gestohlenen königlichen Relikte zu bringen, wäre höchstwahrscheinlich über die Themse gekommen. Wenn er am Cheyne Walk angelegt hätte, hätte er nur die kurze Paradise Row herauf kommen, den schattigen Park des Chelsea Hospitals und des Royal Military Asylum umrunden müssen, um zum Sloane Square zu gelangen, und gleich dahinter an die ruhige, leere Straße, die zur Bloody Bridge führte. Oberhalb des Sloane Square lag die lange, gerade und breite Sloane Street sowie der Hans Place. Dort war es gut beleuchtet und immer viel los. Es waren Orte, an denen ein Mann gesehen und erkannt werden würde.

Also war die Bloody Bridge nicht nur abgelegen und wenig frequentiert, sondern sie lag auch etwa auf halbem Wege zwischen Alford House und der Themse.

Sebastian ging zum Ufer, wo er das beschriftete, antike Bleiband gefunden hatte. Er war sich inzwischen relativ sicher, dass Stanley Preston an jenem Abend hergekommen war, um die Relikte von einem Dieb entgegenzunehmen, dessen Identität Sebastian noch nicht kannte. War es eine Falle? Möglich. Wenn ja, wer hatte sie aufgestellt? Priss Mulligan? Thistlewood? Oliphant?

Oder hatte der Mörder einfach die Gelegenheit beim Schopfe ergriffen, als Preston unklugerweise beschlossen hatte, allein an einen so dunklen, abgelegen Ort zu gehen? Und was war mit dem Dieb? War er vor oder nach dem Mord hergekommen? Das war unmöglich zu sagen. Aber der Dieb war hier gewesen; das bewies das Sargband.

Also, wer war der Dieb? Und wo war der Kopf des Königs?

»Was für ein Mann vereinbart ein Treffen an einem dunklen und abgelegenen Ort?«, fragte Sebastian.

»Einer, wo von keinem gesehn werden will!«, sagte Tom triumphierend.

Sebastian wandte sich von der unheilbringenden Brücke ab, ging zur Kutsche und sprang auf den Bock. »Exakt«, sagte er und griff nach den Zügeln.

***

»Blickt uns nicht so finster an, Jarvis«, grummelte Seine Königliche Hoheit George, Prinz of Wales und Regent des Vereinigten Königreichs von Großbritannien und Irland. Er schluckte eine halb zerkaute gebutterte Krabbe hinunter, griff nach dem Weinglas und trank einen großen Schluck. »Das bekommt unserer Verdauung nicht.«

Sie waren in einem der privaten Rückzugsräume von Carlton House, und vor dem Prinzen war ein Tisch üppig mit Speisen beladen, die die Hungerattacken stillen sollten, die Seine Hoheit am Nachmittag so oft heimsuchten.

»Euer Treffen mit dem russischen Botschafter ...«, begann Jarvis.

»Kann auf morgen verschoben werden«, sagte der Prinz und wedelte nachlässig mit einer feinen Silbergabel, auf der er noch mehr Krabbenfleisch aufgespießt hatte. »Die Countess of Hertford sollte jeden Augenblick hier sein. Ihr würdet doch nicht von uns erwarten, dass wir uns eine solche Delikatesse entgehen ließen, nicht wahr?« Er setzte ein Lächeln auf, das wohl schurkisch wirken sollte, stattdessen aber einfach albern und töricht aussah.

Er war fünfzig Jahre alt und grotesk fett. Seine früher attraktiven Züge waren durch Jahrzehnte der Völlerei und des Exzesses aufgedunsen. In seiner Vorstellung war er noch immer der schneidige junge Prince Florizel, der das Volk bezaubert hatte, das ihn heutzutage für seine Extravaganz, seine Verantwortungslosigkeit und seine atemberaubende Selbstsucht verachtete.

Jarvis wahrte eine ausdruckslose Miene. Man erreichte – oder wahrte – seine Machtposition nicht, indem man nutzlos seinen Widerwillen und seine Verachtung zur Schau stellte. »Der Botschafter wartet bereits seit drei Stunden.«

»Dann sollte man doch meinen, dass er die Erlaubnis, nach Hause zu gehen, zu schätzen weiß. Sagt ihm, dass er morgen wiederkommen soll. Und entfernt Euch ebenfalls, bevor Ihr wieder Zuckungen bei uns auslöst.«

Jedwede Zuckungen, die der Prinz wahrscheinlich erleiden würde, wären eindeutig mehr auf den Haufen Krabben und die zwei Flaschen Burgunder zurückzuführen, die er bereits konsumiert hatte, als auf die Forderung, dass er seinen königlichen Pflichten nachkäme, aber Jarvis verbeugte sich und sagte: »Jawohl, Sir.«

Er war fast an der Tür, da sagte der Prinz: »Ach, und Jarvis? Ich gehe davon aus, dass für die offizielle Öffnung des Sarges von Charles I alle Vorbereitungen getroffen sind?«

Jarvis blieb stehen. »Die Öffnung ist auf den ersten April festgesetzt, den Tag nach dem Begräbnis Eurer Tante, der Herzogin.«

»Hervorragend.« George lächelte breit und etwas schleimig. »Das wird ein Spaß!«

Jarvis verbeugte sich erneut und zog sich zurück.

Die folgende halbe Stunde verbrachte er damit, das aufgewühlte Gemüt des entrüsteten russischen Botschafters zu beschwichtigen und eine kleinere diplomatische Krise abzuwenden. Dann kehrte er mit dem dringenden Bedürfnis nach einem starken Getränk in seine eigenen Räumlichkeiten zurück. Dort traf er auf seinen Schwiegersohn Viscount Devlin, der mit dem Rücken ans Fenster zum Innenhof gelehnt, die Arme vor der Brust verschränkt und die Füße an den Knöcheln übereinandergeschlagen, dastand.

»Was zum Teufel tun Sie hier?«, wollte Jarvis wissen, ging zum Beistelltisch und schenkte sich einen Brandy ein.

»Haben Ihre Männer Fortschritte bei der Suche nach dem verschollenen Kopf Charles' I gemacht?«

»Nein. Und Sie?«

»Nein.«

Jarvis zog den Stopfen aus dem Kristallkrug und schenkte sich ein gut bemessenes Glas ein. »Ich biete Ihnen keinen Brandy an, da Sie nicht bleiben werden.«

Der Viscount lächelte. »Wann soll die offizielle Öffnung stattfinden?«

Jarvis stellte den Dekanter ab und drehte sich mit dem Glas in der Hand zu ihm um. »Am Donnerstag.«

»Wie viele Menschen wissen, dass Charles' Kopf verschwunden ist?«

»Der Dekan und der Kirchendiener von St George's und die beiden Männer, die ich mit der Wiederbeschaffung beauftragt habe. Warum?«

»Ich gehe davon aus, dass sie alle zu Stillschweigen verpflichtet wurden?«

»Natürlich.«

»Ich habe vor, morgen früh zum Windsor Castle hinauszufahren und die königliche Gruft zu besuchen. Es könnte hilfreich sein, wenn Sie dem Dekan und dem Kirchendiener eine Nachricht zukommen lassen, dass sie mit mir kooperieren möchten.«

Jarvis trank einen großen Schluck, dann hielt er kurz inne, bevor er sagte: »Haben Sie Beweise gefunden, die darauf hindeuten, dass diese recht makabren Morde tatsächlich mit dem Raub aus der königlichen Gruft zusammenhängen?«

»Beweise nicht, nein.«

Jarvis schnaubte. »Ich werde eine Nachricht schicken. Aber Sie halten mich auf dem Laufenden.« Er formulierte es nicht als Frage.

Devlin drückte sich vom Fenster ab. »Gewiss.«

Jarvis wartete, bis der Viscount verschwunden war, dann läutete er nach seinem Gehilfen. »Schicken Sie Major Archer zu mir. Sofort.«

Kapitel 32

An diesem Abend saßen Hero und Sebastian beim Abendessen, als lautstarkes Pochen von der Haustür erscholl.

Er sah sie an. »Erwartest du jemanden?«

»Nein«, sagte sie, als just Morey in der Tür erschien und sich verbeugte.

»Lord Sidmouth wünscht Euch zu sehen, Mylord. Ich habe mir erlaubt, Seine Lordschaft in die Bibliothek zu führen.«

***

Der Minister des Inneren ging vor dem Kamin auf und ab, als Sebastian zu ihm kam. Die Hände hielt er hinter dem Rücken verschränkt, und das Kinn war tief in den Falten seiner schneeweißen Krawatte vergraben. Er trug seidene Kniehosen, weiße Seidenkniestrümpfe und die Schnallenschuhe eines Mannes, der für ein formelles Dinner oder einen Ball gekleidet war. Als er sich zu Sebastian umdrehte, war sein Gesicht jedoch verkniffen und ganz blass.

»Mylord«, sagte Sebastian. »Darf ich Euch etwas Wein anbieten? Einen Brandy?«

»Danke, nein. Ich halte Euch nicht lange auf. Bitte entschuldigt, dass ich Euren Abend störe.«

»Bitte, setzt Euch doch.«

Sidmouth blieb mit dem Rücken zum Kamin stehen und schüttelte den Kopf. »Ich habe mich über den Zwischenfall in Portugal informiert, von dem Ihr mir berichtet habt, den im Kloster.« Er sog zitternd die Luft ein. »Meine Güte. Wie kann ein Mensch etwas Derartiges tun?«

Sebastian hatte nie viel Achtung für Sidmouth empfunden. Er war ein Inbild des Speichelleckers, wie sie oft bei Hofe zu finden waren: ehrgeizig, korrupt und opportunistisch. Aber es sprach für ihn, dass er vor einem Akt solcher berechnender und zynischer Skrupellosigkeit noch zurückschrak.

Sebastian ging zum Beistelltisch, um zwei Brandy einzuschenken, und hielt dem Home Secretary ein Glas hin, der es kommentarlos entgegennahm und in einem langen, erschütterten Zug zur Hälfte leerte.

Sebastian sagte: »Sagt mir, was zwischen Oliphant und Stanley Preston vorgefallen ist.«

Sidmouth hob die Hand und rieb sich mit Daumen und Zeigefinger die Augen. »Die meisten Kolonialgouverneure finden Wege, ihre Stellung zur persönlichen Bereicherung zu nutzen. Es wird gewissermaßen erwartet. Aber manche ... gehen zu weit.«

»Bestechung? Korruption?«

Der Minister nickte und stieß harsch die Luft aus. »Ich hörte von den Schwierigkeiten zwischen James Preston, Stanleys Sohn, und dem neuen Gouverneur fast sofort nach Oliphants Dienstantritt in Jamaika. Es schien, als brächte jede zweite Woche eine neue Beschwerde von Stanley mit sich. Zum größten Teil habe ich sie einfach ignoriert. Ihr wisst ja, wie Stanley war.

Aber dann wurden die Beschwerden immer ernstzunehmender. Oliphant hat einen wertvollen Streifen der größten Plantage der Prestons konfisziert. Er begründete es damit, dass das Land zum Bau einer öffentlichen Straße gebraucht würde, obgleich jedermann wusste, dass die Straße nur zum Nutzen eines einzigen Mannes gebaut wurde – eines Großgrundbesitzers, der Oliphant für seine Bemühungen fürstlich entlohnte.«

»Wann war das?«

»Im vergangenen Frühling.«

Sidmouth hielt inne und nahm noch einen Schluck Brandy. »Zu der Zeit waren noch weitere Beschwerden anderer Kolonialherren eingegangen. Es war offensichtlich, dass etwas geschehen musste. Aber Oliphant hat einige mächtige Männer im Rücken, die meinen Handlungsspielraum eingrenzten. Ich sagte Stanley, dass er etwas anderes finden müsse, damit Oliphant abberufen würde, etwas, das nicht so persönlich wäre, dafür aber gefährlicher für die Krone.«

»Und darauf ist Preston selbst nach Jamaika gefahren?«

»Ja. Er war fest entschlossen, etwas Nützliches herauszufinden.«

»Und hat er etwas gefunden?«

»Ja. Um ehrlich zu sein, konnte ich es anfangs kaum glauben. Ich meine, Bestechung und Korruption sind die eine Sache. Aber gegen die Gesetze gegen Sklavenhandel zu verstoßen, wieder eine ganz andere.«

»Wollt Ihr sagen, dass Oliphant in Sklavenhandel involviert war?«

Sidmouth nickte. »Er ist außerordentlich lukrativ geworden, seit der Sklavenhandel verboten wurde.«

Sebastian bezweifelte, dass ein Sklavenhalter wie Stanley Preston selbst moralische Einwände gegen solche Händel hätte. Aber die Entdeckung hätte seinen Absichten sehr gedient.

»Die Beweise waren schlagend genug, dass Oliphant bereitwillig nach London zurückkehrte«, sagte Sidmouth gerade. »Das hätte Stanley Genugtuung geben sollen. Jedem normalen Mann hätte das gereicht. Meinem Vetter jedoch nicht. Er war fest entschlossen, Oliphant formal vorladen zu lassen. Aber dann ...« Sidmouth verstummte.

»Ja?«, hakte Sebastian nach.

»Letzten Samstag, am Tag vor Stanleys Ermordung, bin ich ihm in der St James's Street über den Weg gelaufen. Ehrlicherweise war ich nicht gerade erfreut, ihn zu sehen, da er jede Gelegenheit nutzte, ganz gleich, wie unangebracht sie sein mochte, mich wegen Oliphant zu belämmern. Zu meiner Überraschung sagte er jedoch, er wolle die ganze Angelegenheit fallen lassen. Ich war völlig verblüfft.«

»Hat er gesagt, weshalb?«

»Nein. Aber er hat sich äußerst eigenartig verhalten – gar nicht seine Art.«

»Inwiefern?«

»Ich glaube, er hatte Angst. Das hat mich wiederum überrascht, denn Stanley Preston war nicht die Art Mann, die leicht einzuschüchtern ist. Aber an dem Tag hatte er Angst, und ich glaube, vor Lord Oliphant.«

Sebastian betrachtete die angestrengten Gesichtszüge des Ministers. »Habt Ihr je von einem Mann namens Diggory Flynn gehört?«

»Von wem?«

»Diggory Flynn, ein recht ungepflegter Mann mit einem seltsam schiefen Gesicht. Vielleicht täusche ich mich, aber ich glaube, er arbeitet für Sinclair Oliphant.«

Sidmouths kantiges Kinn sackte herunter. »Ein schiefes Gesicht?«

»Ja. Habt Ihr ihn gesehen?«

»Nein.« Sidmouth schüttelte den Kopf. »Nein, nein.«

Aber Sebastian sah, dass seine Hand zitterte, als er den Brandy an den Mund hob und das Glas leerte.

***

Sebastian fand Sinclair Lord Oliphant in einer Spielhalle in der Nähe des Portland Square an einem Spieltisch.

»Ich muss Euch sprechen«, sagte Sebastian. »Kommt kurz mit hinaus.«

Oliphant hielt den Blick fest auf die sich drehende Kugel vor sich gerichtet. »Ich glaube kaum. Was Ihr mir auch immer zu sagen habt, könnt Ihr hier sagen.«

»Ihr werdet vielleicht Eure Meinung ändern, wenn Ihr hört, dass es um Sklavenhandel geht.« Der Ball fiel in eine der Vertiefungen, und Sebastian sagte: »Ihr verliert ohnehin.«

»Tatsächlich muss ich erst noch setzen.« Oliphants routiniertes leichtes Lächeln verschwand nie. Aber er verengte die blauen Augen, sein Blick wurde härter und er wandte sich ab, um aus der gedämpften, rauchgeschwängerten Atmosphäre der Spielhölle in die erschreckend klare und kühle Nacht hinauszutreten.

»Worum geht es denn?«, fragte er, als sie die Eingangsstufen hinuntergingen.

261

»Ich habe nur gerade eine interessante Geschichte darüber gehört, wie Ihr Eure Stellung als Gouverneur von Jamaika genutzt habt, um Stanley Preston um einen wertvollen Streifen seines Landes zu betrügen. Er schwor, dass Ihr dafür zahlen solltet, und das hat er geschafft, als er herausfand, dass Ihr neben der üblichen Bestechung und Korruption, welche unter britischen Kolonialgouverneuren so weit verbreitet ist, auch im Sklavenhandel aktiv wart.«

»Das waren haltlose Anschuldigungen«, sagte Oliphant ruhig, als die beiden Männer ihre Schritte zum Platz wandten. »Deshalb wurde auch nie Anklage erhoben.«

»Dennoch seid Ihr nach London zurückgekommen.«

Oliphant zuckte die Achseln. »Die Inseln haben ihren Reiz, das will ich nicht leugnen. Aber nach einer gewissen Zeit setzt *Ennui* ein. Ich war mehr als bereit für die Rückkehr nach England.«

»Und Preston hatte damit nichts zu tun? Wollt Ihr das damit sagen?«

»Das ist richtig.«

Sebastian schüttelte den Kopf. »Ich glaube, Preston hat sich nicht damit zufriedengegeben, dass Ihr nur vom Gouverneursposten abberufen wurdet. Ich glaube, er war fest entschlossen, Euch öffentlich in Ungnade zu bringen, und das ist der Grund, weshalb Ihr ihn umgebracht habt.«

Oliphant lachte abgehackt auf und wandte sich Sebastian zu. »Glaubt Ihr allen Ernstes, ich würde dem Enkel eines neureichen Kaufmanns gestatten, dass er mich von einer Stellung stößt, die ich wahren möchte?

Mich, einen Oliphant von Calgary Hall? Wohl kaum. Ich sagte doch schon, die Vorwürfe waren haltlos.«

»Vielleicht. Allerdings hätte Preston durchaus den nötigen Beweis finden können, damit diese Anschuldigungen haften blieben.«

»Ich fürchte, da seid Ihr leider falsch informiert, Devlin. Stanley Preston und ich hatten am Freitag vor seinem Ableben ein angenehmes Gespräch. Und gleich am darauffolgenden Tag hat er seine Anschuldigungen zurückgezogen.«

»Ihr habt ihn also bedroht? Womit? Habt Ihr angedeutet, dass seiner Tochter etwas Schlimmes geschehen könne, wenn er weitermachte?«

»Spielt es eine Rolle? Jedenfalls hatte ich keinen Grund, ihn zu töten. Im Gegenteil, ich hatte jeden Grund, es nicht zu tun – erst recht nicht auf eine derartig schauerliche Art, die nur dazu beitragen würde, die Aufmerksamkeit auf die falschen Anschuldigungen zu lenken, die ich ja ruhigstellen will.«

»Vielleicht hat er seine Meinung geändert.«

Oliphant lachte. »So dumm war der Mann nicht.« Er wollte sich an Sebastian vorbeischieben und zurück zur Spielhalle.

»Sagt mir etwas über Diggory Flynn«, sagte Sebastian.

Oliphant zögerte nur einen winzigen Augenblick. Sebastian fragte sich im Nachhinein, ob er es sich nur eingebildet hatte. Dann ging er rasch die Stufen hinauf, zog fest an der Tür der Spielhalle und verschwand im Inneren.

***

In dieser Nach träumte Sebastian von blutüberströmten Orangenblüten und einem lachenden Mann mit schief sitzenden Augen in einem seltsam verzogenen Gesicht.

Er verließ das Bett kurz vor Morgengrauen, als die Luft kühl und durchdringend war und die Straßen leer und still unter ihm lagen. Er stand am Fenster und sah, wie sich das erste Licht am Himmel ausbreitete, als Hero zu ihm kam, ihm die Arme um die Taille schlang und ihren warmen, weichen Körper an seinen nackten Rücken drängte.

Sie fragte: »Schlecht geträumt?«

Er legte seine Hände auf ihre. »Ja.«

Sie lehnte die Wange an seine Schulter. »Ich schulde dir eine Entschuldigung. Ich dachte, du hättest unrecht, weißt du – dass du deine Vergangenheit mit Oliphant deine Meinung über Prestons Mörder hast beeinflussen lassen. Aber Rache und Angst sind mächtige Motive, und bei Oliphant trifft ja offenbar beides zu.«

Sebastian hielt den Blick weiterhin auf den heller werdenden Himmel über den Dächern gerichtet. »Ich könnte mich trotzdem täuschen. Manchmal glaube ich, dass ich Oliphant den Mord nur nachweisen will, damit ich ihn töten kann.« Er hielt inne, als Vogelgesang die Luft erfüllte – süß, heiter und schmerzhaft klar. »Aber ich übersehe immer noch etwas Entscheidendes. Und ich befürchte, dass deswegen noch mehr Menschen sterben werden.«

»Vielleicht findest du heute Morgen in Windsor einen Hinweis darauf, was das ist«, sagte sie.

»Vielleicht«, antwortete er, drehte sich um und zog sie in die Arme.

Kapitel 33

Sebastian kam kurz vor zehn Uhr morgens in Windsor
an.

Der Himmel war von einem durchsichtigen Blau, und
durch die darauf verteilten Wattewölkchen wurden die
hohen Sandsteinmauern des Schlosses und die Türme
abwechselnd in Schatten und in das Gold der Frühlingssonne getaucht. Der Mann in schwarzem Priester-
rock, der auf den Hof herauseilte, um Sebastians Zweispänner zu empfangen, war groß und klapperdürr.
Sein fettiges Haar hing schlaff herab, und in seinem außergewöhnlich großen Mund schienen allzu viele
Zähne zu sitzen. »Lord Devlin!«, rief er und führte seine
Verbeugung fast zweimal aus. »Was für eine Ehre,
wahrlich! Erlaubt mir, mich vorzustellen: Rowan Toop,
Mylord, Kirchendiener von St George's. Unglücklicherweise hatte der Dekan für diesen Morgen bereits einen
Termin, der es ihm leider nicht ermöglichte, Euch
heute zu treffen. Eber er lässt Grüße ausrichten und hat
mich angewiesen, in jeder möglichen Weise mit Euch
zu kooperieren.« Er verschränkte die langen, knochigen Finger vor seinem Talar, und sein Lächeln war so
eifrig und gleichzeitig so breit, dass es beinahe
schmerzhaft aussah.

»Wie ich hörte, obliegt Ihnen die Bestattung der Toten«, sagte Sebastian und sprang locker auf den Boden. Er wechselte einen beredten Blick mit Tom, der fast unmerklich nickte und die Kutsche zu den Ställen fuhr.

Toops Lächeln verschwand. »Oh ja, das ist richtig, das ist richtig.« Er verbeugte sich erneut. »Der Dekan sagte mir, dass Ihr die kürzlich entdeckte königliche Grabkammer zu sehen wünscht.«

»Das wäre hilfreich, ja.«

Der Kirchendiener streckte die Hand zur alten, rußbefleckten Fassade von St George's aus. »Wenn Ihr hier entlang kommen wollt, Mylord?«

Sie stiegen die Stufen zu der großen königlichen Kirche hinauf und schoben eines der schweren, verwitterten Westtore auf. Das hohe, steinerne Kirchengewölbe lag ruhig und leer im satten, farbigen Licht, das durch die hohen Reihen der Bleiglasfenster hereinfiel.

»Ich fürchte, dass dieser Diebstahl für Dekan Legge ein Schock war. Ein furchtbarer Schock«, sagte Toop, der in der Vorhalle stehenblieb und eine schlichte Hornlampe entzündete, die er dann mit zum Chorraum nahm, dessen Tor mit einem Vorhängeschloss versperrt war. Er stellte die Laterne ab und fischte nach einem großen Eisenschlüssel, den er aus den Tiefen seiner Soutane zog und Sebastian vor die Nase hielt, damit dieser ihn gut sehen konnte. »Er hat dieses Tor eigens einbauen lassen. Nicht, dass es viel genutzt hätte, leider.«

Sebastian betrachtete die robusten Eisenstangen und die verschlossene, schwere Kette. »Wann genau wurde es eingebaut?«

»Hat es gleich nach der ersten Begutachtung des Grabs durch Lord Jarvis angeordnet, ja.«

»Sofort danach?«

Toop runzelte die Stirn, während er sorgfältig den Schlüssel ins Schloss schob. »Nun, wir mussten das Tor natürlich zuerst noch bauen lassen. Also hat es noch einen oder zwei Tage gedauert, bis es tatsächlich an Ort und Stelle eingebaut war. In der Zeit haben die Diebe wohl zugeschlagen.«

»Diebe? Weshalb denken Sie, dass es mehr als einer war?«

»Nun, davon bin ich wohl einfach ausgegangen.«

»Hat jemand den Sarg von Charles überprüft, als das Tor eingebaut wurde?«

»Nun, nein. Warum sollten wir? Lord Jarvis hatte schließlich strikte Anweisungen erlassen, dass bis zur offiziellen Untersuchung der Überreste durch den Prinzregenten nichts mehr verändert werden durfte. Und da wir das schwarze Sargtuch aus Samt wieder zurückgelegt hatten, hätten wir unmöglich erkennen können, dass sich jemand am Sarg zu schaffen gemacht hatte, selbst wenn wir gewagt hätten, die Gruft nochmals zu besichtigen, was meiner Meinung nach niemand getan hat. Seiner Lordschaft kommt niemand gern in die Quere.«

Das Schloss sprang mit einem Klackern auf, und die rasselnden Ketten hallten unnatürlich laut in der Stille des verlassenen Chors wider, als Toop sie von den Stangen abzog und das Tor weit aufschob. »Wenn Ihr mir erlaubt, Euch vorauszugehen, Mylord«, sagte er und griff nach der Laterne, »kann ich Euch den Weg leuchten. Es ist dort unten sehr dunkel.«

»Wer hat Ihrer Meinung nach den Kopf des Königs gestohlen?«, fragte Sebastian und folge dem Kirchendiener einen schmalen, abfallenden Durchgang entlang. Das Licht der Hornlampe tanzte und huschte über die rohen Wände.

»Meiner Meinung nach?« Toop drehte sich um und blickte Sebastian aus großen, blutunterlaufenen Augen an. »Großer Gott; ich kann es mir nicht vorstellen. Wir müssen bei neuen Bestattungen immer schon sehr auf die Wiederausgräber achten. Aber kein Arzt will einen Kopf, der schon über hundertfünfzig Jahre alt ist, oder? Ich meine, was sollte er damit schon anfangen? Ich kann mir nicht vorstellen, wer so etwas überhaupt haben will.«

»Ein Sammler?«, schlug Sebastian vor.

Toop verzog den breiten Mund zu einer übertriebenen Grimasse. »Das müsste aber 'n sehr seltsamer Vogel sein, wenn Ihr mich fragt.«

»Es gibt Menschen, auf die alles Königliche eine ungewöhnliche Faszination ausübt. Und gerade an den Stuarts ist etwas, das viele besonders verlockend finden.«

Der Kirchendiener kräuselte die Nase. »Ich hab schon seit über zwanzig Jahren mit den Toten zu schaffen, von ganz frischen Leichen bis modrigen, tausendjährigen Knochen. Aber ganz sicher würd ich keinen verrottenden Kopf in meinem Haus wollen, ob König oder nicht. Das ist ungesund. Das ist nicht richtig. Das ist nicht … normal.«

Sie blieben vor einer mannsgroßen, gezackten Öffnung in der Wand des Durchgangs stehen. »Ah, da sind wir«, sagte er, trat einen Schritt zurück und hielt die Laterne hoch. »Nach Euch, Mylord.«

Sebastian zog den Kopf ein und trat in das Gewölbe mit einer hölzernen Decke und einer Verkleidung aus unbearbeiteten Backsteinen, das kaum breit genug für die drei Särge war, die auf dem feuchten, gestampften Boden standen. Ein schmutziges schwarzes Sargtuch aus Samt bedeckte den Sarg zu seiner Linken, obgleich die anderen beiden unbedeckt waren. Der kleinste Sarg an der hinteren Wand schien intakt zu sein. Der größte der drei jedoch – gut zwei Meter lang und offenkundig so breit gebaut, dass ein Mann von enormen Ausmaßen hineinpasste – war so beschädigt, dass Knochenteile und Fetzen eines verwitterten, verrottenden Leichentuchs durch die zerbrochenen Seitenteile und den Deckel zu erkennen waren.

»Gibt es Hinweise darauf, dass die anderen beiden Särge ebenfalls beschädigt wurden?«, fragte Sebastian.

Rowan Toop duckte sich ebenfalls und trat ein. Der warme Lichtschein seiner Lampe warf lange, unförmige Schatten an die Decke und die hintere Wand. »Oh nein, Mylord. Jane Seymour ist noch genauso fest versiegelt, wie man es sich nur wünschen kann, während der alte Henry schon so ausgesehen hat, als wir ihn gefunden haben. Die Gase aus seinem aufgeblähten, verwesenden Leichnam haben den Sarg schon gesprengt, bevor er zur Ruhe gelegt wurde, wisst Ihr. Sein Leichnam lag auf der Überführung hierher eine Nacht in der Kapelle von Syon Abbey, und als man ihn des Morgens wieder abholte, war er bereits geborsten, und Hunde fraßen an den königlichen Überresten.«

»Göttliche Vergeltung für die Auflösung der Klöster?«

Rowan Toop schnitt erneut eine seiner seltsamen, fast schon komischen Grimassen. »Nun, das sagten die

Leute damals. Ich glaub natürlich, dass es nur noch schlimmer wurde, als sie Charles auch noch hier herein gesteckt haben.« Toop senkte die Stimme zu einem Flüstern. »Die haben einen König auf den anderen fallen lassen, wenn Ihr mich fragt.«

»Und die anderen königlichen Grabkammern? Waren sie auch das Ziel von Dieben?«

»Oh nein, Mylord. Das haben wir überprüft, und alle sind unbeschädigt.«

Sebastian ließ den Blick durch die grobe, niedrige Krypta wandern. »Das scheint mir ein ungewöhnlich bescheidener Platz für die ewige Ruhestätte eines Königs wie Henry VIII zu sein.«

»Ja, aber den hat er sich auch nicht ausgesucht. Er hatte eine großartige Grabstätte mit weißen Marmorsäulen, vergoldeten Engeln und einer lebensgroßen Reiterstatue von sich unter einem Triumphbogen geplant. Aber er hat nicht gern über seinen Tod nachgedacht, und so waren erst Bruchstücke davon vollendet, als er gegangen ist. Sowohl er als auch Jane sollten ursprünglich nur vorübergehend hier liegen, während die große Grabstätte erbaut wurde. Aber keines seiner drei Kinder hat sie je vollendet, und zuletzt wurden selbst die bereits gebauten Teile überall hin verstreut. Es heißt, die Bronzebildnisse von Henry und Jane wurden während des Bürgerkriegs eingeschmolzen. Sein großer schwarzer Sarkophag steht jetzt in der Krypta der St Paul's Cathedral, und Horatio Nelson liegt darin.

»Zumindest ist er dann doch noch zur Verwendung gekommen.«

»Ja, richtig.«

Sebastian richtete den Blick wieder auf das zerfressene schwarze Tuch, das auf dem schlichten Sarg des ermordeten Königs lag. Toop räusperte sich unbehaglich. »Möchtet Ihr ihn gern ansehen, Mylord? Wer den Kopf des Königs auch gestohlen hat, hat ein Loch in den Sargdeckel geschnitten. Allerdings muss ich Euch warnen, es ist kein schöner Anblick.«

Sebastian verspürte nicht den Wunsch, noch weitere enthauptete Leichen zu sehen. Aber er sah die Notwendigkeit, das zu überprüfen, was man ihm erzählt hatte. »Ja«, sagte er widerstrebend.

Der Kirchendiener schluckte mühsam und ging zum Sarg, um das alte Tuch wegzuziehen. »Er ist außergewöhnlich gut erhalten. In Krypten ist das oft der Fall.«

Schwerer Fäulnisgeruch stieg in der abgestandenen Luft der Krypta auf. Sebastian warf einen Blick auf den zerfallenden Halsstumpf des Königs und den verfärbten Eindruck, den sein entwendeter Kopf hinterlassen hatte, und nickte. »Gut. Danke sehr.«

Geduckt ging er durch die Öffnung wieder in den dunklen Durchgang, während der Kirchendiener das Sargtuch wieder zurücklegte und sorgfältig die Falten glättete. »Wie viele Menschen haben von der Entdeckung der Kammer gewusst?«

Toop folgte ihm mit der Lampe. »Ehrlich gesagt wohl jeder in Windsor, der nicht taub oder tot ist. Ich fürchte, es gibt keine Möglichkeit, Arbeiter vom Reden abzuhalten. Sie gehen nach Hause und erzählen ihren Frauen davon, oder ihren Müttern und Schwestern. Dann gehen sie in den Pub und prahlen vor ihren Freunden damit, und eh man sich's versieht, redet schon das ganze Dorf darüber.«

»Aber es ist eine Sache, über die Gruft Bescheid zu wissen und wieder eine ganz andere, sich Zugang zu verschaffen.«

»Tja ...« Toop senkte die Stimme, als sie den Rückweg nach oben einschlugen. »Vor dem Dekan würde ich es nicht so sagen, aber in Wahrheit hätte so ziemlich jeder, der es sich in den Kopf gesetzt hat, hier herein kommen können, solange das Tor noch nicht errichtet war. Das Schloss ist zwar eine königliche Residenz, aber St George's Chapel ist immer für die Öffentlichkeit zugänglich gewesen.«

»Haben Sie schon früher Schwierigkeiten damit gehabt, dass Dinge entwendet wurden?«

»Hin und wieder schon«, sagte Toop, als sie auch schon aus dem feuchten Tunnel in die nach Weihrauch duftende Luft des Chores traten. »Ich muss nicht eigens erwähnen, dass der Dekan wegen dieser Sache außer sich ist. Er hat Ambitionen, Bischof zu werden, müsst Ihr wissen. Aber wenn der Prinzregent hiervon erfährt – was sicherlich passieren wird, sofern der Kopf nicht irgendwie wieder auftaucht ...« Er zog erneut eine seiner breitmäuligen Grimassen.

»Seit wann sind Sie hier schon Kirchendiener?«, fragte Sebastian.

»Ich? Schon über fünfzehn Jahre, Mylord.«

»Also schon vor Dekan Legge.«

»Oh ja, Mylord, schon lange vorher.« Er verzog den Mund zu einem breiten Lächeln, in dem er die Zähne zeigte. »Und ich werde auch noch lange hier sein, wenn er längst zu anderen Gefilden aufgebrochen ist – so Gott will.«

Sebastian dankte ihm und ließ den Kirchendiener stehen, der immer noch vor sich hin grinste, während er die Kette wieder an dem Tor zur Krypta anbrachte.

Sebastian ließ nach Tom in den Stallungen schicken und ging durch das Tor auf die sonnenbeschienene Terrasse, die auf das Dorf und den alten königlichen Rotwildpark wies, an dessen fernem Ende der von Ulmen gesäumte Long Walk sich kilometerweit über die hügelige Landschaft erstreckte. Sein Besuch in Windsor Castle hatte sich als frustrierend unergiebig erwiesen. Wenn man Toop glauben konnte, hätte sozusagen jedermann den Kopf von König Charles I und das Sargband entfernen können. Inwiefern dieser Diebstahl eine Rolle bei Prestons Tod gespielt hatte – wenn überhaupt –, war immer noch unergründlich.

Sebastian stützte sich mit den gespreizten Händen auf der Steinbrüstung ab, die die Terrasse säumte, und beobachtete die Wolkenschatten, die über die Landschaft unter ihm dahin jagten. Das Gefühl, dass ihm etwas überaus Wichtiges entging, plagte ihn weiterhin.

Ein Taubenschwarm, der plötzlich in den Himmel aufflog, zog mit dem wilden Flügelschlagen Sebastians Aufmerksamkeit auf einen schiefen Mann mit hängenden Schultern, der mit dem Rücken zur Steinmauer stand, die die steile Auffahrt zum Tor säumte. Er erwiderte Sebastians Blick und nickte. Seine Augen glänzten amüsiert.

»Warum zum Teufel folgen Sie mir immer noch?«, wollte Sebastian wissen und ging zu ihm.

Diggory Flynn verzog die vollen, schiefen Lippen zu einem Grinsen. »Weshalb denkt Ihr, ich bin Euretwegen da?«

»Ihnen ist heute Morgen ganz per Zufall der Gedanke gekommen, nach Windsor rauszufahren? Wollen Sie mich das glauben machen?«

»Na sicher. Aber es ist jedenfalls spaßiger, als den Tag auf dem Smithfield Market oder Covent …«

Sebastians Hand stieß vor und schloss sich um den Hals des Mannes. Er drückte ihn gegen die niedrige Steinmauer.

Flynn stieß ein Fiepen aus und grub die Finger in Sebastians Oberarme, als dieser ihn rückwärts über die Brüstung drückte. »Hey, warum macht Ihr das?«

»Ich will Sie warnen«, sagte Sebastian mit leiser und gleichmütiger Stimme. »Wenn Sie unbedingt wollen, folgen Sie mir; damit kann ich umgehen. Aber wenn ich höre, dass Sie wieder in die Nähe meiner Familie gekommen sind, dann schwöre ich bei Gott, dass ich Sie töten werde.«

Das Gesicht des Mannes verzog sich zu einer Schmerzensgrimasse. »Autsch, das tut weh. Ihr tut mir weh.«

»Gut.« Sebastian umfasste den Hals des Mannes noch etwas fester. »Wer hat Sie geschickt?«

»Hab ich Euch doch gesagt: Ich arbeite für niemanden.«

»Das glaube ich nicht.«

Diggory Flynn verdrehte die Augen, um nach dem Abgrund hinter sich zu schauen. Seine Zunge huschte über die trockenen Lippen. »Ihr könnt mich nich umbringen. Es schaun Leute zu. Es gibt Gesetze gegen Mord in diesem Land. Nur weil Ihr 'n Viscount seid, könnt Ihr nich rumgehn und Leute umbringen.«

»Keine Sorge«, sagte Sebastian, ließ den Mann los und trat einen Schritt zurück. »Wenn ich Sie umbringe, dann ohne Zeugen.«

»Soll mich das etwa beruhigen?« Flynn richtete sorgfältig sein schmutziges Halstuch und zupfte am Bund seiner fadenscheinigen, zerknitterten Weste. »Ihr wollt mir nur Angst machen, das wollt Ihr!«

»Sie sollten auch Angst haben. Ich meine, was ich sage.«

Flynns schief sitzende Augen weiteten sich ein bisschen. Dann drückte er sich von der alten Steinmauer ab und schlenderte mit gesenktem Kopf davon. Die Schöße seines schäbigen Mantels flatterten in der Luft.

»Wer war das?«, fragte Tom und hielt den Zweispänner neben Sebastian an.

»Da bin ich mir nicht ganz sicher.«

»Der is 'n echter Captain Queernabs«, sagte Tom.

»Ein was?«

»Kennt Ihr das nich? 'N Captain Queernabs is 'n Lumpenhauptmann, 'n Kerl, wo richtig schäbig gekleidet is.«

»Das ist er.«

»Ist dir in den Stallungen irgendetwas Interessantes zu Ohren gekommen?«

»Die reden alle drüber, dass einer den Kopf von 'nem alten König gekascht hat.«

»So viel zum Thema, dass alle zum Stillschweigen verurteilt wurden«, sagte Sebastian und griff nach den Zügeln. »Hat jemand was davon gesagt, wer vielleicht hinter dem Diebstahl stecken könnte?«

»Ach, die haben dazu jede Menge zu sagen. Aber jeder sagt was anderes.« Der Knabe kletterte auf seinen Bock. »Wie sagtet Ihr, heißt der Kerl?«

Sebastian trieb die Pferde an loszulaufen. »Flynn. Diggory Flynn. Warum?«

»Calhoun hat neulich davon gesprochen, dass in der Brook Street jemand herumgelungert hat. Hat sich ziemlich nach diesem Captain Queernabs angehört.«

Sebastian zog fest die Zügel an und blickte über die Schulter seinen Burschen an. »Wann?«

»Weiß nich. Vor 'n paar Tagen. Weshalb?«

Aber Sebastian schüttelte nur den Kopf, und der Wind fühlte sich kalt in seinem Gesicht an, als er die Pferde heimwärts antrieb.

Kapitel 34

»Was Ihr verstehe müsst …«, sagte der Lebensmittelhändler, der an einen Eselskarren gelehnt dastand, auf dem frischer Fisch lag, der noch glänzte und nass war, »nit jeder, der auf der Straße Sachen verkauft, ist ein Obst- und Gemüse- oder Lebensmittelhändler.«

»So?«, sagte Hero, die davon fasziniert war, wie der Marktverkäufer Wert darauf legte, sich von allen anderen Straßenhändlern abzugrenzen.

»Aber sicher dat«, sagte der Händler. Er war ein großer Mann namens Mica McDougal mit fleischigen Armen, einem vom Wind geröteten Gesicht und dunklem Haar unter seiner kleinen Kappe. »Na, die holländischen Besenverkäuferinnen, die jüdischen Altkleidermänner, die Erbsensuppen- und Butterbrotverkäuferinnen, die Holzlöffelmacher – das sind doch alles keine richtigen Marktleute.«

»Was macht Menschen denn zu richtigen Marktleuten?«

»Richtige Marktleute verkaufen Sachen, wo wir auf den Obst- und Gemüse- und den Fischmärkten kaufen. Manche von uns haben Stände oder Karren in den Straßen, manche drehen mit einer Schubkarre oder ’nem Eselswagen ihre Runden. Aber Ihr werdet nie auf ’nen Lebensmittelhändler treffen, wo Haarnetze aus Spitze oder Wäscheklammern aus Holz verkauft.« Er rümpfte die Nase.

»Wie weit fahren Sie auf Ihren Tagesrunden?«

»Oh, gewöhnlich so fünfzehn Kilometer.«

»Das ist eine ziemliche Entfernung.«

»Ne. Manchmal gehn Liz und ich im Sommer bei 'ner Runde über Land über fünfunddreißig Kilometer.«

»Liz?«

Der Händler grinste und verlagerte das Gewicht, dann legte er liebevoll den Arm über den Widerrist des Esels. »Liz.«

Der Esel zog die Lippen von den langen Zähnen zurück und stieß ein lautes *I-ah* aus.

»Wohnen Sie hier in der Nähe?«, fragte Hero.

»Oh ne. Wohne gleich hinterm Fish Street Hill, Milady. Die meisten Fischverkäufer wohnen in der Ecke, weil da sin wir gleich am Billingsgate Market.«

»Haben Sie Kinder?«

»Ich hab drei: zwei Buben und ein Mädel. Es warn mal fünf, aber vor Weihnachten sind zwei von den Kleinen am Fieber gestorben.«

»Das tut mir leid.«

Der Straßenhändler zog eine Schulter hoch und schluckte mühsam.

Hero sagte: »Meinen Sie, dass Ihre Kinder später auch Marktleute sein werden?«

Er wischte sich mit der fleischigen Hand über das stoppelige Gesicht. »Na sicher. Wir schicken sie ja jetzt schon auf die Straße, Nüsse, Orangen und Brunnenkresse zu verkaufen. Auf der Straße lernen sie, was sie wissen müssen. Tja, so klein sie sind, sind sie schon bissige kleine Terrier. Müssen sie aber auch. Die wissen's besser, als heimzukommen, wenn sie nich gut gearbeitet haben.«

Hero gab sich Mühe, sich ihre instinktive Reaktion nicht im Gesicht ansehen zu lassen. »Wie alt sind sie denn?«

»Das Mädel acht und die Buben fünf und sieben.«

»Und Ihre Frau ist ebenfalls eine Marktfrau?«

»Aye. Sie arbeitet in der Fleet Street. Jetzt in der Jahreszeit verkauft sie Blumen und alles, was wächst. Aber mit dem Juni wird sie zu Erbsen und Bohnen wechseln, dann im Juli Kirschen und Erdbeeren.«

Hero erinnerte sich an das, was Mattie Robinson ihr erzählt hatte, und war versucht, ihn zu fragen, ob seine Frau tatsächlich mit ihm verheiratet war. Stattdessen fragte sie: »War Ihr Vater auch Straßenhändler?«

»Oh, aye, und sein Vater auch. Die meisten Lebensmittelhändler werden hineingeboren. Mir tun die armen Mechaniker und Arbeiter leid, die ihre Arbeit verloren haben und versuchen, als Straßenverkäufer anzufangen. Die denken, es sieht ja so leicht aus. Aber das isses gar nich, und die kriegen's fast nie hin.«

»Warum nicht?«

»Na, die sin nich mit allen Wassern gewaschen. Die gehen raus auf die Straße mit Angst hier drin ...« Er klopfte sich mit einer Faust auf die Brust. »Die können nich gut verhandeln und sin keine guten Verkäufer. Arme Schweine – bitte um Verzeihung, Euer Ladyschaft –, ich meinte arme Tröpfe, meistens verlieren die am Schluss alles.« Er schüttelte traurig den Kopf. »Für die is es nur 'ne andere Art zu verhungern.«

Der Esel verlagerte das Gewicht und schüttelte den Kopf, dass sein Geschirr klapperte.

»Ich muss mal weiter, Milady. Liz wird unruhig.«

»Vielen Dank für Ihre Zeit«, sagte Hero und gab dem Straßenhändler seine Schillinge.

Das Geld verschwand in einer der tiefen, ausgebeulten Taschen seines Mantels. »Wollt Ihr wirklich über die Marktleute schreiben?«

»Ja.«

»Weshalb?«

»Weil es noch nie jemand getan hat.«

Aber Mica McDougal schüttelte nur den Kopf, als wären die Sitten der oberen Zehntausend für ihn nicht zu begreifen.

Kapitel 35

Als Sebastian zur Brook Street zurückkam, war Hero noch wegen ihrer Recherche unterwegs, und Clare Bisette bereitete Simon gerade für einen Spaziergang im Park vor. »Nehmen Sie einen der Hausdiener mit«, sagte Sebastian zu ihr, und seine Stimme war dabei kürzer angebunden als beabsichtigt.

Claire starrte ihn an. »Einen Hausdiener?«

»Bitte ... tun Sie mir einfach den Gefallen, Claire.«

»Ich nehme Edward mit«, sagte sie. Als sie sich abwandte, war noch immer ein Stirnrunzeln zu erkennen. Das Kleinkind in ihren Armen guckte mit großen Augen.

Sebastian ging zur Bibliothek, schenkte sich dort einen Drink ein und ließ nach Jules Calhoun rufen.

»Tom sagte, Sie haben vor einigen Tagen einen ›Captain Queernibs‹ bei unserem Haus gesehen«, sagte er, als der Leibdiener kurz darauf erschien. »Erzählen Sie mir von ihm.«

Calhoun blinzelte, hinterfragte die Aufforderung aber nicht. »Dieser Bursche hat eigenartig ausgesehen, und damit meine ich nicht nur die Art, wie er sich gekleidet hat. Es sah so aus, als ob die beiden Gesichtshälften nicht zueinander gehören würden. Die Augen hatten sogar unterschiedliche Farben. Tatsächlich ist er mir aber als Erstes wegen seiner Stiefel aufgefallen. Er hat die Kleider eines einfachen Arbeiters getragen, dazu aber ein Paar feiner, neuer Stiefel, um die ihn so mancher Beau der Bond Street beneiden würde.«

»Wann war das?«

»Am Montag, Mylord.«

»Am Montag?« Weder er selbst noch Hero hatten Diggory Flynn vor Dienstag gesehen. »Sind Sie sicher?«

»Ja, Mylord. Ich habe ihn bemerkt, als ich von Hobbs nach Hause gegangen bin. Daran erinnere ich mich, weil ich noch weiß, dass ich ihm erzählt habe, wie zufrieden wir mit Eurem neuen Kastorhut sind.« Ein schmerzhafter Ausdruck beschattete die gleichmäßigen Züge des Leibdieners. »Eben jener Hut, den noch am selben Abend jemand mit einem Durchschussloch versehen hat.«

»Was hat der Mann getan, als Sie ihn gesehen haben?«

»Er hat einfach in der Ecke an die Wand gelehnt dagestanden. Aber er hat so deplatziert gewirkt, dass ich ihn gefragt habe, ob er etwas benötige.«

»Und?«

»Er hat es verneint. Dann hat er sich von der Hauswand abgestoßen und ist pfeifend davonspaziert.«

»Wenn Sie ihn wiedersehen, lassen Sie es mich wissen. Und seien Sie vorsichtig mit dem Mann. Ich glaube, hinter ihm steckt viel mehr, als man auf den ersten Blick sehen kann.«

»Jawohl, Mylord.« Calhoun dienerte knapp und wollte sich umdrehen, hielt dann aber inne. »Seid Ihr noch an Captain Wyeth interessiert, Mylord?«

»Das bin ich in der Tat. Hatten Sie im *Shepherd's Rest* Erfolg?«

»Sogar mehr als wünschenswert. Die Belegschaft dort plaudert erschreckend bereitwillig über die Gäste des Inns.«

»Was haben sie über Captain Wyeth gesagt?«

»Es herrscht allgemeine Übereinstimmung, dass er meistens ein angenehmer Zeitgenosse ist, auch wenn er dazu neigt, launisch und kurz angebunden zu sein, wenn seine Wunden schmerzen. Anscheinend hat er auch ein ziemliches Temperament.«

»Ach?«

»Am Samstagabend trank der Hauptmann gerade ein Pint in der Schankstube, als Stanley Preston hereinplatzte und ihn mit der Pferdepeitsche bedrohte.«

»Ja, von dem Zwischenfall hat mir Wyeth erzählt.«

»Hat er Euch auch berichtet, dass er gedroht hat, ihn umzubringen?«

»Wyeth hat gedroht, Stanley Preston umzubringen?«

»Richtig. Zuerst dachte ich, der Kellner, der mir die Geschichte erzählte, würde übertreiben. Aber zwei der anderen Männer haben seine Geschichte bestätigt.«

»Wie hat Preston darauf reagiert?«

»Soweit ich es verstanden habe, hat er einfach gesagt: ›Sie machen mir keine Angst‹, und ist gegangen.«

Sebastian warf einen Blick auf die Uhr. »Ich denke, vielleicht sollte ich noch ein Gespräch mit unserem galanten Captain führen.«

***

Sebastian fand Captain Hugh Wyeth in der Reitschule der Leibgarde, wo er neben der Reitanlage stand. Er stützte sich mit den Armen auf dem obersten Brett des Zauns ab und beobachtete ein halbes Dutzend neuer Rekruten, die ihre Runden drehten. In der Luft hing der Geruch nach Sattelleder und Pferdeschweiß, und im Schein der Frühlingssonne glitzerte feiner Staub.

»Und, was denken Sie?«, fragte Sebastian, ging zu ihm und blieb stehen, den Blick auf die Pferde und Reiter im Rondell vor ihnen gerichtet.

»Sie sind noch grün. Aber sie sind willig und haben Talent. Sie werden es schaffen.« Er blickte Sebastian an. »Vermisst Ihr die Armee?«

»Manchmal.

»Warum habt Ihr Euer Patent veräußert?«

Weil ich erkannte, dass ich nicht auf der Seite des Guten gegen das Böse kämpfte, dachte Sebastian, der weiterhin die Männer auf der Reitbahn beobachtete. *Weil mich mein eigener Colonel mit gefälschten Depeschen losgeschickt und an die Franzosen verraten hat. Weil ich den falschen Leuten vertraut habe und deshalb Dutzende unschuldiger Frauen und Kinder gestorben sind.*

Er sagte jedoch lediglich: »Ich wurde es müde, Männer zu töten, die eigentlich wie ich selbst waren, nur dass sie eine andere Sprache gesprochen haben und einem anderen Land verpflichtet waren.«

Wyeth schwieg kurz. Die Hände am Zaun griffen fester zu, und die Lachfältchen um seine Augen vertieften sich, obgleich er nicht lächelte. »Das sind keine tröstenden Gedanken.«

»Nein.«

Der Hauptmann verengte zum Schutz gegen den Staub die Augen. »Weshalb seid Ihr hier?«

»Ich frage mich, warum Sie mir nicht erzählt haben, dass Sie, als Stanley Preston mit der Pferdepeitsche gedroht hat, geschworen haben, ihn zu töten.«

Wyeth stieß einen tiefen, schmerzlichen Atemzug aus.

Sebastian sagte: »Das ist wirklich passiert, nicht?«

Der Hauptmann nickte mit fest zusammengekniffenen Lippen. Dann warf er Sebastian einen berechnenden Seitenblick zu. »Wollt Ihr mich überzeugen, dass Ihr nie gedroht habt, jemanden zu töten? Das ist doch eine Äußerung, die ein Mann in Wut trifft – ›Ich könnte dich umbringen‹. Oder sogar ›Ich schwöre bei Gott, ich bringe dich um‹.«

Sebastian dachte daran, wie oft er geschworen hatte, seinen Schwiegervater zu töten, schwieg jedoch.

Wyeth sagte: »Ich leugne nicht, dass ich den Bastard umbringen wollte. Aber ich hätte es nicht tun können, nicht einmal, wenn er versucht hätte, mich auszupeitschen. Versteht Ihr denn nicht? Er war Annes Vater! Sie hat ihn geliebt, und sein Tod hat sie zerstört. Ich hätte ihr das niemals antun können.«

Sebastian musterte das attraktive, ernste Gesicht des jüngeren Mannes. Es war schwer, Captain Wyeth nicht zu mögen. Aber Sebastian hatte auch schon andere, ebenso attraktive und scheinbar charmante junge Männer kennengelernt, die es außergewöhnlich gut verstanden, den Eindruck größter Liebenswürdigkeit und Aufrichtigkeit zu erwecken, während es in Wahrheit ganz und gar anders gewesen war.

»Erzählen Sie mir noch einmal, was am Samstagabend geschehen ist«, sagte er.

Wyeth zuckte die Schultern. »Es gibt nicht viel zu erzählen. Anne hat mir eine Einladung zu Lady Farninghams musikalischem Abend verschafft. Aber sie war zusammen mit Miss Austen dort, und so war es uns unmöglich, Gelegenheit für ein Gespräch unter vier Augen zu finden. Also bin ich letztendlich gegangen.«

»Sie sagen, Miss Preston hat den Samstagabend in Gesellschaft von Miss Austen verbracht?«

»Das ist richtig, weshalb?«

Sebastian schüttelte den Kopf. »Das war mir nicht klar. Fahren Sie fort.«

»Das ist schon alles. Ich bin gegen zehn Uhr wieder gegangen. Allerdings war ich nicht in der Stimmung, wieder zum Inn zu gehen und mit den Kameraden zu trinken, also bin ich spazieren gegangen.«

»Wo?«

»Hauptsächlich durch Knightsbridge. Ich bin wirklich einfach ... gegangen.«

»Haben Sie jemanden gesehen?«

»Niemanden, den ich kenne.«

»Und als Sie zum Inn zurückgegangen sind? Haben Sie da jemanden gesehen?«

»Nein. Ich sagte ja, ich war nicht in der Stimmung für Gesellschaft. Ich bin direkt hoch auf mein Zimmer gegangen. Warum?«

Sebastian hatte die Frage gestellt, weil derjenige, der Stanley Preston getötet hatte, sicherlich über und über mit Blut verspritzt gewesen wäre. Er sagte jedoch nur: »Haben Sie je einen älteren Arzt namens Douglas Sterling kennengelernt?«

»Denjenigen, der gestern tot aufgefunden wurde?« Wyeth schüttelte den Kopf. »Nein.« Er blickte über die

Soldatenunterkünfte zum Park. »Die Wachtmeister waren wieder hier, um mich zu befragen. Sie denken, dass ich es war, nicht?«

»Ich fürchte, ja. Sie haben ein starkes Motiv, kein belastbares Alibi und beträchtliche Erfahrung darin, Menschen den Kopf abzutrennen.«

Wyeth lachte leise und reuevoll. »Die halten mich für einen Geldjäger – wie diesen Wickham. Oder Willoughby.«

Die Namen klangen vage vertraut, aber Sebastian konnte sie nicht zuordnen. »Wer?«

»In *Sense and Sensibility* und *Pride and Prejudice*.«

»Nun sagen Sie nicht, Sie lesen ebenfalls Romane?«

Wyeth lachte. »Nur die, die Miss Austen schreibt. Sie sind sehr klug – vor allem der letzte.«

Sebastian betrachtete ihn. »Jane Austen ist die Autorin dieses neuen Buchs, das den *Ton* im Sturm erobert hat?«

Wyeth verzog das Gesicht. »Ich habe vergessen, dass ich nichts hätte sagen sollen. Ihr werdet es doch niemandem verraten?«

***

Zurück in der Brook Street, saß Hero am Schreibtisch und war dabei, ihre Notizen von der Befragung aufzuschreiben. Ihr kleiner Sohn lag zufrieden schlummernd in einem Korb neben ihr, und der schwarze Kater, den sie Mr Darcy getauft hatte, lag wie ein Hund ausgestreckt daneben.

»Wie war deine Befragung?«, fragte er und ging zum Beistelltisch, um sich einen Wein einzuschenken.

»Informativ. Dieser Bursche hat einen Eselkarren, was ihn zu einem der wohlhabendsten Marktleute macht.« Sie legte die Feder beiseite und lehnte sich im Stuhl zurück. »Kannst du mir sagen, weshalb du es heute Morgen nötig fandest, einen Diener zur Begleitung mit Claire und Simon in den Park zu schicken?«

Sebastian ging zum Kamin und blickte auf das friedlich schlafende, unschuldige Gesicht seines Sohnes. »Ein Mann, auf den die Beschreibung von Diggory Flynn passt, wurde gesehen, wie er unser Haus beobachtet hat. Ich weiß nicht, wer er ist oder was er will, aber ich würde mich besser fühlen, wenn du und Simon immer jemanden mitnehmen würdet.«

Hero sah ihn eine lange Weile schweigend an. »Warum glaubst du, dass er eine Bedrohung für uns ist? Nicht für dich, sondern für uns?«

Sebastian trank langsam einen Schluck Wein. »Ich muss immer an die Geschichte denken, die mir Jamie Knox erzählt hat, von dem Schmuggler, der Priss Mulligan in die Quere gekommen ist und eines Tages beim Heimkommen seine Frau nicht mehr gefunden hat, und die Einzelteile der Leichen seiner Kinder waren im ganzen Haus verteilt.«

»Also glaubst du wieder, dass Flynn für Priss Mulligan arbeitet?«

»Ich weiß nicht sicher, für wen er arbeitet. Aber ich will kein Risiko eingehen.«

Simon rührte sich und stieß ein leises Seufzen aus.

Hero sah Sebastian schweigend an, dann ging sie zu dem Kind und hob es aus dem Korb hoch. Sie hielt es in

den Armen, und die blauen Wollröcke ihres Ausgeh-
kleids schwangen um ihre Knöchel herum, als sie es
sanft wiegte. Sie sagte: »Guten Tag, kleiner Mann.«

Simon krähte und lächelte darauf, und einen Augenblick lang verlor sich Sebastian im Anblick der beiden.

Dann sagte er: »Erzähl mir etwas über diese Figur in
Pride and Prejudice – ich glaube, der Name ist Wickham.«

Sie sah ihn mit einem leisen, erschrockenen Lachen
an. »George Wickham? Aber weshalb das denn?«

»Weil sich anscheinend jeder auf ihn bezieht und ich
gerade erst herausgefunden habe, dass Jane Austen die
Autorin ist.«

»Das kann nicht dein Ernst sein. Wer hat dir das gesagt?«

»Captain Wyeth. Normalerweise würde ich seine
Glaubwürdigkeit anzweifeln, aber es gibt einer Sache
tieferen Sinn, die Henry Austen neulich zu mir gesagt
hat.«

Hero hob Simon hoch, sodass sie ihre Nase an seiner
reiben konnte, womit sie das Kind zum Lachen brachte.
»George Wickham ist ein Offizier in der Miliz, die in der
Nähe der Benetts stationiert ist – das ist die Familie, um
die es in der Geschichte geht. Am Anfang wird er attraktiv, charmant und in jeder Hinsicht exzellent gezeichnet – bis auf den bedauerlichen Mangel eines Vermögens natürlich. Aber nach und nach begreift der Leser,
dass er in Wirklichkeit ein durchtriebener und skrupel-
loser Lügner ist, der andere ohne Bedenken oder
schlechtes Gewissen zu seinen Zwecken ausnutzt.« Simon gluckste fröhlich, und sie verlagerte das Gewicht
des Kindes. Seine Augen waren groß, offen und golden,

als er Sebastian über ihre Schulter hinweg anlächelte. »Meinst du, Captain Wyeth könnte ein George Wickham sein?«

»Man sagte mir, Jane Austen befürchtet das. Und wer ist Willoughby?«

»Ich denke, man kann ihn als den Schurken in *Sense and Sensibility* bezeichnen, oder als einen von den Schurken. Er ist, wie Wickham, charmant, attraktiv und verarmt, und dazu betrügerisch und atemberaubend selbstsüchtig. Wobei ich nicht glaube, dass Willoughby genauso gewissenlos und berechnend wie Wickham ist. Ich brauche nicht eigens zu sagen, dass keiner der Vergleiche ein gutes Licht auf Cyptain Wyeth wirft.«

»Nein. Deshalb wundere ich mich, dass er sie selbst erwähnt hat.«

Simon war jetzt hellwach und griff mit der Hand nach der dicken Silberkette um Heros Hals, um fest daran zu ziehen.

»Autsch«, sagte sie und lachte, als sie erfolglos versuchte, ihm die Kette aus der Hand zu winden. »Dein Sohn hat einen schockierend festen Griff.«

Sebastian stellte seinen Wein ab. »Komm, ich helfe dir.« Erst als er näher heran war, konnte er die kompliziert gearbeitete Kette und den Anhänger sehen, der an ihrem Halsgrübchen ruhte.

»Woher hast du die?«, fragte er mit einer selbst in seinen Ohren fremd klingenden Stimme.

»Mein Vater hat sie mir vor einiger Zeit geschenkt. Warum?«

Sebastian löste vorsichtig die Hand seines Sohnes von dem Jahrhunderte alten Schmuckstück. »Ich habe dich sie noch nie tragen sehen.«

»Der Verschluss war kaputt. Ich habe ihn erst kürzlich richten lassen.« Zwischen ihren Augenbrauen gruben sich zwei Falten ein. »Stimmt etwas nicht?«

»Nein, alles ist gut.« Er streckte zögernd die Hand aus und berührte mit den Fingerspitzen die glatte Blausteinscheibe, auf der eine silberne Triskele appliziert war. Und einen herzzerreißenden Augenblick dachte er, er könnte ihre legendäre, unerklärliche Macht pulsieren spüren.

Sie fragte: »Hast du mit Miss Jane Austen über diese Dinge gesprochen?«

»Was? O nein.« Er ließ die Hand fallen und drehte sich um, um sein Glas wieder hochzuheben.

»Möchtest du, dass ich mit ihr spreche? Schließlich habe ich ihre Bücher gelesen.«

»Das könnte besser sein.«

Sie neigte den Kopf zur Seite, als sei sie sowohl verblüfft als auch besorgt wegen einer Sache, die sie gesehen hatte. »Sebastian, geht es dir gut?«

»Aber gewiss«, sagte er und leerte den restlichen Wein in einem langen, brennenden Zug.

Kapitel 36

Miss Jane Austen war im eleganten Repräsentationsgarten auf der Rückseite des Hauses ihres Bruders. Als Hero in der Sloane Street ankam, war Miss Austen gerade in eine ernsthafte Unterhaltung mit einem alten, knurrigen Gärtner vertieft, der ausladend mit den Händen gestikulierte.

»Oh, ich störe gerade«, sagte Hero, als ein nervöses junges Hausmädchen sie zur Terrasse führte. »Ich bitte um Verzeihung.«

»Nein, bitte«, sagte Miss Austen und hastete zu einem schmiedeeisernen Tisch, um Hero einen Platz in der seltenen Frühlingssonne anzubieten. Sie trug eine ausgeblichene Haube und ein schlichtes, altmodisches Kleid. Auf einer ihrer geröteten Wangen prangte ein Schmutzstreifen, und sie wirkte völlig gelassen. »Jenkins wollte nur meine Erlaubnis für neue Bepflanzungen des Schmuckgartens. Den Garten hat meine Base Eliza entworfen, wisst Ihr. Sie hat vor der Revolution viele glückliche Jahre in Frankreich verbracht, und ich glaube, der Garten erinnert sie an jene Tage.«

»Er ist zauberhaft«, sagte Hero und klappte ihren Sonnenschirm auf. »Wie geht es Ihrer Kusine?«

»Nicht gut, fürchte ich.« In Jane Austens dunklen Augen zuckte eine tiefe, stille Sorge, die sie sorgfältig verbarg.

»Das tut mir leid.«

Ihre Gastgeberin nickte und brachte ihre Gesichtszüge wieder unter Kontrolle, um die aufwallenden Emotionen in den Griff zu bekommen. »Ihr müsst wissen, sie hat ein wunderbares, aufregendes Leben gehabt. Sie ist in Indien geboren und hat dann die Revolution überlebt. Sie war immer so vibrierend und voller Leben. Sie so zu sehen ... tut weh.«

»Es muss für Ihren Bruder sehr schwierig sein.«

»Ja, das ist es. Er liebt sie schon fast sein ganzes Leben lang.« Sie richtete sorgfältig die Falten ihres ausgeblichenen Kleides. »Bitte sagt mir nicht, dass Ihr hier seid, weil Lord Devlin noch immer glaubt, Henry habe etwas mit dem Tod von Stanley Preston zu tun.«

Tatsächlich hatte Devlin zu diesem Zeitpunkt noch niemanden aus dem Ermittlungen ausschließen können. Aber Hero schob den Schirm etwas vor die Sonne und sagte: »Tatsächlich interessiert sich Devlin für einige Aspekte Ihrer Romane.«

»Meiner ...« Miss Austens ohnehin gerötete Wangen verdunkelten sich noch einen Hauch mehr. »War hat es Euch verraten? Mein Bruder?«

»Indirekt – über Captain Wyeth.«

»Aha.« Sie unterbrach sich, als das junge Hausmädchen mit einem hastig zusammengestellten Tablett mit Tee herankam und auf dem Tisch abstellte, wobei die delikaten, mit Rosen verzierten Porzellantassen und Teller klapperten. »Im Lauf der Geschichte sind wir Frauen immer wegen unserer angeblichen Bereitschaft, über Dinge zu tratschen, die Privatangelegenheiten bleiben sollten, geschmäht worden. Ich finde jedoch immer wieder heraus, dass in Wirklichkeit die

Männer mindestens ebenso – wenn nicht gar mehr – der Indiskretion zuneigen.«

Hero lachte. »Ich habe den Verdacht, dass Sie damit recht haben. Allerdings sind Ihre Romane in den angesagten Kreisen auf derartiges Interesse gestoßen, dass ich bezweifle, Sie können noch länger anonym bleiben.«

Dieser Gedanke schien die Autorin allerdings nicht allzu sehr zu beunruhigen, und in Hero entstand der Verdacht, dass die Entscheidung für eine anonyme Veröffentlichung weniger aus dem Wunsch, unbekannt zu bleiben, geboren war als aus der Erkenntnis, dass die Gesellschaft eine unverheiratete Pfarrerstochter verdammen würde, die anscheinend nach Ruhm und Anerkennung strebte.

Miss Austen hob den Deckel von der Teekanne und begann einzuschenken. »Sicher glaubt Lord Devlin nicht, dass meine Romane irgendetwas mit diesem Mord zu tun haben.«

»Natürlich nicht. Aber Ihr Bruder sagte, Ihr denkt, Captain Wyeth könnte ein Wickham oder Willoughby sein, und ich nehme an, der Grund dafür ist nicht die Tatsache, dass die Namen aller drei Männer mit demselben Konsonanten beginnen.«

Miss Austen konzentrierte sich auf die Aufgabe, den Tee einzuschenken. »Es wäre richtiger zu sagen, dass ich *fürchte*, er könnte so sein. Habt Ihr ihn kennengelernt?«

»Nein.«

»Er wirkt wie ein wohlgefälliger, empfindungsfähiger Mann mit gesundem Menschenverstand und einem warmen Herzen. Ein Mann von Kraft und Prinzipien.«

»Aber?«, hakte Hero nach.

Miss Austen sah vom Tee auf. »Wer kann die wahren Gefühle eines klugen Mannes wirklich einschätzen?«

»Ist er denn klug?«

»Sehr.«

Hero nahm die Teetasse entgegen, die ihr gereicht wurde. »Hat er Ihnen Anlass gegeben, seine Aufrichtigkeit zu hinterfragen?«

»Ehrlich gesagt? Nein.« Miss Austen nahm einen Schluck Tee und blickte auf den von der Sonne erwärmten Garten in französischem Stil hinaus. »Eliza – meine Base – glaubt, Annes Liebe hat sich als so stabil erwiesen, dass es ihr erlaubt sein sollte, ihren Hauptmann zu heiraten, obgleich sie sich natürlich Gedanken macht, welche Art Zukunft den beiden bevorstünde. Wir alle kennen junge Frauen, die aus Liebe arme Männer geheiratet und dann ein Leben voller Reue geführt haben. Armut kann so schrecklich zersetzend sein.«

Hero betrachtete die gleichmäßigen, beherrschten Züge ihrer Gastgeberin und fragte sich unwillkürlich, welche Romantik es in der Vergangenheit dieser Frau gegeben haben mochte. Wie viele der eigenen Lebenserfahrungen der Autorin hatten Einzug in ihre Bücher gehalten?

»Aber sie wird nicht arm sein«, sagte Hero und wählte ihre Worte sehr sorgsam. »Stanley Prestons Tod bedeutet, dass Anne jetzt frei ist, ihren verarmten jungen Hauptmann zu heiraten, *und* das Erbe ihres Vaters erhält.«

Miss Austen richtete den Blick auf Heros Gesicht. »Ich habe vielleicht die Aufrichtigkeit von Captain Wyeth infrage gestellt, aber niemals hielte ich ihn fähig, einen … einen …«

»Mord zu begehen?«

»Vor allem einen so grässlichen.«

»Er war die letzten sechs Jahre im Krieg. Solche Erfahrungen können manchen Mann brutal machen.«

»Wahrscheinlich die meisten Männer, nehme ich an«, sagte Miss Austen ruhig.

Hero nahm einen Schluck Tee und richtete den Blick auf eines der Beete, auf denen der Gärtner, Jenkins, die Erde umgrub. »Ich hörte, Miss Preston ist in Ihrer Begleitung zu dem musikalischen Abend von Lady Farningham gegangen.«

»Ja. Meine Base hatte gehofft, mit ihr hingehen zu können, aber ich fürchte, Eliza verlässt dieser Tage kaum noch ihre Gemächer.«

»Wussten Sie, dass Captain Wyeth da sein würde?«

Miss Austen stieß in einer Art Seufzer den Atem aus. »Nein. Obgleich ich rückblickend erkannt habe, dass Anne es offenbar wusste. Kein einfacher musikalischer Abend hätte bei ihr so viel Aufregung und Vorfreude auslösen können. Unglücklicherweise hatten sie und der Hauptmann in der Pause einen Wortwechsel, und fast unmittelbar darauf ist er gegangen.«

»Sie haben sich gestritten?«

»Ja, auch wenn ich Euch den Grund für die Missstimmung nicht nennen kann. Anne weigerte sich, darüber zu reden, und ich wollte sie nicht drängen. Wir sind selbst kurz darauf gegangen. Sie sagte, sie habe schreckliche Kopfschmerzen und wolle nach Hause gehen.«

»Also war sie vor zehn Uhr zu Hause?« *Eine gute halbe Stunde vor dem Mord an ihrem Vater,* dachte Hero, sprach es aber nicht aus.

»Ja.«

»Interessant. Ich glaube, das ist bisher noch nicht klargestellt worden.«

Ein Anflug von Besorgung legte sich auf Miss Austens Züge. Aber sie hob einfach den Teller mit Gebäck vom Tablett hoch und hielt ihn Hero hin. »Bitte sehr.«

»Danke.«

»Ihr tragt eine interessante Halskette«, sagte Miss Austen, als sie den Teller zwischen ihnen abstellte, womit sie geschickt das Thema wechselte. »Sie sieht antik aus.«

Hero berührte mit den Fingerspitzen den Blaustein und die silberne Triskele. »Ich glaube, das ist sie auch. Obgleich ich gestehen muss, dass ich die Geschichte dahinter nicht kenne.«

»Ich habe einmal einen ähnlichen Schmuck gesehen, als ich Freunde in der Nähe von Ludlow besuchte. Wir waren an einem Abend zu einem Dinner in Northcott Abbey eingeladen, und Lady Seaton hat uns die Gemäldegalerie gezeigt. Dort hing das Porträt einer Frau, die ein fast identisches Stück getragen hat. Ich erinnere mich so gut daran, weil die Familienlegende, die sich daran knüpfte, meine Vorstellungskraft angeregt hat. Laut der Geschichte hatte der Anhänger die Macht, sich seine nächste Besitzerin auszuwählen, indem er bei der Berührung der entsprechenden Person warm wurde. Wie es scheint, war Lord Seatons Ururgroßmutter eine leibliche Tochter von James II, und die Kette war ein Geschenk von ihm zu ihrem Hochzeitstag.«

Hero war sich mit einem Mal sehr intensiv des Anhängers bewusst, der warm auf der Haut unter ihrem Hals lag, und dann der Initialen, die auf der Rückseite eingraviert waren.

A. C. und J. S.

»Es war auch eine Tragödie damit verknüpft«, sagte Miss Austen, »wenngleich ich sagen muss, dass ich die Einzelheiten nicht kenne. Ich glaube, sie hat einen schottischen Lord geheiratet, der sie abscheulich behandelte, nachdem ihr Vater, der König, den Thron verloren hatte. In der Fiktion können wir die Realität nach unserem Willen formen und alle reichen Männer so wertvoll und attraktiv zeichnen, wie man sie sich nur wünschen kann. Aber das Leben ist leider viel weniger ansehnlich. Wohlhabende Männer sind oftmals dumme, unerträgliche Langweiler – oder Schlimmeres – während viel zu viele attraktive, gutherzige Männer mit allem aufwarten können außer komfortabler Unabhängigkeit.«

»Ist Captain Wyeth dann eine besonders bösartige Ausgabe von George Wickham oder ein bedauerlicherweise verarmter Mr Darcy?«

Miss Austens besorgter Blick fiel auf Hero. »Wenn ich das nur wüsste.«

***

Hero stand auf halber Höhe der Bibliotheksleiter, eine Ausgabe von *Debrett's Peerage* in den Händen, als Devlin in den Raum spazierte.

»Was tust du?«, fragte er.

»Ich versuche, den Namen des schottischen Lords herauszufinden, der eine von James' II leiblichen Töchtern geheiratet hat«, sagte Hero und blätterte weiter in den Seiten.

»Weshalb?«

»Ich habe heute Nachmittag Miss Austen besucht.«

»Und?«

»Du hattest recht; sie sorgt sich tatsächlich, dass Captain Wyeth womöglich nicht so liebenswert und tolerant ist, wie er sich alle Mühe gibt zu wirken. Sie hat mir außerdem erzählt, dass Anne etwa in der Hälfte des musikalischen Abends von Lady Farningham mit ihrem Hauptmann gestritten hat, worauf sie Kopfschmerzen vorgeschoben hat, um nach Hause zu fahren. Vor zehn Uhr war das.«

Als sie aufblickte, sah sie, dass er die Stirn runzelte. Er sagte: »Das gefällt mir gar nicht.«

»Das dachte ich mir schon.«

Er nickte zu dem Buch in ihren Händen. »Und was hat das alles mit der leiblichen Tochter von James II zu tun?«

»Nichts. Aber Miss Austen war von meinem Halsband sehr angetan. Sie sagte, es erinnere sie an ein Schmuckstück, das sie mal auf dem Porträt einer Frau gesehen hat, die die Tochter von James Stuart und einer seiner Geliebten gewesen sein soll. Und das ist faszinierend, denn auf der Rückseite von diesem Anhänger sind Initialen eingeprägt ...«

»A. C. und J. S.«

Hero starrte ihn an. »Woher wusstest du das?«

Er drehte sich um und ging zum Kamin, in dessen Nähe der Brandy stand, um die richtige Temperatur zu bekommen. Sie sah, wie er die Schultern zusammenzog und hörte die Anspannung auch in seiner Stimme. »Das Halsband hat einst meiner Mutter gehört«, sagte er und nahm den Stopfen aus dem Dekanter. »Sie hat es getragen, als sie auf See verschollen ist, im Sommer, als ich elf war.«

Hero spürte in sich einen gähnenden Abgrund des Schmerzes. Es war ein Schmerz, den sie jedes Mal verspürte, wenn sie an die Verluste dachte, die der Junge, der Devlin einst gewesen war, erlitten hatte. In einem heißen, unvergesslichen Sommer hatte er sowohl seinen älteren Bruder Cecil verloren als auch seine Mutter.

Ein Porträt von Sophia, der Countess of Hendon hing über dem Kamin im Salon, und Hero hatte es oft betrachtet. Die Gräfin war eine schöne Frau gewesen, mit Haar in der Farbe von Goldguineen, feingezeichneten Zügen, klaren und vor Intelligenz und Humor sprühenden Augen. Außerdem lag eine Art wilder Durst darin, als sehnte sie sich nach etwas, das in ihrem Leben fehlte. Und dann war sie eines sonnigen Augusttages auf der Yacht eines Freundes von Brighton aus hinausgesegelt. Von der Vergnügungsfahrt, die nur einige Stunden hatte dauern sollen, war sie nie zurückgekehrt.

Auf dem Meer verschollen, war die offizielle Version gewesen – auch die Version, die man Sebastian erzählte, die er jedoch nie geglaubt hatte. Tag für Tag hatte er auf den Klippen gestanden und auf die See hinausgeblickt, hatte auf ihre Rückkehr gewartet, überzeugt, dass sie nicht tot sein konnte. Er war überzeugt gewesen, dass er es gewusst, gespürt hätte, wenn sie tot wäre. Mit der Zeit hatte er dann doch akzeptiert, dass sie wohl die Wahrheit gesagt hatten, nur um als Erwachsener zu erfahren, dass es doch nur Lügen gewesen waren. Sie hatte nicht nur den Earl verlassen, den Mann, den er fälschlicherweise für seinen Vater gehalten hatte.

Sie hatte *ihn* verlassen.

Sebastian hatte viele seiner düstersten, schmerzvollsten Geheimnisse geteilt. Aber die Wahrheit über seine Mutter – dass sie noch am Leben war – hatte Hero von Jarvis erfahren. Und sie hatte Devlin nie gesagt, was sie wusste.

Nun sah sie ihm zu, wie er sich Brandy ins Glas goss, und sagte sanft: »Nur dass sie nicht auf See verschollen ist, Devlin, richtig?«

Er sah sie über die Schulter hinweg an, den Dekanter in der Hand vergessen, sein Gesicht kontrolliert wie eine Maske. »Hat Jarvis dir das erzählt?«

»Ja.«

»Hat er dir auch erzählt, dass sie mit ihrem letzten Geliebten nach Venedig verschwunden ist? Mit einem gut aussehenden jungen Poeten, der zehn Jahre jünger war als sie?«

»Nein.« Hero legte ihr Buch zur Seite und stieg die Leiter hinunter. Dabei ließ sie ihn nicht aus den Augen. »Wie ist mein Vater an die Halskette gekommen?«

»Sie ist vor zwei Jahren wieder aufgetaucht, am Hals der Leiche von Guinevere Anglessey.«

»Aber ...« Sie schüttelte verständnislos den Kopf. Er hatte den Mord an Guinevere aufgeklärt, wie so viele andere. Aber das war gewesen, bevor Heros Leben mit seinem unlösbar verquickt worden war. »Woher hatte sie es?«

»Anscheinend hat meine Mutter es ihr vor Jahren geschenkt, als die beiden sich im Süden Frankreichs nach dem Frieden von Amiens für kurze Zeit begegneten. Guinevere war damals noch ein Kind, während meine Mutter ...« Er verkorkte den Dekanter wieder und stellte ihn beiseite. »Meine Mutter war die Geliebte eines französischen Generals.«

Hero betrachtete sein beherrschtes Gesicht. »Weißt du, wo sie jetzt ist? Lady Hendon, meine ich.«

Er schüttelte den Kopf. »Ich habe Männer angeheuert, nach ihr zu suchen, aber der Krieg macht alles sehr umständlich.«

Weshalb?, wollte Hero fragen. *Weshalb suchst du so verzweifelt nach deiner Mutter, die davongesegelt ist und dich verlassen hat, als du noch so klein warst? Bei einem Mann zurückgelassen, von dem sie wusste, dass er nicht dein Vater ist?*

Dann wurde ihr bewusst, dass sie die Antwort kannte: Er suchte nach der schönen, lachenden Countess, weil er sie immer noch liebte, trotz der Schmerzen, der Wut und des verletzenden Verrats. Und weil er sie fragen wollte, welcher ihrer vielen, namenlosen Liebhaber den Mann gezeugt hatte, den die Welt heute als Lord Devlin kannte.

»Ich verstehe immer noch nicht, wie Jarvis an das Halsband gekommen ist«, sagte Hero.

»Ich habe es ihm gegeben. Ich wollte es nicht mehr sehen.«

Sie griff nach oben, öffnete den Verschluss und hielt ihm das Halsband hin. »Es tut mir leid, dass ich es getragen habe. Das wusste ich nicht.«

Er machte keine Anstalten, es entgegenzunehmen. »Das Porträt, von dem Jane Austen dir erzählt hat; hat sie erwähnt, wo sie es gesehen hat?«

»An einem Ort namens Northcott Abbey, in der Nähe von Ludlow.«

»Ludlow?«

»Ja. Warum?«, fragte sie. Und dann, als sie es ausgesprochen hatte, wurde ihr klar, warum: Jamie Knox, der Kneipenwirt von Bishopsgate, der Devlin so sehr glich, dass er sein Bruder sein könnte, stammte aus Ludlow.

Devlin schüttelte den Kopf, offensichtlich nicht gewillt, seine Gedanken in Worte zu fassen. Aber als sie das Halsband auf den Tisch neben ihn legte, hob er es auf.

Kapitel 37

Jamie Knox war mit aufgekrempelten Ärmeln, ohne Mantel und Weste, gerade dabei, im alten Hof hinter dem *Black Devil* Anfeuerholz zu hacken, als Sebastian zu ihm kam.

Er warf Sebastian einen Blick zu, machte aber weiter, und unter seinem Leinenhemd konnte man seine Rückenmuskeln arbeiten sehen, als er die Axt schwang. »Sucht immer noch nach Eurem Mörder, was?«

»Ja. Aber ich bin nicht deswegen hier.«

»Ach?«

Sebastian hielt das Halsband aus Blaustein und Silber hoch, sodass der Anhänger in der Luft baumelte. »Haben Sie das schon einmal gesehen?«

Knox hielt inne und wischte sich mit dem Unterarm über die schweißbedeckte Stirn, dann streckte er die Hand aus, sodass der Anhänger in seiner linken Handfläche zu liegen kam, und verengte die Augen. »Ich wüsst nit. Weshalb?«

»Man hat mir gesagt, es sei auf einem Gemälde aus dem siebzehnten Jahrhundert zu sehen, das in der Ahnengalerie von Northcott Abbey in der Nähe von Ludlow hängt.«

Knox schnaubte leise. »Und Ihr denkt, weil ich aus Shropshire stamme, könnt ich das besagte Gemälde gesehen haben? Northcott Abbey ist 'n großes Anwesen. Also wie ich als Letztes gehört hab, waren Lord und

Lady Seaton mehr als wählerisch darin, wen sie ins Haus eingeladen haben. Oder verdächtigt Ihr mich, dass ich das Teil irgendwann im Laufe meiner langen und vielseitigen Karriere hab mitgehn lassen?«

»Tatsächlich hat es früher meiner Mutter gehört. Eine alte Waliserin hat es ihr vor meiner Geburt geschenkt.«

Knox griff nach einem Krug Ale, der in der Nähe auf einer Steinmauer stand, und trank in großen Zügen. Dann blieb er kurz mit den Händen in der Hüfte stehen, von der Arbeit schwer atmend, und fixierte Sebastian nachdenklich. »Seid Ihr je in Shropshire gewesen?«

Sebastian schüttelte den Kopf. »Nicht mehr, seit ich noch sehr klein war.«

»Habt Ihr dort Verwandte?«

»Meines Wissens nicht.«

Ein Wind kam auf, erfüllt vom Rascheln welken Laubs auf dem alten Pflaster und dem Flüstern unbeantworteter Fragen, die nie laut ausgesprochen worden waren.

Knox wischte sich erneut mit dem Ärmel über die Stirn. »Als ich sechzehn war, bin ich gar nit schnell genug von dort weggekommen. Hab den Sold des Königs genommen und bin davonmarschiert, um die Welt zu sehen. Ich war sicher, dass ich nie zurück wollen würde. In letzter Zeit denk ich allerdings drüber nach, dass Shropshire kein so schlechter Ort wär, um 'ne Familie zu gründen.«

»Sie können immer noch dorthin zurück. In Shropshire gibt es auch Pubs.«

Knox zeigte lächelnd seine Zähne, als er die Axt wieder anhob. »Allerdings.«

Der Kneipenbesitzer hatte Sebastian einmal erzählt, dass seine Mutter eine junge Schankmaid gewesen war und drei Männer als möglichen Vater ihres Kindes aufgezählt hatte: einen Stallgehilfen vom Fahrenden Volk, einen britischen Lord und einen walisischen Kavallerieoffizier. Aber sie war gestorben, bevor sie irgendjemandem sagen konnte, welchem der drei Männer der Knabe ähnlich sah.

Für Sebastian war der Wunsch, die Wahrheit zu erfahren, wie eine offene, schwärende Wunde. Die Wahrheit über den mysteriösen Mann, der wohl sie beide gezeugt hatte, über das Blut, das höchstwahrscheinlich durch ihrer beider Adern floss. Als Knabe war er mit zwei Brüdern aufgewachsen – eigentlich Halbbrüdern, Söhnen des Earls of Hendon und seiner untreuen Countess. Beide waren schon lange tot. Nun sah Sebastian Jamie Knox an und fragte sich, ob er einen weiteren Bruder vor sich sah, einen dritten Halbbruder, von dem er nur nie etwas gewusst hatte. Das war auch der wahre Grund, weshalb Sebastian immer wieder hierherkam, das wusste er. Der wahre Grund, weshalb die beiden Männer einander umkreisten, denn man musste ihm nicht erst erklären, dass Jamie Knox ebenso verblüfft und fasziniert war wie er selbst.

»Gestern Abend hab ich ’ne interessante Geschichte gehört«, sagte Knox und wandte sich wieder seiner Arbeit zu. Die Klinge seiner Axt fraß sich tief in ein neues Holzscheit.

Sebastian beobachtete ihn, als er die Axt wieder herauswuchtete und von Neuem ausholte. »So? Was für eine?«

»Wie's scheint, hat Euer Stanley Preston so vor einem Monat ein mittelalterliches Relikt von Priss Mulligan gekauft. Hat ganz schön was dafür hingelegt und letzte Woche dann rausgefunden, dass es 'ne Fälschung war. Und dass Priss das die ganze Zeit wusste.«

»Was hat er unternommen?«

»Ist nach Houndsditch rübergestürmt und hat sein Geld zurückverlangt. Hat sogar gedroht, Priss anzuzeigen.«

»Wann war das?«

»Am Samstag.«

»Am Tag, bevor er ermordet wurde?«

»Richtig.«

»Wie vertrauenswürdig ist Ihre Quelle?«

Knox hielt inne und blickte Sebastian über die Schulter an. Sein schmales Gesicht war schweißbedeckt, sein Ausdruck undeutbar. »Sehr.«

»Und wie hat Priss Mulligan auf Prestons Drohung reagiert?«

»Sie hat geschworn, dass sie ihre Männer schicken würd, damit sie Preston mit seinem eigenen Gedärm erdrosseln und seine Überreste an die Hunde verfüttern würden, wenn er auch nur dran denkt, zur Polizei zu gehen.«

»Wie anschaulich«, sagte Sebastian.

Knox hub seine Axt tief in den Holzblock und richtete sich auf. »Ist es, und noch viel mehr.«

***

Priss Mulligan zog gerade eine mechanische Nachtigall auf, als Sebastian die verwitterte Tür aufstieß und in ihren Laden hineinging.

Trotz des hellen Nachmittags war es drinnen düster. Die kleinen Teile der Sprossenfenster waren von Schmutz, Spinnweben und eingestaubten toten Insekten aus Jahrhunderten bedeckt. Anstatt aufzuschauen, drehte Priss weiter an dem vergoldeten, juwelenbesetzten Schmuckstück herum, und ihm wurde klar, dass sie auf der Straße draußen Wachposten haben musste, da sie ganz offenbar gewusst hatte, dass er kommen würde.

»Na, wieder da?«, sagte sie und stellte das Schmuckstück zwischen ihnen auf der Theke ab. Die Nachtigall begann, melodisch zu singen, und ihre feinen, vergoldeten Flügel schlugen langsam auf und ab, der winzige Schnabel schloss und öffnete sich, während der juwelenbesetzte Streifen um ihren Hals funkelte wie Feuer.

»Interessant«, sagte Sebastian, der die Nachtigall betrachtete.

»Ja, nicht? Und die Juwelen sind echte Rubine und Saphire, nichts Nachgemachtes.«

»Aber gewiss«, sagte Sebastian.

Statt erbost zu reagieren, lachte sie laut auf, und ihre kleinen Knopfaugen versanken praktisch in ihren runden Wangen.

Er nickte zu dem mechanischen Vogel. »Woher kommt der?«

»Persien, vielleicht auch China. Spielt's 'ne Rolle? Singt so süß und fröhlich wie ein Engelchen vom lieben Gott, wirklich.«

Die klaren Töne wurden langsamer, der unter den Schwanzfedern des Vogels geschickt versteckte Schlüssel drehte sich immer träger, und die Flügel schienen bei jedem Schlagen schwerer zu werden.

Er sagte: »Ich habe herausgefunden, dass Sie mir gegenüber nicht gerade ehrlich waren.«

Sie sah ihn mit entrüstetem Unschuldsblick an. »Ach was?«

»Am vergangen Samstag ist Stanley Preston in Ihren Laden gestürmt und hat Sie bezichtigt, ihn betrogen zu haben. Er sagte, er würde Sie bei der Polizei als Hehlerin anzeigen, worauf Sie ihm gedroht haben, ihn mit seinem eigenen Gedärm zu erdrosseln und ihn an die Hunde zu verfüttern.«

»Ne, so war's nich. Ich weiß ja nich, mit wem Ihr geredet habt, aber ich hab ihm gesagt, dass ich ihn mit seinen Eingeweiden erwürge und seine *Weichteile* an die Hunde verfüttere.«

Sebastian betrachtete ihr breites, immer noch lächelndes Gesicht. »Mir haben Sie aber gesagt, Sie hätten den Mann seit mindestens einem Monat nicht gesehen.«

Sie zuckte die Schultern. »Hab ich wohl vergessen.«

»Vergessen.«

»Ich hab so 'n schlechtes Gedächtnis, wirklich.«

»Ihnen ist aber sicher klar, dass seine Drohung, Sie anzuzeigen, ein starkes Mordmotiv ist?«

»Vielleicht – wenn ich denn geglaubt hätt, dass er's ernst meint. Hat er aber nich.«

»Sind Sie da so sicher?«

»Na sicher. In diesem Geschäft betrügen sich alle gegenseitig, wenn sie können. Und die Käufer sind genauso schuld wie die Verkäufer. Seid Ihr wirklich so 'n Dummbeutel, dass Ihr glaubt, Preston wär's wichtig gewesen, ob die Ware, die er kaufte, gestohlen war oder nich? Er hätt mich nich bloßstellen können, ohne sich selbst bloßzustellen – klar, oder?«

»Er hätte behaupten können, die Herkunft Ihrer Ware nicht zu kennen.«

»Sicher, dass hätt er. Aber das hätt ich ja auch können.« Sie stieß mit einem kurzen, dicken Finger in seine Richtung. »Wär er mit seinen eigenen Innereien erdrosselt und kastriert worden, könntet Ihr mir das anhängen. Isser aber nich. Also raus aus meinem Laden.«

Sebastian nickte zu dem inzwischen stillen Vogel auf der Theke zwischen ihnen. »Was kostet die Nachtigall?«

Sie griff danach und hielt sie sich an die ausladende Büste, als wäre das Vögelchen etwas Seltenes und Wertvolles für sie selbst. »Is nich zum Verkauf. Nich für Euch.«

Sebastian sah ihr unverwandt ins Gesicht. »Machen Sie auch Geschäfte mit jemandem von Windsor Castle?«

Ihr unerwartetes, träges Lächeln verriet nicht die Spur von Erkennen oder Besorgnis. »Ich hab Euch doch schon gesagt, dass ich nur mit Menschenköpfen handle, wenn sie vergoldet und mit Juwelen besetzt sind.«

»Ich kann mich nicht erinnern, irgendetwas über Köpfe gesagt zu haben«, sagte Sebastian und ging aus ihrem Laden hinaus.

***

Die Sonne stand schon tief am Himmel, als Sebastian sich mit Gibson in einer alten Taverne aus Fachwerk in der Nähe des Towers auf ein Pint traf. Die Augen des Iren waren hohl und blutunterlaufen, und sein Gesicht schimmerte eindeutig grünlich.

»Meinst du, es war eine Falle?«, sagte Gibson und umschlang mit unruhigen Händen seinen Krug. »Dass Priss Mulligan den Kopf des Königs als Köder benutzt hat, um Preston zur Bloody Bridge zu locken und dann umzubringen?«

Sebastian lehnte sich an die abgewetzte, hohe Rückenlehne der altmodischen Bank. »Ich halte es jedenfalls für eine sehr starke Möglichkeit, ja.«

Gibson leerte sein Ale und stellte den leeren Krug ab. »Woher weißt du, dass dein unbekannter Dieb nicht selbst der Mörder ist? Vielleicht hat er beschlossen, Preston zu töten, sein Geld zu stehlen und den Kopf an Priss Mulligan zu verkaufen.«

»Das ist auch eine Möglichkeit.«

»Aber du glaubst es nicht?«

»Warum sollte ein einfacher Dieb sich die Mühe machen, Preston den Kopf abzuschneiden und ihn auf der Brücke zur Schau zu stellen?«

»Warum sollte das sonst irgendjemand machen, der nicht mehr als ein kleines bisschen verrückt ist?«

»Stimmt auch wieder.« Sebastian machte der Schankmaid Zeichen, dass sie noch zwei Pint bringen solle. »Es gibt noch eine dritte Möglichkeit.«

»Tatsächlich?«

»Preston kann auf der Brücke gewesen sein, um den Dieb der königlichen Relikte zu treffen. Aber jemand ist ihm zur Brücke gefolgt und hat ihn getötet.«

»Jemand wie Wyeth oder Oliphant?«

»Oder auch Henry Austen. Schließlich haben wir nur sein Wort über die Natur des Streits.«

Gibson schnaubte. »Was ich nicht begreife, ist, wie dieser alte Arzt, Sterling, da hineinpasst. Warum wurde der ermordet?«

»Ich tippe darauf, dass er herausgefunden oder zumindest eine starke Vermutung hatte, wer Preston ermordet hat.« Sebastian runzelte die Stirn. »Es könnte natürlich auch eine ganz andere Verbindung existieren, die mir vollends entgeht.«

Gibson wischte sich mit einer zitternden Hand über das blasse, feuchte Gesicht. »Alexi sagte, sie hat dich über die Ergebnisse ihrer Leichenschau an Sterling unterrichtet.«

»Ja, das hat sie.« Sebastian betrachtete die blutunterlaufenen Augen und schweren Lider seines Freundes. »Hattest du Gelegenheit, selbst den Leichnam zu begutachten?«

Gibson schüttelte den Kopf und wandte den Blick ab.

»Wie geht es deinem Bein?«, fragte Sebastian sanft.

»Besser.«

Sebastian schwieg, aber Gibson schien die Richtung zu kennen, die seine Gedanken einschlugen, denn er sagte: »Wenn du mich fragst, ist es doch meschugge zu denken, man könnte Phantomschmerzen eines fehlenden Beins nur mit einer Kiste und Spiegeln loswerden.«

»Wir wissen nicht viel über den menschlichen Verstand und wie er funktioniert, oder? Madame Sauvage scheint davon auszugehen, dass es funktionieren könnte. Warum versuchst du es also nicht? Was hast du zu verlieren?« *Außer deinen Schmerzen und der Opiumsucht, die dich umbringen wird*, dachte Sebastian, sprach es jedoch nicht aus.

Gibson schob das Kinn vor und schüttelte den Kopf, und Sebastian war klar, dass seine Weigerung eng mit seinem Stolz verknüpft war, außerdem mit der Angst, sich zum Narren zu machen, schwach zu wirken und noch einem ganzen Wust anderer Emotionen, die Sebastian nicht einmal erraten konnte, und die Gibson selbst wahrscheinlich nicht herausfinden wollte.

Der Chirurg wartete, als die dralle junge Kellnerin zwei Krüge auf den Tisch stellte, dann sagte er: »Und wo ist jetzt dieser Königskopf? Was meinst du?«

»Ich denke, das hängt davon ab, ob der Dieb und der Mörder ein- und dieselbe Person sind. Aber wenn der Dieb *nicht* der Mörder ist, fürchte ich, dass er wahrscheinlich in Gefahr ist – und ich nehme an, das weiß er auch.«

Gibson starrte ihn an. »Wie das?«

»Zwei Möglichkeiten: Entweder hat der Mörder mit Hilfe des Königskopfes Preston zur Bloody Bridge gelockt – in diesem Fall weiß der Dieb, wer der Mörder ist –, oder der Dieb hat mit dem Mord nichts zu tun, ist aber rechtzeitig zur Brücke gekommen, um etwas beobachtet zu haben.«

»Warum glaubst du, dass er etwas gesehen hat?«

»Weil irgendjemand – der Dieb, der Mörder oder Preston selbst – diesen beschrifteten Bleistreifen neben dem Bach hat fallenlassen. Und wenn es der Dieb war, muss er zu unsicher gewesen sein – oder zu viel Angst gehabt haben, dass ihn jemand sieht, um sich die Zeit zu nehmen, im Dunkeln danach zu suchen. Weshalb würde man andernfalls etwas so Wertvolles liegenlassen? Vor allem, wenn es zu ihm als Mörder führen könnte?«

Gibson beugte sich vor. »Vielleicht ist Sterling deshalb umgebracht worden. Schließlich war er Arzt. Die meisten von denen sind mehr daran interessiert, Urin zu trinken und Heiltränke zu verteilen als daran, Anatomie zu studieren, aber manche eben doch. Könnte ja sein, dass er Verbindungen zu den Ausgräbern hatte, die in Windsor gearbeitet haben, und herausgefunden hat, wer der Dieb war.«

Sebastian hielt inne, den Krug auf halbem Wege zum Mund. »Kennst du einen von ihnen?«

Gibson schüttelte den Kopf. »Wiederausgräber haben feste Territorien, und die Kerle, mit denen ich arbeite, beschränken sich üblicherweise auf die Kirchhöfe der Innenstadt oder noch Mayfair. Aber ich wette, dass der Kirchendiener, mit dem du gesprochen hast, dir ihre Namen geben könnte. Vielleicht hat er sie noch nie mit den Händen in der Erde erwischt, aber er weiß, wer sie sind, darauf kannst du wetten.«

»Tatsächlich hat er sich alle Mühe gegeben, mich davon zu überzeugen, dass sich im Grunde jedermann in Windsor Zugang zur Krypta verschafft haben könnte – ich vermute, der Dekan wäre entsetzt, das zu hören.«

Gibson schnaubte. »Klingt ganz so, als ob er selbst mit ihnen Geschäfte macht. Gott weiß, da wäre er nicht der Erste.«

Sebastian versuchte, sich den breitmäuligen Rowan Toop dabei vorzustellen, wie er heimlich das Gatter unverschlossen ließ und darauf wartete, dass sich nächtliche Besucher zur Leichenfledderung hindurchschlichen. Oder wie er ausgewählte Stücke, die er aus den unter seiner Aufsicht stehenden Grabkammern entwendet hatte, zum Verkauf anbot.

Und bei keinem der beiden Szenarien hatte Sebastian Schwierigkeiten, sie sich auszumalen.

Kapitel 38

Sonntag, 28. März 1813

Am nächsten Morgen fuhr Sebastian zu Windsor Castle, wo er Hochwürden Legge vor den zur Kirche hinaufführenden Stufen antraf. Der Dekan ging mit eiligen Schritten auf und ab, und seine runden Wangen waren zornesrot. Der Morgen war kühl und feucht heraufgedämmert, und ein feiner Nebel schwebte über dem unteren Hof und hing in den halbtoten Bäumen unweit der Kreuzgänge.

»Ich weiß nicht, wo dieser Narr hin verschwunden ist«, schimpfte der Dekan, als Sebastian sich ihm vorstellte und nach dem Kirchendiener fragte. »Zum Frühgottesdienst war er nicht da. Und ich habe in weniger als zehn Minuten einen Termin mit den Stiftsherren. Er sollte hier sein! Die Bestattung von Prinzessin Augusta findet am Mittwoch statt.«

Sebastian musterte das füllige, selbstgerechte Antlitz des Dekans. »Haben Sie jemanden zu seiner Wohnung geschickt, um nach ihm zu fragen?«

»Natürlich habe ich jemanden geschickt«, sagte der Dekan. »Haltet Ihr mich für einen Narren? Seine Frau behauptet, er sei zu einem Spaziergang ausgegangen und nicht zurückgekommen.«

»Wann?«

»Woher soll ich das um Himmels willen wissen?«

Sebastian wandte den Blick auf einen Schlosswächter, der quer über den Hof zu ihnen getrabt kam. Der Dekan drehte sich um und folgte Sebastians Blick. Der Wächter war jung, hatte ein frisches Gesicht und atmete schwer. Er musste stehenbleiben und mehrmals Luft holen, bevor er keuchend sagte: »Er ist tot, Hochwürden.«

Legge starrte ihn an. »Toop? Wollen Sie sagen, Toop ist tot?«

»Ja, Sir. Sie ...« Der junge Mann unterbrach sich und schluckte mühsam. »Sie haben ihn unten bei Romney Island gefunden. Im Fluss.«

»Was hat der Narr denn gemacht? Reingefallen und ertrunken?«

»Das glaub ich nicht, Sir. Sein Kopf ist eingeschlagen.«

***

Romney Island, ein langer schmaler Streifen baumbewachsenes Land, lag in der Mitte der Themse in der Nähe der alten Holzbrücke, die Windsor mit dem Dorf Eton auf dem Nordufer verband. An diesem Morgen war ein flachsblonder, zwölfjähriger Junge mit einer Zahnlücke in seinem Ruderboot von Eton zur Insel gerudert und hatte gerade seine Angelschnur ausgeworfen, als er den schwarzen Stoff des Habits des Kirchendieners zwischen den Wurzeln einer Weide am Ufer der Themse entdeckte.

Als Sebastian an der Insel ankam, hatten ein Wachtmeister und ein Wärter der nahegelegenen Schleuse den triefenden Leichnam bereits auf das kiesige Ufer gezogen. Der Kirchendiener lag auf dem Boden, beide

Arme steif zur Seite ausgestreckt, und sein Kopf war zur Seite gedreht, wodurch er Sebastian mit einem glasigen Auge anzustarren schien, als dieser neben dem Leichnam in die Hocke ging. Nach allem, was Sebastian sah, war der Mann wohl schon acht oder zehn Stunden tot, obgleich sich Sebastian nie erinnern konnte, ob kaltes Wasser die Todesstarre schneller oder langsamer herbeiführte.

Er sah zu dem Wachtmeister auf. »Wissen Sie, wann er zuletzt gesehen wurde?«

Der Wachtmeister, ein bulliger Mann mittleren Alters mit dicken schwarzen Bartstoppeln, wischte sich mit dem Handrücken über die Nase und schniefte. »Seine Frau sagt, er ist gestern Abend gegen halb neun mit dem Hund rausgegangen. Er war schon ganz schön lange weg, bevor sie begriff, dass er nicht zurückgekommen ist. Ihre Schwester war zu Besuch, und die Frauen haben sich unterhalten. Erst, als der Hund an die Tür gekommen ist und gebellt hat, hat sie gewusst, dass etwas nicht stimmt.«

»Wie groß ist der Hund?«

Der Constable schaute Sebastian an, als wäre das genau die Art dummer Fragen, die man von irgendeinem Lord aus London erwarten konnte, mit dem sie angewiesen waren zusammenzuarbeiten. »Ein kleines graues Ding, ungefähr so groß wie eine Katze. Warum?«

Wenn dem Wachtmeister nicht klar war, welche Bedeutung die Größe des Hundes hatte, so hatte Sebastian keine Zeit, es ihm zu erläutern. Erst dann wurde ihm klar, dass der Constable gar nicht an Mord dachte.

»Nach der Abenddämmerung ist der Nebel gestern Abend wirklich dicht geworden«, sagte der Wachtmeister. »Sieht für mich so aus, als wäre der Kirchendiener mit seinem Hund am Fluss entlang Gassi gegangen, ausgerutscht und mit dem Kopf auf irgendwas aufgeschlagen, in den Fluss gefallen und ertrunken.«

»Das ist sicherlich eine Erklärung«, sagte Sebastian und betrachtete die hässlich klaffende Wunde an der Seite des Kopfes des Toten. Das Wasser hatte alle Spuren von Blut weggewaschen, obwohl die Wunde zweifellos heftig geblutet hatte; zwischen dem Fleisch erkannte er zerbrochene Knochen. »Wenn das der Fall wäre, sollte es nicht schwer sein, die Stelle zu finden, an der er zu Schaden gekommen ist, denn sein Blut müsste dort, wo er aufgeschlagen ist, überall verschmiert sein.«

»Das nehme ich an, Mylord. Aber ... welche Rolle spielt es?«

»Ich fürchte, es besteht eine recht hohe Wahrscheinlichkeit, dass der Kirchendiener bei seinem Sturz in den Fluss Hilfe hatte.«

Der Wachtmeister schüttelte den Kopf. »Das verstehe ich nicht. Hilfe von wem?«

Sebastian richtete sich wieder auf. »Von demjenigen, der ihn ermordet hat.«

***

Sebastians Wunsch, dass der tote Kirchendiener zur Autopsie zu Paul Gibson gebracht würde, traf bei Dekan Legge auf erwarteten Widerstand.

»Zu einer Autopsie schicken?«, sagte der Dekan mit einem indignierten Kiekser. »Den ganzen Weg nach London? Wo der Narr doch nur in den Fluss gestürzt ist? Was für eine unerhörte Geldverschwendung.«

Sebastian wahrte einen ruhigen und gleichmäßigen Tonfall. »Ich glaube nicht, dass wir es mit einem Unfall zu tun haben.«

»Das kann nicht Euer Ernst sein. Wer sollte denn einen einfachen Kirchendiener ermorden wollen? Nein, nein, dem kann ich nicht zustimmen. Und sollte eine Leichenschau nötig sein, so hat Windsor unzählige fähige Mediziner aufzubieten, die mehr als in der Lange sind, diese Aufgabe zu erfüllen.«

Sebastian blickte über den nebeligen Hof hinweg und sprach die magischen Worte »Jarvis« und »Kopf von King Charles« aus.

Der Dekan klappte den Mund zu, lief in einem kränklichen Grauton an und hastete ohne weiter Einwände davon, um die Vorkehrungen zu treffen.

***

Die Wohnung des Kirchendieners lag auf westlicher Seite der Kapelle in dem Teil des Schlosses, der als Horseshoe Cloister bekannt war. Das pittoreske, alte Fachwerkhaus mit Backstein stammte aus dem fünfzehnten Jahrhundert und hatte feine Maßwerkfenster sowie ein oberes Stockwerk, das über das Erdgeschoss hinauskragte.

Sebastian fand Rowan Toops Witwe in einem kleinen, aber überraschend edlen Salon, wo sie im Kreis einer ganzen Schar düster dreinblickender Frauen saß,

die ihn ansahen, als wäre er eine Krähe, die mitten in
einem Schwarm Trauertauben gelandet war. Es hätte
ihn nicht überrascht, wenn die trauernde Witwe einfach ihr Gesicht in ihrem schwarzen Leinentaschen-
tuch vergraben und ihre Trauer vorgeschoben hätte,
um nicht mit ihm zu sprechen. Stattdessen entschul-
digte sie sich bei den aufgewühlten Damen und zog sich
mit Sebastian durch eine niedrige Tür in ein Esszim-
mer zurück, das neben dem Salon lag.

»Sie meinen es nur gut, wisst Ihr«, sagte sie und
schloss mit einem erleichterten Seufzer die Tür zum Salon. »Es ist nur so, dass Mitleid manchmal belastender
sein kann als Trauer.«

So schien es jedenfalls hier zu sein, dachte Sebastian
und betrachtete ihre beherrschten Züge und die trockenen Augen. Entweder war das der Fall, oder Witwe
Toop war außergewöhnlich gut darin, ihre Gefühle zu
verbergen.

Sie war eine verblüffend schmucklose Frau, großge-
wachsen und genauso dürr wie ihr verstorbener Mann.
Aber sie stammte aus besserem Hause und verlor keine
Zeit, Sebastian darüber zu informieren, dass sie die
Tochter eines der früheren Stiftsherren von St George's
war. Außerdem hatte er den Verdacht, dass sie gebilde-
ter sowie intelligenter war als Toop. Trotzdem war es
nicht schwer zu verstehen, wie sie in der Ehe mit einem
einfachen Kirchendiener gelandet war. Mochte sie
auch intelligent und gut erzogen sein, so hatte sie doch
ein sehr unvorteilhaftes Gesicht mit einer kleinen, ein-
gedrückten Nase, einem fliehenden Kinn und schlechten Zähnen.

Sie betrachtete Sebastian mit festem Blick. »Ihr seid wegen des Todes meines Mannes hier?«

»Ja. Mein Beileid.«

Sie nickte. »Rowan hat mir erzählt, dass Ihr nach den verschwundenen Relikten gefragt habt.«

»Können Sie mir sagen, ob er vergangenen Samstagabend zu Hause war? Oder ist er ausgegangen?«

Die Frage schien sie nicht zu überraschen, obgleich er sah, dass ihr Blick zur Seite glitt. »Ja, er war aus.«

»Lange genug, um nach London und wieder zurück gefahren zu sein?«

Sie nickte ruhig und trat zur Anrichte, wo sie an einem teuer aussehenden Tafelaufsatz herumhantierte. Wie der Salon war auch das Speisezimmer klein, aber exquisit ausgestattet, mit einem Kabinett voller feinstem französischen Porzellan und vergoldeten Wandleuchtern, von denen Kaskaden aus geschliffenem Kristall hingen. Einige der Stücke gehörten zweifellos ihr; sie waren von ihrer Mutter, der Gattin des Stiftsherren, ererbt.

»Wissen Sie, wohin er gegangen ist?«, fragte Sebastian. »Oder aus welchem Grund?«

»Nein.«

Irgendwie konnte Sebastian sich nicht dazu überwinden, diese kürzlich verwitwete Frau zu fragen, ob sie wisse, dass ihr Mann ein Grabräuber gewesen war. Also sagte er stattdessen: »Hat Ihr Gatte je eine Frau namens Priss Mulligan erwähnt? Sie besitzt einen Gebrauchtwarenladen in Houndsditch.«

»Ich glaube nicht, nein. Anderseits wusste Rowan, dass mir manche Dinge, die ihn interessierten, einerlei waren.«

Das ist eine Art, es auszudrücken, dachte Sebastian. Laut sagte er: »Wie hat er gewirkt, als er am Sonntagabend nach Hause kam?«

»Um ehrlich zu sein, habe ich ihn noch nie in einem solchen Zustand erlebt.«

»In welchem Zustand?«

»Fast, als hätte er ... Angst gehabt. Ja, das war es, Angst. Entsetzt war er geradezu.«

»Worüber? Wissen Sie das?«

»Nein, es tut mir leid. Er sagte, er wolle nicht darüber reden, und ist schlafen gegangen.«

»Hat er etwas bei sich gehabt, als er nach Hause gekommen ist?«

»Nein.« Die Frage wunderte sie offenbar. »Was meint Ihr denn?«

Sebastian schüttelte einfach den Kopf. »Und gestern Abend? Wirkte er verängstigt, als er mit dem Hund rausgegangen ist?«

»Ich glaube nicht, nein. Die waren ja mit der Planung des Begräbnisses von Prinzessin Augusta beschäftigt, wisst Ihr, und er hat es immer genossen, wenn es um königliche Angelegenheiten in der Kapelle ging.«

»Können Sie sich vorstellen, wer Ihrem Ehemann schaden wollen könnte?«

Ihre Augen wurden groß. »Nein, aber ... Ich dachte, es hieß, er sei in den Fluss gestürzt.«

»Vielleicht ja, vielleicht nein. Hat Ihr Mann Ihnen nichts darüber erzählt, was am Sonntagabend passiert ist? Wen er treffen wollte, und warum?«

»Nein.«

Sebastian musterte das schlichte Gesicht der Witwe, das goldene Medaillon, das an ihrer Kehle ruhte, das feine Musselinkleid, das ihr Mann zweifellos mit dem Geld gekauft hatte, das er von den Händeln mit den Wiederausgräbern oder vom Verkauf der Schmuckstücke, die sie den Leichen weggenommen hatten, verdient hatte.

Sie war nicht dumm. Er bezweifelte nicht, dass sie schon vor langer Zeit erraten hatte, woher das zusätzliche Geld stammte, mit dem sie das feine Porzellan, die modernen Kleider und die wertvollen Teppiche auf dem Boden gekauft hatten. Sie hatte all das einfach als ihren Anteil betrachtet und war offiziell unwissend über die Aktivitäten geblieben, die das alles ermöglicht hatten. Und zum ersten Mal spürte Sebastian fast so etwas wie Mitleid für Toop, der mit dieser schmucklosen, wohlgeborenen, unglücklichen Frau verheiratet gewesen war, die noch immer nichts als Verachtung für ihn empfand, ganz gleich, wie sehr er sich bemüht hatte, ihr zu Gefallen zu sein.

Er fragte sich, weshalb sie einem Gespräch mit ihm zugestimmt hatte, wenn sie ihm im Grunde doch nichts zu erzählen hatte. Dann sah er das Zucken, das über ihre Züge glitt, als ihr Blick zu der geschlossenen Tür zum Salon wanderte, und er glaubte zu verstehen. Die Frauen, die gekommen waren, um sie zu trösten – die Ehefrauen und Töchter der Stiftungsherren von St George's – gehörten noch der Welt an, aus der sie abgestiegen war. Und er hatte keinerlei Zweifel, dass diese Frauen geschickt darin waren, sie subtil an ihren erniedrigten Status zu erinnern.

Er fragte: »Wohin werden Sie jetzt gehen?« Dieses Haus würde dem neuen Kirchendiener von St George's zugeteilt werden, ganz gleich, wer das sein würde.

»Meine verwitwete Schwester hat ein Cottage in Eton. Ich werde bei ihr wohnen.« Ein kleiner, drahthaariger grauer Hund trottete von dem Flur, der zur Küche führte, herein, und sie bückte sich, um ihn hochzuheben.

»Mein herzliches Beileid«, sagte Sebastian und verbeugte sich. »Falls Ihnen noch etwas einfällt, ganz gleich, was, das zur Klärung dessen beitragen könnte, was Ihrem Ehemann zugestoßen ist, lassen Sie es mich bitte wissen?«

»Ja, gewiss«, sagte sie.

Aber er wusste, dass sie es nicht tun würde.

Für sie war nur wichtig, was der Tod Rowan Toops bedeutete – nämlich, dass sie ab jetzt ganz auf sich selbst gestellt war und für sich sorgen musste, und das in einer Welt, die gegenüber unscheinbaren, verarmten Frauen mit guter Erziehung nicht wohlgesonnen war.

Kapitel 39

Als Sebastian wieder in der Brook Street ankam, sah er Sir Henry Lovejoy, der sich soeben anschickte, die Stufen vor dem Haus hinunterzugehen.

»Sir Henry«, sagte er, übergab Tom die Zügel und sprang von dem Zweisitzer hinunter. »Ich bin froh, dass ich Sie erwische. Bitte, kommen Sie mit hinein.«

Er ging ihm zum Kleinen Salon voraus, orderte Tee für Lovejoy, schenkte sich selbst einen Brandy ein und berichtete dem Magistraten die Ergebnisse seines Ausflugs nach Windsor.

»Grundgütiger«, sagte der Untersuchungsrichter, als er den Bericht über die Umstände um Toops Tod vernommen hatte. »Haltet Ihr es nicht für möglich, dass der Kirchendiener einfach in den Fluss gerutscht und ertrunken ist?«

»Es wäre ein alarmierender Zufall, wenn es so wäre. Aber wir werden mehr wissen, wenn Gibson ihn sich anschaut.«

In nachdenkliches Schweigen versunken trank Lovejoy seinen Tee. »Wenn es Mord war, weshalb hat der Mörder dann nicht Toops Kopf abgetrennt, wie bei den anderen?«

»Darauf habe ich keine Antwort.« Sebastian schwenkte seinen Brandy im Glas und ging zum Kamin. »Sind Sie aus einem bestimmten Grund zu mir gekommen?«

»Ja. Es ist vielleicht nicht von Bedeutung, aber erinnert Ihr Euch noch, dass Stanley Preston am Tag seines Todes mit einer Mietdroschke irgendwohin gefahren ist? Nun, wir haben den fraglichen Kutscher endlich gefunden.«

»Und?«

»Der Fahrer erinnert sich noch sehr gut an die Tour, denn er hat sie als seltsam empfunden.« Lovejoy stellte seine Teetasse ab und beugte sich vor. »Preston wollte an der Einfahrt zur Bucket Lane am Fish Street Hill abgesetzt werden.«

»Großer Gott; weshalb das denn?« Fish Street Hill war eine Durchgangsstraße, die London Bridge mit der Gracechurch Street und Bishopsgate verband, und als solche das Zentrum einer armen, überbevölkerten Gegend, in der vor allem diejenigen wohnten, die auf die eine oder andere Weise den Fischmarkt in Billingsgate brauchten, der gleich auf westlicher Seite neben dem Brückenkopf lag. Sebastian konnte sich keinen Grund vorstellen, aus dem Preston in diese Gegend gefahren sein sollte.

»Das müssen wir noch herausfinden«, sagte Lovejoy. »Miss Preston sagt, sie hat keinerlei Vorstellung, was ihr Vater dort gewollt haben könnte.«

»Glauben Sie ihr?«

Lovejoy sah ihn überrascht an. »Ihr nicht?«

»Ich glaube, dass Miss Anne Preston uns gegenüber in einigen Dingen nicht gerade aufrichtig war.«

»Oh je, das war mir nicht bewusst.« Der Magistrat blickte nachdenklich drein.

»Was?«, fragte Sebastian, der ihn beobachtete.

»Der Wachtmeister, der Prestons Diener befragte, hat berichtet, dass das Personal nicht so bereitwillig war, wie es hätte sein können. Glaubt Ihr, dass sie Miss Preston aus irgendeinem Grund schützen wollen?«

»Das ist möglich. Sie könnten einen Ihrer Männer nochmals hinschicken.«

Lovejoy nickte. »Ich werde Constable Hart erneut zur Befragung hinschicken. Ihn habe ich übrigens zur Bucket Lane gesandt. Leider konnte er niemanden ausfindig machen, der zugegeben hätte, Preston zu kennen oder sich an ihn zu erinnern.«

»Das überrascht mich nicht.« Menschen, die an Orten wie Fish Street Hill wohnten, waren nicht gerade für ihre Freundlichkeit gegenüber Polizisten bekannt. »Ihr Constable hatte Glück, dass er lebendig dort herausgekommen ist.«

»Das hat er auch gesagt. Und er weigert sich, wieder dorthin zu gehen.«

***

Sebastian rieb sich eine üble Mischung aus Schinkenspeck und Asche ins Haar, da kam Hero und blieb auf der Türschwelle zu seinem Ankleidezimmer stehen. »Seven Dials?«, fragte sie und musterte ihn. »Oder Stepney Green?«

»Billingsgate.«

»Wirklich? Aber weshalb das denn?«

Er sagte es ihr.

Sie sagte: »Weshalb Billingsgate? Das ergibt keinen Sinn.«

328

»Ich weiß.« Er hielt inne und schob seine kleine doppelläufige Pistole in die Tasche eines seiner altmodischen und schlechtsitzenden Mäntel aus der Rosemary
Lane. »Deshalb ist es ja gerade so faszinierend.«

Kapitel 40

Ein durchdringender Geruch wie von Tang lag in der Luft um die London Bridge herum, und je näher Sebastian zur Brücke und dem Fischmarkt dahinter kam, desto stärker mischte sich Fischgeruch darunter.

Seit Menschengedenken war der Brückenkopf von den Fischverkäufern von Billingsgate beherrscht worden. Hier tummelten sich stämmige Frauen in Schürzen, die von Fischschuppen glänzten, Männer in vom Schleim steifen Drillichhosen und andere mit den roten Kammgarnmützen der Seeleute. Zwischen den engstehenden Häusern sah man das Tauwerkwirrwarr von Austernbooten, und über den Köpfen flogen Seemöwen, deren gellende Schreie sich mit Rufen wie »Lebende Scholle, billig, billig« und »Muscheln, ein Penny das Viertelpfund« mischten.

In dem Viertel, das zur Brücke führte und als Fish Street Hill bekannt war, standen Läden, die alles von Kabeljau über Strandschnecken bis hin zu Wein, Pech und Teer verkauften. Aber in dem Gewirr aus schmalen Gassen und ärmlichen Höfen auf der Westseite wohnten die Fischverkäufer selbst, zusammen mit den Marktleuten, die den Fisch in Billingsgate kauften, um ihn auf Londons Straßen zu verkaufen.

Sebastian kam in einer Mietdroschke an; er war einfach in die Persönlichkeit geschlüpft, die er sich dafür ausgesucht hatte: Silas Nelson, ein geistig etwas retardierter Bauerntölpel aus einem kleinen Dorf in Kent. Als er an dem schmalen Durchgang ankam, der ihn zur Bucket Lane führen sollte, war jede Spur des selbstbewussten Viscounts verschwunden. Seine Schultern sackten herunter, und er ging mit etwas vorgerecktem Kopf. Den Blick ließ er nervös hin und her schweifen, und er setzte ein dümmliches, schiefes Grinsen auf.

Es war ein Trick, den ihn seine frühere Liebe, Kat Boleyn, vor langer Zeit gelehrt hatte, als sie sich gerade einen Ruf auf der Theaterbühne erwarb und er noch ein idealistischer, frisch aus Oxford abgegangener Jungspund gewesen war. »Es reicht nicht, sich nur wie eine bestimmte Figur zu kleiden«, hatte sie ihm gesagt. »Du musst die Persönlichkeit in jede Faser deines Seins eindringen lassen – wie du gehst, wie du sprichst, deine Haltung dir selbst und anderen gegenüber, sogar gegenüber dem Leben an sich.«

Im Krieg hatte ihm die Lektion gute Dienste geleistet, als er als Aufklärungsoffizier in den Bergen Italiens und der Halbinsel gearbeitet hatte ...

Aber er verschloss seinen Geist vor diesen Erinnerungen.

Als er nun mit einem linkischen Humpeln vorwärts ging, durchschritt er den Durchgang und fand sich in einer düsteren Straße mit trostlosen, halbverfallen Häusern wieder, die sich oben fast zu berühren schienen und das Sonnenlicht ausschlossen. An den Fenstern der oberen Stockwerke hing fadenscheinige Wäsche, während Kinder mit leeren Augen und halbverhungerte, knurrende Hunde sich in dem schmalen Streifen aus Dreck und dampfendem Abfall tummelten, der eine Straße sein sollte. In der Luft hing der durchdringende Gestank nach Unrat, Exkrementen und dem unausweichlichen, erdrückenden Fischgeruch.

Er klopfte an die erste Tür rechts und wartete, immer noch leicht grinsend.

Niemand öffnete.

Er legte den Kopf in den Nacken und blickte nach oben zu dem gesprungenen, schmutzigen Fenster des überkragenden zweiten Stockwerks. Er konnte die Bewohner darin spüren, hörte ihre leisen Gespräche und ihre Bewegungen. Aber die Tür blieb zu.

Er ging zum nächsten Haus und klopfte laut an die verwitterte, schäbige Tür.

Stille.

»Hey!«, rief er. »Irgendwer zu Hause?«

Ein Stück weiter in der Straße öffnete sich eine Tür, und ein alter Mann kam heraus. Er stützte sich auf einem Stock ab, trug eine tief über den Ohren sitzende Mütze und um den Hals einen dicken, ausgefransten Schal.

»Entschuldigung«, rief Silas Nelson und hastete zu ihm. »Kann ich mit Ihnen sprechen?«

Der Mann warf Sebastian einen Blick zu, dann drehte er sich um und ging in die entgegensetzte Richtung davon, wobei er seinen Stock fest in der Hand hielt.

»Hey! Ich suche nach Mr Stanley Preston. Kennen Sie den?«

Der Mann ging weiter.

Silas Nelson blieb stehen und ließ die Schultern noch mehr hängen. »Warum redet keiner mit mir?«, fragte er in die nun leere Straße hinein. Sogar die Kinder waren verschwunden.

»Wer sin Sie?«, fragte eine Stimme hinter ihm.

Sebastian wirbelte herum.

Auf der dreckigen, abfallübersäten Straße stand eine Frau, die Arme vor der Brust verschränkt. Mit zurückgezogenem Kopf betrachtete sie ihn aus verengten, überraschend klaren türkisfarbenen Augen. Sie schien Mitte dreißig zu sein und war auffallend schön mit ihrer milchkaffeefarbenen Haut und dichtem dunklem Haar, das unter dem roten Tuch hervorschaute, das sie sich um den Kopf gebunden hatte. Sie war groß und schlank, hatte einen anmutigen langen Hals, hohe Wangenknochen und volle Lippen.

»Sin Se taub, oder was?«, fragte sie, als er nicht antwortete. »Ich hab gefragt, wer Sie sin.«

»Silas Nelson, Ma'am.« Sebastian zog sich die mottenzerfressene Kappe ab und verbeugte sich schwankend.

Die Frau zog die Nase hoch. »Hab Sie hier noch nie gesehn. Was treiben Sie hier?«

»Bitte um Entschuldigung, Ma'am, aber ich suche nach Mr Preston, Mr Stanley Preston. Kennen Sie den zufällig?«

»Hier wohnt keiner, wo so heißt.«

»Angeblich war der letzten Samstag hier.«

»Wer hat das gesagt?«

Sebastian war bereits der Gedanke gekommen, dass Lovejoys Wachtmeister die Nachbarschaft wahrscheinlich so aufgerüttelt hatte, dass jeder Fremde, der unverhofft hier auftauchte, an diesem Tag unwillkürlich verdächtig wirken musste. Also drehte er die Mütze zwischen den Händen und sagte: »Ein Wachtmeister, Ma'am. Oder ich sollt wohl eher sagen, der Wirt vom Red Fox, der wo es vom Wachtmeister hatte.

Dort wohn ich, wissense, im Red Fox auf dem Fish Street Hill. Wie der Wirt gehört hat, dass ich gekommen bin, um nach Mr Preston zu suchen, da hat er gesagt: ›Na, das is ma komisch, weil grad heut Morgen war 'n Wachtmeister hier, wo nach dem gefragt hat. Hat gesagt, er hätt ihn in der Bucket Lane gesehn.‹« Sebastians Silas Nelson beugte sich eifrig vor. »Hamse 'n gesehn? O bitte, sagense Ja.«

Ihr Ausdruck wandelte sich von Misstrauen zu leichtem Abscheu. »Wer sin Sie?«

»Ich bin Silas Nelson, Ma'am.«

»Das han Sie schon gesagt. Ich meine, woher komme Sie? Was wolle Sie von Preston?«

»Ich bin von Dymchurch, Ma'am, unten in Kent. Ich bin nach London gezogen, weil meine Schwester sich um mich gekümmert hat. Aber jetzt issie tot, also was soll ich machen? Mir is eingefallen, dass ihr Mann mal mit Mr Preston zu tun hatte, also bin ich hergekommen, hab gehofft, er könnt mir vielleicht 'ne Arbeit finden. Hab gehört, er wär mächtig reich. Aber ich kenn seine Adresse nich, und London is ja so riesig. Hatte ja keine Ahnung; es is gar nich wie Dymchurch, wissense. Ich hab echt schon drüber nachgedacht, wo ich überhaupt mit der Suche anfangen soll, und da erzählt mir der Wirt von der Bucket Lane.« Sebastian lächelte breit. »Un da bin ich.«

»Du bist 'n Idiot.« Es war eher eine Feststellung als eine Beleidigung.

Sebastian lächelte noch breiter. »Jawohl, Ma'am.«

Sie presste die Luft zwischen zusammengebissenen Zähnen hervor und schüttelte den Kopf. »Dein Mr Preston wohnt nich hier. Der wohnt in nem großen Haus irgendwo in Knightsbridge. Oder hat er jedenfalls, muss ich wohl sagen. Er is nämlich tot.«

»Tot?« Sebastian zog ein übertrieben enttäuschtes Gesicht.

»Ja.«

»Aber ... was mach ich'n jetzt?«

»Nach Kent zurückkehren?«, schlug sie vor.

»Aber ... Sie haben Mr Preston schon gekannt, oder?«

Sie verneinte es nicht, sondern musterte ihn nur und wartete darauf, dass er zu Ende spräche.

Er beugte sich vor. »Vielleicht ... vielleicht kennense jemand, wo mir Arbeit verschaffen könnt? Ich bin zwar nich der Hellste, aber stark. Ganz schön sogar.«

»Sorry.« Betont ließ sie den Blick über das Elend wandern, das sie umgab. »Schau dich doch um. Die Leute hier können sich kaum selbst ernähren und erst recht keine Arbeit für andere finden. Außerdem irrst du dich; ich hab Preston nich gekannt.« Angeekelt verzog sie die Oberlippe. »Die einzigen Leute von meiner Sorte, die den Mann je gekannt haben, haben auf den Zuckerfeldern für ihn gearbeitet und ihn ›Massa‹ genannt.«

Sebastian sah sie verwirrt an. »Ma'am?«

»Egal.« Sie ruckte mit dem Kopf zum Durchgang zum Fish Street Hill. »Schau einfach, dass du hier wegkommst, bevor dir noch was passiert. Das is kein Ort für deine Sorte.«

»Ma'am?«

»Hast mich gehört. Verzieh dich. Sofort.«

Sebastian zog sich mit beiden Händen die Mütze über den Kopf, ließ niedergeschlagen und verzweifelt alles hängen und drehte sich wieder zum Fish Street Hill um.

In dem dunklen Durchgang blieb er stehen und schaute zurück.

Sei stand noch immer mitten auf der schmutzigen Straße, die Arme vor der Brust verschränkt, und ihre Augen wurden schmal, als sie ihn beobachtete. Allerdings hätte er nicht sagen können, ob sie es tat, um sicherzugehen, dass er verschwand, oder weil sie sich um ihn sorgte.

***

Sebastian lehnte sich gegen die abgewetzten Polster der Mietdroschke, die ihn zurück zur Brook Street brachte, und behielt die halbverfallenen Gebäude und die abgerissenen, verzweifelten Menschen im Blick, die am Kutschfenster vorbeizogen. Je weiter sie Richtung Westen fuhren, desto feiner wurden die Geschäfte und Wohnhäuser, desto breiter und in besserem Zustand waren die Straßen, desto besser gekleidet und genährt waren die Menschen, bis es ihm so vorkam, als wäre er in ein anderes Land gefahren.

Die Gesellschaft, in der er lebte, hatte glasklar abgetrennte Unterteilungen, und jede Person war sich ihres Platzes im Vergleich zu allen anderen nur zu bewusst. Der Hochadel, wie Sebastians Tante Henrietta zum Beispiel, legte dem einfachen Landadel gegenüber, zu dem Stanley Preston gehört hatte, gelegentlich deutliche Herablassung an den Tag. Preston seinerseits hatte sich in vollem Recht gefühlt, Männer vom Schlage Captain Hugh Wyeths – der zwar von adliger Geburt, leider aber völlig verarmt war – zu verachten und seine Tochter vor ihm zu beschützen.

Intelligenz, Moralempfinden, Bildung und Talent – das alles zählte ohne hohe Abstammung und Wohlstand nur wenig. In Sebastians Welt zählte nur ein ausgeglichenes Zusammenspiel dieser beiden lebenswichtigen Attribute. Es war eine wackelige Gleichung, die zweifellos einen Außenstehenden verblüffen würde, nicht aber diejenigen, die darin lebten und mit dem Bewusstsein für die subtilen Zuweisungen groß geworden waren.

Und dann gab es noch die Menschen, die weder von guter Geburt waren noch Land besaßen, und die zu der beschämenden Gruppe der Handelsleute gehörten. Wenn ein Mann genug Geld verdiente, konnte er sich ein Anwesen kaufen und innerhalb weniger kurzer Generationen seine Gleichgesinnten dazu bringen, seine plebejischen Wurzeln und seine Verbindung zu den Menschen, die für ihren Lebensunterhalt arbeiten mussten, zu vergessen. Aber selbst das einfache Volk hatte Abstufungen in der Rangordnung. Kaufleute, Handwerker, Kneipenwirte, Arbeiter, Straßenhändler, Prostituierte – sie alle kannten genau ihren Platz innerhalb der Gesellschaft und fühlten sich denjenigen gegenüber, die unter ihnen standen, überlegen. Selbst unter den Dieben gab es diejenigen, die wer waren und diejenigen, die nichts waren. Die Wegelagerer blickten auf die Einbrecher hinab, die ihrerseits Beutelschneider und Taschendiebe verachteten.

Nach allen Aussagen zu schließen war Stanley Preston sich gleichzeitig der seiner Meinung nach unzureichenden Stellung, die er im großen Spiel innehatte, schmerzlich bewusst und hatte sehr darunter gelitten.

In dem verzweifelten Bemühen, die soziale Leiter weiter hinaufzusteigen, hatte er die Tochter eines Lords geheiratet und sehr darum gekämpft, für seine Kinder vorteilhafte Partien zu finden. Die ganze Zeit hatte er sich mit Artefakten der Noblesse und der Königinnen und Könige der Vergangenheit umgeben. Dennoch war er kaum zwölf Stunden, bevor ihm jemand den Kopf abgeschnitten und auf der Bloody Bridge zur Schau gestellt hatte, quer durch London zu einer üblen Gasse gleich hinter Fish Street Hill gefahren und hatte mit einer großen, dunkelhäutigen Frau mit türkisfarbenen Augen, die ihn verachtete, irgendetwas Geheimnisvolles zu tun gehabt.

Weshalb?

Sie war keine einfache Prostituierte, dessen war sich Sebastian sicher. Die Gegend war bei Marktleuten beliebt, die die Gewohnheit hatten, sich in der Nähe der Märkte zu versammeln, auf denen sie bei Morgengrauen ihre Ware kauften. Ihrem Kleid nach zu schließen hielt Sebastian die Unbekannte aus der Bucket Lane selbst für eine Marktfrau. Und ihr Aussehen sowie ihre Bemerkung legten nahe, dass mindestens einer ihrer Großeltern afrikanischer Abstammung war. War das von Bedeutung?

Vielleicht.

In seinem Kopf formte sich eine neue These, die haarsträubend, vielleicht sogar unmöglich war, und dennoch ...

Er musste unbedingt mit jemandem sprechen, der Preston gut kannte, wurde ihm bewusst. Der ihn wirklich kannte. Und das hieß: nicht mit dessen Tochter

Anne, sondern mit seinem langjährigen Freund Sir Galen Knightly.

Kapitel 41

Sebastian war wieder frisch in rehlederne Hosen und einen gutgeschnittenen dunkelblauen Mantel gekleidet, und sein Haar war noch feucht, als er vor Sir Galen Knightlys Stadthaus in der Half Moon Street an die Tür klopfte. In der prächtigen, altmodischen Eingangshalle stand der Baronet, einen Wanderstock unter den Arm geklemmt und mit seinen Handschuhen bereits in der Hand.

»Ich bitte um Verzeihung«, sagte Sebastian. »Sind Sie gerade auf dem Sprung?«

Sir Galen wirkte etwas bekümmert. »Nun ... in der Tat, ja. Braucht Ihr etwas?«

»Ich hätte noch ein paar Fragen zu Preston und habe gehofft, Sie könnten sie mir vielleicht beantworten.«

Der Baronet sah auf die Standuhr. »Würde es Euch etwas ausmachen, mit mir zur Bond Street zu gehen?«

Sebastian fiel ein, dass Sir Galen die Angewohnheit hatte, jeden Mittwoch und Samstag um halb sieben zu Abend zu essen. »Gern«, sagte Sebastian, und das Gesicht des älteren Mannes klärte sich auf.

Sebastian ließ den Blick durch die Halle schweifen, während Knightly ein kurzes Gespräch mit seinem Butler führte. So wie es aussah, war das Haus seit den Tagen von Sir Knightlys Großvater kaum verändert worden. Die tragische junge Frau des Baronets, die die Heirat nur zehn Monate überlebt hatte, bevor sie im Kindbett verstorben war, war nicht lange genug am Leben geblieben, um viele Veränderungen vorzunehmen, und ihr trauergebeugter Witwer war offensichtlich zufrieden gewesen, alles beim Alten zu belassen.

»Habt Ihr Fortschritte in den Ermittlungen gemacht?«, fragte Sir Galen, als sie die Eingangsstufen hinuntergingen und sich nach Osten wandten.

»Einige. Ich frage mich, ob Sie wissen, aus welchem Grund Stanley Preston am vergangenen Sonntag zum Fish Street Hill gegangen sein könnte, und zwar in eine schäbige Gasse namens Bucket Lane.«

»Fish Street Hill?« Knightly sah ihn überrascht von der Seite an. »Großer Gott, nein. Das kann ich mir nicht vorstellen. Seid Ihr sicher?«

»Ja.«

»Wie überaus seltsam.«

»Wirklich?«

»Ja, sehr. Stanley hatte – man könnte sagen – eine Aversion gegen Menschen von niederer Herkunft. Für gewöhnlich hat er sie gemieden, so gut er konnte.«

»Niedere Herkunft und niedere Mittel?«

»Nun ja. Natürlich.«

Sebastian hielt inne, um dem jungen Straßenfeger einen Penny zu geben, der damit beschäftigt war, mit einem schäbigen Besen Dung von der Kreuzung zu kehren. »Wie lang ist es her, dass Prestons Frau gestorben ist?«

»Acht Jahre, glaube ich. Weshalb?«

»Er war zum Zeitpunkt ihres Todes noch ein recht junger Mann, hat aber nicht wieder geheiratet.«

»Nein. Allerdings war er zu seiner verstorbenen Frau sehr hingezogen. Ich glaube ehrlich nicht, dass er je wieder eine andere Frau angeschaut hat – weder vor noch nach ihrem Tod. Er hat sie verehrt.«

»Keine Geliebte?«

»Nein, nie. Und wenn Ihr glaubt, dass Stanley Preston aus einem solchen Grund zur Bucket Lane gefahren ist, fürchte ich, dass Ihr wirklich nicht begriffen habt, was für ein Mann er war. Hätte Stanley vorgehabt, sich eine Geliebte zu nehmen – was er natürlich nie getan hat, aber wenn er es vorgehabt hätte –, dann hätte er nie ein billiges Flittchen von Billingsgate gewählt. Ich weiß noch, wie er einmal sagte, dass es gleichbedeutend mit Rassenvermischung wäre, wenn ein Gentleman mit einer niedrigen Hure das Bett teilen würde.«

Sebastian dachte an die makellose, dunkle Haut und die exquisite Knochenstruktur der Frau in der Bucket Lane und fragte sich, ob Sir Galen seinen alten Freund wirklich so gut gekannt hatte, wie er dachte. »Eine interessante Wortwahl«, sagte Sebastian. »Rassenvermischung. Also gehe ich davon aus, dass er auch nie Interesse an den versklavten Frauen hatte, die auf seinen Plantagen in Jamaika gearbeitet haben?«

»Großer Gott, nein!«

»Es ist aber nicht ungewöhnlich, oder?«

»Unter ehrenhaften Gentlemen doch.«

Sebastian beobachtete einen ausladenden Kohlewagen, der sich die Straße hinaufarbeitete, und sagte nichts.

Sir Galen räusperte sich. »Meines Wissens ist Stanley Preston selten östlicher als bis zur Bond Street vorgedrungen, außer für Geschäftliches mit einer Bank oder

der Börse. Ich kann mir nicht vorstellen, was ihn in eine Gegend wie Fish Street Hill verschlagen haben könnte.«

»Dennoch hat er Geschäfte mit Leuten wie Priss Mulligan gemacht.«

Knightly zog irritiert die Brauen zusammen. »Mit wem?«

»Priss Mulligan, das ist eine durchaus widerwärtige Frau, die in Houndsditch einen Gebrauchtwarenladen führt.«

»Ah, ja. Ich erinnere mich, dass er von ihr gesprochen hat. Aber ich glaube, Stanley wäre sogar in den Hades abgestiegen und hätte mit Satan selbst Geschäfte gemacht, wenn der zufällig etwas besessen hätte, das Stanley für seine Kollektion wollte.« Die Augen des Baronets weiteten sich, als wäre ihm plötzlich ein Gedanke gekommen. »Vielleicht war er deshalb in der Bucket Lane. Um irgendein Relikt zu kaufen.«

»Die Anwohner dort sind Marktleute und Fischverkäufer. Keine Diebe und Hehler.«

»Man weiß von manchen Marktleuten, dass sie auch gestohlene Waren verkauft haben.«

»Gestohlene Schinken und Stoffballen vielleicht. Aber nicht unbezahlbare Relikte.«

»Vielleicht hatte ja mal einer Glück.«

»Vielleicht. Aber hätte er gewusst, wie er es Preston anbieten könnte?«

»Stimmt, daran habe ich nicht gedacht.« Er zuckte die Schultern. »Dann habe ich keine Erklärung, fürchte ich.« Er zögerte kurz, dann sagte er: »Seid Ihr noch nicht näher an der Entdeckung des Mörders?«

»Ich fürchte, nein.«

Knightly stieß einen langen, schmerzlichen Seufzer aus. »Und jetzt ist Dr Sterling ebenfalls tot. Das ist so gräulich.«

»Sie kannten Sterling?«

Knightly zuckte die Schultern. »Jamaika ist eine sehr kleine Insel.«

Sebastian starrte ihn an. »Wollen Sie damit sagen, dass Douglas Sterling Zeit in Jamaika verbracht hat?«

»Ja. Wusstet Ihr das nicht?«

»Wann?«

»Er hat dort als junger Mann praktiziert. Und er reist immer noch alle paar Jahre hin, um eine Tochter zu besuchen, die in Kingston einen Kaufmann geheiratet hat.« Knightly unterbrach sich. »Obwohl ich wohl sagen sollte, er *ist* hingereist.«

»Das ist eine lange Reise für einen Mann seines Alters.«

»Ja, das stimmt. Aber er hat immer behauptet, die Seeluft sei gut für ihn und gleiche die ermüdende Reise mehr als aus. Er hat gesagt, der Nebel in London würde ihn noch umbringen.« Knightly schüttelte bei der mitschwingenden Bedeutung seiner Worte traurig den Kopf.

»Wann war Sterling zum letzten Mal in Jamaika, wissen Sie das?«

»Kürzlich erst, glaube ich. Auch wenn ich nicht exakt sagen kann, wann.«

»In der Zeit, in der Sinclair Oliphant Gouverneur war?«

»So muss es gewesen sein, schätze ich.« Knightly blieb vor dem Stevens auf dem Bürgersteig stehen. »Haltet Ihr das für bedeutsam?«

»Möglich. Ich weiß es nicht.«

Knightly nickte, warf dann einen verstohlenen Blick auf seine Uhr, als eine Turmuhr in der Nähe die Viertelstunde schlug. »Möchtet Ihr mir beim Dinner Gesellschaft leisten?«

»Vielen Dank, aber ich fürchte, ich habe schon eine Verpflichtung.«

Das war nur zum Teil gelogen. Sebastians Verpflichtung war Sinclair Oliphant.

Der Colonel wusste nur noch nichts davon.

***

Inzwischen war Sebastian in Kniehosen aus Satin und einen Abendmantel gekleidet, dazu trug er einen Chapeau Bras und einen Gehstock mit einem silbernen Knauf, der einen scharfen, tödlichen Dolch verbarg. So durchstreifte Sebastian die Spielplätze der feinen Londoner Gesellschaft – die Klubs der Gentlemen, Spielhallen und glänzenden, eleganten Ballsäle, die den gelangweiltesten und verhätscheltsten Einwohnern der City Zerstreuung boten. Schließlich entdeckte er seine Beute auf dem überaus angesagten Ball, den Lady Davenport gab.

Lord Oliphant und seine zierliche, blonde Gattin saßen im Speisezimmer Ihrer Ladyschaft und genossen Zitroneneis. Lady Oliphant war jünger als ihr Gatte, wohl nicht älter als fünfundzwanzig oder dreißig. Die mit fünf Schwestern aufgewachsene Tochter eines verarmten Landadligen war eine attraktive Frau, obgleich ihr Gesicht und ihre Nase als zu lang angesehen wurden, ihr Mund zu klein und unsinnlich, ihr Kinn als zu spitz, um als echte Schönheit zu gelten. Als sie Oliphant geheiratet hatte, war er noch ein einfacher Armeeoffizier gewesen, dem das übliche Leben eines Nachgeborenen in der zweiten Reihe vorbestimmt gewesen war. Doch der Tod seines kinderlosen älteren Bruders hatte das geändert und Oliphant einen Titel, ein Anwesen, Wohlstand und Status gebracht. Sebastian beobachtete sie und fragte sich, ob sie von den Dingen wusste, die ihr Ehemann im Krieg angerichtet hatte, bevor er Lord Oliphant und der Gouverneur von Jamaika geworden war. Und wenn ja, würde es sie scheren?

Aus einem Grund, den er nicht hätte erklären können, zweifelte Sebastian daran.

Er drückte sich vom Türrahmen ab und ging auf die beiden zu. Er wusste genau, wann Oliphant seine Anwesenheit bemerkte; er erkannte es an der kleinen Veränderung in der Haltung und dem schwachen Funkeln, das in seine Augen stieg. Aber Oliphant aß *scheinbar* unbekümmert sein Eis weiter.

Vielleicht hatte es nicht bloß den Anschein, dachte Sebastian, der ihn beobachtete. Nach seiner Erfahrung waren Menschen wie Oliphant grundlegend anders als ihre Mitmenschen. Es war, als wären sie immun sowohl gegen Mitgefühl und Mitleid als auch gegen Sorgen und Selbstzweifel auf die Welt gekommen.

»Ihr schon wieder?« fragte Oliphant, als Sebastian auf der anderen Seite des unter den vielen Speisen ächzenden Esstisches von Lady Davenport stehenblieb.

»Ich schon wieder.« Er umfasste den Griff seines Stockes fester. »Wie ich hörte, haben Sie Dr Douglas Sterling gekannt.«

»Das stimmt.« Oliphants Augenlider senkten sich leicht, als er an einem Löffel mit Zitroneneis lutschte. »Wie eine ganze Anzahl anderer Menschen, da bin ich sicher.«

»Richtig. Allerdings verringert sich diese Anzahl beträchtlich, wenn man diejenigen herausrechnet, die nicht zugleich Stanley Preston kannten.«

Lady Oliphant hielt ihren Löffel über ihrem Zitroneneis in der Luft und war ganz steif vor Empörung. »Sicherlich wollt Ihr nicht andeuten, dass mein Mann etwas mit diesen schrecklichen Morden zu tun hat?«

»Doch«, sagte Sebastian.

Die Flügel ihrer langen, dünnen Nase bebten vor Zorn. »Der bloße Gedanke ist unerhört. Ein Lord des Königreichs!«

»Hat Euch Euer Ehemann je von Santa Iria erzählt?«, fragte er und beobachtete sie aufmerksam.

Sie sah ihn verständnislos an. »Was?«

»Santa Iria. Das ist – oder ich muss wohl sagen, war – ein Kloster in den portugiesischen Bergen. Ein Rückzugsort für einfache, fromme Frauen und die Kriegswaisen, für die sie sorgten.«

Sie sah desinteressiert aus. »Und wo gibt es da irgendeinen Zusammenhang?«

»Die Äbtissin von Santa Iria war die Tochter eines angesehenen Mannes dort – eines bekannten Großgrundbesitzers, der nicht für die Franzosen Stellung beziehen wollte, weil er befürchtete, dass sein Volk Repressalien erleiden würde, wenn die Briten besiegt würden. Also hat sich Euer Ehemann eine Möglichkeit ausgedacht, ihn zu überzeugen.«

Sie warf Oliphant ein bewunderndes Lächeln zu. »Sinclair ist sehr erfindungsreich.«

Oliphant verbeugte sich, sagte jedoch nichts.

»Das ist er«, stimmte Sebastian ihr zu. »Er hat einen Kurier geschickt, der gefälschte Depeschen überbrachte, die behaupteten, die Äbtissin von Santa Iria arbeite als Spionin für die Briten. Dann gab er einer französischen Truppe in der Gegend einen Tipp, sodass sie den Kurier fangen konnten. Ich brauche nicht zu erwähnen, dass die Franzosen glaubten, in den Depeschen stünde die Wahrheit.«

»Das war klug«, sagte Lady Oliphant.

»Der Kurier war anderer Ansicht.«

Sie zuckte die Achseln.

Oliphant leckte noch einen Löffel voll Eis. »Führt Eure Geschichte zu Ende. Ich glaube, meine Frau wird sie genießen.«

Sie sah Sebastian erwartungsvoll an.

Er sagte: »Die Franzosen haben Santa Iria im Morgengrauen angegriffen. Das Kloster wurde niedergebrannt, die Frauen und Kinder allesamt getötet. Nicht einmal die Allerkleinsten wurden verschont. Die Äbtissin – keine britische Spionin, sondern eine unschuldige Nonne – wurde mehrfach vergewaltigt und gefoltert, um sie zum Reden zu bringen. Sie ist qualvoll verendet.«

»Und ihr Vater? Der schwankende angesehene Mann? Hat ihn diese Gräueltat der Franzosen endlich überzeugt, sich gegen Napoleon zu stellen?«

»Nein. Er war von der Tat dermaßen entsetzt, dass er einen Herzanfall erlitt und daran gestorben ist.«

»Hm. Bedauerlich. Trotzdem müsst Ihr zugeben, dass es ein genialer Plan war.«

»Dutzende unschuldiger Frauen und Kinder sind sinnlos gestorben.«

»Ja. Die Franzosen haben überall in Europa solche Gräueltaten begangen. Deshalb werden sie mit Gottes Gnade auch bald besiegt werden.«

Die hellblauen Augen ihres Ehemanns glitzerten belustigt.

Sebastian sagte: »Ich glaube nicht, dass Gott etwas damit zu tun hatte, was in Santa Iria geschehen ist.«

»Der liebe Gott hat mysteriöse Wege.«

Sebastian betrachtete ihre blasierte, selbstgefällige Miene. Schon oft hatte er sich gefragt, was für eine Frau einen Mann wie Oliphant heiraten konnte.

Jetzt wusste er es.

Oliphant sagte: »Eines Tages müsst Ihr wirklich die Geschehnisse jenes Frühlingstages in Portugal hinter Euch lassen. Krieg ist Krieg, und es geschehen schreckliche Dinge. Aber glaubt Ihr, dass ein Ball in London die passende Gelegenheit ist, die grausamen Einzelheiten aufs Tapet zu bringen?«

»Wenn hier in London immer noch Menschen sterben, ja.«

»Ich nehme an, Ihr bezieht Euch auf diese leidliche Sache mit Preston?«

»Und Sterling.«

Oliphant seufzte und gab seine leere Schale einem der wartenden Kellner. »Soll ich Euch einen kleinen Hinweis geben? Ja, ich schätze, das sollte ich wohl.«

»Sinclair ist immer so großzügig«, sagte Lady Oliphant.

Oliphant deutete eine Verbeugung an. »Ihr seid über die unglückliche Liebe zwischen Miss Preston und einem gewissen Husarenhauptmann sicherlich im Bilde?«

Als Sebastian nicht antwortete, sagte Oliphant: »Natürlich haben Preston und sein Sohn das Durchbrennen der beiden auf bewundernswerte Weise vertuscht. Aber irgendwie verbreitet sich heimliches Gerede zuletzt doch immer, habt Ihr das auch bemerkt? Ich neige dazu, der Dienerschaft die Schuld zu geben.«

Hatten Hugh Wyeth und Anne Preston in der Vergangenheit tatsächlich versucht durchzubrennen? Das fragte sich Sebastian. Falls ja, hörte er gerade zum ersten Mal davon. Er gab seiner Stimme einen gelangweilten Klang. »Ist das Ihr Hinweis?«

»O nein; ich bin davon ausgegangen, dass Ihr über den jungen Hauptmann bereits informiert seid. Aber wisst Ihr auch, das frage ich mich, dass es zwischen dem Hauptmann und Dr Sterling interessante Verbindungen gibt?« Oliphant verzog das Gesicht zu einem gönnerhaften Lächeln. »Wisst Ihr, wo Captain Wyeths Regiment vor der Verlegung nach Portugal stationiert war?« Er beugte sich vor und flüsterte laut: »*Jamaika*.«

Als Sebastian nichts erwiderte, zog Oliphant in gespielter Besorgnis einen Schmollmund. »Ich fürchte, dass Eure Besessenheit mit der Vergangenheit nicht nur ungesund ist, sondern auch schlechte Auswirkungen auf Eure Absicht, den Mörder zu fangen, hat.« Spöttisch zog er eine Augenbraue hoch. »Zumindest nehme ich an, dass das Eure Absicht ist. Oder nicht?«

Mit einem verdrießlichen Stirnrunzeln stellte Lady Oliphant ihre Eisschale beiseite und schüttelte die Röcke ihres eleganten Ballkleides aus. »Komm mit, Sinclair, auf. Ich will tanzen.«

Oliphant nahm ihre Hand und legte sie sich in die Armbeuge. »Gewiss, meine Liebe.« Er nickte Sebastian angelegentlich zu. »Devlin.«

Sebastian beobachtete, wie die beiden sich durch die größer werdende Gästeschar, die aus dem Ballsaal im oberen Stockwerk in den Speisesaal drängte, ihren Weg bahnten. Er sah, wie Lady Oliphant mit einem festgeklebten Lächeln im Gesicht einen tiefen Knicks vor einer Dowager Countess vollführte, während Oliphant herzhaft über ein paar Nettigkeiten lachte, die er mit ihrem Sohn, einem Kabinettsminister, austauschte.

Die Überzeugung, dass Oliphant etwas verbarg, blieb. Aber all seine alten Zweifel stürmten wieder auf Sebastian ein, als er sich die Möglichkeit eingestand, dass er – eventuell – zuließ, dass die Geschehnisse der Vergangenheit sein Verständnis der Gegenwart trübten.

Und dass deshalb immer noch Menschen starben.

Kapitel 42

Captain Hugh Wyeth spielte im Gastraum des *Shepherd's Rest* allein Dart. Er warf einen Pfeil nach dem anderen auf ein ramponiertes Brett, das an einer Wand mit vielen Löchern hing. Er schien kaum zu zielen oder überhaupt hinzusehen und traf trotzdem jedes Mal.

»Sie sind gut«, sagte Sebastian, ging zu ihm und lehnte sich an eine Wand.

»In letzter Zeit habe ich viel Übung. Es ist kaum anderes zu tun.«

»Wann stoßen Sie wieder zu Ihrem Regiment?«

Wyeth ließ erneut einen Pfeil fliegen. »Laut den Ärzten nicht so bald, wie ich hoffte.«

»Wo waren Sie denn?«

»Im Zwanzigsten Husarenregiment.«

»Das war in Jamaika stationiert.«

Wyeth sah überrascht zu ihm auf. »Nun, ja. Weshalb?«

»Sind Sie dort je Dr Sterling begegnet?«

»Meines Wissens nicht. War er denn in Jamaika?«

»Zufällig ja.«

Der Hauptmann warf seinen letzten Pfeil auf die Zielscheibe. »Ihr seht aus, als wärt Ihr für einen Ball gekleidet.«

»Das bin ich auch.«

Wyeth grunzte und ging zur Zielscheibe, um seine eng zusammensteckenden Pfeile einzusammeln. Die Schlinge trug er zwar nicht mehr, aber Sebastian bemerkte, dass er den rechten Arm steif an der Seite hielt.

Sebastian sagte: »Sie haben mir erzählt, dass Sie Sinclair Oliphant nicht kennen. Allerdings scheint er Sie zu kennen.«

Wyeth blickte überrascht zu ihm herum. »Was?«

»*Er* hat mir gesagt, dass Sie in Jamaika stationiert waren – wahrscheinlich, um den Verdacht von sich selbst auf Sie zu lenken.«

»Hat es funktioniert?«

Als Sebastian darauf nicht antwortete, stieß der Hauptmann ein leises, freudloses Lachen aus. »Schätzungsweise verrät die Tatsache, dass Ihr hier seid, mir genug.« Er ging zurück zur Abwurflinie, hielt inne und wog den ersten Pfeil in der Hand. »Warum sollte ich irgendeinen alten Arzt töten? Könnt Ihr mir das verraten?«

»Das weiß ich nicht. Andererseits kann ich mir ohnehin nicht vorstellen, weshalb jemand ihn töten wollte – es sei denn, er wusste etwas Beunruhigendes über den Mörder von Stanley Preston.«

Wyeth warf den Pfeil, verfehlte die Zielscheibe jedoch fast komplett.

Sebastian sagte: »Haben Sie je von einem Mann namens Rowan Toop gehört?«

»Nein, warum? Ist er auch tot?«

Sebastian nickte. »Sie haben ihn heute Morgen in Windsor gefunden.«

»Hat ihm jemand den Kopf abgeschnitten?«

»Nein, tatsächlich ist er ertrunken.«

»Denkt Ihr, dass ich das war?«

»Sie wissen nicht per Zufall, aus welchem Grund Stanley Preston vergangenen Sonntag in der Bucket Lane war?«

»Wo?«

»In der Bucket Lane. Gleich hinter der Fish Street, in der Nähe der London Bridge.«

»Nein. Sagt mir nicht, dort ist auch noch jemand gestorben.«

»Meines Wissens nicht.«

Wyeth warf in schneller Folge die restlichen Pfeile auf die Zielscheibe. Dieses Mal waren sie in einem chaotischem Muster auf der gesamten runden Scheibe verteilt.

Sebastian sagte: »Auf der musikalischen Abendveranstaltung von Lady Farningham am vergangenen Sonntag hatten Sie Streit mit Miss Preston. Deshalb sind Sie früher gegangen. Und Miss Preston ist kurz nach Ihnen gegangen.«

»Ja, und?«

»Worüber haben Sie gestritten?«

»Spielt es eine Rolle?«

»Sagen Sie es mir. Spielt es eine?«

Der Captain zuckte mit einer Schulter und schwieg.

Sebastian betrachtete die verärgerten, mühsam beherrschten Züge des Jüngeren. »Sinclair Oliphant hat mir noch etwas erzählt. Er sagte, dass Sie vor sechs Jahren versucht haben, mit Miss Preston durchzubrennen. Aber ihr Vater und ihr Bruder haben Sie eingeholt und Miss Preston nach Hause gebracht.«

Sebastian sah, wie alles Blut aus dem Gesicht des Hauptmanns wich. »Woher zum Teufel wusste er das?«

»Stanley Preston hat sich selbst zum Feind Oliphants gemacht, und Oliphant ist der Typ Mann, der es sich zur Aufgabe macht, die gefährlichsten Geheimnisse seiner Feinde zu kennen. Es stimmt also?«

Wyeth schluckte hart. »Ja. Schaut – ich bin nicht stolz auf das, was wir getan haben ... aber wir waren beide jung und verzweifelt, und wir haben die ganze Bedeutung dessen, was wir taten, nicht begriffen.«

»Es erklärt jedenfalls Prestons Abneigung Ihnen gegenüber.«

Wyeth spannte den Kiefer an und schwieg.

»Inzwischen ist Miss Preston im heiratsfähigen Alter. Aber die meisten Frauen möchten nicht ohne den Segen ihres Vaters heiraten.« *Vor allem, wenn ein mögliches Erbe im Raum steht,* dachte Sebastian. »Hätte sie Sie geheiratet, wenn ihr Vater ihr weiterhin die Zustimmung verweigert hätte, was meinen Sie?«

»Stanley Preston hätte seine Meinung nie geändert, das könnt Ihr mir glauben.«

»Hätte sie Sie dennoch geheiratet?«

Wyeth drehte sich um und ballte die Hände an den Seiten zu Fäusten. »Glaubt Ihr, ich hätte ihr so etwas angetan? Sie ohne seinen Segen zu heiraten? Preston hätte mir niemals verziehen. Er hat geschworen, dass er ihr keinen Penny lassen würde und nie wieder mit ihr sprechen würde, und das meinte er ernst. Dennoch glaubt Ihr, ich hätte sie trotzdem geheiratet? Ich hätte sie aus einem guten Leben herausgenommen und in ein Leben in Armut im Gefolge des Militärs gezwungen? Großer Gott, für was für eine Sorte Mann haltet Ihr mich?«

»Vor sechs Jahren waren Sie jedenfalls bereit, mit ihr durchzubrennen.«

»Da war ich achtzehn! Ich sagte doch, ich bin nicht stolz auf das, was vor sechs Jahren passiert ist. Aber heute weiß ich es besser.«

»Sie wäre nicht völlig mittellos gewesen. Sie hätte immer noch den Anteil ihrer Mutter gehabt.«

»Der Anteil ihrer Mutter beträgt weniger als mein Jahressold. Vielleicht genug, um ein paar Anschaffungen zu ermöglichen und das harte Leben in der Army etwas leichter zu machen. Aber ohne ihre Erbschaft von Preston hätte ich ihr nicht annähernd das Leben bieten können, das sie kannte.«

»Ist das so wichtig?«

»Ihr wisst, dass es so ist. Ich habe gesehen, was Armut einer wohlerzogenen jungen Dame antun kann. Mein Großvater war nie so vermögend wie Preston, aber meine Mutter war noch umgeben von Dienstpersonal aufgewachsen, hatte eine eigene Kutsche, ein Pony und verbrachte die Sommer an der See. Mit fünf Töchtern und einem Landbesitz, der nur in der männlichen Linie vererbt werden durfte, hat er ihr keine sonderlich große Mitgift bieten können, aber sie war hübsch genug, dass er hoffte, sie würde trotzdem Freier anziehen. So war es auch – und der bestbetuchte war zehntausend Pfund pro Jahr wert.«

»Sie hat sie alle abgewiesen, um Ihren Vater zu heiraten?«

Wyeth nickte. »Und das Jahreseinkommen meines Vaters betrug kaum zweihundert Pfund.« Er lachte abgehackt. »Früher hatte sie Ballkleider getragen, die fast dieselbe Summe wert waren.«

»Waren sie glücklich?«

»Miteinander waren sie glücklich. Aber ihr Leben war ... hart. Manchmal hat sie geweint, wenn sie nicht wusste, dass ich sie hören konnte. Sie hatte beständig Sorgen. Woher sollte das Geld kommen, um das Dach des Pfarrhauses zu reparieren? Wie sollte sie meine Schulgebühren bezahlen oder für meine drei Schwestern sorgen? All diese Sorgen und die Angst ... zuletzt haben sie sie umgebracht. Da habe ich begriffen, wie selbstsüchtig es von mir war, Anne um die Ehe zu bitten und zu erwarten, dass sie eine andere Version des Lebens haben sollte, das meine Mutter umgebracht hatte.«

»Sie sagen also, dass eine Frau, die die Wahl zwischen Liebe und Wohlstand hat, sich für Wohlstand entscheiden solle?«

»Nein. Aber ...«

»Und wenn Ihr Vater diese Wahl für Ihre Mutter getroffen hätte, indem er weggegangen wäre, wäre sie dann glücklich gewesen?«

Wyeth starrte ihn an. »Verflucht noch mal. Wer seid Ihr – Sohn eines Earls, Erbe eines großen Vermögens – dass Ihr glaubt, mich verurteilen zu können? Was wisst Ihr denn von den Wahlmöglichkeiten, die wir anderen haben?«

»Mehr, als Sie vielleicht denken«, sagte Sebastian.

Er drehte sich weg, als Wyeths Faust ihn an der Seite der Wange traf.

***

»Du hast dich von ihm schlagen lassen?«, sagte Hero und hielt ihm ein zusammengerolltes, mit Eis gefülltes Tuch an das sich rasch violett färbende Hämatom.

»Nicht direkt.« Sebastian zuckte zusammen. »Aber ich hatte ihn provoziert. Es ist mir falsch vorgekommen zurückzuschlagen.«

»Du wirst ein blaues Auge bekommen.«

»Es wird nicht das erste Mal sein.«

Sie machte ein undefinierbares Geräusch tief in der Kehle und füllte das Tuch wieder aus der Schüssel mit Eis auf, die Calhoun bereitgestellt hatte. »Wenn er klug wäre, würde Captain Wyeth versuchen, dich davon zu überzeugen, dass Preston der Heirat mit Anne zugestimmt hätte. Stattdessen besteht er darauf, dass Preston niemals zugestimmt hätte und geht dann auf Einzelheiten ein, weshalb ein ehrenhafter Mann Anne niemals ohne ihre Erbschaft heiraten würde. Es ist fast, als würde er sich freiwillig die Schlinge um den Hals legen.«

»Ich weiß. Und das, so seltsam es ist, lässt mich glauben, dass er Preston wahrscheinlich *nicht* getötet hat.« Sebastian ging zum Waschtisch und betrachtete im Spiegel sein verfärbtes Gesicht. »Ich wünschte, das Gleiche könnte ich über Miss Anne Preston sagen.«

Hero drehte sich zu ihm um, das Eistuch lose in der Hand. »Das kann nicht dein Ernst sein.«

»Oh, ich meine nicht, dass sie höchstpersönlich Preston und Sterling erstochen und um einen Kopf kürzer gemacht hat. Aber sie wäre nicht die erste Frau, die jemanden anheuert, der die Drecksarbeit für sie erledigt. Jemand wie, sagen wir mal, Diggory Flynn.«

»Aber so entsetzlich kann sie sicher nicht sein? Ihren eigenen Vater zu töten ...«

Sebastian zuckte mit den Achseln. »Vatermord, Muttermord, Brudermord: Sie kommen uns so widernatürlich vor, dass wir schon vom bloßen Gedanken abgeschreckt werden. Trotzdem passieren sie, sogar oft genug, dass wir Wörter dafür erfunden haben. Anne Preston wollte Captain Hugh Wyeth, aber sie wusste, dass er sie niemals ohne ihr Vermögen heiraten würde. Nicht weil er ein gieriger Mitgiftjäger ist, sondern weil er erlebt hat, was die Armut seiner Mutter angetan hat und er zu nobel ist, das Gleiche der Frau anzutun, die er liebt.«

»Also schafft sie Stanley Preston aus dem Weg und ist nun frei, ihren Hauptmann zu heiraten *und* ihr Erbe anzutreten? Willst du das damit sagen? Seine edlen Bedenken sind beruhigt, und sie braucht nicht zu befürchten, dass sie eines Tages ihre eigene Kleidung in einem schmutzigen Bach irgendwo am letzten Ende der Welt waschen muss? Ja, es ergibt Sinn – vorausgesetzt, sie ist so entsetzlich egoistisch und kaltherzig. Aber das gibt ihr noch lange keinen Grund, Douglas Sterling zu töten.«

»Nur weil wir keinen Grund kennen, heißt das nicht, dass es keinen gäbe.«

Hero legte das Tuch mit dem Eis zur Seite. »Und weshalb sollte sie den Mörder beauftragen, den Opfern die Köpfe abzuschneiden?«

»Vielleicht war das seine persönliche Ausschmückung. Oder vielleicht hat sie gedacht, ein grausamerer Mord würde den Verdacht von ihr ablenken.«

»Sicher kann sie nicht dermaßen ... bösartig sein.«

»Hätte ich auch nicht gedacht. Aber ich habe mich auch früher schon in Menschen getäuscht.« Er griff nach dem mit Eis gefüllten Tuch und hielt es sich vorsichtig an die Schläfe. »Bleibt aber dennoch die Frage, weshalb Stanley Preston nur Stunden vor seiner Ermordung in der Bucket Lane war.«

»Vielleicht hat das gar nichts miteinander zu tun.«

»Möglich«, sagte Sebastian, der an die dunkelhäutige Frau mit dem langen Hals und den fremdartigen, türkisfarbenen Augen dachte. »Aber ich bezweifle es. Und wenn es einen Zusammenhang gibt, dann könnte die Person, die Preston an dem Tag aufgesucht hat, wer sie auch sein mag, in Gefahr schweben – auch wenn sie es vermutlich nicht weiß.«

Hero ging zum schwarzen Kater, der sich vor dem Kamin im Ankleidezimmer zusammengerollt hatte, und sank neben ihm in die Knie. »Einer der Marktleute, die ich befragt habe, wohnt beim Fish Street Hill«, sagte sie und streichelte dem Kater über den Rücken. »Ich könnte ihn bitten, das zu untersuchen. Anscheinend kennt dort jeder jeden.« Sie begann, den Kater hinter den Ohren zu kraulen. »Und Rowan Toop? Wie denkst du, passt er in die ganze Sache?«

»Ich glaube, dass er die königlichen Relikte aus der Krypta gestohlen und an Preston verkauft hat. Sie hatten sich auf der Bloody Bridge verabredet, aber als Toop dort angekommen ist, war Preston schon tot. Toop war wahrscheinlich von der Entdeckung so entsetzt, dass er weggelaufen ist und dabei das Sargband mit der Gravur verloren hat. Schwer zu sagen, ob er etwas gesehen oder gewusst hat, womit der Mörder hätte identifiziert werden können. Der Mörder hat es aber offenbar geglaubt. Und ihn ebenfalls getötet.«

Hero hielt den Blick auf die Katze gerichtet. »Oder Toop war durch die letzten Ereignisse so erschüttert, dass er einfach im Schlamm ausgerutscht ist, als er mit dem Hund unterwegs war, und in die Themse fiel – ohne irgendwelche fremde Unterstützung.«

»Stimmt.« Sebastian legte das schmelzende Eis zur Seite und griff nach einem trocken Tuch, um sich das Antlitz abzuwischen. »Ich hoffe, Gibson hat eine Antwort für mich, wenn ich morgen zu ihm fahre.«

Falls er nicht wieder in einen Opiumnebel abgetaucht ist, dachte Sebastian.

Kapitel 43

Montag, 29. März 1813

Nach gut sechsunddreißig Stunden roch Rowan Toops Leichnam inzwischen leicht nach verderbendem Fisch.

Nackt und ausgenommen lag der Körper auf dem steinernen Tisch im Nebengebäude am hinteren Ende von Paul Gibsons ungepflegtem Garten. Der Ire war da, stocknüchtern und übellaunig. Er sang nicht.

»Hab mich schon gefragt, wann du hier aufkreuzt«, sagte er, als Sebastian auf der Türschwelle stehenblieb.

»Guten Morgen«, sagte Sebastian.

Der Wundarzt grunzte. »Herrliches Veilchen.«

»Danke sehr.«

Sebastian sah auf die Überreste von Toop, dann schaute er weg. »Ist er ertrunken oder wurde er ermordet?«

»Vielleicht beides. Vielleicht das eine, vielleicht das andre. Da ist schwer zu sagen.«

»Wirklich?«

»Wirklich.« Gibson legte mit einem Klappern das Messer zur Seite und griff nach einem Lappen, um sich die blutige Masse von den Händen zu wischen. »Er könnte auf den Kopf geschlagen und dann in den Fluss geworfen worden sein, worin er ertrank. Oder er könnte gestürzt sein und sich den Kopf selbst angeschlagen haben, in den Fluss gerutscht und ertrunken sein. Er könnte sogar in den Fluss gerutscht, sich dann den Kopf angeschlagen haben und ertrunken sein.«

»Aber du sagst, dass er noch gelebt hat, als er ins Wasser fiel?«

»Nicht zwangsläufig. Er könnte auch auf den Kopf geschlagen und gestorben und danach ins Wasser geworfen worden sein. Er hat da einen wirklich hässlichen Schlag. Heftig genug, um als Todesursache auszureichen, ganz ohne Zutun des Flusses.«

»War Wasser in seiner Lunge?«

»Ja. Wasser, Sand und sogar ein bisschen Gras.«

»Also muss er das alles eingeatmet haben, stimmt's?«

»Nein. Wenn in seiner Lunge gar kein Wasser wäre, dann könnte ich dir mit einiger Sicherheit sagen, dass er wahrscheinlich tot war, bevor er ins Wasser stürzte. Aber das aufgewühlte Flusswasser könnte auch in seine Lunge eingedrungen sein, nachdem er bereits tot war.« Gibson griff nach seinem Messer und deutete damit auf ein rostiges Tablett in einem Regal, auf dem Rowan Toops Lunge lag, wie Sebastian vermutete. »Siehst du diesen weißen Schaum?«

»Ja«, sagte Sebastian, der nicht genauer hinschauen wollte.

»Einen feinen weißen Schaum wie diesen findet man oft in der Lunge Ertrunkener, die aus der Themse gezogen wurden. Aber man sieht ihn auch in der Lunge von Menschen, deren Herz versagt hat, oder die sich den Kopf angeschlagen haben. Das Herz von Rowan Toop war aber ganz gesund. Von seinem Kopf kann man jedoch offenkundig nicht dasselbe behaupten.«

Sebastian stieß frustriert den Atem aus. »Also kannst du mir überhaupt nichts sagen?«

»Nein. Das einzige einigermaßen Seltsame an der ganzen Sache ist, dass sie ihn so schnell gefunden haben. Eine frische Leiche geht normalerweise erst einmal wie ein Felsbrocken unter. Sie tauchen normalerweise erst auf, wenn sich in ihren Eingeweiden genug Gas gebildet hat, um sie an die Oberfläche zu treiben. In dieser Jahreszeit dauert das für gewöhnlich so fünf Tage.«

»Fünf Tage? Wieso ist Toop dann weniger als zwölf Stunden nach seinem Verschwinden auf Romney Island gefunden worden?«

Gibson zuckte die Schultern. »Das muss etwas damit zu tun haben, wie er im Wasser gelandet ist. In seinem Habit war Luft gefangen. Sowas kommt vor. Er ist bis zur Insel getrieben und hat sich in den Bäumen verfangen, bevor er untergehen konnte.«

Sebastian umfasste mit den Händen den Granitblock und blickte auf das blasse, knochige Gesicht des Toten. »Ich kann nicht glauben, dass er nur ausgerutscht ist und sich den Kopf angeschlagen hat. Es muss ihn jemand umgebracht haben.«

»Wahrscheinlich ja«, stimmte Gibson ihm zu. »Aber wenn nicht ein blutiger Prügel am Flussufer gefunden wird, wirst du es nie beweisen können.«

***

Etwas später am selben Morgen gesellte sich Sebastian in einem Kaffeehaus in der Nähe der Strand zu Sir Henry Lovejoy.

»Ich habe die Männer nach diesem Diggory Flynn suchen lassen, über den Ihr mich befragt habt«, sagte Lovejoy und nahm vorsichtig einen Schluck seiner heißen Schokolade. »Unglücklicherweise konnten sie keine Spur von ihm finden.«

»Es könnte ein falscher Name sein.« Sebastian legte die Hände um seinen eigenen dampfenden Kaffee. »Ich komme gerade von Gibsons Praxis.«

»Und?«

»Er sagte, Toops Leichenschau lässt keine eindeutigen Schlüsse zu; der Kirchendiener kann ermordet worden sein, kann aber auch einfach gestürzt und in den Fluss gefallen sein.«

Lovejoy betrachtete nachdenklich Sebastians verfärbtes Auge. Er sagte aber nur: »Vielleicht erklärt das, wieso Toops Kopf nicht abgetrennt worden ist – weil er gar nicht ermordet worden ist.«

»Er wurde ermordet«, sagte Sebastian.

»Wie erklärt Ihr dann die Unterschiede in der Mordmethode und im Umgang mit dem Leichnam?«

»Es könnte daran liegen, dass der Mörder nicht mehr Zeit hatte, so entsetzlich zu agieren. Oder dass er nicht wollte, dass wir den Zusammenhang zu Prestons und Sterlings Ermordung erkennen. Oder …«

»Oder?«, hakte Lovejoy nach.

Sebastian stützte die Ellbogen auf dem Tisch ab. »Fragen Sie sich selbst: Weshalb würde ein Mörder die Köpfe seiner Opfer abschneiden?«

»Weil er verrückt ist.«

»Das ist *eine* Erklärung. Es gibt aber noch andere. Der Mörder könnte die Absicht verfolgen, Angst auszulösen – entweder allgemein bei den Leuten oder aber bei einer bestimmten Zielperson, die weiß, dass sie als Nächstes dran ist.«

»Wie zum Beispiel?«

Sebastian schüttelte den Kopf. »Ich weiß es nicht.« Aus der Ferne erklang das Stakkato einer Militärtrommel und dazu marschierende Fußstapfen.

»Ganz gleich, wie«, sagte Lovejoy, »es bleibt das Werk eines Wahnsinnigen. Kein gesunder Mensch geht herum und schneidet anderen die Köpfe ab.«

»Ich glaube, die meisten von uns sind ein bisschen verrückt, ein jeder auf seine Weise.«

»Aber so verrückt, einem Menschen den Kopf abzuschneiden?«

Sebastian blickte aus dem Bogenfenster auf die Straße hinaus, die voller kräftiger Matronen und städtischer Verkäufer war und auf der das übliche Treiben eines Londoner Morgens herrschte. Doch nichts davon nahm er wahr. Er sah einen anderen Ort zu einer anderen Zeit. »Im Krieg kommt es vor«, sagte er. »Öfter, als man denkt. Es ist, als ob der Akt des Tötens etwas Primitives in uns anspricht – eine tiefe, mächtige Wut, die in der Verstümmelung eines toten Feindes Ausdruck findet.«

»Ihr meint, wir haben es hier mit Wut zu tun? Zorn? Aber ... weswegen?«

»Das weiß ich noch nicht. Aber ich glaube, dass sich diese Wut gegen Preston und Sterling gerichtet hat, während bei Toop ... Toop wurde einfach aus der Sorge heraus getötet, dass er etwas beobachtet haben könnte.«

»Was für ein beunruhigender Gedanke.« Lovejoy schwieg einen Augenblick. Dann räusperte er sich und sagte: »Ich habe meine Männer einige der Stammkunden des *Monster* befragen lassen, wie ihr vorgeschlagen habt. Sie haben einen Advokaten ausfindig gemacht, der letzten Sonntagabend in der Nähe von Henry Austen gesessen hat, als Preston in das Lokal kam. Er sagte, die Lautstärke, mit der Preston brüllte, machte es unmöglich, nicht alles mit anzuhören.«

»Und?«

»Wie es scheint, hat Preston neben anderen Drohungen geschworen, er werde seine Einlagen von Austens Bank zurückziehen.«

»Hat Preston in Austens Bank Geld angelegt?«

»Ja. Es waren tatsächlich beträchtliche Einlagen. Und jetzt kommt noch ein weiterer interessanter Punkt: Dr. Douglas Sterling war ebenfalls Kunde.«

»Was sagt Henry Austen zu der ganzen Sache?«

»Er behauptet, dass seine Bank stark genug ist, den Ausstieg eines Dutzends solcher Anleger auszuhalten.«

»Und stimmt das?«

»Wer weiß? Aber das sieht nicht gut für ihn aus. Gar nicht gut.«

***

Sebastian traf Henry Austen an einer kleinen, versteckten Kapelle abseits der Brompton Row an, als dieser gerade herauskam. Dieser Teil von Hans Town war vom langsamen Wachstum Londons noch unverdorben. Knospende Haselnussbäume bewegten sich sanft im Wind, und in östlicher Richtung erstreckten sich riesige landwirtschaftlich bebaute Felder. Der Tag war herrlich warm heraufgedämmert, der Himmel von ungewöhnlich klarem Blau, und in der Luft lag das frische Frühlingsversprechen.

Sebastian hielt mit seinem Zweispänner gegenüber der Kapelle, schützte sich mit der Hutkrempe vor der kräftiger werdenden Sonne und beobachtete, wie Henry Austen durch die Kapellentür trat und die Augen vor der plötzlichen, hellen Sonne zusammenkniff. Sein Blick konzentrierte sich auf Sebastian, und er erstarrte kurz, bevor er etwas zu den beiden Frauen sagte, die ihn begleiteten: seine Schwester Jane und ihre Freundin, Miss Anne Preston.

Jane Austen blickte auf, lächelte und nickte Sebastian zu. Anne Preston starrte ihn an, lächelte aber nicht und gab auch sonst keine Regung von sich.

»Die jüngere feine Dame da kann Euch wohl nich besonders leiden«, sagte Tom von seinem Dienstbotensitz auf der Rückseite der Kutsche.

»Nein, nicht wahr?«

Henry Austen ließ die beiden Frauen allein weitergehen und überquerte die Straße zu Sebastian, dann blieb er in einigen Schritten Abstand stehen. »Wie habt Ihr mich gefunden?«

»Ihr Angestellter hat mir gesagt, dass Sie Miss Preston bei den letzten Vorbereitungen zur Bestattung ihres Vaters helfen.«

Austen nickte. Seine Arme hingen locker an seinen Seiten herunter. »Ich weiß, weshalb Ihr hier seid.«

»Das dachte ich mir schon. Steigen Sie auf. Tom wird absteigen und auf uns warten.«

Austen wartete kurz, dann sprang er auf den Hochsitz, während Tom hinunterkletterte.

»Es dauert nicht lang«, sagte Sebastian zu seinem *Tiger* und trieb seine Pferde an.

»Ein schönes Gespann«, sagte Austen, den Blick auf das sonnenwarme, fuchsfarbene Fell der Pferde gerichtet, die die Straße Richtung Fulham entlangliefen.

»Sie sind auf meinem Landbesitz in Hampshire gezüchtet worden.«

Austen drehte Sebastian den Kopf zu. »Ich nehme an, Ihr betrachtet als verdächtig, dass ich Euch nichts von Prestons Drohung meiner Bank gegenüber erzählt habe.«

»Sollte ich?«

»Die Bow Street sieht es jedenfalls so.«

»Vielleicht, weil die Bow Street-Behörde nicht versteht, welche Rolle Vertrauen für die Stabilität einer Bank spielt. Mich überrascht es nicht, dass Sie beschlossen haben, nichts zu sagen. Oder so wenig wie möglich, nachdem Preston seine Absichten in einer gut besuchten Taverne hinausgebrüllt hatte.«

Als Austen schwieg, fuhr Sebastian fort: »Hätte Ihre Bank Prestons Rückzug ausgehalten? Bevor Sie mir darauf antworten, sollte ich Sie warnen, dass ich Mittel und Wege haben, Ihre Antwort zu überprüfen.«

»Warum fragt Ihr dann überhaupt?«, schnappte der Bankier.

Sebastian konzentrierte sich auf die Straße.

Nach einer Weile sagte Austen: »Ja, die Bank ist solide, verdammt noch mal. Preston war ein großer Investor, das leugne ich nicht. Aber nicht annähernd der größte.«

»Meinen Sie, er hätte seine Drohung wahrgemacht?«

»Ehrlich gesagt weiß ich das nicht. Er hat immer über das Ziel hinausgeschossen und Dinge hinausposaunt, um sich später wieder zu beruhigen und alles zu überdenken.«

»Und Douglas Sterling? Wäre er dem Beispiel seines alten Freundes gefolgt und hätte seine Gelder abgehoben?«

Austen sah ehrlich überrascht drein. »Sterling? Natürlich nicht. Weshalb sollte er?«

»Wegen der Freundschaft zwischen den beiden?«

Austen schüttelte den Kopf. »Sie kannten sich, gewiss, schon seit Jahren. Aber ich würde sie eher als Bekannte bezeichnen, nicht als Freunde. Abgesehen vom Altersunterschied war Sterling ein Arzt aus relativ bescheidenen Verhältnissen, während Preston große Ambitionen bezüglich seiner Stellung in der Gesellschaft hatte. Er hat immer von seiner verstorbenen Frau, der Tochter eines Barons gesprochen, oder von seinem Vetter, dem Minister des Innern. Ein anderer Mann hätte über das Ungleichgewicht ihres Standes und ihres Vermögens vielleicht hinweggesehen, aber nicht Preston.«

»War Preston krank, was meinen Sie?«, fragte Sebastian und lenkte seine Pferde um einen leeren Bauernwagen herum.

»Meines Wissens nicht. Aber wie ich bereits sagte, waren Preston und ich auch keine besonders guten Freunde.«

»Wie es sich anhört, war er nicht mit vielen Menschen eng befreundet.«

»Meiner Erfahrung nach ziehen Menschen, die andere eher als Vermögensgegenstände betrachten, selten enge Freunde an.«

»Das stimmt«, sagte Sebastian. »Sie wissen nicht zufällig, aus welchem Grund Preston vergangenen Sonntag zum Fish Street Hill gefahren ist?«

»Fish Street Hill? Himmel, nein.«

»Wissen Sie, ob Preston je eine Geliebte hatte?«

Bei der Frage riss Austen die Augen auf. »Nein. Er war ehrlich und wahnsinnig in seine Frau verliebt und ist über ihren Tod nie hinweggekommen.«

»Und als er noch ein sehr junger Mann war? Sagen wir, vor dreißig oder fünfunddreißig Jahren, als er noch in Jamaika war?«

Anstelle einer sofortigen Antwort musterte Austen Sebastian unter halb geschlossenen Lidern hervor. »Was deutet Ihr da an?«

»Besteht die Möglichkeit, dass Preston von einer der Sklavinnen auf seinen Plantagen ein Kind haben könnte?«

»Das kann nicht Euer Ernst sein.«

»Ist das so unwahrscheinlich?«

»Sagen wir, dass Ihr, wenn Ihr Preston kennen würdet, wüsstet, wie unwahrscheinlich das ist. Sein Glaube an die Überlegenheit der Briten war sehr ausgeprägt und unerschütterlich. Ich meine, er konnte meiner Frau nie vergeben, dass sie einst einen *Franzmann* geheiratet hat. Und während ich ihn vor dreißig Jahren noch nicht kannte, windet sich mein Vorstellungsvermögen wirklich bei der Vorstellung, dass er eine seiner Sklavinnen missbraucht haben könnte – wenn es das ist, was Ihr andeuten wollt.«

»Diejenigen, die am lautesten gegen ›Rassenvermischung‹ wüten, sind oftmals diejenigen, die das Gefühl haben, etwas verstecken zu müssen. Etwas, das ihrer eigenen, verdrehten Moral zuwiderläuft.«

Austen dachte kurz nach, dann stieß er einen langen Atemzug aus. »Ich glaube, das ist möglich ... Was bringt Euch bloß auf so einen Gedanken?«

»Ich habe eine lebhafte Vorstellungskraft.«

Austen lachte erschrocken auf. »Das müsst Ihr. Ich bin mir nicht sicher, ob meine Schwester Jane sich so etwas hätte ausdenken können.« Der Bankier blickte über eine sonnenbeschienene Weide hinaus, auf der braune Kühe grasten. Er verengte die Augen, als bemühe er sich, eine Entscheidung zu treffen. Dann sagte er: »Jane hat mir neulich übrigens etwas erzählt, das Euch interessieren könnte.«

»Ach ja? Was denn?«

»Ihr kennt doch diesen Mann, der ein Kuriositätenkabinett in Chelsea betreibt?«

»Basil Thistlewood?«

»Ja, das ist er. Nun, wie es scheint, haben Preston und Thistlewood, als meine Schwester zu Alford House kam, um Anne in meiner Kutsche abzuholen, mitten auf der Straße gestanden und sich gegenseitig angeschrien. An dem Tag hat sie sich keine großen Gedanken darüber gemacht, weil Preston ja immer mit irgendjemandem herumstritt. Aber auch wenn sie nicht den Wunsch hat, etwas auszusagen, das einen unschuldigen Mann in Verdacht bringen könnte, fragt sie sich nun doch, ob Ihr es vielleicht erfahren solltet.«

»Ist das am vergangenen Sonntagabend vorgefallen?«

»Ja, gegen neun Uhr«, sagte Austen. »Das überrascht Euch; weshalb?«

Sebastian wendete seine Pferde in einem großen Bogen über die Kreuzung und schlug wieder den Weg zur Brompton Row ein. »Weil Thistlewood behauptet, sein Kaffeehaus an dem Tag nicht verlassen zu haben.«

Kapitel 44

Basil Thistlewood stand unter den Ulmen, die die Themse am Cheyne Walk säumten, und warf einer Gruppe von vielleicht einem halben Dutzend Enten Brotkrumen zu, als Sebastian sich zu ihm gesellte. Neben ihnen glitzerte das Frühlingslicht auf dem Wasser des breiten Flusses, und aus den knospenden Baumkronen über ihnen erscholl Vogelgezwitscher.

Der Kuriositätensammler warf Sebastian einen raschen Seitenblick zu und streute dann weiter Brot. »Habe nicht erwartet, Euch wiederzusehen.«

»Das hätten Sie aber sollen«, sagte Sebastian und beobachtete, wie die Enten, deren Federn im Sonnenlicht irisierend schimmerten, auf das Brot zu stürmten. »Wenn Sie mitten auf einer Straße stehend einen Mann anbrüllen, der noch am selben Abend tot aufgefunden wird, müssen Sie damit rechnen, dass sich früher oder später jemand daran erinnert.«

»Wie habt Ihr davon erfahren?«

»Spielt es eine Rolle?«

»Schätze nicht.« Thistlewood riss ein weiteres Stück vom Brot ab und warf es den Enten zu.

»Wollen Sie mir etwas darüber erzählen?«

Thistlewood zuckte mit einer Schulter. »Da gibt's nich viel zu erzählen. Ein Freund von mir hat einen Laden in Knightsbridge. Ich bin also gerade so auf dem Heimweg von ihm und hab mir nichts Böses gedacht, da stürmt Preston aus seinem Haus auf mich zu und wirft mir allerhand haarsträubende Sachen vor.«

»Welche haarsträubenden Sachen?«

»Dass ich sein Haus beobachten tät.«

»Haben sie sein Haus beobachtet?«

»Vielleicht hab ich kurz Halt gemacht und es angeschaut. Aber ich hab's doch nicht *beobachtet*. Ich war auf dem Heimweg von einem Schachspiel mit Rory. Könnt Ihr überprüfen – Rory Lemar, der wohnt über seinem Tabakladen in Knightsbridge. Wenn Ihr ihn fragt, wird er Euch sagen, dass ich dort war.«

»Sie sagten zu mir, dass Sie Ihr Kaffeehaus an dem Sonntag nicht verlassen haben.«

Thistlewood schniefte. »Was denkt Ihr denn? Ich soll freiwillig mit der Information rausrücken, dass Preston und ich eine Stunde, bevor er sich hat umbringen lassen, Streit hatten?«

»Es erweckt aber eher den Eindruck, als hätten Sie etwas zu verbergen.«

»Dass ich nich damit rausgerückt bin, ihn an dem Tag gesehn zu haben, heißt noch lang nich, ich hab ihn umgebracht!«

»Man könnte es allerdings so interpretieren.«

Der Kuriositätensammler presste die Lippen zusammen und schob sie dann auf eine Weise vor, die ihn wie eine missmutige Schildkröte aussehen ließ.

Sebastian sagte: »Es war Rowan Toop, der Ihnen die bleiumwickelten Leichen der Frau und des Kindes gezeigt hat, von denen Sie mir erzählt haben, richtig?«

Thistlewood riss die Augen auf. »Hab in der Zeitung gelesen, was ihm zugestoßen is. Was wollt Ihr sagen?

Dass ich den vielleicht auch noch getötet hätt? Hab ich nich.«

»Aber Sie haben ihn gekannt.«

»Gekannt hab ich ihn. Hab ihm aber nie was abgekauft. Ich hab's Euch ja schon gesagt – ich könnte mir die Sachen, die ich ausstelle, finanzell nich leisten.«

»Und Toop wollte Geld?«

»Und ob er das wollte.«

»Hat Toop je Ware an Stanley Preston verkauft?«

»Das kann ich nich sicher sagen, aber ich schätze schon.« Der Kuriositätensammler warf Sebastian einen weiteren seiner typischen Seitenblicke zu. »Ihr meint also, wer Preston den Kopf abgemacht hat, hat auch Toop um die Ecke gebracht?«

»Das halte ich für sehr wahrscheinlich.«

»Na, ich weiß nur, dass ich das nich war. Fragt, wen Ihr wollt, alle werden's Euch sagen: Ich bin kein gewalttätiger Mann.«

»Trotz Ihrer Begeisterung für Schwerter, Henkersbeile und Hinrichtungsblöcke?«

»Findet Ihr die etwa nich faszinierend?«

»Vielleicht auf eine makabre Art und Weise schon. Aber sie stoßen mich gleichzeitig ab.«

Thistlewood riss noch ein Stück Brot ab und warf es den Enten zu. »Ich schätze, jeder hat Angst vorm Tod. Wir wissen, dass wir sterben müssen, aber keiner will es.« Er stieß ein eigenartiges Glucksen aus. »Manche Leute glauben, dass sie den Tod herbeilocken, wenn sie drüber nachdenken. Deshalb wollen sie auf keinen Fall dran erinnert werden. Aber dann gibt's noch die anderen, die meinen, dass man dem Tod den Schrecken nimmt, wenn man ihm nahekommt – sozusagen, indem man ihm ins Gesicht guckt.«

»Verstehe ich es richtig, dass Sie zur letzten Kategorie gehören?«

Thistlewood stieß erneut dieses komische Glucksen aus. »Schätze schon. Genau wie Ihr.«

»Ich?«

»Warum solltet Ihr sonst tun, was Ihr tut? Nach Mördern suchen meine ich.«

Sebastian wollte es schon verneinen. Hätte man ihn danach gefragt, hätte er gesagt, dass seine Leidenschaft, Gerechtigkeit für Mordopfer zu finden, viel mehr mit Schuldgefühlen und der Sehnsucht nach Wiedergutmachung zu tun hätte als mit Todesangst. Und doch ...

Er sah zu, wie Thistlewood das letzte Brot zerkrümelte und ins Wasser streute. Die Zweige der Ulmen über ihnen warfen huschende Muster aus Licht und Schatten auf die sanft ans Ufer plätschernden Wellen, und die Luft duftete nach Erde und der wilden Minze, die zwischen den knorrigen Wurzeln wuchs. Er hörte das Klatschen der Ruder eines Fährmannes weiter draußen auf der Themse, vernahm das Kreischen und Lachen von Kindern, die auf einer Wiese in der Nähe spielten. Und er musste eingestehen, dass Thistlewood auf gewisse Weise recht hatte. Aber Sebastian fürchtete nicht seinen eigenen Tod, sondern den der Menschen, die er liebte. Er hatte Angst, dass sie mit ihrem Leben für die Leben der Frauen und Kinder bezahlen müssten, die er nicht hatte retten können.

»Habt Ihr je einen Menschen umgebracht?«, fragte Thistlewood plötzlich. »Sicher habt Ihr das – Ihr wart ja in der Army und so.«

»Warum fragen Sie?«

»Manchmal bin ich in Newgate, wenn die Hinrichtungen am Galgen stattfinden. Ich sehe dann, wie der Henker an dem Hebel zieht, und frage mich, wie es sein muss, jemanden zu töten? Zu wissen, dass sie in einem Moment noch leben und im nächsten nich mehr, und dass man selbst derjenige ist, der das getan hat.« Er sah Sebastian abwartend an, die Lippen halb zu einem hoffnungsvollen, fast schon eifrigen Lächeln verzogen.

Sebastian schüttelte jedoch nur den Kopf, unwillig, die makabre Neugier dieses Mannes zu befriedigen.

Bis zu dem Augenblick hätte Sebastian noch gesagt, er bezweifle, dass Thistlewood mit der jüngsten Mordserie etwas zu tun hatte. Trotz seiner Lügen, trotz der Streits in der Öffentlichkeit, trotz ausgeprägten beruflichen und persönlichen Neids hatte Sebastian ihn weitgehend aus dem Kreis der Verdächtigen ausgeschlossen. Er war immer mehr davon überzeugt gewesen, dass die grauenvollen Morde das Werk eines von Sinclair Oliphant oder Priss Mulligan oder gar von Prestons eigener Tochter, Anne, gedungenen Mörders sei.

Aber nun war er sich nicht mehr sicher.

***

Mica McDougal stand an seinen Eselkarren gelehnt da, die fleischigen Arme vor der Brust überkreuzt, und blies zuerst die eine, dann auch die zweite Wange auf, während er Hero nachdenklich betrachtete.

»Stanley Preston? Is das nich der Kerl, wo auf der Bloody Bridge nen Kopf kürzer gemacht worn is?«

Hero nickte. »Er hat nur wenige Stunden vor dem Mord die Bucket Lane besucht. Ich versuche herauszufinden, weshalb, und wen er dort getroffen hat.«

McDougal blinzelte zu den dichten grauen Wolken hoch, die sich zusammenballten und dem Tag sein Versprechen von Sonne und Wärme raubten. Kalter Wind war aufgekommen, der die Federn der über ihren Köpfen kreischenden Tauben aufplusterte und den Geruch nach rohem Fisch, der von dem Mann und seinem Karren aufstieg, noch verstärkte. »Meint Ihr etwa, es hat ihn vielleicht 'n Marktmensch erledigt?«

»O nein, gar nicht. Aber zwei andere Leute, die Preston kannten und an dem entsprechenden Tag gesehen haben, sind jetzt auch tot. Und das bedeutet, dass die Person, die Preston in der Bucket Lane besucht hat, sehr wohl in Gefahr sein könnte. Aber sie – oder er – weiß es vielleicht nicht.«

McDougal wandte ihr wieder den Blick zu. »Na, ich kann mal nachforschen, M'lady. Kann aber nich garantiern, ob die mit mir reden wollen.«

»Ich weiß. Bloß … wer es auch sein mag, bitte versuchen Sie, der Person klar zu machen, dass ihr Leben in Gefahr sein könnte. Wenn die Person etwas weiß – ganz gleich, was – ist es wichtig, dass sie aussagt.«

Er rieb sich mit der Hand über den Dreitagebart. »Ich versuch's, M'lady, ich versuch's.«

***

Als Hero schließlich wieder in der Brook Street ankam, hatte der Regen bereits eingesetzt, ein feiner, aber intensiver Regen, der vom Wind gepeitscht zwischen den hohen Stadthäusern wirbelte und ihr in die weiche Gesichtshaut stach.

Sie war gerade aus der Kutsche ausgestiegen und wollte die Eingangsstufen hinauf steigen, da sah sie Devlin um die Ecke der Bond Street kommen. Das Cape seines schwarzen Herrenmantels flatterte im Wind, und er hatte sich den Hut gegen den strömenden Regen tief ins Gesicht gezogen.

»Devlin«, rief sie, und er blickte auf. Sein Gesicht war schmal, er lächelte nicht. Da riss er die seltsamen gelben Augen auf, und sein Körper ruckte, als ein Gewehrschuss zwischen den hohen Reihenhäusern widerhallte.

Ein schimmernder, feuchter Fleck erblühte dunkel auf seinem Mantel.

»*Nein!*«, schrie Hero.

Die Wucht der Kugel ließ ihn herumwirbeln. Er griff nach dem Eisengeländer der Eingangsstufen des Hauses neben sich. Versuchte, sich aufrecht zu halten. Sackte langsam in die Knie.

»Großer Gott!« Hero rannte los, die Hände in den Rock gekrallt. Die Welt um sie herum verengte sich zu einem grauen, nassen Tunnel, in dem der einzige Laut ein verzweifeltes Keuchen war, das sie dunkel als ihr eigenes erkannte, und die einzige Farbe war das Rot von Devlins vergossenem Blut.

»Sebastian.«

Sie ließ sich neben ihm auf die Knie fallen und griff mit beiden Händen nach ihm. Er lag auf der Seite, den Kopf von ihr abgewandt, und der Regen strömte über sein blasses Gesicht. Sie berührte ihn an der Schulter, und er drehte ihr den Kopf zu. Sie sah die Verwirrung

in diesen vertrauten gelben Augen, den Schmerz, der
die Züge verzerrte, die so sehr wie die von Devlin waren. Aber es war nicht Devlin.

Es war Jamie Knox.

Kapitel 45

Sebastian kam gerade nach Hause, als Pippa, die Schankmaid aus dem *Black Devil*, die Eingangsstufen herunterstapfte. Sie hatte sich einen Schal mit Paisleymuster über den Kopf gelegt und hielt ein Kind von vielleicht einem Jahr auf der Hüfte. Bei Sebastians Anblick hielt sie inne und umfasste das Kind fester, das darauf protestierend jammerte.

»Das is Euer Schuld!«, schrie sie, und die Tränen auf ihrem Gesicht vermischten sich mit dem Regen. »Ich hab ihm gesagt, dass das zu nichts Gutem führt, aber hat er auf mich gehört? Nein. Er hat nie auf mich gehört.«

Sebastian sah das Kind in ihren Armen an. Es war ein Knabe mit feinen Gesichtszügen, einer Stupsnase und den gleichen gelben Augen, die Sebastian immer aus dem Spiegel entgegenblickten.

Und von seinem eigenen kleinen Sohn.

»Wovon sprechen Sie?«, fragte er.

Ihr abgehacktes Lachen klang rau. Es war nicht wirklich ein Lachen. »Wolln Ihr sagen, Ihr wisse's nich? Da oben liegt er, in einem von Eure aufgerüschte Betten, er stirbt wegen Euch, und ihr wisse's nich mal?«

Er fasste fester als beabsichtigt nach ihrem Arm. »Knox?«

Sie zuckte von ihm weg. »Ihr könne's ihm sagen. Ihr könne's ihm sagen, dass ich nich bleib, um ihm beim

Sterben zuzugucken.« Damit schob sie sich an ihm vorbei, senkte den Kopf gegen den Regen, und ihre Schultern bebten bei ihren Schluchzern, während der Junge zurückschaute und Sebastian mit einem feierlichen, intensiven Blick betrachtete.

***

Gibson kam aus einem der Gästezimmer am Ende des Flurs, als Sebastian das zweite Stockwerk erreichte.

»Wie geht es ihm?«

Der Wundarzt rieb sich mit Daumen und Zeigefinger die Augen. »Ich habe getan, was ich konnte. Die Kugel hat die Lunge durchdrungen und ist neben dem Herzen stecken geblieben. Er hat innere Blutungen, und es gibt keine Möglichkeit, sie zu stoppen. Es ist nur noch eine Frage der Zeit.«

»Es gibt bestimmt noch Hoffnung – noch eine Möglichkeit ...«

Gibson schüttelte den Kopf. »Lady Devlin glaubt, dass derjenige, der geschossen hat, Knox mit dir verwechselt hat.«

Sebastian spürte einen Abgrund in sich aufklaffen, den Verweigerung, Wut und ein grässliches, vertrautes Schuldgefühl aufrissen. »Wo war er?«

»Nur ein paar Schritte von eurer Eingangstür entfernt.« Gibson wollte noch etwas sagen, unterbrach sich dann aber.

»Was ist?«, fragte Sebastian.

»Es ist nur ... die Ähnlichkeit ist unheimlich.«

»Ja«, sagte Sebastian und drehte sich zum Schlafzimmer um.

383

***

Knox lag mit geschlossenen Augen da; sein Gesicht war so äschern und regungslos, dass Sebastian kurz dachte, er sei bereits tot. Dann sah er, wie die nackte, bandagierte Brust des Grenadiers sich hob, und hörte das mühsame Atmen eines sterbenden Mannes.

Hero saß neben ihm, die Finger im Schoß verschränkt. Ihre Augen waren eingesunken, sie starrte vor sich hin, als hätte sie gerade einen Blick in den klaffenden Höllenschlund getan. »Er wollte zu dir«, sagte sie leise.

»Weißt du, weshalb?«

Sie schüttelte den Kopf. »Er hat versucht, es zu sagen, aber es hat keinen Sinn ergeben. Dann hat er das Bewusstsein verloren.«

Sebastian sah auf das blasse Antlitz hinunter, das so sehr seinem eigenen glich. Erneut verspürte er aufwallenden Zorn und Bedauern und ein angsterfülltes Empfinden bevorstehenden Verlusts, den er mit nichts – mit gar nichts – zu verhindern vermochte.

Knox atmete erneut mühsam ein und öffnete die Augen. »Es ist schlimm, oder?«, sagte er mit leiser, zitternder Stimme.

Sebastian wurde die Kehle eng, sodass er nur den Kiefer anspannen und nicken konnte.

»Du hast ... du hast nach Diggory Flynn gefragt.«

»Denk nicht an Diggory Flynn. Du musst dir die Luft sparen.«

Der Schatten eines Lächelns glitt über die Züge des ehemaligen Grenadiers. »Für was soll ich sie sparen?

Wahrscheinlich hat Flynn mich erschossen. Sie sagen ... er ist 'n guter Schütze.«

»Wer ist er?«

Knox bewegte unruhig den Kopf auf dem Kissen. »Er ... existiert nicht wirklich. Aber es gibt ...« Sein Atem ging in ein Husten über, und Blut rann ihm aus dem Mundwinkel.

Sebastian suchte nach seinem Taschentuch und wischte das Blut sorgfältig weg.

Knox leckte sich über die trockenen Lippen. »Es heißt, es gibt da einen Pfarrersohn aus Buckinghamshire ... hat als Aufklärungsoffizier auf der Halbinsel gedient ... der benutzt gern den Namen.«

»Wer hat dir das erzählt?«

»Nich wichtig. Mehr weiß sie ... nich.« Knox hob die Hand und griff nach Sebastians Handgelenk. »Sag ... sag Pippa, es tut mir leid. Der Junge ...« Er zog laut, mit seltsam saugendem Geräusch, den Atem ein. »Hätt sie heiraten sollen. Ich weiß, wie es ist ... als Bastard einer Schankfrau aufzuwachsen. Jetzt ... zu spät.«

»Nein.« Sebastian griff mit beiden Händen nach der Hand von Knox und drückte sie fest entschlossen. »Es ist nicht zu spät. Ich kann einen Priester finden, eine Sondergenehmigung beschaffen und ...«

Aber Knox' Hand lag schlaff in Sebastians Griff. Und seine Augen, die so sehr seinen eigenen glichen, wurden unfokussiert und leer, und die bandagierte Brust war regungslos.

»Atme, verdammt!« Sebastian ging auf die Knie hinunter, und er hielt die Hand immer noch fest, während er Jamie ansah und auf den nächsten Atemzug wartete.

»*Atme!*«

Er merkte, dass Hero neben ihn trat, und spürte ihre Berührung an der Schulter, sah aber nicht zu ihr auf. Sie blieb neben ihm stehen, als die Minuten sich ausdehnten, bis der Verlust von Leben sich von einer Befürchtung in eine unleugbare Gewissheit wandelte.

Schließlich sagte sie: »Devlin, es tut mir so leid.«

Plötzlich fühlte er sich todmüde. Die Augen taten ihm weh, und ein festes Band drückte ihm die Brust zusammen, als er langsam den Kopf schüttelte. »Ich weiß nicht einmal, wer er war. Ich weiß nicht, ob ich gerade einen Bruder verloren habe oder nicht.«

»Ist das denn wichtig?«

»In gewisser Hinsicht nicht. Aber ... ich sollte es doch wissen.« *Ein Mann sollte seinen eigenen Bruder kennen*, dachte Sebastian.

Seinen Vater.

Sie drehte sich zu ihm, umfasste seinen Kopf mit den Händen, um ihn an sich zu ziehen und ihm Wärme zu spenden. Die einzigen Geräusche kamen von den Regentropfen, die der Wind gegen die Fenster peitschte, der rieselnden Asche im Kamin und seinem eigenen, gequälten Atem.

***

»Ich dachte, du bist es«, sagte Hero später zu Sebastian, als sie in der Bibliothek neben dem Kamin saß, eine Tasse Tee auf dem Tisch neben sich. »Ich habe ihn von der Bond Street um die Ecke kommen sehen, als ich gerade aus der Kutsche gestiegen bin. Ich habe ihn gerufen – mit deinem Namen. Und dann habe ich gesehen, wie die Kugel seine Brust getroffen hat, und ich dachte, du bist tot. Ich dachte, ich hätte dich verloren, und ...«

Sie schluckte, ihre Stimme begann zu zittern. Sie wurde leise. »Ich wusste nicht, dass ich innerlich solche Schmerzen fühlen konnte. Dann habe ich erkannt, dass du es nicht warst, sondern Knox, und war froh, weil das bedeutete, dass du noch am Leben bist.« Ihr Gesicht wurde starr und grimmig. »Gott steh mir bei, ich war froh.«

Er kniete zu ihren Füßen und hatte seine Hände mit ihren auf ihrem Schoß verschlungen. Er hatte gesehen, wie sie einem Angreifer ins Gesicht geschossen hatte und wie sie einem Mörder den Kopf eingeschlagen hatte, ohne ihre Haltung oder ihren Gleichmut zu verlieren. Doch das, was an diesem Tag geschehen war, hatte sie offensichtlich fürchterlich erschüttert; er spürte noch immer ihr inneres Beben, das nicht aufhörte.

Sie sagte: »Und dann ist diese arme Frau – Pippa – gekommen, und obwohl ich solches Mitleid mit ihr hatte, konnte ich nur daran denken, wie erleichtert ich war, dass es *ihr* Mann war, der da starb. Ich wusste, wie falsch es ist, aber ich konnte nichts dagegen tun. Denn wenn ich dich verlieren würde ... weiß ich nicht, wie ich es aushalten sollte.«

Er umfasste ihre Hände fester. Er verstand, wie sie empfand, denn er hatte die gleiche hilflose Verzweiflung verspürt, als er dachte, er würde sie bei der Geburt ihres Kindes verlieren. Er sagte: »Es tut mir leid, Hero. Es tut mir so leid. Aber ... aber ich kann nicht aufhören, das zu tun, was ich tue, falls du mich darum bitten wolltest.«

Sie löste ihre Hände aus seinem Griff und presste ihm die Finger auf die Lippen. »Ich bitte dich nicht aufzuhören. Ich will nicht so tun, als ob ich keine Angst um dich hätte – ich habe sogar um mich selbst Angst, weil ich weiß, dass mich die Liebe zu dir verletzlich macht. Aber ich weiß auch, dass das, was ich fühle, die gleiche Angst ist, die jede einzelne Frau spürt, deren Mann je in den Krieg gezogen ist. Jede Frau, die zuschauen muss, wie ihr Sohn oder ihr Geliebter zur See geht oder in eine Mine hinuntersteigt, um sich das Brot zu verdienen. Risiko ist Teil des Lebens. Wir dürfen unser Leben nicht in der ständigen, lähmenden Angst vor dem Tod verbringen.«

»Manche tun es aber«, sagte er und bewegte die Lippen dabei unter ihren Fingern.

In ihren Augen glomm ein wildes Glitzern auf. »Ja. Aber ich weigere mich.«

Ihre Worte waren wie das Echo einer Äußerung, die Kat Boleyn vor langer Zeit ihm gegenüber getan hatte. Er schob die Hände zu Heros Schultern und beugte sich vor, bis er die Stirn an ihre legen konnte. »Ich werde achtsam sein. Das kann ich dir versprechen.« Es hatte eine Zeit gegeben, in der er mit seinem Leben achtlos umgegangen war, in der es ihm egal gewesen war, ob er lebte oder starb.

Das war nicht mehr so.

Sie lächelte traurig. »Das weiß ich.«

Er küsste sie heftig auf den Mund, dann erhob er sich, öffnete die obere rechte Schublade seines Schreibtischs und zog eine glänzende Duellierpistole mit einem Griff aus Walnussholz heraus. Das war nicht die kleine, doppelläufige Steinschlosspistole, die er oft mit sich trug, die leicht zu verstecken, aber nur auf kurze Distanz zielsicher war. Diese Pistole war mit einem langen, gezogenen Lauf ausgestattet, der sie auch auf größere Distanz zu einer tödlichen Waffe machte.

»Meinst du, der Schütze war Diggory Flynn?«, fragte sie, als Sebastian sich anschickte, die Pistole zu laden und schussbereit zu machen.

»Ich würde sagen, das ist sehr wahrscheinlich, ja. Ich glaube, er hat das Haus beobachtet und auf mich gewartet. Er hat Knox gesehen und wie du geglaubt, ich wäre es.« Sebastian unterbrach sich. Seine Hände wurden ruhig, als die bittere Wahrheit des gesamten Geschehens erneut über ihn hinwegspülte. »Knox ist gestorben, weil er wie ich ausgesehen hat. Er ist an meiner Stelle gestorben.«

Sie legte ihm die Hand auf den Arm. Er dachte, sie werde ihm sagen, es sei nicht seine Schuld, und dass er sich nicht weiter verantwortlich für den Tod anderer Menschen fühlen durfte, der von anderen herbeigeführt worden war. Stattdessen fragte sie: »Wirst du ihn töten?«

»Zuerst werde ich herausfinden, wer ihn angeheuert hat.« Sebastian schob die Pistole in die Tasche seines Herrenmantels. »Und dann bringe ich ihn um.«

Kapitel 46

Sebastian verbrachte ungefähr die nächsten sechs Stunden damit, Tavernen aufzusuchen, die bei ehemaligen Soldaten beliebt waren, besonders bei solchen, die als Kundschafter oder Spähposten gedient hatten.

Die meisten dieser Männer ritten auf abgelegenen Strecken und trugen britische Uniformen, damit sie nicht gefangen und ehrlos als Spione erhängt wurden. Aber manche von ihnen wussten, wie sie sich den örtlichen Bewohnern angleichen, hinter feindliche Linien gelangen und unbehelligt wieder zurückkommen konnten. Natürlich runzelte man über sie die Stirn, denn ein Gentleman wandte doch keine Listen und Tricks an. Und doch hatten sich Generäle seit tausenden Jahren auf Menschen mit diesen Fähigkeiten verlassen.

Deren Beweggründe waren unterschiedlicher Natur. Manche setzten wegen ihrer Vaterlandsliebe alles aufs Spiel, oder zum Wohle der Männer, mit denen sie dienten, oder weil die Tücken des Lebens ihre Bindung an Dinge zerstört hatten, die den meisten anderen Männern lieb und teuer waren. Manche handelten aber nur aufgrund des Nervenkitzels so, aus der Freude des Betrugs und der Möglichkeiten, die er ihnen bot.

Sebastian vermutete, dass Diggory Flynn in diese letzte Kategorie fiel.

In einem verrauchten, heruntergewirtschafteten Inn abseits der Cursitor Street fand Sebastian den alten Bekannten, nach dem er gesucht hatte: einen einbeinigen ehemaligen Lieutenant namens Dillon Rutherford, der Sebastian über den Rand seines Brandyglases hinweg musterte. »Diggory Flynn? Was wollt Ihr denn von dem?«

»Ihn töten«, sagte Sebastian und setzte sich dem Lieutenant gegenüber.

Ein tonloses Glucksen ließ die schmale Brust des Lieutenants beben. »Das wollt Ihr und noch eine erkleckliche Zahl anderer Leute. Leider ist er nicht so leicht zu töten.«

Rutherford war einer jener Männer, der genauso gut dreißig wie fünfzig Jahre alt sein konnte. Der mittelgroße und schmal gebaute Mann mit einem hageren Gesicht und dünner werdendem braunem Haar war als jüngster von fünf Söhnen eines Landedelmanns geboren worden. Als er sechzehn Jahre alt gewesen war, hatte die Familie genug Geld zusammengekratzt, um ihn in die Armee einzukaufen. Aber in mehr als zehn Jahren Dienst am Land hatte er sich lediglich eine einzige Beförderung zusammensparen können. Und nachdem er in Medina de Rioseco ein Bein und die Bewegungsfähigkeit des rechten Arms eingebüßt hatte, war er inzwischen Invalide. Inzwischen lebte er davon, kleine Jungen in einem gemieteten Saal in der Nähe des Advokatenstifts privat zu unterrichten.

»Wo finde ich ihn?«, fragte Sebastian.

Rutherford leckte sich über die Lippen. »Flynn ist nicht sein richtiger Name.«

Sebastian bestellte zwei Brandys und schob Rutherford über den Tisch einen zu. »Wie ist sein Name?«

»Er hat über die Jahre so viele verschiedene verwendet, dass ich sie nicht mehr alle auseinanderhalten kann. Barnes? Brady? Etwas in der Art.«

»Sein Vater war Pfarrer?«

»So heißt es.« Der Lieutenant nahm einen Schluck aus dem neuen Brandyglas.

»Hat er je unter Colonel Sinclair Oliphant gedient?«

Der Lieutenant machte große Augen. »Wisst Ihr es nicht?«

»Was?«

»Oliphant hat ihn vor dem Strang bewahrt, als Wellesley darum gekämpft hat, ihn in Lissabon erhängen zu lassen. Damals, 1808.«

Das wäre kurz vor der Zeit gewesen, in der Oliphant zum Colonel von Sebastians Regiment ernannt worden war. Er fragte: »Was hatte Flynn getan?«

»Er hat einen Offizierskollegen im Streit um eine Frau getötet. Flynn war der Typ Soldat, der am besten hinter den feindlichen Linien aufgehoben war. Er hatte eine Neigung, sich Schwierigkeiten einzuhandeln, wenn er zu viel freie Zeit zur Verfügung hatte.«

»Was macht er heutzutage?«

»Das weiß ich nicht. Ich hörte, er hätte sich in einer leicht brenzligen Situation auf Jamaika befunden.«

»Er war auf Jamaika? Mit Oliphant?«

Rutherford zuckte die Schultern. Die Geste konnte alles bedeuten. »Offiziell natürlich nicht. Aber ein Mann wie Diggory Flynn kann nützlich sein, wenn Ihr wisst, was ich meine.«

»Wo kann ich ihn finden?«, fragte Sebastian erneut.

Der Lieutenant spielte mit seinem leeren Glas herum. Sebastian bestellte ihm noch eines.

Rutherford wartete, bis der Brandy da war, trank einen Schluck und sagte: »Ich weiß ehrlich nicht, wo Ihr ihn finden könnt. Tatsächlich könntet Ihr auf der Straße in ihn laufen und ihn nicht erkennen. So gut ist er.«

»Wie sieht er aus? Ich meine, in Wahrheit?«

Der Lieutenant runzelte beim Nachdenken angestrengt die Stirn. »Rote Haare. Ungefähr meine Größe, vielleicht heutzutage etwas fülliger. Er hat ein Gesicht, das sich in der Menge leicht verliert, wobei er sehr geschickt darin ist, sein Aussehen zu verändern. Ich weiß nicht, wie er es anstellt. Das einzige wirklich Auffällige an ihm sind seine Augen, und daran kann er nichts ändern.«

»Seine Augen?«

Der Lieutenant hob zwei Finger und deutete auf seine leicht blutunterlaufenen Augen. »Das eine ist blau, das andere braun. Etwas Seltsameres habe ich noch nie gesehen.«

***

Sinclair Lord Oliphant betrat seine elegante Bibliothek und schloss die Tür hinter sich. Er trug einen Kerzenständer, und die Flammen flackerten, als er den Raum durchquerte und ihn auf die Kaminumrandung stellte. Dann, als bemerke er die Gegenwart eines anderen im Raum, erstarrte er.

»Dreht Euch ganz langsam um«, sagte Sebastian und spannte den Hahn seiner Pistole. »Und behaltet die Hände dort, wo ich sie sehen kann.«

Oliphant drehte sich langsam um. Sein übliches, leicht überhebliches Lächeln war ihm ins Gesicht geklebt, und er streckte die Hände zu beiden Seiten aus. »Wer hat Euch hereingelassen?«

»Müsst Ihr das wirklich fragen?«

»Nettes Veilchen.«

»Danke.«

Oliphants Blick wanderte zu einem Fenster, vor dem sich der schwere Samtvorhang in einem Luftzug leicht bewegte. »Kann ich Euch etwas zu trinken anbieten?«

»Danke, nein.«

»Stört es Euch, wenn ich mir einen nehme?«

»Nicht, solange Eure Hände in meiner Sichtweite bleiben. Und denkt daran: Ich wäre für einen Grund, Euch zu erschießen, überaus dankbar.«

»Um dann wegen Mordes zu hängen?«

»Wenn nötig. Der einzige Grund, weshalb Ihr noch lebt, ist, dass ich Diggory Flynn will. Und weil ich es nicht beweisen kann, so sehr ich es auch vermute, dass Ihr derjenige seid, der ihm seine Anweisungen gibt. Noch nicht.«

Oliphant ging zu einem Beistelltisch neben dem Kamin, auf dem Brandy und Gläser bereitstanden. Er bewegte sich bewusst, aber scheinbar unbesorgt, so als wäre er noch vollends Herr der Lage.

»Diggory Flynn«, sagte Sebastian erneut. »Ich will ihn.«

Oliphants Aufmerksamkeit galt ganz der Aufgabe, sich Brandy einzuschenken. »Wer?«

Sebastian spannte unwillkürlich den Finger am Abzug an und musste sich zwingen, lockerzulassen. »Darf ich Euer Erinnerungsvermögen auffrischen: ehemaliger Kundschafter, aus einem Pfarrerhaushalt in Buckinghamshire, war in Lissabon, wo er zum Strang verurteilt werden sollte, was Eure Intervention jedoch verhindert hat.«

Oliphant stellte seinen Dekanter mit einem leisen Klirren ab. »Ihr wart sehr rührig.«

»Flynn auch – oder Barnes oder Brady, oder was auch immer sein echter Name nun ist. Bloß, dass er an meiner statt einen Kneipenwirt aus Bishopsgate erschossen hat, der mir zufällig ausgesprochen ähnlich sieht.«

»Ach? Das ist aber bedauerlich.«

»Dass ein Unschuldiger gestorben ist? Oder dass ich noch am Leben bin?«

Oliphant drehte sich zu ihm um, den Brandy locker in einer Hand. »Wie der Zufall es will, hat einst ein Kundschafter, der gern den Namen Diggory Flynn benutzte, unter mir gedient. Aber seit ich Jamaika verlassen habe, habe ich ihn nicht mehr gesehen.«

»Warum war er dort?«

»Auf Jamaika?« Oliphant zuckte mit den Schultern. »Woher soll ich das wissen? Es ist wohl nicht nötig, eigens zu erwähnen, dass wir uns nicht in denselben gesellschaftlichen Kreisen bewegt haben. Tatsächlich haben Preston *père et fils* ihn bezichtigt, mit einer Bande Sklavenhändler zusammenzuarbeiten, die in der Gegend tätig waren.«

»Die gleichen Vorwürfe sind auch gegen Euch erhoben worden.«

»Natürlich alles üble Lügen. In Flynns Fall allerdings muss ich unglücklicherweise annehmen, dass die Anschuldigungen der Wahrheit entsprachen. Er wurde festgenommen und zum Tode am Strang verurteilt, hat es aber irgendwie geschafft zu entkommen.«

»Eines seiner Talente.«

»Oh, er ist sehr talentiert.« Oliphant trank gemächlich einen Schluck seines Brandys. »Was ich sagen will: Der Mann, den Ihr Diggory Flynn nennt, hegt einen mächtigen Groll gegen die Prestons.«

»Ihr wollt andeuten, dass Flynn eigene Gründe hatte, Stanley Preston zu ermorden?«

»Der Mann neigte immer schon dazu, Groll gegen andere zu hegen.«

»Wie ist sein richtiger Name?«

Oliphant unterdrückte ein Lachen. »Daran kann ich mich ehrlich nicht erinnern.«

»Wo kann ich ihn finden?«

»Ich habe keinen Schimmer. Er hat sich auf ein paar üble Gestalten eingelassen, seit er die Armee verlassen hat – nicht nur Sklavenhändler, sondern auch Schmuggler.«

Sebastian stand auf, die Pistole nach wie vor in der Hand. »Wenn ich Beweise dafür finde, dass Ihr mich anlügt, bringe ich Euch um.«

Oliphant zog in höflichem Unglauben eine Braue hoch. »Und riskiert, Eure Frau zur Witwe und Euren Sohn zur Waise zu machen? Das glaube ich nicht.«

Sebastian blieb an der Tür stehen und blickte über die Schulter. »Ihr und ich, wir wissen beide, dass es Wege zu töten gibt, ohne erwischt zu werden.«

Oliphant hielt mit dem Brandy auf halbem Wege zum Mund inne. »Wollt Ihr sagen, Ihr würdet einen kaltblütigen Mord begehen? Wegen eines gewöhnlichen Kneipenwirtes?«

»Wegen Jamie Knox und wegen der Frauen und Kinder von Santa Iria.«

»Aber die Franzosen haben die Frauen und Kinder von Santa Iria getötet.«

»Das ist richtig«, sagte Sebastian, verließ die Bibliothek und dann das Haus.

Kapitel 47

Pippa füllte gerade drei Zinnkrüge mit Ale, als Sebastian die Tür zum Schankraum des *Black Devil* aufstieß.

In der Taverne hatte sich die übliche abendliche Mischung aus Kaufleuten, Lehrlingen und Arbeitern versammelt. Der Geruch von vergossenem Alkohol hing schwer in der rauchigen Luft, und herzhaftes Gelächter durchbrach hier und da das leise Gemurmel der Männerstimmen. Als die Tür hinter ihm zufiel, sah sie auf und erkannte ihn; kurz erstarrte sie. Dann schluckte sie mühsam und ging an die Arbeit zurück.

»Dann ist er tot?«, fragte sie, als Sebastian zur Theke ging. Sie schien sich vollkommen den Bierkrügen zu widmen.

»Ja.«

Er sah, wie ein Zittern über ihre Züge lief, doch sie spannte nur den Kiefer an und sagte nichts.

Er sagte: »Der Knabe – Knox' Sohn. Wenn er irgendetwas braucht, können Sie jederzeit zu mir kommen und es sagen. Ich möchte, dass Sie das wissen.«

Da blickte sie auf, und in ihren Augen glänzten die ungeweinten Tränen, während ihr Gesicht zornig angespannt war. »Was bedeutet er Euch denn wohl?«

Sebastian hielt ihrem zornigen Blick stand. »Das weiß ich ehrlich gesagt nicht.«

Sie stemmte die drei Krüge mit geübter Leichtigkeit hoch und brachte sie zu den Männern an einem Tisch in der Nähe. Als sie zurückkam, griff sie nach einem Tuch und begann, die Oberfläche der Theke zu wischen, als kümmere sie Sebastians Anwesenheit gar nicht.

Er sagte: »Was wissen Sie über Knox' Familie in Shropshire?«

Sie zuckte mit einer Schulter und umklammerte mit der Faust den Lappen. »Was gibt's da groß zu wissen? Seine Mum is gestorben, da war er noch 'n Wickelkindchen.«

»Wer hat ihn großgezogen?«

»Seine Nana.«

»Seine Großmutter? Lebt sie noch?«

»Nach allem, was wir gehört haben, ja. Erst heut Nachmittag hat er gesagt, dass er sie vielleicht bald besuchen will. Er hatte was, wo er ihr geben wollte.«

»Was?«

Sie warf das Tuch zur Seite und verschwand im Hinterzimmer, gleich darauf kam sie wieder heraus und stellte mit Wucht eine vergoldete mechanische Nachtigall vor ihm ab.

Sebastian hob sie auf – seine Hand zitterte leicht –, und die Edelsteine am Hals des Vogels glitzerten farbig, als sie das Licht des Feuers einfingen. »Woher kommt die?«

»Hat er bei Priss Mulligan gekriegt. Sagte, seine Nana war immer ganz vernarrt in Nachtigallen.«

»Knox ist heute Nachmittag in Houndsditch gewesen?«

Er bemerkte, wie in Pippas Augen Furcht aufglomm. Sie sagte: »Das wisse Ihr doch.«

Aber das hatte er nicht gewusst. Es ergab ja nicht einmal Sinn, obwohl er sich erinnerte, dass der Grenadier gesagt hatte: *Mehr weiß sie nicht.* »Was können Sie mir über einen Mann namens Diggory Flynn sagen?«

Pippa kräuselte die Nase und schüttelte den Kopf. »Nie von dem gehört.«

»Hat Knox ihn nicht mal erwähnt?«

»Nein.«

Er musterte ihr verschlossenes, verbittertes Antlitz. Sie hatte ihn immer nur mit Feindseligkeit und Misstrauen betrachtet. Instinktiv hatte sie in ihm eine Bedrohung erkannt, auch wenn seine Ähnlichkeit mit Knox sie verwirrt und ihr Angst gemacht hatte. Nun war der Vater ihres Sohnes tot, und sie machte Sebastian dafür verantwortlich. Und tatsächlich würde Jamie Knox noch leben, wenn Sebastian nie in ihrer beider Leben getreten wäre.

Er stellte die mechanische Nachtigall auf der Theke zwischen ihnen ab. »Es tut mir leid.«

Sie schob den vergoldeten Vogel in seine Richtung. »Nehme Ihr das Ding. Ich will's nich. Ich will's nie wieder sehn.«

»Sie könnten es seiner Großmutter schicken«, schlug er vor. Aber noch während er es sagte, wusste er, dass sie das nie täte.

Sie starrte ihn an, und in ihren Augen funkelte der blanke Hass.

Er nahm die Nachtigall. »Wie heißt sie?«

»Heddie. Heddie Kindaid. Wohnt in 'nem Kaff namens Ayleswick, gleich hinter Ludlow.«

Er zog einen Umschlag voller Banknoten aus der Tasche und legte ihn vor ihr hin. Kein Geldbetrag konnte den Verlust des Kindsvaters wiedergutmachen. Aber er würde ihr Leben – und das des Knaben – leichter machen. »Ich lasse es Sie wissen, wenn die Vorkehrungen für die Bestattung getroffen sind«, sagte er.

Er erwartete, dass sie Einwände erheben würde, dass sie ihm sein Geld ins Gesicht werfen würde.

Doch das tat sie nicht.

***

Sebastian saß mit der mechanischen Nachtigall in Händen neben dem Kamin in der Bibliothek und blickte auf die glimmenden Kohlestücke im Herd, als Hero kam und auf der Schwelle stehenblieb.

»Hast du ihn getötet?«, fragte sie und blieb mit einer Hand am Türrahmen stehen.

Er sah zu ihr auf. »Wenn du Diggory Flynn meinst, lautet die Antwort Nein. Ich konnte ihn nicht finden. Und wenn du Oliphant meinst, fürchte ich, lautet die Antwort ebenfalls Nein. Ich gebe zu, dass ich verdammt nah dran war, aber du hast recht: Ich kann nicht ganz sicher sein, dass Oliphant Flynns Auftraggeber ist.«

»Immer noch nicht?«

»Ich weiß, dass Flynn als Kundschafter unter Oliphant gedient hat, und dass beide Männer zusammen in Jamaika waren ...« Er hielt den vergoldeten Vogel hoch. »Das hier verblüfft mich.«

»Was ist das?«

Er drehte den Schlüssel und stellte die Nachtigall neben sich auf den Tisch, und die klaren, herzerweichend schönen Klänge erfüllten die Luft, während die mechanischen Flügel des Vogels sich auf und ab bewegten.

»Wie es scheint, hat Knox durch Priss Mulligan von Flynns Identität erfahren. Laut Oliphant hat Flynn seine Talente für eine ganze Bandbreite schändlicher Machenschaften eingesetzt, von Sklavenhandel bis hin zu Schmuggelei.«

»Schmuggel? Na, zum ersten Mal hast du ihn in Houndsditch gesehen.«

»Das stimmt.«

»Er könnte also für Priss Mulligan arbeiten.«

»Das könnte er allerdings.« Er beobachtete, wie das mechanische Spielzeug langsam ablief und stehenblieb. »Es scheint so, als ob sich jedes Mal, wenn ich glaube, endlich ansatzweise zu verstehen, was Preston, Sterling und Toop zugestoßen ist, alles wieder ändert und ich erkenne, dass ich noch gar nichts begriffen habe.«

Hero kam herüber, hob die mechanische Nachtigall auf und drehte den Schlüssel. Dann stellte sie sie auf den Tisch, und gemeinsam beobachteten sie, wie die vergoldeten Flügel sich im Feuerschein langsam auf und ab bewegten.

Kapitel 48

Dienstag, 30. März 1813

Der nächste Morgen dämmerte kalt und neblig herauf, und von Norden her wehte ein bitterer Wind. Priss Mulligan hatte sich in einen warmen Schal gewickelt und durchwühlte mit spitzen Fingern eine Sammlung alter Glas- und Metallteile, die auf einem Straßenstand in Houndsditch ausgestellt waren, als Sebastian sich zu ihr gesellte.

»Ich hörte, Sie kennen Diggory Flynn«, sagte er.

Sie sah zu ihm herüber. Ihre Unterlippe stand wegen eines Priems vor, und ihre runden schwarzen Augen weiteten sich ein winziges bisschen. »Ach? Und woher wisst Ihr das wohl?«

»Deduktion.«

»Hab nie von wem gehört, wo Dee Duxon heißt«, sagte sie schniefend und wandte sich wieder dem Stand zu.

Sebastian sah, wie sie einen alten, angeschlagenen Kerzenständer aufhob und daran roch. Er sagte: »Haben Sie schon gehört, dass Jamie Knox tot ist?«

»Aye.« Sie stieß einen schweren Seufzer aus. »So schad. Das war 'n hübscher Kerl.«

»Ich glaube, dass Diggory Flynn ihn getötet hat.«

»Pff, warum sollte der das wohl machen?«

»Weil er Knox mit mir verwechselt hat.«

Priss Mulligan betrachtete Sebastian nachdenklich, dann drehte sie den Kopf zur Seite und spuckte einen Schwall Tabaksaft in den Rinnstein. »Aye, kann sein, schätz ich. Man kann nich leugnen, dass ihr zwei euch gleicht wie zwei Welpen aus demselben Wurf.«

Sebastian sagte: »Ich glaube, dass Flynn für Sie arbeitet.« *Oder Sinclair Oliphant. Oder Anne Preston*, dachte er und beobachtete sie genau.

Sie benutzte die Zunge, um den Tabakspriem in die Wange zu schieben. »Na klar, aber Flynn hat nie für mich gearbeitet. V'lleicht mal mit mir, dann und wann. Aber nie für mich.«

»Und weshalb sollte ich Ihnen glauben?«

Sie zuckte die Achseln. »Fragt jeden, der ihn kennt.«

»Ich könnte ihn selbst fragen, wenn ich wüsste, wo er zu finden ist.«

Sie verzog den Mund zu einem breiten Grinsen, in dem sie ihre kleinen, tabaksfleckigen Zähne zeigte. »Ha, Ihr denkt, ich sag's Euch? Bestimmt nich.« Sie zwinkerte. »Könnt ich nich, sogar wenn ich's wollen tät. Er meldet sich immer bei mir, nich umgekehrt.«

Sie stellte den Kerzenleuchter wieder ab und griff nach einer kleinen Glasfigur. Er fragte: »Sie sind Irin, nicht wahr?«

Die Frage überraschte sie offensichtlich, denn sie zögerte und sah zu ihm auf. »Was hat'n das damit zu tun?«

»Haben Sie je von einem Dullahan gehört?«

»Na sicher. Wieso?«

»Erzählen Sie mir darüber.«

Sie senkte die Stimme und wedelte mit ihrer kleinen, kindlichen Hand durch die Luft wie eine Märchenerzählerin, die ein Bild heraufbeschwor. »Der hat den

Kopf unterm Arm. Oh, der ist grausig, wenn man ihn anguckt: Die kleinen schwarzen Augen huschen hierhin und dorthin, und sein Grinsemund ist so breit wie der Schädel, und die Haut, die ist wie schimmeliger Käse. Er hat 'ne Geißel, wo aus dem Rückgrat von 'nem Toten gemacht ist, und wenn er deinen Namen ruft, bist du mit Abkratzen dran. Man kann nix machen, um ihn zu hindern. Du kannst versuchen, das Tor zu verrammeln und die Tür abzusperrn, aber die öffnen sich vor ihm wie von Zauberhand.«

»Und er reitet auf einem Pferd?«

»Manchmal. Manchmal fährt er auch 'ne Kutsche.« Sie rümpfte die Nase. »Warum wollt Ihr was vom Dullahan wissen? Der zeigt sich nich gern, wisst Ihr. Wenn du versuchst, ihn anzugucken, peitscht er dir mit der Geißel die Augen aus dem Kopf. Oder er kippt dir 'nen Eimer Blut über und markiert dich damit als den Nächsten, wo verreckt.«

»Ich hörte, es gibt eine Sache, womit man ihn vertreiben kann.«

Sie lachte schnaubend, und ihre kleinen Augen verschwanden in den Rundungen ihre Gesichts, als sie unter ihrem Schal nach etwas suchte und eine durchbohrte Goldmünze hervorzog, die sie an einem Lederband um den Hals trug. »Na sicher, das is Gold. Warum denkt Ihr denn, dass die Reichen nich so oft sterben wie die Armen?«

»Viel Essen. Ein warmer Kamin. Ein Dach über dem Kopf.«

»V'lleicht«, sagte sie schniefend. »Jedenfalls kapier ich nich, was der Dullahan mit irgendwas zu tun haben soll.«

»Vielleicht hat er das ja nicht«, sagte Sebastian und
ging davon. Sie starrte ihm hinterher, die Glasfigur vergessen in der Faust und die Augen boshaft und misstrauisch zusammengekniffen.

Kapitel 49

Das Mädchen drückte sich das rostige Tablett mit den Nüssen an die Brust. Sie war ein kleines Ding mit spindeldürren Armen und Beinen, einem blassen, vom Wind rissigen Gesicht, und schlaff herunterhängendem Haar vom gleichen matten Braun wie ihre Augen. Sie sagte Hero, sie heiße Sarah Devon. Sie war neun Jahre alt und verkaufte bereits seit drei Jahren Nüsse.

»Ich hab erst angefangen, auf der Straße zu arbeiten, wie Papa gestorben is«, sagte sie. »Er war 'n Zinngießer, wisst Ihr – hat Blech- und Zinnsachen verkauft. Ne Zeitlang hat Mama versucht, uns mit dem durchzubringen, was sie mit den Apfelsinen verdiente, aber das war nich genug. Also hat sie angefangen, mich mit Nüssen im Wert von sechs Halfpennies loszuschicken. Ich soll sechs Pence mit heimbringen.«

»Und wenn du das nicht schaffst?«

Der Blick des kleinen Mädchens glitt zur Seite. »Normal schlägt sie mich nich. Nur, wenn sie getrunken hat. Aber sie trinkt nur einmal pro Woche. Normalerweise.«

Heros Mitleid mit der kämpfenden Witwe verschwand augenblicklich. »Verkaufst du die Nüsse immer hier, am Piccadilly?«

»Meistens, M'lady. Manchmal geh ich aber auch in Wirtschaften. Ich mag die Schankstuben, da drin is es so schön warm.«

Hero blickte von ihrem Notizblock auf. »Du verkaufst auch in Kneipen deine Nüsse?« Sie versuchte, ihre Irritation nicht zu zeigen, aber das schien ihr nicht ganz zu gelingen, denn Sarah trat zögernd einen Schritt zurück.

»Normal geh ich nur ins Pied Duck«, sagte sie und trat nervös von einem Fuß auf den anderen. »Der Barmann war 'n Freund von Papa, und wenn er da is, passt er auf, dass die Männer nich gemein zu mir sind.«

»Sind die Männer gemein?«

Das kleine Mädchen ließ den Kopf hängen. »Manchmal.«

Hero drückte die Faust um den Stift so fest zusammen, dass sie ihn brechen hörte.

»Hier«, sagte sie und schob dem kleinen Mädchen zwei Schilling in die Hand. »Aber gib nicht gleich alles deiner Mutter, sonst wird sie es vermutlich vertrinken.«

Sarah schloss die Finger um die Münzen und riss die Augen auf. »Ich dachte, Ihr hättet gesagt, dass Ihr mir einen Schilling gebt, wenn ich mit Euch spreche. Warum gebt Ihr mir jetzt zwei?«

Weil du so dünn und zerbrechlich bist, dass es mir das Herz zerreißt, dachte Hero. *Weil ich nicht will, dass du Angst davor hast, geschlagen zu werden, wenn du nach Hause gehst. Weil kleine Mädchen nicht Nüsse in Kneipen verkaufen sollten, um überleben zu können.*

Aber sie sagte nur: »Weil du mir so geholfen hast.«

Sarah neigte den Kopf zur Seite. »Wollt Ihr wirklich für die Zeitung über uns Straßenverkäufer schreiben?«

»Ja.«

Sie sah nachdenklich aus. »Es macht mir nix aus, auf der Straße zu verkaufen, wisst Ihr. Es ist besser, als ohne Ofen drinnen zu bleiben und nichts zu tun zu haben.«

Als Hero mit den beiden Burschen, auf deren Begleitung Devlin bestanden hatte, zu der Kutsche zurückging, dachte sie, dass das gewissermaßen ein Trost war.

Aber nur, solange sie nicht allzu genau darüber nachdachte.

Kapitel 50

»Ich begreif nich, warum wir immer wieder herkommen«, sagte Tom, der am Straßenrand bei den Köpfen der Braunen stand, während Sebastian zur Bloody Bridge ging und den moosbewachsenen Bogen betrachtete.

»Weil ich weiß, dass mir irgendetwas entgangen ist.«

»Warum meint Ihr, es is hier?«

»Vielleicht ist es das nicht«, sagte Sebastian, was Tom jedoch nur noch mehr verwirrte.

Sebastian blickte über die hügeligen grünen Felder hinweg, die noch halb von den Überbleibseln des Morgennebels verborgen waren. »Denk mal darüber nach: Am Freitag vor seiner Ermordung hat Stanley Preston eine unangenehme Begegnung mit dem ehemaligen Gouverneur von Jamaika. Wir wissen nicht genau, wo dieses Treffen stattfindet oder was besprochen wird, aber da ich Oliphant kenne, vermute ich, dass darin einige hässliche und sehr deutliche Drohungen gegen Anne Preston ausgesprochen werden. Was es auch ist – es macht Preston so viel Angst, dass er am nächsten Tag seinen Vetter, den Home Secretary anruft, und ihm sagt, dass er Oliphant nicht mehr vernichtet sehen will.«

»Damit der Gouverneur keinen Grund mehr hatte, ihn zu killen, richtig?«

»Vielleicht«, sagte Sebastian. »Es sei denn, Preston hat aus irgendeinem Grund seine Entscheidung überdacht. Wie auch immer, später am Tag – Samstag – stürmt er in den Laden von Priss Mulligan in Houndsditch und droht, sie bei den Behörden zu melden, worauf sie ihm droht, ihn ausnehmen, erwürgen und kastrieren zu lassen.«

»Und das macht ihm Angst?«

»Nach allem, was ich über Priss Mulligan erfahren habe, sollte es das. Aber selbst wenn, bleibt er immer noch arglistig, weil ...«

»Arg-was?«

»Arglistig. Das bedeutet schlecht gelaunt. Gereizt. Übel gesinnt.«

»Ach so.«

»Denn danach stürmt er in das *Shepherd's Rest* und droht, den mittellosen Captain Wyeth auszupeitschen, worauf Wyeth damit droht, ihn zu töten.«

»Ganz schön sturer Genosse, dieser Preston. Wie habt Ihr's genannt?«

»Arglistig«, sagte Sebastian und blickte den schmalen Bach entlang, der unter der Brücke floss. »Nun, am nächsten Morgen – Sonntag, dem Todestag – bekommt Preston Besuch von Dr Douglas Sterling. Der Doktor behauptet, es sei ein Arztbesuch, obgleich niemand, der Preston nahesteht, etwas von einer Krankheit weiß. Nachdem der Arzt wieder weg ist, ruft Preston eine Droschke und fährt aus Gründen, die anscheinend niemand kennt, zur Bucket Lane. Einige Stunden später kommt er wieder nach Hause und beschäftigt sich bis kurz vor neun mit seiner Sammlung. Zu der Zeit schaut er aus dem Fenster und sieht Basil Thistlewood, der sein Haus anschaut. Preston stürmt raus und bricht mitten auf der Straße einen außerordentlich ungehobelten und lautstarken Streit vom Zaun. Etwas später verlässt er das Haus erneut und geht zu Fuß zum *Monster*, wo er Henry Austen beschimpft, weil der mutmaßlich Annes romantische Empfindungen bestärkt hat.«

»Und dann kommt er hierher?«, fragte Tom.

»Ja. Wahrscheinlich, um Rowan Toop zu treffen, der den abgetrennten Kopf und ein Sargband von King Charles I verkauft. Preston steht hier«, Sebastian trat auf den grasbewachsenen Streifen neben dem Weg, »mit der Uhr in der Hand und schaut zweifellos zurück zum Sloane Square, weil er Toop erwartet, da ...« Sebastian drehte sich um, sodass er den Platz sah, und erstarrte.

»Was?«, fragte Tom, als Sebastian wieder herumwirbelte, um das dicht gewachsene Gebüsch an beiden Seiten des Bachs auf der Nordseite der Brücke zu betrachten.

»Preston wurde von hinten erstochen. Das heißt, er hat seinem Mörder entweder freiwillig den Rücken zugedreht – was unwahrscheinlich ist, wenn der ihm kürzlich erst gedroht hat, ihn umzubringen – oder der Mörder ist hinter ihm aufgekreuzt. Ich dachte die ganze Zeit, der Mörder könnte Preston einfach vom *Monster* aus gefolgt sein. Bloß hätte Preston ihn dann gesehen, als er sich umdrehte, um zurück zum Platz zu blicken und nach Toop Ausschau zu halten. Das bedeutet, wer auch immer Preston ermordet hat, muss gewusst haben, dass er vorhatte, an dem Abend Rowan Toop auf der Bloody Bridge zu treffen. Und er war schon hier und hat auf ihn gewartet, und zwar wahrscheinlich dort im Gebüsch.«

Das Gesicht des Burschen erhellte sich, als er rasch begriff. »Und wer hat gewusst, dass Preston hierher wollte?«

»Es ist möglich, dass Thistlewood von der Verabredung erfahren hat, aber das bezweifle ich. Ich halte es auch für unwahrscheinlich, dass Henry Austen in Prestons heimliche Machenschaften eingeweiht war. Prestons Tochter Anne behauptete, sie hätte keine Ahnung, was er an dem Abend auf der Bloody Bridge zu schaffen hatte, aber das könnte gelogen sein.«

»Und sie könnte es Captain Wyeth verklickert haben?«

»Könnte sie schon. Allerdings halte ich es für wahrscheinlicher, dass sie Diggory Flynn angeheuert und geschickt hat, Preston zu töten.«

Tom fiel die Kinnlade herunter. »Ihr meint, die hat ihren eigenen Da um die Ecke gebracht? Boah!«

»Sie ist auf jeden Fall in die Reihe der Verdächtigen gerückt«, sagte Sebastian. »Aber Männer wie Diggory Flynn sind darauf geschult, die Geheimnisse anderer zu kennen. Deshalb ist es auch denkbar, dass Flynn von der Verabredung Wind bekommen hat, wenn er für Priss Mulligan oder Lord Oliphant gearbeitet hat.«

Sebastians Blick kehrte zum Platz zurück, den eine Dame von der Sloane Street aus betreten hatte und seitlich entlanggegangen war. Nun schlug sie den Weg zur Brücke ein. Sie trug eine schlichte braune Pelisse und eine zweckmäßige Mütze. Ihr fester, leichtfüßiger Schritt war der einer Person, die daran gewöhnt war,

Meilen über Landstraßen und quer über Felder zu laufen. Sie hielt den Kopf gesenkt und wirkte gedankenverloren. Aber als sie aufblickte und ihn sah, lächelte sie.

»Lord Devlin«, sagte Jane Austen. »Ich habe nicht erwartet, Euch wieder zu treffen.«

Er ging zu ihr. »Miss Austen. Was führt Sie hierher?«

»Ich versuche, jeden Morgen einen Spaziergang zu machen, entweder zur Themse oder durch Five Fields. Dort hinten steht eine kleine Landkapelle mit einem hübschen Kirchhof.« Sie nickte zu dem Kirchturm, der über den dichtstehenden Bäumen in der Ferne zu erahnen war. Dann fiel ihr Blick auf die Brücke, und ein Schatten huschte über ihre feinen, gleichmäßigen Züge. »Es war auch eine von Annes Lieblingsstrecken. Aber ich bezweifle, dass sie je wieder hier entlanggehen will.«

»Und wie geht es Miss Preston?«, fragte er.

Die Frage war gar nicht so unbedeutend, wie es schien.

»Um ehrlich zu sein, macht sie sich ganz krank vor Angst, Ihr wolltet Captain Wyeth für den Mord an ihrem Vater hängen sehen.«

»Ich glaube nicht, dass Captain Wyeth Stanley Preston ermordet hat«, sagte er und musterte das runde, feingezeichnete Antlitz der Autorin. Er wünschte, von Anne könnte er das Gleiche behaupten, doch diesen Gedanken behielt er für sich.

»Kann ich ihr das sagen?«, fragte Miss Austen.

»Gewiss. Auch wenn ich natürlich nicht für die Bow Street sprechen kann.«

»Ich glaube, Anne hat mehr Angst vor Euch als vor den Behörden.«

»Ach?«

»Überrascht Euch das? Meine Base Eliza befürchtet ebenfalls, dass Ihr Henry noch im Verdacht haben könntet.«

»Ich glaube auch nicht, dass Ihr Bruder etwas zu befürchten hat«, sagte er. »Wie geht es Mrs Austen heute?«

Ein verkniffener, betrübter Ausdruck legte sich auf Miss Austens Züge. »Ich fürchte, es ist nur noch eine Frage der Zeit.«

»Das tut mir leid.«

Sie blinzelte rasch mehrmals hintereinander und nickte. Ihr Hals bewegte sich in einem mühsamen Schlucken.

Er sagte: »Sie kennen nicht zufällig einen Mann namens Diggory Flynn – einen etwas derangierten Mann mit einem seltsam schiefen Gesicht?«

»Ich glaube nicht. Warum? Denkt Ihr, er könnte etwas mit all diesen Dingen zu tun haben?«

»Möglicherweise.«

Sie neigte den Kopf zur Seite. »Darf ich fragen, warum Ihr Eure Meinung zu Captain Wyeth geändert habt?«

»Hauptsächlich, weil ich inzwischen glaube, dass er genau der ehren- und gewissenhafte Mann ist, als der er erscheint.«

»Das ist gut zu hören«, sagte sie mit einem leichten Lächeln. »Anne verdient es, glücklich zu sein.«

»Hoffen wir, dass sie es wird«, sagte er, da begannen gerade die Glocken der entfernten Landkapelle zu läuten.

Kapitel 51

Sebastian hielt als Nächstes am *Rose and Crown* an, wo er erfuhr, dass Cian O'Neal nicht zu seiner Arbeit in den Ställen zurückgekommen war.

Schließlich fand er den ehemaligen Stallburschen in den Küchengärten des Chelsea Hospitals, wo er Reihen für Gemüsepflänzchen hackte, die bald dort sprießen sollten. Bei Sebastians Anblick erstarrte er und spannte die Fäuste um die Hacke an. Seine Brust weitete sich in einem Atemzug.

»Was wollt Ihr von mir?«

»Ich muss Ihnen ein paar Fragen stellen«, sagte Sebastian und blieb in einigem Abstand stehen, denn der Junge wirkte, als wolle er davonlaufen.

»Ich hab dem anderen Kerl doch schon gesagt: Ich hab nix gesehn. Nix.«

Sebastian musterte das straffe, angespannte Gesicht des Jungen. »Welchem anderen Kerl?«

»Dem Kerl von der Bow Street.«

»Der, der schon am Anfang mit Ihnen gesprochen hat?«

»Nein. 'N anderer.«

»Hat er nach dem Dullahan gefragt?«

Cian starrte ihn aus aufgerissenen, angstvollen Augen an.

»Sie haben ihn gesehen, nicht?«, sagte Sebastian.

»Keiner, wo den Dullahan sieht, bleibt am Leben.«

»Also war das, was Sie gesehen haben, doch nicht der Dullahan. Vielleicht war es nur ein Mann.«

»Aber er trug nen Ko …« Cian unterbrach sich und richtete den Blick zu Boden, die Wangen rot vor Scham.

»Einen Kopf? Wollten Sie das sagen? Nicht den abgetrennten Kopf vom Brückenende, sondern einen anderen?«

Der Junge stieß durch die Nase ein Schnauben aus und nickte. »Glaubt mir keiner, aber so is es.«

»Ich glaube Ihnen«, sagte Sebastian. »Wo war dieser Mann, als Sie ihn gesehen haben?«

Cian blickte auf seine Füße, und seine Stimme war kaum mehr als ein Flüstern. »Auf der anderen Seite der Brücke. Nich weit von dem Schuppen weg, zu dem wir wollten.«

»Wie hat er ausgesehen?«

»Weiß nich. Es war dunkel, und er hat 'ne Art dunkle Robe getragen und 'nen Schlapphut auf dem Kopf gehabt.«

»Sie meinen, auf dem Kopf, der auf seinen Schultern saß? Nicht auf dem, den er getragen hat?«

Die Farbe auf den Wangen des Jungen vertiefte sich. »Aye.«

»Dann kann es nicht der Dullahan gewesen sein. Es war nur ein Mann in einem schwarzen Kittel, der einen Kopf getragen hat.«

Der Junge sah auf. In seinen Zügen kämpfte eine aufwühlende innere Verwirrung gegen eine namenlose Angst, die sich nicht verziehen wollte. »Aber wem sein Kopf? Sagt mir das. Hab von keinem anderen Körper gehört, dem wo der Kopf fehlt.«

»Haben Sie an dem Abend jemand anderen bei der Brücke erkannt? Vielleicht nur einen Schatten, der sich im Ufergestrüpp beim Bach bewegt hat?«

Der Junge trat einen Schritt zurück, dann noch einen. Er schwitzte jetzt, obwohl es ein kalter Tag war und der Wind ihm den dünnen Stoff seiner Arbeitsschürze gegen die Brust drückte. »Ich weiß nich mehr, was ich überhaupt gesehn hab! Das hab ich dem Kerl von der Bow Street schon gesagt: Es war dunkel, und der Wind hat ganz schön in die Bäume gepustet.«

Sebastian runzelte die Stirn. »Dieser Mann von der Bow Street. Wann hat der Sie befragt?«

»Weiß nich. Vor 'n paar Tagen.«

»Wie hat er ausgesehen?«

»War fein angezogen, wie 'n Gentleman. Also nich protzig, sondern richtig fein.«

»Wie alt?«

Der Junge zuckte die Achseln. »Älter als Ihr, denk ich ma. Aber auch nicht zu viel.«

»Helles oder dunkles Haar? Groß oder klein? Dünn oder kräftig?«

Der Junge verzog angestrengt nachdenkend das Gesicht. »Vielleicht so groß wie ich und dunkelhaarig, aber ich würde nich sagen, er war übermäßig dünn oder dick.«

Sebastian kannte Lovejoys Wachtmeister allesamt, und die Beschreibung des Jungen traf auf keinen von ihnen zu. »Und er sagte, er sei von der Bow Street?«

»Aye.«

»Hat er noch irgendetwas anderes gefragt?«

»Nur, ob Molly was gesehen hat.«

»Was haben Sie ihm geantwortet?«

»Hab Nein gesagt. Wenn sie gesehn hätt, was ich gesehen hab, würde sie mich ja nich auslachen. Dann würd sie nich rumlaufen und den Leuten erzählen, ich wär plemplem.«

»Ich halte Sie nicht für plemplem. Aber der Mann, der Ihnen diese Fragen gestellt hat, war nicht von der Bow Street.«

Dem Jungen sackten die Gesichtszüge herunter. »Was sagt Ihr da?«

»Ich sage, wenn Sie ihn wiedersehen, müssen Sie vorsichtig sein.«

»Aber ... wer is es denn?«

»Ich glaube, er kann sehr wohl der Mörder sein.«

***

Als Sebastian wieder zur Brook Street kam, erwartete ihn Morey bereits mit missbilligender Miene.

»Eine Lady wünscht Euch zu sehen, Mylord«, sagte der Majordomus. »Miss Anne Preston. Ich sagte ihr, dass sowohl Ihr als auch Lady Devlin ausgegangen seid, aber sie hat darauf bestanden zu warten.« Sein Stirnrunzeln wurde noch ausgeprägter. »Ich habe sie in den Kleinen Salon geführt.«

»Vielen Dank«, sagte Sebastian und reichte Morey seinen Hut und den Stock, bevor er zur Treppe ging.

Sie saß steif und kerzengerade auf einem der Stühle mit Bambusrückenlehne am Bogenfenster, die Hände im Schoß verschränkt, und ihr angespanntes Gesicht wirkte ernst, kontrolliert und maskenhaft. Bei Sebastians Anblick sprang sie auf, die Arme steif an beiden Seiten haltend. »Ich bin wegen Jane hier – Miss Austen«, sagte sie ohne Vorworte.

»Darf ich Ihnen etwas Tee anbieten, Miss Preston?«

»Nein, vielen Dank. Euer Majordomus hat mir bereits welchen angeboten.« Sie atmete tief ein und sprudelte los: »Ich ... ich fürchte, ich war Euch gegenüber in einigen Belangen nicht ganz aufrichtig.«

Sebastian hatte den Verdacht, dass sie in einer ganzen Anzahl von Belangen nicht aufrichtig gewesen war. Er sagte jedoch nur: »Nehmen Sie doch bitte Platz.«

»Nein.« Sie wirbelte herum und stellte sich ans Fenster, um hinauszublicken. »Die Bow Street-Behöre denkt, dass Hugh meinen Vater ermordet hat. Aber Jane – Miss Austen – sagte mir, dass Ihr nicht derselben Meinung seid.«

Sebastian betrachtete ihr beherrschtes Profil. »Was genau versuchen Sie mir zu sagen, Miss Preston?«

Sie hielt den Blick auf die Karren und Kutschen, die sich auf der Straße drängelten, geheftet. »Hugh hatte den Gedanken im Kopf, dass er Vater in einem Treffen – in einem Gespräch von Mann zu Mann – vielleicht überzeugen könnte, seine Meinung über unsere Ehe zu ändern.«

»War das, bevor oder nachdem Ihr Vater ins *Shepherd's Rest* gestürmt ist und damit gedroht hat, ihm die Pferdepeitsche überzuziehen?«

Sie atmete hastig ein, wodurch sich ihre Nasenflügel blähten und ihre Brust sich dehnte. »Danach.«

»Also am Sonntag?«

»Ja. Ich habe Hugh gesagt, er sei ein Narr, und Vater würde niemals zustimmen. Aber Hugh sagte, die Ehre gebiete es ihm, formal um meine Hand anzuhalten.«

»Bewundernswert.«

Sie lachte abgehackt auf. »Bewundernswert vielleicht. Aber dennoch verrückt.«

»Was ist geschehen?«

Sie fuhr mit den Fingern über den Vorhang neben sich, um ihn zu glätten, obgleich er bereits glatt herunterhing. »Das vorhersehbare Desaster. Es war wahrscheinlich nicht gerade hilfreich, dass Hugh unmittelbar nach Dr Sterlings Besuch zum Haus kam. Ich weiß nicht, was Dr Sterling zu meinem Vater gesagt hat, aber was es auch war, es hat eine seltsame Stimmung in ihm ausgelöst. Er warf nur einen Blick auf Hugh und ist wutentbrannt abgerauscht – gleich unten in der Halle, vor den Augen unseres Butlers Chambliss.«

»Sie haben offenbar sehr loyale Diener«, sagte Sebastian. »Keiner von ihnen hat gegenüber den Constables eine Andeutung über den Besuch des Hauptmanns verlauten lassen.«

»Ich habe Chambliss gebeten, es für sich zu behalten. Das war falsch von mir, ich weiß. Aber ich habe befürchtet, dass die Bow Street aus Hughs Besuch die schlimmste Geschichte konstruieren würde. Ich meine, Vater stand in der Halle und brüllte, dass er mich lieber als alte Jungfer sterben sähe, als mir zu erlauben, einen mittellosen Priestersohn ins Haus zu schleppen.«

»Waren Sie bei ihrer Unterhaltung anwesend?«

»Anfangs nicht, nein. Hugh hatte gedacht, alleine würden sie es besser können. Aber so wie Papa gebrüllt hat, ist es ein Wunder, dass man ihn nicht bis zum nächsten Landkreis hören konnte. Ich habe versucht, wegzubleiben, aber dann habe ich es nicht länger ausgehalten und bin heruntergekommen. Ich habe zu Papa gesagt, dass ich tatsächlich als alte Jungfer sterben werde, wenn ich Hugh nicht heiraten dürfe, und dass er in Wolkenkuckucksheim lebt, wenn er dächte, dass sein Widerstand gegen diese Ehe mich zu Lady Knightly machen würde.«

Sie hielt inne, ihr Gesicht war blass und müde. »Und dann hat Papa etwas wirklich Seltsames gesagt. Ihr müsst wissen, dass er voller Enthusiasmus auf eine Verbindung zwischen Sir Galen und mir hingearbeitet hatte. Aber als ich Knightlys Namen nannte, hat sich Papa in eine solche Wut gesteigert, dass er zitterte. Er sagte, er würde mich lieber einem englischen Kaminkehrer anvertrauen als Sir Galen. Dann hat er sich zu Chambliss umgedreht, der immer noch mit steinerner Miene dastand – es war richtig unheimlich –, und hat ihm gesagt, dass Sir Galen, sollte er sich je wieder an unserer Tür zeigen, nicht vorgelassen werden durfte. Dann hat Papa seinen Hut geschnappt und ist auf und davon.«

»Mit der Mietdroschke?«

»Ja. Laut der Bow Street ist er zum Fish Street Hill gefahren, obschon ich mir beim besten Willen nicht vorstellen kann, was er dort gewollt haben könnte.«

Sebastian dachte, dass er inzwischen eine recht gute Vorstellung davon hatte, was Stanley Preston zu den Straßen um den Billingsgate Market herum geführt haben könnte. Aber er sagte lediglich: »Als Sie bei Lady Farningham mit Wyeth gestritten haben, ging es da um die morgendliche Konfrontation mit Ihrem Vater?«

»Nein.« Ein Hauch von Farbe stieg ihr in die Wangen. »Wenn Ihr es genau wissen wollt: Ich wollte mit Hugh durchbrennen. Ich wusste, dass Vater darüber wieder in Zorn geraten würde, aber ich war mir sicher, dass er sich wieder beruhigen und unsere Ehe akzeptieren würde, vor allem, weil er aus irgendeinem Grund seinen Traum, mich als Lady Knightly zu sehen, aufgegeben hatte.«

»Aber Captain Wyeth hat sich geweigert?«

Die Farbe ihrer Wangen vertiefte sich. »Ja.«

Sebastian sagte: »Weshalb haben Sie beschlossen, mir das alles jetzt zu erzählen?«

»Wegen etwas, das Jane – Miss Austen – zu mir gesagt hat. Sie sagte, es wäre falsch, irgendetwas zurückzuhalten, das sich an dem Tag zugetragen hat. Jede Einzelheit für sich genommen möchte vielleicht nicht viel bedeuten, aber wenn man sie zu allem anderen hinzufüge, dann könne das sehr wohl der Schlüssel für Euch sein, um zu verstehen, was mit Vater passiert ist.«

Sie legte sich die flachen Hände über Nase und Mund und schloss kurz die Augen, dann sagte sie: »Ich habe es Euch zuvor nicht berichtet, weil ich dachte, es könne Euch noch mehr davon überzeugen, dass Hugh Papa ermordet hat. Aber das hat er nicht! Ihr müsst mir glauben. Er ist kein rücksichtsloser Mitgiftjäger, sondern ein wertvoller, ehrenhafter Mann, viel nobler und edler gesinnt als ich selbst. Er hat meinen Vater nicht getötet.«

»Nein«, sagte Sebastian. »Aber ich glaube, ich weiß, wer es war.«

Kapitel 52

Manchmal konnte die Aufklärung eines Mordes so einfach sein, wie die richtigen Fragen zu stellen. Nur hatte Sebastian in diesem Fall eben nicht die richtigen Fragen gestellt.

Oder nicht über die richtige Person.

Die folgenden Stunden verbrachte er damit, die Londoner Kaffeehäuser und Pubs aufzusuchen, die bei Männern mit starken Verbindungen zu den westindischen Inseln beliebt waren. Die Gespräche wurden durch die Blume geführt, die Fragen sehr sorgfältig formuliert und die Antworten meistens geheimnisvoll oder als reine Mutmaßung gegeben.

Doch zu guter Letzt waren die Informationen, die er zusammentrug, vernichtend.

***

Hero spazierte, Simon als Bündel in den Armen haltend, durch den Garten hinter dem Haus, als Sebastian zu ihr kam. Ihre Wangen waren von der kühlen Luft sanft gerötet. Doch in ihren Augen lag Sorge, und er wusste, dass das, was sie an diesem Morgen über das harte Leben der Marktleute erfahren hatte, ihr immer noch nachging.

Er sagte: »Hattest du ein schlimmes Gespräch?«

Sie sog tief den Atem ein und verlagerte Simons Gewicht, sodass sie ihre Wange an die des Kindes drücken konnte. »Es geht um ein kleines Mädchen. Sie verkauft in den Kneipen Nüsse. Allein.«

Er wollte sagen: *Warum hörst du nicht mit dieser Arbeit auf? Warum quälst du dich mit der hässlichen Wahrheit, die in einem Teil Londons gelebt wird, während die meisten adligen Damen in seliger Unwissenheit leben?* Aber er wusste, dass sie genau daran etwas ändern wollte; sie wollte ja, dass die verwöhnten, selbstgerechten und selbstzufriedenen Bewohner des West Ends erfuhren, wie das Leben für Menschen mit weniger Glück war. Auf ihre eigene Weise war sie genauso getrieben wie er.

Der Knabe wand sich, und sie lockerte den Griff, dann sagte sie: »Ich habe wieder von meinem Lebensmittelverkäufer von Fish Street Hill gehört. Er hat sich gemeldet, nachdem ich mit Sarah gesprochen habe.«

»Und?«

»Er sagte, Stanley Preston hätte in der Bucket Lane eine Frau getroffen. Leider weigert sie sich, mit uns zu sprechen, aber er hat versehentlich einen Namen genannt: Juba.«

Juba. Das war ein afrikanischer Name, den in den amerikanischen Kolonien oftmals Mädchen bekamen, die an einem Montagmorgen geboren wurden. Sebastian nahm an, er gehörte zu der schönen, dunkelhäutigen Frau, die ihn auf der Straße angesprochen hatte.

»Meinst du, diese Juba könnte Prestons Tochter sein?«, fragte Hero.

»Tatsächlich halte ich es für viel wahrscheinlicher, dass ihre Verbindung zu Sir Galen Knightly führt.«

»Knightly« Hero musterte ihn. »Meinst du das ernst?«

Sie hörte ihm zu, während er ihr von der plötzlichen Abneigung von Preston gegenüber Knightly berichtete, die Preston am Morgen seines Todestags zum Ausdruck gebracht hatte. Und von dem dunkelhaarigen Gentleman, der Cian O'Neal befragt hatte, sowie von mehreren Gesprächen, die Sebastian selbst mit einigen Plantagenbesitzern der westindischen Inseln geführt hatte.

»Knightly hat mir mal erzählt, dass er seine Plantagen und die Sklaven geerbt hat«, sagte Sebastian. »Er hat behauptet, er wäre ein gutmütiger Master, der gern all seine Sklaven freilassen würde, wenn das Gesetz es ihm nicht so schwer machen würde. Aber nichts davon stimmt. Stattdessen hat er in den Jahren seit dem Ableben seines Großonkels seinen Besitz an Sklaven und Ländereien noch ausgedehnt. Und während in Jamaika keiner der Plantagenbesitzer die Peitsche einsetzt, habe ich gehört, dass Knightlys Bestrafungen außergewöhnlich brutal sein können – vor allem, wenn er zornig ist. Es heißt, er verliert nicht oft die Selbstbeherrschung, aber wenn doch, dann ist er bösartig. Einmal hat er höchstpersönlich einem Sklaven mit einem Zuckerrohrmesser die Kehle durchgeschnitten, als der Mann eines seiner Lieblingspferde misshandelte.«

»Er hat ihn umgebracht?«

»Ja. Er hat ihm gewissermaßen den Kopf abgeschnitten – wobei für die Behörden natürlich irgendeine Geschichte ausgedacht wurde.«

»Was meinst du denn, das Stanley Preston und Douglas Sterling getan haben könnten, um Knightly in einen solch mörderischen Zorn zu versetzen?«

»Ich glaube, Sterling muss Preston an dem Sonntagmorgen etwas erzählt haben, das Preston überzeugte, seine Tochter nicht als Knightlys Braut sehen zu wollen, und das ihn außerdem dazu brachte, zur Bucket Lane zu gehen, um mit Juba zu sprechen.«

»Aber Preston kannte Knightly gut. Er muss sein Temperament und seine Art, die Sklaven zu behandeln, gekannt haben. Was könnte Sterling also gesagt haben, das Preston plötzlich gegen den Mann aufgebracht haben könnte?«

»Knightly hat mir einmal erzählt, dass Preston eine große Abneigung gegen Rassenmischung hatte. Und Juba ist zum Teil Afrikanerin.«

»Meinst du, dass sie Knightlys Tochter sein könnte?«

»Nein; dafür ist sie nicht jung genug. Aber sie könnte sehr wohl ein Kind von ihm haben.«

»Großer Gott«, sagte Hero leise. »Glaubst du, dass er auch sie töten könnte? Wenn er sie für eine Bedrohung hält?«

Sebastian hob ihr seinen Sohn aus den Armen und drückte ihn an sich. »Er ist ein Mann, der andere Menschen als Eigentum besitzt, und der sie auspeitschen lässt, wenn sie nicht arbeiten wollen. Ein Mann, der dazu fähig ist, einem hilflosen Sklaven für die Misshandlung eines Pferdes die Kehle durchzuschneiden, und der wahrscheinlich Rowan Toop den Kopf eingeschlagen hat, nur weil der Kirchendiener einer geringen Wahrscheinlichkeit nach etwas gesehen haben könnte, das ihm selbst geschadet hätte. Deshalb glaube ich tatsächlich, dass er sie umbringen könnte, wenn er denkt, dass sie ihn vielleicht hintergeht. Sowohl sie als auch ihren Sohn.«

Kapitel 53

Es war früher Nachmittag, als Sebastian zum Fish Street Hill kam. Die Menschenmassen waren dünner geworden, die Rufe der Verkäufer im Billingsgate Market weitgehend verstummt.

Er ließ Tom bei der Kutsche zurück und durchmaß den lärmenden Durchgang zur Bucket Lane. Der Himmel war immer dunkler geworden, die Wolken immer dichter, das Licht war spärlich, weiß und fahl, und die Gasse war leer bis auf eine Gruppe verlumpter Kinder, die mit Bruchstücken von Backsteinen spielten.

Sebastian ging zu einem der Knaben, einem zart gebauten, braunäugigen Jungen von vielleicht zehn oder zwölf Jahren, und hielt eine Münze hoch. »Ich suche Juba. Ein Schilling für dich, wenn du mich zu ihr führst.«

Der Knabe starrte Sebastian mit hartem, ausdruckslosem Gesicht an. Dann griff er hurtig nach der Münze.

»Ah-ah« sagte Sebastian und hob den Schilling höher. »Du bekommst ihn, aber erst, wenn du mich zu Juba geführt hast.«

Der Ausdruck des Jungen wankte nicht. Dann wanderte sein Blick in Sebastians Rücken.

»Du bist das, oder?«, sagte eine vertraut klingende Stimme.

Sebastian drehte sich um und sah die Frau namens Juba in der Mitte der Straße stehen, die Fäuste in die schmale Taille gestützt, den Kopf zurückgelegt, als sie ihn misstrauisch, feindselig und auch neugierig betrachtete.

»Ja«, sagte er.

»Wer sin Sie? In echt.«

»Lord Devlin. Ich möchte wissen, weshalb Stanley Preston letzten Sonntag hergekommen ist, um Sie zu treffen.«

»Der ist nich zu mir gekommen.«

»Zu wem dann?«

Sie schüttelte den Kopf. »Zuerst wolln Se mich glauben machen, Sie sind n Idiot, und jetzt soll ich Sie für 'n großen Lord halten?«

»Ich bin ein Lord. Nicht unbedingt einer, den ich als ›groß‹ bezeichnen würde, aber doch ein Lord.«

Sie stieß ein zorniges Schnauben aus. »Und was gebt Ihr dieses Mal als Grund für Euer Interesse an Preston an? *Mylord.*«

»Ich versuche herauszufinden, wer ihn ermordet hat, und aus welchem Motiv.«

Er sah, wie plötzlich die Angst in die türkisfarbenen Augen stieg. »Ich habe ihn nicht umgebracht«, sagte sie heiser. »Ich hatte keine Grund.«

»Ich weiß.«

»Was für eine Rolle spielt es schon für Euch, wer diesen Preston ermordet hat, und warum?«

»Ich habe zufällig moralische Einwände dagegen, wenn Menschen mit kaltblütigem Mord davonkommen.«

»Sicher«, sagte sie und verzog den Mund. »Ein Reicher lässt sich um die Ecke bringen, und von der Fleet Street bis zur Bow Street will jeder rausfinden, wer's war.

Aber wenn einer 'ner alten Fischhändlerin hinterrücks ein Messer in den Rücken jagt, dann interessiert's keinen.«

Sebastian schüttelte den Kopf. »Ich verstehe nicht.«

»Kommt, ich zeig's Euch.«

Sie drehte sich um und ging zu einer schäbigen Tür, ohne zu warten, ob er ihr folgte. So, als wäre es für sie vollkommen gleichgültig, ob er es tat oder nicht.

Er fand sich in einem schmalen, verfallen aussehenden Korridor wieder, der dank dem Haufen tropfender Körbe und Kisten, der neben dem Weg lag, nach Fisch stank. Sie drückte die erste Tür zur Linken auf, die in einen Raum führte, der klein und spärlich möbliert, aber sauber war. Darin standen ein geschrubbter Tisch aus Böcken und einer Platte, grob gezimmerte Bänke, und bei dem kalten Kamin zwei Pritschen. Auf einer der Pritschen lag eine alte Frau mit blassem und todeswächsernem Gesicht.

Sie sah aus, als wäre sie vielleicht sechzig Jahre oder etwas älter, ihre braune Haut war faltig und alterstrocken, das Haar stahlgrau und dünn. Aber sie musste einst schön gewesen sein, denn die exquisite, königliche Knochenstruktur, die sie ihrer Tochter weitervererbt hatte, war trotz der Zeichen des Alters und des Todes noch klar zu sehen.

Sebastian hob den Blick von der toten Frau zu Juba. »Wann wurde sie getötet?«

»Letzte Nacht. Sie kommen jeden Moment, um sie ins Leichentuch zu wickeln.«

»Sagen sie mir, was geschehen ist.«

»Da gibt's nix zu erzählen. Sie ist zum Wasserholen rausgegangen, aber nich mehr zurückgekommen.

Banjo is sie suchen gegangen und hat sie kaum zwei Meter von der Pumpe weg gefunden. Hat in seinen Armen ihren letzten Atemzug getan.«

»Banjo?«

»Mein Junge.« Sie ruckte mit dem Kopf zur Straße. »Ihr habt grad mit ihm geredet.«

Sebastian betrachtete ihr schönes, beherrschtes Gesicht und entdeckte darin eine intensive Mischung aus Trauer, Schock und Wut. Er sagte: »Sagen Sie mir, weshalb Stanley Preston am Sonntag vor einer Woche hierhergekommen ist.«

Sie erwiderte seinen Blick. »Weshalb sollte ich?«

»Weil derjenige, der Ihre Mutter getötet hat, auch Stanley Preston ermordet hat – und mindestens zwei weitere Männer. Und weil er, wenn er sich bedroht fühlt, vielleicht nicht damit aufhört. Vielleicht beschließt er, dass er Sie und Ihren Sohn auch noch eliminieren muss.«

Am Ansatz ihres langen, eleganten Halses hatte eine Ader zu pochen begonnen. Doch ein ganzes Leben voller Misstrauen und Verbitterung ließ sie schweigen.

»Sagen Sie es mir«, sagte er sanft.

Sie ging zum Kamin, bei dem ein paar angestoßene Tassen und Teller auf einem rustikalen Regal standen.

Er sagte: »Ich werde dafür sorgen, dass Ihnen nichts geschieht.«

Sie lachte bitter. »Weshalb sollte ich Euch glauben?«

»Haben Sie eine Wahl?«

Sie erwiderte seinen Blick, wrang ihre Schürze in den Fäusten, und ihre seltsamen Augen waren groß vor Angst und Misstrauen.

»Sagen Sie es mir«, wiederholte er.

Langsam und zögerlich begann sie zu reden. Während er lauschte, begriff Sebastian, dass er Knightlys Motiv ganz falsch eingeschätzt hatte, und dass die Geheimnisse, für die der Mann gemordet hatte, viel gefährlicher waren, als Sebastian es sich je hätte träumen lassen.

Als sie fertig war, sagte er: »Ich möchte, dass Sie und Ihr Junge von hier weggehen. Kommen Sie mit mir, damit ich für Ihre Sicherheit sorgen kann, bis das alles vorbei ist.«

»Nein.«

»Verstehen Sie denn nicht ...«

»Was denkt Ihr Euch eigentlich?« Ihr Arm fuhr durch die Luft, und sie tat einen schnellen Schritt auf ihn zu, als sie ihn unterbrach. Ihre Miene war ganz verzerrt von der Erniedrigung und den Beleidigungen eines ganzen Lebens. »Dass ich eine Närrin bin – oder so eine Art Depp wie Euer Silas Nelson? Nein. Ich leg doch nich unser Leben in Eure Hände. Das hier ist unser Zuhause. Hier haben wir Leute um uns rum, die uns kennen. Leute, denen wir trauen. Marktleute sorgen immer füreinander. Ihr habt das gekriegt, weshalb Ihr gekommen seid. Jetzt schert Euch weg.«

Er zog eine Visitenkarte aus der Tasche und hielt sie ihr hin. »Wenn Sie Ihre Meinung ändern oder wenn irgendjemand Sie auf irgendeine Weise bedroht, kommen Sie zu mir. Brook Street Nummer einundvierzig.«

Sie tat keine Regung, um die Karte an sich zu nehmen, und ihm kam der Gedanke, dass sie sie wahrscheinlich nicht lesen konnte. Hero hatte ihm gesagt, dass nicht einmal einer von zehn Marktleuten lesen konnte.

Er legte die Karte auf den aufgebockten Tisch. »Mein Beileid zum Tod Ihrer Mutter«, sagte er.

Aber sie sah ihn nur stumm an. Ihr Gesicht war von der Trauer hohlwangig, und in ihren Augen lag Verbitterung.

***

Als Nächstes hielt Sebastian an der Blackfriars Bridge, wo er eine kurze Unterhaltung mit dem Besitzer von Douglas Sterlings bevorzugtem Kaffeehaus hatte. Danach fuhr er zur Park Lane. Vor dem Stadthaus seiner Tante Henrietta stand die glänzende Kutsche der Dowager Duchess, und sie selbst war in der großen Eingangshalle gerade dabei, sich ein Paar eleganter Rehlederhandschuhe überzustreifen.

»Ich habe jetzt keine Zeit, mit dir zu plaudern, Devlin«, sagte sie, immer noch mit ihren Handschuhen zugange. »Ich bin auf dem Sprung zu Sally Jersey.«

»Es dauert nicht lang. Ich möchte wissen, was du mir über die Geburt von Galen Knightly berichten kannst.«

»Knightly?« Sie sah ihm ins Gesicht. »Grundgütiger. Ist *er* etwa auch ermordet worden?«

»Nein.«

Sie sah Sebastian unverwandt an, und ihre blauen St Cyr-Augen wurden groß, als sie begriff. Dann schaute sie ihren regungslos dastehenden Butler an und sagte: »Sagen Sie Kutscher John, es dauert nur einen Augenblick.«

Sie führte Sebastian in ein kleines Zimmer.

Er sagte: »Ist es so schlimm?«

433

»Nun, diese Geschichte möchte ich zumindest nicht vor den Ohren der Bediensteten ausbreiten. Sir Galens Vater war Beaumont Knightly, der älteste Sohn von Sir Maxwell Knightly, und der junge Mann war so zügellos, wie es ein Mitglied des Hellfire Klubs nur sein kann, und das will schon etwas heißen, fürchte ich. Glücksspiel, ungehemmtes Saufen, Frauen, Duelle – das Übliche eben, bloß noch viel schlimmer. Wenn nur die Hälfte der Geschichten, die man sich über sein Verhalten erzählt, wahr sind, muss er seinen Vater ein Vermögen gekostet haben. Zu guter Letzt hat ihn der alte Sir Maxwell zu einem Onkel mütterlicherseits verfrachtet, der auf den Westindischen Inseln Plantagen besaß.«

»Nach Jamaika?«

»Ja. Die meisten Menschen dachten, dass der alte Sir Maxwell darauf hoffte, das Gelbfieber würde den Tunichtgut wegraffen, damit ein jüngerer Bruder das Erbe antreten könnte.«

»Aber er hatte kein Glück?«

»Jedenfalls nicht schnell genug. Der junge Mann war erst einen Monat auf der Insel, da verführte er die Tochter eines örtlichen Plantagenbesitzers. Soweit ich die Geschichte kenne, war der Vater kurz davor, den Nichtsnutz zu erschießen, als seine Tochter verkündete, dass sie schwanger war. Also erlaubte man Beau Knightly, unter der Bedingung weiterzuleben, dass er aus dem närrischen Mädel eine ehrenhafte Frau machte.«

»Hört sich nicht nach jemandem an, den ich mir als Schwiegersohn wünschen würde«, sagte Sebastian.

Henrietta zuckte die Achseln. »Vielleicht hatte der Vater der jungen Frau die Absicht, den Schurken zu erschießen, nachdem das Kind auf der Welt war. Aber dann war das gar nicht mehr nötig. Sowohl Beau Knightly als auch seine Frau starben kaum ein Jahr später am Fieber.«

»Was geschah mit dem Kind?«

»Es litt ebenfalls am Fieber, hat aber offensichtlich überlebt. Der Knabe wurde schließlich nach England gebracht, um bei seinem Großvater aufzuwachsen. Er mag unbeabsichtigt gezeugt worden sein, aber dennoch war er Sir Maxwells Erbe.«

Vielleicht, dachte Sebastian. *Vielleicht auch nicht.* »Erzähl mir von dem Onkel mütterlicherseits.«

»Kitch McGill? Himmel, weshalb möchtest du über ihn etwas erfahren?«

»Tu mir den Gefallen.«

»Nun, mal sehen. Er war natürlich ein jüngerer Sohn. Die Familie hatte ihn nach Jamaika geschickt, nachdem er einen Constable beinahe mit bloßen Händen getötet hätte. Zu guter Letzt hat er sich dort ganz gut durchgeschlagen. Aber er ist jetzt auch schon seit zwanzig oder dreißig Jahren tot. Er hatte keine eigenen Kinder – zumindest keine, die er anerkennen konnte. Seine Frau war unfruchtbar, und so hat er zuletzt Sir Galen zu seinem Erben gemacht.«

»Ist er je nach England zurückgekehrt?«

Henrietta runzelte die Stirn. »Nur ein einziges Mal, wenn ich mich recht entsinne. Ich glaube, er hat das Kind und sein Kindermädchen nach Beau Knightlys Tod zu Sir Maxwell gebracht.« Sie betrachtete ihn mit strengem Blick. »Und nun bekommst du aus mir kein einziges Wort mehr heraus, wenn du mir nicht sagst, worum es hier eigentlich geht.«

Doch Sebastian küsste sie nur schmatzend auf die gepuderte und mit Rouge bestäubte Wange und sagte: »Danke dir, Tante. Viel Freude bei deinem Besuch bei Lady Jersey.«

Kapitel 54

Die Kirchenglocken schlugen gerade vier Uhr, als Sebastian Sir Galen Knightly sah, der sich einen Spazierstock mit silbernem Knauf unter den Arm steckte und stehenblieb, um sich bei einem der Zeitungsjungen der St James's Street eine Zeitung zu kaufen. Ein finsterer und wütender Sturm zog über die Stadt dahin, und in der Luft lag der Geruch des bevorstehenden Regens.

»Würden Sie ein Stück mit mir gehen, Sir Galen?«, fragte Sebastian und tat einen Schritt nach vorn, als der Baronet sich zum Eingang des *White's* wandte.

Die Fältchen in den Augenwinkeln des Baronets gruben sich ein, und er zuckte bei der Zumutung, von seiner angenehmen, täglichen Routine abzuweichen, beinahe zusammen. »Nun ... Ich war gerade auf dem Weg zum Lesesaal«, sagte er und warf einen sehnsüchtigen Blick auf die stattliche Fassade des Klubs.

»Ich weiß; es tut mir leid. Aber ich würde gern Ihre Meinung zu einer Geschichte hören, die ich gerade hörte und ehrlich gesagt ungern vor fremden Ohren wiederholen würde.«

Knightly zögerte, dann zuckte er die Schultern. »Wie Ihr wünscht.«

Sie gingen den Hügel hinunter zu den hohen, rußgeschwärzten Backsteinwänden des St James's Palace und der Mall dahinter. Blitze zuckten über die schwellenden Wolkenberge, und die Luft füllte sich mit dunklen, in Wirbeln fliegenden Vogelschwärmen, die Schutz suchten.

Sebastian sagte: »Heute Nachmittag hatte ich ein interessantes Gespräch mit dem Besitzer eines Kaffeehauses, in dem Dr Douglas Sterling Stammgast war. Er hat mir erzählt, dass Sterling das gesamte letzte Jahr auf Jamaika verbracht hat und erst vor wenigen Wochen zurückgekehrt ist.«

»Ach?«, sagte Knightly. »Ich wusste nicht, dass es erst so kurz her ist.«

Sebastian betrachtete das hagere Gesicht seines Gegenübers. »Ich glaube, ich weiß, weshalb er und Stanley Preston ermordet wurden.«

Knightly sah ihn von der Seite an. »Tatsächlich? Und weshalb?«

»Es nimmt alles seinen Anfang in einem Betrug von vor etwa vierzig Jahren.«

»Vierzig Jahre?« Knightly stieß ein unsicheres, gezwungenes Lachen aus. »Das kann nicht Euer Ernst sein.«

»Ich fürchte, doch. Wissen Sie, vor rund vierzig Jahren hat ein gewisser Baronet aus Hertfordshire seinen jungen, extrem ausschweifend lebenden Erben nach Jamaika zu einem Onkel mütterlicherseits geschickt. Der Gedanke dahinter war, den Erben aus dem Einflussbereich seiner Saufkumpane zu entfernen, die allen Berichten nach ein unseliger Haufen waren. Allerdings haben sich die Dinge nicht ganz nach Plan entwickelt.«

»Das tun sie selten«, sagte Knightly und ließ seinen Wanderstock schwingen.

»Das stimmt«, sagte Sebastian. »Wie es scheint, hat unser junger Erbe kurz nach seiner Ankunft in Jamaika eine junge Frau geschwängert und war gezwungen, die Tochter eines prominenten ortsansässigen Landbesitzers zu heiraten. Leider hat der junge Mann kaum lang genug gelebt, um zu sehen, wie sein Sohn seine ersten Schritte tat, bevor er und seine Frau in einer Gelbfieberepidemie verstarben.«

»Ja, ich fürchte, das Gelbfieber war in den amerikanischen Kolonien lange Zeit eine furchtbare Geißel. Aber ... führt diese Geschichte auch zu einem Ende?«

»Durchaus. Der Tod des Vaters bedeutete ja, dass das verwaiste Kind nun der Erbe des Baronets war. Der Großvater wollte, dass das Kind in England aufwuchs, und der Onkel hat sich schließlich bereiterklärt, es herzubringen.«

Knightly starrte auf die windgepeitschten Bäume im Park hinter dem Palast, mahlte mit dem Kiefer und sagte nichts.

»Das Kind hat mit den Eltern auch seine Amme verloren«, sagte Sebastian und führte das, was er von Juba erfahren hatte, mit den Informationen zusammen, die ihm die Duchess of Claiborne geliefert hatte. »Der Knabe wurde von einer Sklavin seines Onkels gestillt – einer Mulattin namens Cally, deren Kind derselben Epidemie zum Opfer gefallen war. Cally war dem Vernehmen nach eine schöne Frau, so schön, dass das Gerücht ging, der Onkel habe sie sich zur Geliebten genommen. Als der Onkel und das Kind Richtung England in See stachen, hat Cally sie begleitet.«

Knightly schob die Lippen auf eine Weise vor, dass seine Wangen eingefallen wirkten, und blickte weiterhin starr geradeaus.

»Und an dieser Stelle wird es interessant«, sagte Sebastian. »Douglas Sterling hat Stanley Preston vor dessen Tod anvertraut, dass er glaubte, der wahre Erbe der Baronets sei in der Epidemie mit seiner Mutter und seinem Vater verstorben. Dass das Kind, das nach England gebracht wurde, in Wahrheit das Kind der Sklavin Cally und des Onkels ...«

»*Das ist eine Lüge.*« Knightly umfasste mit beiden Fäusten fest den Griff des Stocks und blähte vor Erregung die Nasenflügel, als er abrupt stehenblieb und sich zu Sebastian drehte. »Hört Ihr? Das ist eine Lüge.«

Bedrohlich nah rumpelte der Donner, als Sebastian in das starre, zornige Gesicht seines Gegenübers sah. »Das ist möglich. Aber Dr Douglas Sterling war Arzt, und das bedeutete, er war in einer Position, in der er es wissen konnte, wenn etwas Ungewöhnliches geschah. Ich kann nicht erklären, wieso er all die Jahre Schweigen gewahrt hat – vielleicht hatte er nur den Verdacht, dass ein Austausch vorgenommen worden war, konnte es aber nicht beweisen. Als er jedoch nach einem langen Besuch bei seiner Tochter zurück nach London gekommen ist und festgestellt hat, dass Stanley Preston ganz versessen darauf war, seine Tochter ebendiesem Kind zur Frau zu geben – dem Kind, das inzwischen längst zum Mann herangewachsen ist und nun als Baronet über einen Besitz herrscht, der ihm vielleicht gar nich rechtmäßig zusteht – da hat Sterling meiner Meinung nach entschieden, Preston seinen Verdacht mitzuteilen. Preston hat natürlich auf die Geschichte mit dem erwartbaren Entsetzen eines Mannes reagiert, der von Wohlstand und Herkunft besessen ist. Um von dem biblisch motivierten Glauben an die Überlegenheit der europäischen Rasse einmal ganz zu schweigen. Letzten Endes waren Sie es, der mir von Prestons Aversion gegen Rassenmischung berichtet hat. Erinnern Sie sich?«

Knightly fingerte an der Arretierung seines Spazierstockes herum – eines Stockes, der aller Wahrscheinlichkeit nach einen langen, dünnen Degen verbarg.

Sebastian, der ihn aufmerksam beobachtete, sagte: »An jenem Morgen hat Preston kurz, nachdem der Doktor ihn verlassen hatte, eine Droschke gerufen, um zum Fish Street Hill zu fahren. Dort wohnt heute die alte Frau, die einst als Amme des Kindes gedient hat, wissen Sie; in der Bucket Lane. Als der Onkel des Kindes nach Jamaika zurückkehrte, hat er Cally hiergelassen, um für den Jungen zu sorgen. Allerdings hat Sir Maxwell sie entlassen, als der Knabe drei Jahre alt war.« Sebastian hielt inne. »Wenn das Kind in Wahrheit ihres war, muss die Trennung ihr eine unvorstellbare Qual verursacht haben. Auch, wenn sie sich vielleicht mit dem Gedanken getröstet hat, dass ihr Sohn als Erbe eines Baronets aufwuchs.«

»Das ist nicht wahr«, sagte Knightly, und seine Züge waren finster und zornverzerrt. »Hört Ihr? Nichts davon ist wahr.«

»Das hoffe ich«, sagte Sebastian. »Denn wenn es wahr ist und Sie die alte Frau, Cally, getötet haben, dann haben Sie Ihre eigene Mutter ermordet.«

Die in Zwillingsreihen stehenden Lampen der Pall Mall verliehen dem stärker werdenden Regen goldene

Streifen. Knightly blickte stur geradeaus, die Kiefer fest zusammengepresst.

Sebastian sagte: »Sie hat es geleugnet, müssen Sie wissen. Als Preston an dem Tag zu ihr gegangen ist, hat Cally geschworen, dass Sie Beau Knightlys Sohn sind, und dass ihr eigenes Kind in der Fieberepidemie gestorben war. Und nachdem Preston wieder weg war, leugnete sie es immer noch gegenüber ihrer Tochter, die sie mit einem Londoner Marktverkäufer hatte. Also ist es vielleicht nichts weiter als der wirre Verdacht eines alten Arztes. Trotzdem bleibt die Tatsache bestehen, dass drei Menschen deswegen ihr Leben verloren haben – sogar vier, wenn man den Kirchendiener, Toop, mitzählt, der einfach das Pech hatte, zur falschen Zeit am falschen Ort zu sein.«

Der Regen wurde nun noch stärker. Große Tropfen platschten auf den eisernen Handlauf neben ihnen und rannen dem Baronet über die angespannten, sonnengebräunten Wangen. »Ihr seid des Wahnsinns. Hört Ihr? Ihr seid des hellen Wahnsinns.«

Sebastian schüttelte den Kopf. »Als Stanley Preston die Bucket Lane wieder verlassen hat, hat er Sie mit diesen Dingen konfrontiert, nicht wahr? Ich zweifle nicht, dass Sie es ihm gegenüber geleugnet haben, so wie Sie es jetzt mir gegenüber leugnen. Warum haben Sie ihn nicht zu *dem* Zeitpunkt getötet? Das frage ich mich. Fand das Gespräch an einem zu öffentlichen Ort statt? Haben Sie deswegen entschieden, noch zu warten und ihn später am Abend zu ermorden, als er zur Bloody Bridge ging, um Rowan Toop zu treffen? Von diesem Treffen wussten Sie, nicht wahr?«

Knightly stieß ein gellendes, hartes Lachen aus und sagte immer noch lachend: »Versucht doch, diese Geschichte, bar aller Beweise, den Untersuchungsrichtern aufzutischen, dann seht Ihr ja, wie weit Ihr damit kommt. Ihr habt keinerlei Beweise. Hört Ihr? Ihr habt gar nichts.« Abrupt brach er das Lachen ab, und er verzog das Gesicht zu einer hässlichen Grimasse, als er eine Hand hob und Sebastian über den silbernen Knauf seines Stockes hinweg warnend den Zeigefinger entgegenstreckte. »Aber lasst nur ein Wort von diesem Unfug in den Klubs verlauten – nur ein Wort –, und ich schwöre vor Gott, dass ich Euch dafür zur Rechenschaft ziehen werde.«

Sebastian musterte das ärgerliche, verzerrte Gesicht seines Gegenübers und suchte nach einer Spur der eleganten Knochenstruktur, die die alte Sklavin, Cally, ihrer Tochter und ihrem Enkel vererbt hatte. Doch er konnte nur die flächigen, angelsächsischen Züge des typischen Engländers erkennen. »Sie haben recht. Noch habe ich keine Beweise. Aber ich werde sie haben.«

Dann ging er davon, und der Baronet starrte ihm hinterher, den Gehstock mit dem silbernen Knauf fest mit den Händen umklammernd.

***

»Was genau versuchst du?«, fragte Hero später und sah Sebastian in die Augen. »Willst du Knightly so weit provozieren, bis er dich umbringt?«

Sebastian ging zum Kamin hinüber, neben dem eine Karaffe mit Brandy stand, der temperiert werden sollte. »Ich hoffe, dass er es versucht. Denn er hat recht; ich kann nicht beweisen, dass er Preston ermordet hat. Ich kann ihm keinen der Morde nachweisen. Ich kann ihn nur so sehr aufrütteln, dass er etwas Dummes macht.«

»Und wenn er es durch einen seltsamen, unerklärlichen Zufall schafft, dich zu töten?«

Er sah sie mit einem schiefen Grinsen an. »Dann weißt du, dass ich recht hatte.«

Sie erzeugte in der Kehle einen undamenhaften Ton und stand vom Bibliothekstisch auf, an dem sie an ihrem Artikel gearbeitet hatte. »Falls du in Bezug auf Knightly richtig liegst – und das ist im Moment noch ein *falls* – wie erklärst du dann das Agieren von Diggory Flynn?«

Sebastian schenkte sich einen Brandy ein und stellte den Dekanter wieder beiseite. »Ich glaube, dass Oliphant sofort nach seiner Rückkehr nach London beschlossen hat, mich zu töten, und dafür Diggory Flynn angeheuert hat.«

»Weil er dachte, du hast vor, *ihn* umzubringen?«

»Ja.« Er ging mit dem Brandy in der Hand zum Fenster und blickte in den Sturm hinaus. »Und wenn ich diesen Bastard tatsächlich getötet hätte, würde Jamie Knox noch leben.«

Ein gezackter Blitz warf Licht auf die fast leere, nasse Straße und ließ die dunklen Dächer der Häuser auf der gegenüberliegenden Straßenseite als schwarze Silhouetten vor den Sturmwolken hervortreten. Er sah, wie sich ein Arbeiter abmühte, das Werkzeug auf seiner Handkarre festzuzurren, und der Blitz hob ein blasses, regennasses Gesicht hervor, auf dem eine Augenbinde sich quer über den oberen Teil zog, als der Mann einen Blick in den Himmel warf. Als der Blitz verlosch, lag die

Szenerie in fast vollständiger Dunkelheit da, und Sebastian wurde klar, dass der Wind wohl die meisten Öllampen auf der Straße ausgepustet hatte.

Hero sagte: »Oliphant hätte wissen müssen, dass das nicht deine Art ist.«

»Ich glaube, dass du ihm zu viel zutraust.«

»Nein.«

Im Flur waren leichte Schritte zu hören, und Hero drehte sich zur Tür, da kam Claire mit Simon auf dem Arm herein. »Na, bist du wach, mein Kleiner?«, sagte sie lächelnd. »Und du schreist noch gar nicht?«

Sebastian sah, wie sie das Kind in die Arme nahm, und sah das zahnlose Lächeln, das sich auf dem Gesicht seines Sohnes ausbreitete, als sie ihn hochhob. Und dann überlief ihn ein alarmierter Schauder, als ihm mit einem Schlag die Bedeutung der Augenklappe jenes Arbeiters draußen klar wurde.

»Hero«, sagte er und wollte auf sie zu...

Da vermischte sich das Donnergrollen mit einem Gewehrschuss, und das Fenster neben ihm explodierte gleichzeitig in tausende Splitter.

Kapitel 55

Der kugelige Aufsatz der Öllampe neben der Tür platzte in einem Scherbenregen auseinander.

»Runter!«, schrie Sebastian und hechtete zu Hero und Simon, als er sie auch schon fallen sah.

»*Hero*...« Er kauerte sich zusammen und zog sie in die Arme, fuhr mit den Händen über ihren Körper und spürte die warme Feuchtigkeit von Blut. »Heilige Muttergottes, du bist getroffen. Wo? Simon ...«

»Uns geht es gut«, sagte Hero mit großen, dunklen Augen und wiegte das Kind, das angefangen hatte zu schreien. »Es sind nur Schnitte vom Glas.«

Er sah zu der Französin hinüber, die sich hinter einen Sessel geduckt hatte. »Claire?«

Claires angsterfüllter Blick begegnete seinem, sie nickte.

Er stand auf. »Bleibt hier.«

»Devlin!«, hörte er Hero brüllen, als er durch die Eingangshalle rannte und die Haustür aufriss.

Kalter, windgepeitschter Regen stach ihm ins Gesicht und zerrte an seinen Mantelschößen, als er die nassen Stufen hinunterhastete. Er sah den alten Arbeiter seine Karre zur Bond Street schieben, den Kopf gegen den Sturm gesenkt. Die Räder der Karre sprangen über das Kopfsteinpflaster. Dann musste er Sebastians schnelle Schritte gehört haben, denn er warf einen Blick über

die Schulter. Sein Haar war mit grauer Asche einge-
schmiert, und die seltsam schiefe Grimasse, die er sonst
gezeigt hatte, war verschwunden. Er war fast nicht wie-
derzuerkennen.

»Flynn!«, rief Sebastian.

Der einäugige Mann griff unter seinen Mantel.

Sebastian tauchte seitlich hinter die Eingangsstufen
des Hauses neben ihm, während Diggory Flynn sich die
Augenklappe abriss und eine langläufige Pistole her-
vorzog, um damit zu schießen. Die Kugel sprang vom
Eisengeländer neben Sebastians Kopf ab und schickte
Funken in die Nacht.

»Du Dreckskerl«, fluchte Sebastian und rappelte sich
wieder auf.

Flynn ließ die Arbeiterkarre stehen und rannte davon.

Sebastian folgte ihm.

Der ehemalige Kundschafter war sowohl kleiner als
auch älter, sodass Sebastian ihm rasch näher kam. Er
streckte die linke Hand aus und schnappte nach Flynns
rechter Schulter, wirbelte ihn herum und hieb ihm die
Faust mitten ins Gesicht. Er spürte, wie Knochen und
Zähne in einem blutigen Krachen nachgaben.

»Bastard«, fluchte Sebastian. »*Sie hätten meine Frau
und meinen Sohn töten können.*«

»*Ihr* habt Euch bewegt!«

Ohne den Griff an der Schulter des Mannes zu lo-
ckern, versetzte Sebastian ihm einen Fausthieb in den
Bauch und zog mit der Rechten einen Kinnhaken
durch.

Flynns Kopf flog nach hinten, und die Macht des Auf-
pralls riss den Mantel aus Sebastians Griff. Der Mann

taumelte, stolperte am Bordstein und prallte hart mit dem Rumpf auf.

Sebastian zog das Messer aus seinem Stiefel und näherte sich ihm. »Genau so haben Sie meinen Bruder getötet.«

»Bruder?« Flynn rappelte sich rücklings auf seine Hände und den Hintern auf. Sein Gesicht war blutverschmiert. »Welcher Bruder?« Er stieß mit der Schulter gegen das Geländer am Haus hinter sich und griff danach, um sich hochzuziehen.

»*Jamie Knox*«, sagte Sebastian, griff mit der Faust nach seinem Mantelaufschlag, zog ihn herum und stieß ihn gegen die Hauswand.

»Aber ich ...«

Sebastian drückte ihm die Dolchklinge gegen die Kehle.

Flynns Augen wurden groß, er schluckte hart, und Blut aus seiner gebrochenen Nase und aus dem Mund tropfte ihm vom Kinn herunter. »Tötet mich nicht.«

Sebastian schüttelte den Kopf und zog die Lippen zurück. »Sagen Sie mir einen guten Grund, weshalb nicht.«

Flynns Brustkorb bewegte sich in einem stockenden, schnellen Atemzug. »Ich kann Euch Oliphant liefern.«

***

Die Französische Ouvertüre der letzten Klaviersonate Haydns donnerte mit energiegeladener und leidenschaftlicher Verve, als sich Sebastian einen Weg durch die vollen Empfangssäle von Lady Farningham bahnte. Es war ihre zweite musikalische Soirée der Saison, und wie es schien, waren die oberen Zehntausend ganz Londons hergekommen, um ihrem neuesten italienischen Virtuosen zu lauschen. Die am Zuhören interessierteren Gäste saßen auf den Reihen vergoldeter Stühle, die vor dem Pianoforte aufgestellt worden waren. Die meisten Gäste jedoch bewegten sich frei herum, tranken, aßen und plauderten in kleinen Grüppchen miteinander.

Sinclair Lord Oliphant stand neben einem der verzierten Wandpfeiler im Kleinen Salon, den Blick auf den Pianisten geheftet, als Sebastian sich zu seinem ehemaligen Colonel gesellte und ruhig sagte: »Ich habe Diggory Flynn. Er ist bereit auszusagen, dass Ihr ihn bezahlt habt, um Jamie Knox zu töten.«

Oliphant betrachtete weiter den Musikanten und drehte nicht einmal den Kopf. »Ich habe nichts dergleichen getan.«

Lady Oliphant stand zu weit weg, um ihre Worte zu verstehen, aber sie blickte zu Sebastian herüber und runzelte betont die Stirn.

Sebastian sprach mit leiser Stimme weiter. »Das stimmt. Ihr habt ihn bezahlt, dass er mich tötet. Aber Knox ist gestorben.«

»Diggory Flyn ist Abschaum. Niemand wird ihm glauben. Glaubt Ihr ernstlich, das Gericht würde das Wort eines Schmugglers über dasjenige eines Peers des Königreiches stellen?«

»Vielleicht ja, vielleicht nein.« Wie Oliphant tat Sebastian, als gelte seine Aufmerksamkeit dem Musiker. »Es ist nur so: Euer Mann hat heute Abend auf mich geschossen, als meine Frau mit meinem Sohn neben mir stand. Jarvis' Tochter und sein Enkel. Der einzige

Grund, weshalb ich Euch noch nicht getötet habe, ist, dass sie nicht verletzt worden sind. Aber erwartet von Jarvis nicht, dass er sich von solchen Nebensächlichkeiten abhalten lässt. Ihr habt Glück, wenn Ihr lang genug am Leben bleibt, um vor Gericht zu stehen.« Er sah, wie das penetrante, selbstsichere Lächeln auf Oliphants Gesicht langsam erlosch. »Ich schätze, Ihr könnt versuchen zu fliehen. Aber weit werdet Ihr nicht kommen.«

Er neigte den Kopf vor Oliphants ärgerlich dreinblickender Frau. »Mylady«, sagte er, drehte sich um und verließ das Zimmer und das Haus.

Als er die Eingangsstufen hinunterging, bemerkte er einen der großen, dunkelhaarigen ehemaligen Husarenoffiziere, die in Jarvis' Diensten standen, auf der anderen Seite der regennassen Straße. Kurz begegneten sich ihre Blicke. Dann hörte er Tom rufen.

»Meister! He, Meister.«

Er entdeckte seinen Burschen, der sich einen Zickzackweg durch die Gruppe der Gaffenden bahnte, die sich bei derartigen Anlässen immer versammelten.

»Meister«, sagte der Junge und keuchte nach Luft, als er abrupt vor den Eingangsstufen stehenblieb. Er streckte Sebastian eine etwas abgegriffene Visitenkarte hin. »So 'n Kerl hat das grad aus der Bucket Lane gebracht!«

Es war eine von Sebastians eigenen Karten. Er drehte sie um und sah, dass jemand mit einer kindlichen Handschrift auf die Rückseite geschrieben hatte.

Hielfe bitte. Juba

***

»Ich glaub, das is ne Falle«, sagte Tom.

Sie fuhren in einer Mietdroschke zum Fish Street Hill. Der Regen war schwächer geworden, aber noch immer tropfte das Wasser aus den Dachkandeln der schäbigen Häuser und Ladenlokale, an denen sie vorbeikamen. Ein kalter Wind ruckelte an der Kutsche.

»Natürlich ist es eine Falle.« Sebastian blickte auf den hohen Turm der Kirche St Magnus, die sich oberhalb des Brückenkopfes und Billingsgate Market erhob. Er hatte erwartet, dass Knightly versuchen würde, ihn zum Schweigen zu bringen. Und über die Sicherheit von Juba und Banjo hatte er sich schon Sorgen gemacht. Schlechterdings hatte er jedoch nicht vorhergesehen, dass der Mörder die Frau und den Knaben benutzen würde, um Sebastian eine Falle zu stellen.

Er fragte sich, ob das Leben sich immer in Kreisbewegungen abspielte, oder ob ein Trick des menschlichen Geistes Leute Muster erkennen ließ, wo in Wirklichkeit keine existierten. Als das letzte Mal seinetwegen Frauen und Kinder in Gefahr geraten waren, hatte er versagt. Die letzten drei Jahre hatte er mit der Suche nach eine Art Wiedergutmachung für dieses Versagen zugebracht, und er hatte einen gewissen Trost in seinem Beitrag zu Gunsten anderer Opfer menschlicher Bösartigkeit gefunden.

Aber jetzt geschah es gerade wieder.

Tom schüttelte den Kopf. »Warum geht Ihr dann hin?«

»Weil Juba und ihr Sohn sterben, wenn ich es nicht tue.«

***

Die Bucket Lane lag nass und leer unter dem stürmischen Himmel, erleuchtet nur durch den gelegentlichen Schein einer Talgkerze, der durch ein schmutziges Fenster fiel.

»Was machen wir?«, flüsterte Tom, als sie durch die Straße schlichen und in einem dunklen Durchgang stehenblieben.

Das Jahrhunderte alte Haus, in dem Juba wohnte, hatte nur zwei Stockwerke und war so gebaut, dass die obere Etage über die untere hinauskragte. Pro Etage gab es nur zwei Zimmer, und in jedem Zimmer wohnte eine andere Familie. Das vordere Zimmer im Obergeschoss war dunkel. Aber das flackernde, rauchige Licht einer Talgkerze war durch den dünnen, fadenscheinigen Vorhang des Zimmers im Erdgeschoss zu erkennen.

»Ich möchte, dass du hineingehst, langsam bis zehn zählst und dann an die erste Tür zur Linken klopfst. Drück dich neben der Tür flach an die Wand, bevor du klopfst, und zieh deine Hand ganz schnell zurück. Ich will nicht ausschließen, dass Knightly durch die geschlossene Tür schießt.«

»Und dann?«

»Und dann will ich, dass du hinaus auf die Straße läufst und rennst, was das Zeug hält. Egal, was passiert.«

»Aber ... Meister!«

»Du hast mich gehört.«

Der Junge ließ den Kopf hängen. »Aye, Meister.«

Sebastian beobachtete, wie sein *Tiger* durch die schäbige Tür in den Hausflur trat, und begann zu zählen.

Eins, zwei ...

Ein einzelner großer Schatten, der an dem aufgebockten Tisch saß, war durch den dünnen Vorhangstoff zu erkennen. Knightly? Wahrscheinlich. Aber wo waren dann Juba und Banjo?

Drei, vier ...

Er sagte sich, dass der Knabe und die Frau nicht tot sein konnten. Sicher würde Knightly die beiden am Leben lassen, bis er Sebastian in den Händen hätte?

Fünf, sechs ...

Sebastian sprang in die Luft und griff nach einem der Balken, die den überkragenden oberen Stock stützten, und der über dem Fenster herausragte.

Sieben, acht ...

Er holte mit den Beinen aus, sodass er vor und zurückschwang und immer schneller wurde.

Neun, zehn ...

Er hörte Toms Pochen an der Tür, dann das Geräusch einer Bank, die zurückgeschoben wurde, und sah, wie der Schatten aufstand. Da holte er mit den Beinen noch einmal kräftig nach hinten Schwung, schwang wieder vorwärts zum Haus und ließ gleichzeitig den Balken los.

Mit den Füßen nach vorn durchbrach er das Fenster. Eine Kaskade aus zerbrochenem Glas und Holzsplittern vom Rahmen ergoss sich in die Stube. Er landete fest auf den Füßen, verlor das Gleichgewicht und fiel auf die Knie. Er sah Juba, die auf der Liege beim Kamin kauerte, ihren Sohn mit den Armen umschlingend. Er sah Knightly, der zu ihm herumwirbelte, und der Lauf seiner Flinte schwankte, bis er ihn mit der zweiten Hand unterstützte.

Sebastian warf sich zur Seite, riss seine eigene Pistole hoch und feuerte.

In dem kleinen, engen Zimmer war der Pistolenknall ohrenbetäubend, eine Explosion aus Rauch, Feuer und Blut. Juba schrie. Knightly taumelte rückwärts, stieß gegen den Tisch und sackte langsam zu Boden.

Die Flurtür wurde aufgestoßen, und Tom stürmte herein.

»Verflucht nochmal, ich habe dir gesagt, dass du fliehen sollst«, schimpfte Sebastian.

Tom blieb stehen, riss die Augen weit auf und atmete stoßweise. Er rieb sich mit dem Ärmel über die Nase und drängte sich näher an Knightlys Körper, der jetzt ruhig dalag. »Boah! Ihr habt ihm direkt durchs Auge geschossen. Isser tot?«

Sebastian erhob sich, wischte sich Glassplitter von der Kleidung und ging hinüber, um auf das schlaffe Gesicht des Baronets zu blicken. »Ja.«

Er beugte sich vor und nahm die Pistole des Toten an sich, dann ging er zu Juba und Banjo, die sich immer noch beim Kamin in die Ecke drängten. Er ging in die Knie. »Geht es euch beiden gut?«

Sie nickte. Ihr Gesicht war schlaff, die Pupillen riesig vor Entsetzen. »Ich wollte Euch die Nachricht nich schicken. Aber er sagte, er bringt Banjo um, wenn ich's nich tu.«

Sebastian schüttelte den Kopf. »Machen Sie sich keine Vorwürfe. Ich bin derjenige, der Sie ungewollt in Gefahr gebracht hat.«

Sie blickte hinter ihn, wo Sir Galen Knightly, eine sorgfältig manikürte Hand zur Seite gestreckt, verbogen auf dem abgenutzten Steinfußboden ihrer Wohnung lag.

Sie sagte: »Ist er wirklich mein Halbbruder?«

Sebastian schüttelte den Kopf. »Ich bin mir nicht sicher, ob wir das jemals herausfinden.«

Kapitel 56

Mittwoch, 31. März 1813

»Nichts davon darf freilich an die Öffentlichkeit dringen«, sagte Jarvis, der mit im Rücken verschränkten Händen vor dem Bogenfenster des Kleinen Salons stand. Jarvis kam nur selten zur Brook Street, aber an diesem Morgen war er kurz nach der Dämmerung eingetroffen.

»Natürlich nicht«, sagte Sebastian. »Es wäre doch wirklich nicht wünschenswert, wenn die niederen Ränge auf den Gedanken kämen, dass wir ihnen in Schlechtigkeit und Gewalttätigkeit nicht nachstehen.«

Jarvis sah ihn an. »Ich nehme Euren Sarkasmus zur Kenntnis.« Er griff nach seiner Tabakdose. »In den Morgenzeitungen wird die schockierende Nachricht stehen, dass Sir Galen Knightly Straßendieben zum Opfer gefallen ist, als er sich unklugerweise in eines der weniger statthaften Londoner Viertel vorgewagt hat. Ein Seemann in Bethnal Green, der vor einigen Tagen seine Frau getötet und verstümmelt hat, hat gestanden, dass er auch Stanley Preston und Dr Douglas Sterling getötet hat. Unglücklicherweise ist er danach einem tödlichen Anfall erlegen, sodass es keine Gerichtsverhandlung geben wird.«

»Unglücklicherweise für ihn, zweifellos. Aber für die Gesellschaft ist es kein großer Verlust, wie es sich anhört.«

»Eher eine Erleichterung«, sagte Jarvis und hob sich eine Prise Schnupftabak ans Nasenloch.

Sebastian lächelte. »Gibt es Fortschritte bei der Suche nach King Charles' Kopf?«

Jarvis sog so tief die Luft ein, dass er niesen musste.

»Wohl bekomm's«, sagte Sebastian, als sein Schwiegervater erneut nieste und nach seinem Schnäuztuch suchte. »Für wann ist die offizielle Grufteröffnung für den Regenten vorgesehen?«

Jarvis sah ihn über sein Taschentuch hinweg an. »Morgen.«

»Dann bleibt nicht viel Zeit.«

»Sehe ich es richtig, dass Sie keine Vorstellung davon haben, was damit geschehen ist?«

»Tut mir leid.«

Jarvis steckte sein Sacktuch wieder weg. »Ich nehme an, meine Tochter und mein Enkel sind im Kinderzimmer?«

»Ja.«

»Hero sagte mir, Sie bestärken sie noch in diesem barbarischen Unfug, keine Amme für ihn einzustellen.«

»Ich unterstütze sie, ja. Aber die Entscheidung trifft sie vollends selbständig.«

»Was für ein Geseich.« Jarvis drehte sich zur Tür um. Dann hielt er inne, sah zurück und sagte: »Oh, und übrigens: Unerklärlicherweise ist Lord Oliphant verschwunden. Wahrscheinlich werden morgen in den Zeitungen Vermutungen über einen Unfall oder

Falschspiel auftauchen, aber man sagte mir, der Leichnam werde die nächsten vier oder fünf Tage nicht auftauchen, je nachdem wie das Wetter ist. Dann wird man schlussfolgern, dass er im Sturm von Dienstagnacht ausgerutscht und in die Themse gestürzt sein muss. Und wäre es ihm gelungen, meiner Tochter oder meinem Enkel Schaden zuzufügen, dann wären Sie jetzt ebenfalls tot.«

Die beiden Männer maßen sich gegenseitig.

Dann nickte Jarvis und verließ den Raum.

***

Nach dem Sturm der vorangegangenen Nacht war der Tag klar und sonnig angebrochen. Die Straßen waren vom Regen sauber gewaschen.

Sebastian fuhr in seinem Zweispänner um die Südecke des Hyde Parks Richtung Knightsbridge und Hans Town. Als erstes hielt er in der Sloane Street, wo er Miss Austen beim Spaziergang in den Gärten des Cadogan Square antraf. Sie trug eine altmodische runde Haube und ihre zweckmäßige braune Pelisse; ihre Wangen waren von der kühlen, frischen Luft gerötet.

»Lord Devlin«, sagte sie, als sie ihn auf sich zukommen sah. »Habt Ihr die Nachrichten heute Morgen schon gelesen?«

»Ja.«

Sie verengte die Augen, als sie sein Gesicht aufmerksam musterte. »Und nichts davon stimmt, oder?«

»Nein.«

»Das dachte ich mir. Aber das kann nur bedeuten ... Der Mörder war *Knightly*? Warum?«

»Weil er fürchtete, dass Preston und Sterling über Informationen verfügten, die er auf keinen Fall bekannt werden lassen wollte.«

»Und da hat er sie getötet? Und ihnen in seinem Zorn die Köpfe abgeschnitten? Wer hätte ihn solcher Bösartigkeit für fähig gehalten?«

»Eine weise Frau hat einst festgestellt, dass es schwierig ist, die wahren Gefühle eines klugen Mannes einzuschätzen.«

Ihre kleinen, dunklen Augen leuchteten amüsiert auf. Dann schüttelte sie den Kopf. »Gar nicht so weise, wenn man bedenkt, dass ich ihn als einen Colonel Brandon gesehen habe – bieder, charakterfest und langweilig.«

»Wie hat Miss Preston die Morgennachrichten aufgenommen?«, fragte Sebastian, als sie sich umdrehten und den Gartenweg entlanggingen. »Wissen Sie das?«

»Ich glaube, sie wird die Berichte in den Zeitungen auch nicht glauben. Aber sie ist verständlicherweise erleichtert. Sie und Captain Wyeth haben vor, so bald als möglich zu heiraten, anstatt die üblichen zwölf Trauermonate abzuwarten.«

»Vernünftig. Sie haben schon genug Jahre gewartet.«

Miss Austen sah ihn an. »Ich hörte, Lord Oliphant ist verschwunden.«

»Ja.«

»Und Ihr werdet mir nichts erklären, oder doch?«

»Nein«, sagte er. »Aber ich vertraue auf Ihre Fähigkeit, Ihre Vorstellungskraft zu verwenden.«

***

Sebastian fuhr die Sloane Street weiter nach Chelsea und lenkte seinen Zweispänner so, dass er am Platz entlangrollte, dann bog er in die Straße ein, die zur Bloody Bridge führte.

»Was machen wir'n hier schon wieder?«, fragte Tom.

Die Braunen schnaubten und versuchten zu scheuen, als Sebastian sie über die Brücke und zwischen die Felder lenkte, die sich auf beiden Seiten der zerfurchten Straße erstreckten. »Mir ist da etwas in den Sinn gekommen.«

Er fuhr zwischen regenfrischen grünen Feldern auf den Turm der kleinen Dorfkapelle zu, die sich über den Ulmen und dem Weißdorn des Kirchhofs erhob. Er hatte sich überlegt, dass Rowan Toop kurz nach dem Mord auf Prestons Leichnam gestoßen sein und in seinem Schrecken den Beutel einfach fallenlassen haben musste, in dem er den Kopf des Königs und das Sargband getragen hatte. Es war dem Kirchendiener offenbar gelungen, den Kopf wieder aufzuheben. Aber er musste wohl noch mit der Suche nach dem Sargband beschäftigt gewesen sein, als er das junge Pärchen vom *Rose and Crown* hatte herankommen hören. Und da hatte er die Suche abgebrochen und war mit dem Königskopf unter dem Arm in die einzige mögliche Richtung gelaufen: über die Brücke nach Five Fields. Von dem, was er gesehen hatte, aufgewühlt und voller Angst, im Besitz der Relikte aus der königlichen Kapelle erwischt zu werden, war Toops erster Impuls sicherlich, die Gegenstände zu verstecken, die er Stanley Preston hatte verkaufen wollen.

Und wo sollte man den Kopf eines Toten besser verstecken als auf einem Friedhof?

Die kleine, neoklassizistische Kapelle von Five Fields war noch nicht alt, sondern im vorangegangenen Jahrhundert erbaut worden. Trotzdem war der Kirchhof bereits überfüllt, denn es schien nie genug Platz für die unzähligen Toten in London zu geben.

Sebastian hielt neben dem überdachten Friedhofstor an, übergab Tom die Zügel und sprang leichtfüßig zu Boden. »Es dauert nicht lang.«

Er ging über unkraut- und efeuüberwucherte Wege, an rostenden Eisenzäunen und verwitterten, flechtenbewachsenen Grabsteinen vorbei, und dann fand er das, wonach er suchte, in der Nähe des Weges: ein vernachlässigtes, halb eingestürztes Grab, das so alt war, dass es an einem Ende ganz eingebrochen war.

Sebastian ging daneben in die Hocke und warf einen Blick in das feuchte, dunkle Innere des Grabes. Er erkannte morsches Holz und den fahlen Schimmer verwitterter Knochen. Außerdem einen Stoffbeutel, der hastig von einem verängstigten Mann dort versteckt worden war, der nicht mehr lange genug gelebt hatte, um ihn wieder herauszunehmen.

Er zog den Sack aus dem Versteck. Der Stoff war nass vom Sturm der letzten Nacht, und er hatte hässliche, grünlich-rote Flecken. Sebastian öffnete vorsichtig den Riemen, mit dem er verschlossen war. Er zögerte kurz, bevor er den Stoff zurückzog und einen alten, abgetrennten Kopf freilegte. Die Haut des auf unheimliche Weise vertrauten, ovalen Gesichts war dunkel verfärbt, die Bartstoppeln waren immer noch rötlich-braun.

Aber das Haar auf der Rückseite des Kopfes war dunkel von altem, getrocknetem Blut. Es war in Erwartung des Henkerbeils kurzgeschoren worden.

Donnerstag, 1. April 1813

»Das ist so aufregend«, sagte der Prinzregent, der in einer Mischung aus köstlicher Vorfreude und einer bis auf die Knochen gehenden Kälte zitterte. Er stand mit Dekan Legge, seinem Bruder, dem Duke of Cumberland, und zwei Zechkumpanen in der neu gebauten Passage, die zur königlichen Gruft unterhalb der St George's Chapel in Windsor Castle führte. »Aber ... seid Ihr Euch sicher, dass wir nicht in das Grabgewölbe passen?«

Charles Lord Jarvis stand bei dem rohen Eingang zur kleinen Grabkammer Henrys VIII. »Ich fürchte nicht, Eure Hoheit. Das Grab ist kaum einen Meter fünfzig hoch und nur etwa zwei mal drei Meter groß. Und mit drei Grabmalen – eines davon außergewöhnlich groß – bleibt kaum genug Platz für Halford und seine Arbeiter, um ein Loch in den Sargdeckel zu schneiden.«

»Sie hätten daran denken sollen, eine größere Gruft zu bauen«, grummelte der Prinz. Dann überwog die freudige Erregung den kleinen Nörgelanfall, er klatschte in die Hände und hob sie zum Kinn. »Oh, wir hoffen so sehr, dass der Leichnam vollständig ist.«

»Ich fürchte, da stehen die Aussichten leider sehr schlecht, Eure Hoheit«, sagte Jarvis. »Ihr müsst Euch auf die Möglichkeit einstellen, das Charles' Kopf aller Wahrscheinlichkeit nach nicht mit dem Leichnam bestattet worden ist.«

Er nickte Sir Henry Halford, dem Präsidenten des königlichen Ärztekollegs, zu. Dieser war ein liebedienernder Speichellecker, der sehr wohl wusste, in wessen Händen die wahre Macht im Königreich lag.

Der Arbeiter – der gut dafür bezahlt worden war, die Ereignisse dieses Tages für sich zu behalten – trat zurück.

»Ich glaube ... Ja, ich glaube tatsächlich ...«, sagte Halford und dehnte die Spannung aus, während er vorsichtig die klebrigen Falten des Sargtuches auseinanderschob.

»Ja?« Begierig, einen Blick aufs Innere zu erhaschen, schob der Prinz den Kopf durch den Eingang zur Gruft und versperrte mit seinem aufgeschwemmten Körper erfolgreich die Sicht aller anderen Anwesenden. »Ist er da? Ist der Kopf da?«

»Er ist da, Eure Hoheit! Seht nur!«, sagte der Arzt und lächelte verblüfft und triumphierend, während er den unerwartet nassen, triefenden Kopf des vor langer Zeit verstorbenen Königs hochhielt.

***

Sie bestatteten Jamie Knox an einem nebligen Abend in der von Ulmen beschatteten mittelalterlichen Kirche von St Helen's in Bishopsgate im Schatten der moosbewachsenen Mauer, die an den Hof des *Black Devil* grenzte.

Danach stand Sebastian allein mit Hero neben der frisch aufgeworfenen Erde des neuen Grabes, den Hut in der Hand und den Kopf gesenkt, obgleich er nicht betete. Irgendwo in der Nähe hörte er den rauen Schrei

eines Raben, und er roch den durchdringenden Geruch
feuchten Lehms und alten Gesteins.

Er sagte: »Ich habe darüber nachgedacht, eine Tour
nach Shropshire zu machen, um Knox’ Großmutter die
mechanische Nachtigall zu bringen.« Es war nicht nötig, den anderen – vielleicht hauptsächlichen – Grund
für seinen Wunsch, Knox’ Geburtsort zu besuchen, aus-
zusprechen.

Hero sah ihn an, ihre Augen blickten wissend und mit
feierlichem Ernst. Doch sie sagte lediglich: »Ich bin mir
sicher, dass sie sich darüber freuen wird.«

Er nahm ihre Hand. »Begleitest du mich?«

»Wenn du das möchtest.«

»Ich möchte es«, sagte er, und der Hals wurde ihm eng
vor Emotionen, als ein Windstoß die Baumkronen über
ihnen zum Erzittern brachte und trockene Blätter hin-
untertrudeln ließ, die blass und verschrumpelt auf der
kalten, dunklen Erde liegenblieben.

Anmerkungen der Autorin

Die Entdeckung der »verschollenen« Grabgruft mit den Särgen von Henry VIII, Jane Seymour und Charles I Anfang des Jahres 1813 ist Realität und hat seinerzeit beträchtliche Aufmerksamkeit in der Öffentlichkeit erregt. Damals schrieb Byron zu der Entdeckung: »Für den verachtungsvollen Bruch heiliger Bande berühmt/liegt der herzlose Henry neben dem kopflosen Charles«, und Cruikshank zeichnete eine Karikatur auf das Geschehnis mit dem Titel *Meditations amongst the Tombs* (Meditationen zwischen Gräbern). Die Karikatur zeigt den weibisch wirkenden, unglücklich verheirateten Prinzregenten, der neidisch auf Henrys VIII Fähigkeit ist, sich so vieler Ehefrauen zu entledigen, während Charles aufrecht in seinem Sarg sitzt und seinen eigenen, abgetrennten Kopf als stumme Warnung in die Höhe hält.

Cruikshanks Zeichnung übertreibt jedoch bei Weitem die Größe und auch die Ausstattung des Gewölbes, das in Wirklichkeit kaum einen Meter fünfzig hoch und zwei mal drei Meter breit war. Meine Beschreibung der Gruft und der offiziellen Eröffnung des Sarges von Charles I fußt vor allem auf dem Bericht, den Sir Henry Halford, einer der Leibärzte des Prinzregenten, geschrieben hat. Er war bei der Eröffnung anwesend und ist für die Entnahme mehrerer Gegenstände verantwortlich, darunter ein Stück der durchtrennten Wirbelsäule und ein Zahn. Als diese Gegenstände 1888 wieder in des Gewölbe gelegt wurden, wurde mit Wasserfarben eine heute noch existierende Zeichnung angefertigt, die das Innere der Gruft und die Anordnung der Särge zeigt. Diese Zeichnung ist online zu finden.

Über den Wortlaut der Einschrift auf dem Sargband von Charles besteht Unklarheit. Sir Henry Halford berichtet, das Bleiband sei mit den Worten »King Charles, 1648« beschriftet. Spätere Schreiber, darunter Guizot, der 1838 *History of the English Revolution* (Geschichte der Englischen Revolution) geschrieben hat, behauptet, die Inschrift lautete »Charles, Rex, 1648«. Ein weiterer Schreiber aus dem neunzehnten Jahrhundert namens Sanderson behauptet, sie lautete »Charles King of England«. Clarendon Fuller sagte, es handelte sich um eine Silberplakette, kein Bleiband, und die Inschrift sei »King Charles I« gewesen, während John Ashton Halfords Version, »King Charles, 1648«, beipflichtet. Da Halford selbst vor Ort war und seinen Bericht kurz nach der Besichtigung des Sarges geschrieben hat, habe ich mich an ihn gehalten.

Zur Hinrichtung und Bestattung Charles' I siehe *Memoirs of the Last Two Years of the Reign of King Charles I* (Memoiren der letzten beiden Jahre der Herrschaft König Charles' I) von Sir Thomas Herbert, der beim eiligen Begräbnis des hingerichteten Königs anwesend war. Obgleich sowohl sein Bericht als auch ein Brief, den er 1681 an Sir William Dugdale geschrieben hat und in dem sich eine detaillierte Beschreibung der

Bestattung des Königs findet, im Jahr 1813 noch existierten, waren beide Schriftstücke in Vergessenheit geraten, und der Ort, an dem der Leichnam Charles' I lag, galt als Mysterium. Um Verwirrung zu vermeiden, habe ich unterschlagen, dass in der besagten Gruft sogar noch ein vierter Sarg gefunden worden war: Ein kleiner Mahagonisarg, der mit einem roten Samttuch bedeckt war und das totgeborene Baby von Queen Anne enthielt, stand auf dem Sarg Charles' I (womit wir wissen, dass zur Zeit von Queen Anne die genaue Lage des Leichnams von Charles I bekannt war).

Die Beschreibung, was mit den sterblichen Überresten Edwards IV passierte, als sein Grab 1789 in der St George's Chapel entdeckt wurde, entspricht den Tatsachen. Sogar Horace Walpole hat damit geprahlt, dass er sich eine Haarlocke des Königs habe schnappen können.

Zur schillernden Geschichte bezüglich Cromwells Kopf siehe Beales' *The Posthumous History of Oliver Cromwell's Head* (Die posthume Geschichte von Oliver Cromwells Kopf) und Howards *The Embalmed Head of Oliver Cromwell* (Der balsamierte Kopf Oliver Cromwells). Cromwells Kopf ist kürzlich bestattet worden; was mit seinem restlichen Leichnam geschehen ist, ist unbekannt.

Zur Geschichte des Kopfes von Henri IV siehe Gabet und Charlier, *L'énigme du roi sans tête* (Das Rätsel des kopflosen Königs). Henri IV wurde ursprünglich in Saint-Denis bestattet, doch sein Kopf wurde angeblich 1793 gestohlen, als Revolutionäre in die königlichen Gruften eingebrochen sind und die Knochen der Bourbonen in ein einfaches Grab geworfen haben. Als das Grab 1817 geöffnet wurde, war der Kopf Henris IV tatsächlich nicht da. Forensische Untersuchungen eines Kopfes, der in neuerer Zeit in einer Pariser Bank verwahrt wurde, und der lange für den Kopf aus dem Grab gehalten wurde, haben die Annahme bestätigt, dass es Henris Kopf war. Neuere DNS-Tests erregten allerdings Zweifel an der Authentizität des alten Testes, da die DNS Berichten zufolge mehrfach derjenigen eines lebenden Bourbonen, der eine Vergleichsprobe zur Verfügung stellte, nicht entsprochen hat. Allerdings war die Abstammung vieler Bourbonen immer schon unklar, und die Akkuratheit dieses Testes ist ebenfalls umstritten.

Henry Addington, Erster Viscount Sydmouth, war 1813 früherer Premierminister und dann Home Secretary. Sein Vater war tatsächlich ein einfacher Arzt gewesen, allerdings hatte er keinen Cousin namens Stanley Preston.

Der irische Dullahan ist im Wesentlichen eine Veranschaulichung des Todes und basiert sehr wahrscheinlich auf einer vergessenen antiken Gottheit, die mit Menschenopfern besänftigt werden musste, deren Köpfe abgetrennt wurden.

Lord Mansfields berühmtes Urteil im Somerset gegen Stewart-Fall von 1772 gilt allgemein als das Ende der Besitzsklaverei in England und Wales, auch wenn die Befreiung so langsam voranschritt, dass Anzeigen mit der Suche nach »entlaufenen Sklaven« noch bis in die späten 1780er Jahre geschaltet wurden. Das Urteil galt außerdem nicht für Schottland, wo noch bis 1799 Grubenarbeiter und Salzsieder als Sklaven gehalten wurden. Auch wenn England den Sklavenhandel 1807 abschaffte, florierte die Sklaverei in den Kolonien weiterhin, und es wurde auch nur selten als eine Schande betrachtet, wenn Menschen wie hier Sir Galen Knightly und Stanley Preston Sklaven besaßen. Die wohlhabende Familie im Jane-Austen-Roman *Mansfield Park* besitzt ebenfalls Plantagen, die von Sklaven bearbeitet werden.

Die Anzahl von Arbeiten über Jane Austen ist schwindelerregend. Für meine Darstellung ihrer Person habe ich mich unter anderem auf Le Fayes *A Chronology of Jane Austen and Her Family* (Jane Austen und ihre Familie, eine Chronologie), Byrnes *The Real Jane Austen: A Life in Small Things* (Die wahre Jane Austen: Ein Leben der kleinen Dinge), Honons *Jane Austen: Her Life* (Jane Austen: Ihr Leben) gestützt und außerdem natürlich auf ihre eigenen Briefe und Romane. Die biografischen Angaben zu Jane Austens Bruder Henry und ihrer Kusine und Schwägerin Eliza sind weitgehend diesen Werken entnommen. Eliza Austen ist am 25. April 1813 an Brustkrebs verstorben.

Es gab tatsächlich eine Bloody Bridge, die über einen kleinen Bach führte, der entlang Five Fields verlief. Es gab eine antike Taverne in der Gegend, das *Monster*. Der Name ist eine Abwandlung von The Monastery. Die Lage war aber nicht genau dort, wo ich sie hin verlegt habe. Das Twentieth Light Hussars hat in Jamaika und auf der iberischen Halbinsel gedient, wenn auch nicht in den Jahren, die ich hier benutzt habe. Basil Thistlewoods Kaffeehaus am Cheyne Walk ist dem realen Kuriositätenkabinett in Chelsea nachempfunden,

das ein Mann besessen hat, der sich als Don Salerno be-
zeichnete.

Während wir Butter heutzutage gern als Luxusartikel
betrachten, haben Londons Arme tatsächlich sehr viel
Brot mit Butter gegessen; das Fett war ein wichtiger Beitrag dazu, sie am Leben zu erhalten. Heros Artikelserie
über die armen Menschen Londons ist inspiriert von einem vergleichbaren Werk, das mehrere Jahrzehnte
später von Henry Mayhew veröffentlicht wurde, und
Mayhew ist die Quelle für Heros Interviews mit den
Marktleuten.